OVERLORD 13

聖王國的聖騎士｜下

OVERLORD [13] The paladin of the Holy

丸山くがね 插畫◉so-bin
Kugane Maruyama | illustration by so

目錄 Contents

第四章 攻城戰

Chapter 4 | Siege

1

時節離冬季結束尚早，空氣沁寒。然而，他並未感覺到多少寒意，多虧了包裹周身的體毛。光澤亮麗的黑色體毛覆蓋全身，外面再穿上衣服，就能形成強勁的隔熱效果。縱然身穿金屬鎧甲，也不致發抖受凍。

然而，另一個不同的理由讓他渾身發抖。

是怒氣。

是強烈到可以改稱為憤怒的怒火。

他不禁發出肉食動物的低吼聲，然後羞恥地嘖了一聲。

因為以他——人稱獸身四腳獸的種族而言，如野獸般低吼表示此人不懂得控制情緒，不是成年人該有的行為。

只不過，這種觀點僅限他的種族。

假如有人聽見這聲低吼，那緊緊咬合的尖銳獠牙之間冒出的低沉吼聲，或許會令那人心驚膽寒，嚇得無法動彈。

他轉過身去，背對剛才眺望的人類都市城牆，返回自軍陣地。
有亞達巴沃這個力敵萬人的支配者立於眾軍之上，各類種族聚集其麾下，但眾人每天都為了一些無聊小事起衝突。
十萬以上的亞人類聯軍，大致上被分成三軍。
一支是與聖王國南境軍隊僵持不下的四萬兵士。
一支是防衛、管理聖王國俘虜收容所的五萬兵士。
一支是探索北境之地，撿拾各種物品等等，處理此類雜務的一萬兵士。
而來到此地的，是從駐守俘虜收容所的五萬中挑選出的四萬。
數量如此龐大，待在這座陣地內也當然不免躁動。不過只有這時候，沒有任何傢伙跑出來擋他的路，他不用停下腳步，也不用放慢走路速度。
天底下哪裡有人敢站在滾動的巨石前面？
在場沒有任何人的精神那般堅強，敢妨礙渾身散發霸氣的他。
他如入無人之境，前方漸漸可以看到一座格外氣派的帳幕。
出入口前站著亞人類兵，不過他們並非在守衛此處。他們是在這裡待命，等裡面的人有事吩咐，換個稱呼就是僕人。
他通過膽顫心驚地放行的亞人類兵之間，把充當帳幕大門的布簾猛地一掀，只見室內的五名亞人類都對他投以銳利視線。

帳幕裡的人物，在亞人類大軍中——除了惡魔之外——是名列前十名的亞人類翹楚。每個人的目光都極其強烈，甚至能讓人實際感受到壓力，但他仍保持著從容自若的態度。

同樣名列十大英傑的他，反而哼了一聲笑著帶過，找個空著的地方一屁股坐下。只不過他的下半身是動物，所以比較像是俯臥。

他雖然看到五人之中的一人稍微低頭致意，但視若無睹，瞪著坐在最上座的亞人類。

那人就像一條長了手的蛇。

鱗片不負其綽號「七色鱗」由來，散發著彩虹般光彩，詭異地閃耀溼潤光澤；而且那身鱗片不只美觀，據稱其硬度能與龍匹敵；更厲害的是它具有高度魔法抗性，若是再穿起魔法鎧甲，手持大盾，同時考慮到身為戰士的實力，也不難理解此人為何在那亞伯利恩丘陵被視為最堅不可摧的存在。

這名亞人類正是蛇王（Nāgarāja）絡嗑什，受魔皇任命為這支大軍的總指揮官。

其遠近馳名的主武器，以可怕的特殊能力為人所知的「乾渴三叉槍（Trident of Dehydration）」就放在他旁邊。

「——為什麼不進攻？」

他用按捺情緒的低沉聲音質問絡嗑什。

大軍抵達人類可悲的抵抗勢力掌控的都市已經過了三天。然而兩軍之間連一場小戰鬥都沒打過。

「……我知道人類建造的牆壁挺棘手的，但憑我們這個數量，應該很好搞定吧？」

特別是亞人類聯軍當中，有些人視城牆為無物。只要巧妙運用那種亞人類的能力，他不認為會有多難跨越。

「你不會是怕了吧？」

「魔爪閣下。」

被人稱呼為「魔爪」，他——威桀・拉加恩德拉面孔扭曲，略瞥一眼在場坐著的另一個同族，然後視線回到蛇王身上。

「魔爪」這個綽號在丘陵地帶無人不知，誰人不曉，而且將近兩百年來都是如此。

這並不是因為獸身四腳獸種族的壽命長，而是因為有個家族代代繼承此名。

在他來說，自己才剛從父親那邊繼承到這個名稱，非常清楚自己還配不上。正因如此，他希望能夠在這一連串戰爭中提昇自己的名聲。然而直到現在，他都還沒能展現自己的力量——讓人見識新一代繼承者的實力。

一直以來打倒的對手大多是弱者，沒人能與他擁有的魔法雙手戰斧「刃翼斧（Edgewing）」對打到兩回合。

這樣是不行的。

他不能就這樣作為超越級惡魔亞達巴沃的一個部下，打完這場仗。他需要找個機會提昇個人的勇名，而現在正是時候。

然而，絡嗑什遲遲不肯進攻。威桀對這件事深感不滿，並顯示在態度上。

「聽聞那座都市過去由赫赫有名的豪王鎮守。是不是因為有人打倒了那樣的強者，把你嚇壞了？」

豪王——整合山羊人部族之王。

那是與他同樣位居前十名英傑寶座的強者之名。

威桀知道那人會使用棘手招數，能破壞對手的武器；即使如此，他仍有自信能與豪王平分秋色。如果敵人打倒了豪王，那就夠格做他的對手。

「那人由本大爺來對付，所以我們趕緊揮軍進攻如何？」

說到打倒了那個豪王的強者，他只能想到一人。

（八成是早有耳聞的人類母聖騎士吧。如果實力如同傳聞，或許真能打倒豪王。）

他模糊地想像著手持光輝燦爛寶劍的聖騎士形象。

「威桀閣下，你姍姍來遲卻連聲道歉也沒有，開口就講這些，我身為指揮官雖然很想講你兩句，不過嘛……別這麼激動，我明白，我明白。」

絡嗑什一副老神在在的態度揮了揮手。

「真傷腦筋，年幼無知的小傢伙特別會叫。」

發出嗤嗤笑聲的人，是擁有四條手臂的魔現人女王，綽號「冰炎雷」的女人——拿蘇麗妮．琲爾特．丘勒。

威桀皺起眉頭。

肉搏戰的話他勝券在握，但拿蘇麗妮擅長魔法，怕就怕對手可能在意想不到的地方反敗為勝。話雖如此，繼承「魔爪」之名的自己被人叫做小傢伙，若是就這樣乖乖當啞巴，豈有臉面對老祖宗？

「老太婆就是懶得動，真沒轍。」

魔現人的壽命還算長，不過想到威桀還是個孩子時，她的綽號在丘陵早已家喻戶曉，壽命應該已經過了一半了。

細細觀察她的臉龐，會發現有用化妝等方法掩飾，因此無法看出實際肌齡。但是做了掩飾，就證明本人心裡也有底。而且飄散的花香，恐怕也是在用香水掩蓋老人體臭。

「——哦……」

拿蘇麗妮的眼睛迅速瞇細，帳幕中充滿了冰冷空氣。這不是心理作用，是物理現象。

「——我說的是事實啊。」

威桀嘴上說著，也微微起身。四腳獸型的下半身並非裝腔作勢唬人，而是具有真正猛獸般的瞬間爆發力與敏捷性。他本來的戰鬥風格是活用這種體能，壓低姿勢後展開強襲，不過他不採取這種架式。因為他想表現出自己高人一等，禮讓對手的態度。

「問題不在這裡，難道只要是事實就可以亂講話嗎？我就來教教你這個小朋友對女性該有的禮儀吧，這也是──前輩的職責啊。」

面對一觸即發的狀況，絡嗑什開口：

「你們倆鬧夠了吧，如果有人在商議軍務的場合鬧事，我就必須向亞達巴沃大人報告才行。」

聽到有人搬出絕對強者的名字勸架，兩人停止爭吵。只是最後還不忘互瞪一眼，用眼神告訴對方「我可沒原諒你」、「想打架我奉陪」。

「唉……強者自我個性強烈是無可奈何的，但真希望你們能學學協調兩個字。」

「嘻嘻嘻，你也沒資格說別人吧。」

擁有一身雪白長毛的猿猴般亞人類一邊發出笑聲，一邊駁回絡嗑什的抱怨。

「哎，也是啦。話說回來，魔爪閣下。關於你剛才的問題，我並不是害怕。的確，豪王是個勇士，但我們這裡多得是能與豪王匹敵的實力高強之人，不是嗎？」

絡嗑什環顧魔爪、冰炎雷，以及其餘三人。

他看看身上配戴多種黃金製魔法道具配件，一身純白長毛，形似猿猴的亞人類。

食石猿之王（Stone Eater）——哈里夏·安卡拉。

在他們的種族裡，到達高階種之人吃下原石，就能暗藏相應的特殊力量。例如事前吃了鑽石，能在一段時間內獲得毆打攻擊以外的物理攻擊抗性。一般人最多只能積蓄三種能力，但據說他能遠遠積蓄更多，因此又被稱為變異種。

然後是當威桀走進帳幕之際，稍微低頭致意的半人獸將軍。

男子以精雕細琢的鎧甲裹身，身旁擱著同樣氣派的頭盔與騎士槍——名為赫克特威士·阿·拉格拉。

他之所以向威桀打招呼，是因為他的種族服從全體獸身四腳獸，並非認同他個人的實力。這點讓威桀很不高興。

不過只有在面對赫克特威士時，他不能用拳腳互毆的方式展現自己的強悍實力。的確，假如以武器較勁，獲勝的必定是威桀。但赫克特威士並不只以個人力量聞名，而是以能夠勝過十倍兵力差距的名將實力廣為人知。一旦率軍作戰，想也知道孰優孰劣將會逆轉，如果明知這點卻還誇耀個人武力，耀武揚威地說「自己比較厲害」等等，那就太丟人現眼了。所以就威桀來說，他也不知道該與這名半人獸如何保持距離。

最後是板著臉不發一語的同族（獸身四腳獸）——木瓦·普拉克夏。

此人綽號「黑鋼」，又被稱為疾馳黑暗的鬼影，是個游擊兵（Ranger）。

對於充分發揮先天優異體能，靠蠻力戰鬥的獸身四腳獸來說，此人罕見地擅長匿跡潛形，攻人於不備之時，能夠使用可怕的暗殺術悄悄解決對手。他堅定的意志無可撼動，一旦盯上目標絕不失手，綽號就是因此而來。

威桀不認為自己會輸，但這裡盡是些正面交鋒不好對付的對手。

「那麼說到我為何不進攻，這是因為在稱作利蒙的都市，亞達巴沃大人給我的命令就是如此。」

「你說什麼，是這樣嗎？」

威桀會這樣問，也是因為這次組成四萬人的攻擊部隊時，只有絡嗑什直接與亞達巴沃說到話。其他成員受召來到名為卡林夏的都市時，部隊早已整頓完畢，只待出發。

也就是說，由於亞達巴沃反覆在多座都市之間傳送移動，因此其他人抓不到機會直接向他請示。

「亞達巴沃大人要我們給那些傢伙……占據都市的那些人類幾天時間。」

「時間，為什麼？」

「說是要讓他們害怕。那座都市裡的人類連一萬都不到，其中能戰鬥的人數不多；相較之下，我軍全是英勇善戰之士……不知道那座都市裡的人類會有多害怕啊。」

「原來如此……是這麼回事啊，真是位可怕的大人。」

「嘻嘻嘻，的確是啊。話雖如此，老朽也能體會威桀閣下的心情。我們還要給他們多少時間？」

「沒有指定，大人要我們自行決定給多少天。雖說糧食有兩個月的份量，但那樣就拖太久了。」

「因為還要管理那些俘虜，對不對？」

目前他們用僅僅一萬名的極少數亞人類，來管理數量極其龐大的人類俘虜。雖然亞人類與人類比較之下是亞人類較強，但數量仍是力量。若是發生暴動等等，很有可能處理不來。

「妳說對了，所以我才請大家在這裡集合，為的就是做個表決。我個人打算大約兩天後進攻，結束這場戰事，大家有異議嗎？」

包括威桀在內，到場集合的亞人類都表示沒有異議。

「很好，那麼再過兩天我們就出擊吧，在那之前就繼續監視人類。」

雖然不太可能，但也不能保證敵軍不會主動出擊。

「這麼說來，帶來的人類差不多該處理掉了。」

一部分亞人類會吃人類，這類種族通常比較喜歡新鮮食材。獸身四腳獸並不特別偏好人類的肉，而是比較愛吃牛馬的肉。但如果用牛肉乾與新鮮的人肉相比，大多數人想必會選擇後者。

對此，冰炎雷露出了厭惡的表情。想必是因為魔現人並非食人種族，外貌也與人類較為相近。

「嘻嘻嘻，那麼明天就在那些傢伙的都市門前將那些人生吞活剝如何？想必能嚇死那些傢伙。」

「好主意，那麼就去宣布明日進攻……」

「別逼過頭了，要是那些傢伙投降怎麼辦？要讓他們懷有希望，奮力抵抗，戰鬥才會有趣。沒有什麼比殺死放棄求生的人更無聊了。」

威桀個人想與強悍的對手交戰，跟弱者對打一點樂趣也沒有。

「說得對。還有一點很重要，這是亞達巴沃大人的命令。大人命令我們不可趕盡殺絕，要放少部分人逃走，人數不用太多。所以我打算殺光這邊——鎮守西門的所有人，然後趕跑守衛東門的那些人。」

「換句話說，對東門方向發動攻勢的人必須能巧妙指揮軍隊才行，對吧？不然怕要把那些人類都殺光了。」

拿蘇麗妮如此說完，在場所有人的視線集中於一人身上。

「的確……那麼能否讓我帶上所有同族？」

「我想派出部分人員擔任使者，能請你留下幾個人嗎？」

「了解了，絡嗑什閣下。那麼就讓我赫克特威士・阿・拉格拉負責東門吧。」

「再來為了施加壓力，南北兩側的城牆也派點士兵吧。這邊無須全力進攻，但最好能殺死部分人類。我希望讓慣於拉開距離應戰的人前往……」

在他們當中能進行遠距離戰鬥的有三人，絡嗑什從中挑出的，是始終板著臉不說話的獸身四腳獸。

「木瓦・普拉克夏閣下。」

「——知道了。」

「黑鋼」板著臉簡短回答。

「其他人負責西門方向。我不認為會需要所有人上場，不過如果有強者現身，就拜託你們了。因為我得負責整體指揮，不會帶頭作戰。」

剩下包括威桀在內的三名亞人類都點頭。

「既然得到大家的同意，那麼我們就在兩天後攻陷那座城市。在讓愚蠢人類發出哀鳴的時候到來之前，請大家慢慢養精蓄銳。」

2

寧亞一邊走向魔導王所在的房間，一邊吞下胃裡湧起的酸物，強烈酸味在口中擴散。

寧亞拿起掛在腰邊的皮袋，喝下裡面的水。

有皮革味道滲入的水並不好喝，但能減緩喉嚨的刺痛與口臭；然而胸中的噁心感還在，也不能讓鐵青的臉色好看點。

寧亞回想起忘也忘不掉的景象——令人作嘔的景象。

亞人類大軍包圍了這座都市整整三天。

他們既不進攻也不做交涉，只是任由時間經過，但在今天，亞人類把聖王國的俘虜強行帶到寧亞等人此時待著的小都市——洛伊茨周圍的城牆附近。如果是技巧純熟之人，或許能用弓箭或投石索攻擊敵人，但很遺憾，這裡幾乎沒有那樣的高手。

寧亞若是運用向魔導王借來的弓，也有自信能射中敵人。但是隨意發動攻擊等於點燃戰火，如此一來，一萬對四萬的戰鬥即告開始。況且為了救出俘虜還必須打開城門。

這樣一來亞人類必定蜂擁而入，所以寧亞實在無法輕舉妄動，除了袖手旁觀別無他法。

俘虜人數不到二十人，性別不分男女，有小孩也有大人，只是沒有老人。他們所有人都一絲不掛，全身傷痕累累。

就在眾多聖王國人民聚集而來，猜測將會用這些人來作為何種談判籌碼時，慘劇突然間發生了。

亞人類不假思索地開始殺害俘虜。

他們割斷俘虜的脖子，看起來少說有三公尺高的亞人類，將俘虜的身體倒著抓起來。寧亞清楚看見大量的鮮紅血液被地面吸收。

接著，他們開始了肢解行為。

寧亞也看過父親肢解幾次動物，但用在人類身上卻成了截然不同的景象，對寧亞的內心造成了強烈衝擊。

然後，他們就在肉質新鮮的狀態下，被一個個吃掉。

特別悽慘的是，有些人是活生生地被吃掉。

直到現在，幼童被亞人類一口咬破肚皮時發出的尖叫，都還在耳畔縈繞；內臟被拖出體外時的聲音也是。

多虧古斯塔沃的頭腦轉得快，以護衛王兄為由沒把蕾梅迪奧絲帶來。假如她人在現場，肯定已經開啟戰端了。

唉。寧亞大嘆一口氣，再喝口水，硬是嚥了下去。

雖然人家告訴她不舒服時最好吐出來，但她還是覺得一身嘔吐物臭味前往魔導王的房間有失禮數。

呼出幾口氣息檢查過口氣後，寧亞站到魔導王的房間門前。
門扉左右都沒有任何人影。
也就是說在都市遭到亞人類包圍的狀況下，他們沒有餘力派人護衛——這是藉口，其實是監視——魔導王。
寧亞敲敲門，對門內出聲說道：
「魔導王陛下，小的是隨從寧亞．巴拉哈，可以准許我入室嗎？」
「進來吧。」
隔著門獲得許可，寧亞靜靜地進入室內。
由於幾乎所有日常用品都被亞人類破壞，房間裡陳設簡約。即使如此，這個房間裡的擺設，恐怕仍然比這座都市任何居民的房間都要好。
魔導王背對著寧亞佇立，像是在看窗外。
「大家似乎一片忙亂，窗外下方有許多民眾跑過。從被包圍以來過了四天，不過從第一天到現在，還是第一次這麼吵鬧。這是否表示——敵軍看似有意進攻？」
魔導王對這次戰鬥表示出不願參與的態度，待在這個房間裡平靜度日。亞人類大軍在這座都市近郊布下陣勢之際，他也沒參加軍事會議。
解放軍首腦階層的臉色並不好看，然而一旦魔導王表示：「考慮到今後的問題，外國國君隨便插嘴，恐怕不會有什麼好後果吧？」他們也就無法要求什麼了。

取而代之地，寧亞被要求參加各種會議。寧亞明白首腦階層試圖透過自己與魔導王共享情報，也能諒解。但結果也導致她目睹了那場慘劇。

「……不，亞人類沒有什麼明顯動靜。只是，亞人類軍……那個，該怎麼說才好呢？應該說他們有過威嚇行動吧，所以似乎為此做了一些人員調動。」

「是嗎，那短期間內可能還是會僵持不下了？亞人類軍也許是在耍手段動搖你們的軍心——話說回來，你們有勝算嗎？」

沒有。答案再清楚不過，寧亞可以馬上答覆。

首先兵力差距就太大了。

相較於人類為一萬，亞人類有四萬。

說是一萬，其實是包含小孩或老人等等的數字，而且所有人在俘虜收容所受到的傷——包括精神性傷害——或是疲勞都尚未完全恢復。

的確，一般都說攻城戰是守方有利，但前提是戰力要不相上下。

普通——一般來說的——亞人類與人類平民，兩者相比之下，人類弱到連做比較都嫌愚蠢的程度。

能與亞人類平分秋色的，頂多只有聖騎士、神官與身為職業軍人的軍士，但他們的人數自然不多。如同朝著火龍（Fire Dragon）的吐息（Breath）潑水沒用一樣，面對亞人類的四萬兵團，這點人數毫無力量可言。

只不過，若是問到這樣的話是否絕無勝機，倒也不盡然。

即使撇除魔導王這張最終王牌不論，仍然有人能獨自擊退大軍。

如果是聖王國最強的女聖騎士——蕾梅迪奧絲・卡斯托迪奧，只要不考慮疲勞或歪打正著的情況，而且對手是普通亞人類的話，她的確砍得死四萬隻。

但不能保證亞人類當中沒有可與蕾梅迪奧絲匹敵的強者。不對，存在的可能性比較大。

寧亞想起以前待在這座都市的亞人類，豪王巴塞的身影。那人雖然面對魔導王時像垃圾一樣送命——那是魔導王太強了——但他也是個萬夫莫敵的強者。無論寧亞如何努力，都贏不過那種存在。

假如是那樣強大的亞人類君王，說不定就能與聖王國最強的聖騎士匹敵，或者是凌駕其上。只是對寧亞來說，那種領域太驚人了，她無法正確推測。

況且現實情況當中，不能不考慮到疲勞問題。不管是多強悍的勇士都無法避免疲勞，雖然可以用魔法暫時去除，但疲勞仍會再次累積。

一旦在斬殺萬人軍勢而疲憊不堪時遇襲，就算是蕾梅迪奧絲也會被平凡的亞人類殺死。

數量終究是力量。

只是，如果有人能顛覆這種局勢——寧亞的視線移向仍舊背朝自己的偉大君王。

那必定是位絕對強者。

是超越這個世界的存在（Over Lord）。

除了這位魔導王，安茲．烏爾．恭之外，沒有第二人選。

寧亞看著符合王者風範的威風背影看得出神，但想起自己還沒回答魔導王的問題，急忙回答：

「小……小的不清楚！」著急使得嗓門變得有點大。寧亞因羞恥而臉紅，同時改用平時的音量說：「——不過，我們也只能盡全力了。」

魔導王顯得毫不介意，又拋來了另一個問題。

「原來如此，那麼你們獲得關於敵軍的新情報了嗎？例如亞達巴沃人在何方？」

「關於這點，這幾天來都沒有新的動向，在敵軍當中沒能確認到亞達巴沃的身影。」

「唔嗯，那麼不好意思，我很難出手協助你們這次的防衛戰。我得恢復消耗掉的魔力，否則實在有危險。畢竟我得考慮到對手可能趁我缺乏魔力時下手，步步為營才是。」

「當然，陛下的想法大家都能理解。」

會議中曾經提到有看見疑似亞達巴沃的惡魔，寧亞說要去確認，卻馬上有人表示很可能是誤認。從當時的氣氛判斷，其他人必定是瞞著寧亞事先討論過，要散布亞達巴沃可能在這裡的假情報，讓魔導王參加戰鬥。

（就算對方是大家討厭的不死者，那些人對外國國君撒這種謊，哪有什麼信用和道義可言……即使走投無路了，面對該抱持敬意的對象，還是該展現出自身尊嚴，這才是正確的態度吧。）

「那麼關於亞人類今後的動向，你們有何見解？」

「是，亞人類以往只在西門布下軍陣，現在他們兵分二路，將少許軍力移動到了另一座城門，也就是東門。我們認為，這表示敵軍將採取某些行動——很可能是發動攻城戰的事前準備。」

「也就是說已經過了夠久的時間，讓他們完成了攻城武器？好吧，或許可說值得慶幸，因為敵軍沒有選擇用斷糧戰術。」

寧亞無從判斷這樣究竟值不值得慶幸，不過假使敵軍採用斷糧戰術，己方的確沒有辦法應對。

一旦出城作戰，就要在平原交戰了。在壓倒性的兵力差距下，己方兵力將會在瞬息之間被輾碎殆盡；然而如果換成在城牆保護下戰鬥，還比較打得起來。當然差別不大，只不過是從壓倒性不利變成相當不利罷了。

「敵軍也有可能是不知道我軍確保了多少糧草，所以才沒這麼做，但更有可能是亞人類認為這點程度的小都市不足一提吧。」

「對方攻陷了我進入聖王國時看到的那條要塞線，自然會認為這點程度無足輕重了……一旦在防衛線上打得不分上下，讓亞人類軍覺得划不來，他們應該會改用斷糧戰術，到時候戰況就會變得相當艱鉅了。」

魔導王似乎判斷贏得這場沒有勝算的戰鬥後，才是真正的苦戰。

「陛下，您認為今後會有什麼狀況呢？」

「妳說今後的發展嗎？這我也不曉得，坦白講，被迫在這裡固守城池的狀況，本身就可說是死棋了。固守城池的前提是要有援軍，或是敵軍的時間受到某種限制。然而此地乃是對手掌控的地盤，光只是固守城池，情況可說令人絕望。」

「不過，我們有將更早之前受囚於此地的貴族送往南境，所以也不能說援軍絕對不會來。」

寧亞雖這樣說，其實大概無法期待援軍到來。

南境軍隊要抵達此地，大前提是得先擊破亞人類聯軍的反南境軍。這樣做了之後，還得在這裡對抗多達四萬的亞人類。

連續打仗會嚴重消耗兵力，與其那樣，還不如對這裡的一萬人民見死不救比較聰明。

「真是如此就好了……」

看他的樣子就知道，他一點也不相信。

當然了。畢竟在這種狀況下，不造成任何犧牲就能打破困境的方法，只有——

寧亞打消腦中浮現的主意。

（魔導王陛下來到此地是為了對付亞達巴沃，所以不能為了其他事情消耗魔力，降低勝利機率。）

「……之前在半獸人(Orc)身上使用的傳送，到下次使用還需要時間，不過我偶爾回魔導國時使用的傳送還可以用。只有幾十人的話應該有辦法……但你們應該很難做抉擇，也不願意被選中吧？」

「感謝您體察我們的心情，陛下。」

或許至少請魔導王帶著王兄逃走比較好，但寧亞又覺得這樣或許不太妥當。

為了與恐怖惡魔對峙，外國國君都單槍匹馬投身戰火了，竟然還請對方帶著本國繼承了君王血統的人物逃走，丟臉也要有個限度。

寧亞正在想著這些事時，自從她進入室內以來，魔導王第一次轉向她。

那對空虛眼窩中蘊藏的赤紅火光，從正面朝向寧亞。以前她有點怕這對眼睛，但現在可能看習慣了，反而覺得很帥。

「我是這麼想的，巴拉哈小姐。之所以非得在此與敵人正面衝突，是高層人士的愚昧招致的結果。憑一名隨從的力量，無法顛覆這種局勢，妳不如珍惜自己的生命吧……只要妳願意，我國可以接納妳喔。妳受過聖騎士的訓練，到了我國想必也能發揮力量吧。」

寧亞不知道該說什麼，猶豫不已。

她一方面感激魔導王關心自己的一片心意，一方面又怕接受魔導王伸出的援手，會讓她失去一些事物。

像是父親或母親展現的，對國家的鞠躬盡瘁。

自身對故鄉的感情。

恐怕再也不能返回祖國的未來人生。

與幾個朋友之間的回憶。

各種事物浮現並盤旋在腦海中，啵的一聲彈開消失。只是在它們當中，有一件事物從不曾消滅，保留了下來——那是最重要的一件事。

自己是聖騎士團的團員。

雖然寧亞還不明白何謂正義，即使如此，只有一件事她能抬頭挺胸地說出口。

「即使如此，我身為這個國家的人民，認為自己必須盡力拯救百姓。拯救弱者——拯救受苦的人們，是天經地義的事。」

魔導王頓時停住動作，唐突得簡直像是凍結一般。

「……唔嗯。」

他只低喃這麼一聲，將手抵住下顎。

看來寧亞所說的話，似乎讓魔導王有些想法。他目不轉睛地觀察寧亞。

寧亞自認為只是講了些普通至極的話，這使她感到有點坐立難安。

「亞人類攻進都市之際，妳的部署位置在西門城牆，從都市來看是在左側吧？那是很危險的位置，妳如果在期待我的救援，那可是大錯特錯喔。」

「小的明白。」

擅長弓箭的寧亞被配置在最前線的位置。那麼無庸置疑地，寧亞恐怕將會送命。既然要上戰場，她當然有此覺悟。

寧亞抿起嘴唇，正眼望向魔導王。

「對了，是他的眼神。我很喜歡這種眼神。」

彷彿自言自語般的低喃聲，讓寧亞不禁臉紅。魔導王這句話應該不是那個意思，即使如此，尊敬的君王說出「喜歡」兩個字，仍然具有極大的破壞力。

「既然如此……那麼我借給巴拉哈小姐幾件道具好了，妳就用吧。」

大得驚人的道具緩緩地憑空出現。坐在馬車上取出弓時也是，魔法這種現象實在讓她驚異。

寧亞覺得出現的魔法道具——鎧甲有點眼熟。這件綠色龜殼般的鎧甲，是那個豪王巴塞原本的裝備。

「這……這是！」

「這件鎧甲必能幫上妳的忙，我是指保護妳的生命安全。」

讓寧亞來穿太大了——應該說這個尺寸以人類來說相當大。不過寧亞根據對魔法鎧甲的知識，猜想應該不成問題。

一般鎧甲為了配合身體大小，必須請人重打。而且重打有所限度，以這個尺寸來說，坦白講完全沒辦法。

然而魔法鎧甲就不同了，只要不具特殊的裝備條件，不管任何性別、種族都能裝備。不會有大幅變化，只會配合體型改變形狀。

只要有意，想打造一件拇指大小的魔法鎧甲讓巨人裝備也行，只是耐久性會隨著使用素材的質與量而改變，原本只有戒指大小的鎧甲，遭受魔法、強酸或防具破壞招式時就很容易損壞，附加的魔力將有一半以上白白浪費。

世上很多事情常常不如人意，走捷徑大多會碰上死路。總而言之，在目前沒人裝備的狀態下就是原本的大小，所以巴塞的鎧甲必定具有相當堅韌的耐久性。

「另外我再借妳個三件道具吧。」魔導王將道具交給寧亞。「頭冠、護手，然後還有項鍊，有沒有跟其他道具重複？」

「沒……沒有，小的本身並沒有魔法道具。」

「那再好不過了。我來簡單介紹一下這些道具。」

精神防壁之冠正如其名，具有精神保護作用，能防禦魅惑或恐懼等攻擊；不過它雖能完美抵禦魔法，但對於來自特殊能力等等的效果，似乎只能增添一點抵抗力。他說要注意的是增益效果也會被抵銷。

護手是射手護手。魔導王表示是因為有些魔法需要射擊技術，所以叫人製作，但他完全捨棄了那個系統的魔法，因此沒機會用，只是擺著占空間。

而最後的項鍊，據說是能消耗魔力發動信仰系第三位階治療魔法「重傷治療（Heavy Recover）」的道具。只要有魔力，想使用幾次都沒有限制，但他說比普通發動需要消耗更多魔力，所以靠寧亞微乎其微的魔力，最好當成只能使用一次，必須審慎考慮使用時機。這條項鍊似乎不是魔導王或相關人士所製作，而是在某個地方販賣，他看漂亮就買下來了。

仔細一看，這條項鍊雕工的確非常精緻，造形看起來像是手捧綠色寶石的女神。確實是件精美的藝術品，難怪魔導王會受它外觀吸引了。

面對這些精美絕倫的道具，寧亞搖了搖頭。

「非……非常抱歉，陛下，小的不能借用這些道具。」

魔導王借給自己的道具，恐怕樣樣都是超高級品。那麼萬一裝備這些道具的寧亞戰死，這些道具會怎麼樣？必定會落入亞人類之手，結果導致加強他們的力量。就算不至於如此，假如在戰亂中埋在屍堆裡弄丟，那該如何是好？況且自己已經借用了弓，怎麼好意思接受更多美意？

真要說起來，弓也得在上戰場之前歸還才行。

「為什麼呢？在接下來的戰鬥中應該很有幫助喔。好吧，妳屬於戰士類，可能因為魔力較低而無法使用項鍊，不妨先試用一下。」

對於魔導王的問題，寧亞坦承了自己方才的不安。魔導王一聽，略略一笑。

「那這麼辦吧，妳抱持著一定要還給我的心態應戰就是了。」

寧亞當然有此打算，但光靠心意不足以打破困境。她如此回答，然而魔導王還是大方地揮揮手。

「好了，妳就拿去吧。我有魔法能查出魔法道具的下落，都記住了，沒問題的。假如弄丟，我再用魔法找就是了。」

「是這樣嗎？」

「就是這樣……好了，不用客氣，拿去用吧。」

假如他能露出表情，必定是面帶笑容說的——魔導王對寧亞說話的溫柔語調，讓她如此確信。

拒絕對方的善意有失禮數。但接受好意，對魔導國造成損失時必須賠罪。考慮到各種問題後——

「怎麼，妳不能與我約定嗎？約好會將這些道具還給我。」

「！」

妳要活著回來。聽到帶有這種含意的話語，寧亞不禁溼了眼眶。在寧亞的人生中除了雙親，很少有人如此溫柔待她。

能讓這樣仁慈的君主統治，魔導國真是幸福。寧亞邊這麼想邊咬緊嘴唇，低頭致謝。

「謝謝陛下！我一定歸還！」

「………喔。」

抬起頭時，寧亞拭去眼角泛起的淚水。

她不便當場穿起鎧甲，不過護手、項鍊或頭冠倒可以裝備。首先她將項鍊掛在脖子上。

霎時間，這件道具的使用方法還有能力化為知識流入腦內。面對能將道具當成自己身體一部分使用的狀況，就像不會害怕自己身上的手腳一樣，寧亞只覺得這些都是理所當然。

接著是頭冠，這個即使裝備起來也沒什麼特別厲害的感覺。想到剛才的說明，大概發生某些狀況時就會知道了。

最後是護手。

這個反倒讓寧亞有了相當實際的感受。

力量泉湧而出。

寧亞接受過強化肉體的魔法，而這簡直就像那種感覺。彷彿肌肉量一口氣增加，感覺得到身手變快、變敏銳了。不只如此，她能夠看見更小的物體，心肺功能也有所提昇，有種體力更加充沛的感覺。

很難形容，感覺就像肉體提昇了一個階段。

「好厲害……………」

如果是經過訓練得到的力量，會因為變化緩慢而察覺不到。然而這次是能力急遽上昇，能強烈感覺出變化。

更值得驚訝的是，以往的自己與現在的自己之間，運用起肉體來並沒有巨大落差。

「魔法真的好厲害喔……」

聽見寧亞的低喃，魔導王聳了聳肩。

「是啊，事實上，我也對所謂的生活魔法大為驚嘆。」

「您說那個嗎？」

「那種魔法可是能生產出砂糖或胡椒喔，也能製造出冰塊，還有雖然聽說魔力量不划算，但也做得出礦物來。像是用生活魔法相關的魔法道具補充都市水源……看來魔法與這個世界的文化發展息息相關啊。」

「是……這樣嗎？」

寧亞不懂像魔導王這樣偉大的魔法吟唱者(Magic Caster)，怎麼會對那種程度的魔法感到驚訝。不過既然魔導王這樣說，那就是這樣吧。的確，生活魔法在各方面都很有幫助。如果沒有那些魔法，日常生活必定會窒礙難行。

「運用黏體(Slime)……或者是共生共存，這我不清楚，總之還有那類下水道設施……喔，閒話講得有點多了。巴拉哈小姐應該也很忙吧，別顧慮我，去忙妳的事吧。」

坦白講，或許沒什麼工作比擔任魔導王的隨侍更重要，不過目前人手不足，寧亞的工作意外地繁忙。雖然主要是當看守，感覺似乎誰都做得來，但畢竟是重要的職責。

「謝魔導王陛下，小的一定會活著回來。」

「嗯，若是情況變得危險，就往東門逃吧，恐怕只有那裡有一線生機。」

寧亞拿起巴塞的鎧甲，低頭致意後隨即離開房間。

在作戰指令室，蕾梅迪奧絲．卡斯托迪奧與三名聖騎士一同思考如何適切分配兵力。

蕾梅迪奧絲．卡斯托迪奧一反平時令人遺憾的智商，在戰鬥方面展現犀利的聰明才智。妹妹雖然說她「本身頭腦不差，要是能念點書就好了」，但如果她聽取妹妹的建議，想必鍛鍊不出現在這種武力。

她不像妹妹得天獨厚──擁有智慧、才能、美貌這三種天賦。

（我軍兵力一萬，敵方據推測有四萬。勝利條件是撐到南方援軍到來，或是設法讓敵軍撤退……假如像我這樣的強者有十人的話，或許還有可能……）

如果人稱九色的諸位人物當中，依戰鬥實力選出的成員在這裡，說不定還能與敵人打得勢均力敵，但以目前狀況來說很難。

（假如要爭取時間，面對敵人最初的一擊，必須以反擊的方式回以重大打擊。這麼一來敵方就會提高警戒，可以稍微爭取到時間，因為對方應該不知道我方有多少兵力。）

他們也認真商議主動出擊的意見。

就是將兵力集中於東門方向，一氣呵成地進攻，擊破敵方兵力，然後轉往西門。

然而他們立刻有了結論，就是會以失敗告結。在擊垮東門方面擺開陣勢的敵方寡兵分隊之前，與敵方主要軍隊對峙的西門會先被突破，使得都市淪陷。

到頭來問題仍然是兵力差距。為了贏得勝利，必須設法減少這個差距。

（怎麼可能辦得到。）

蕾梅迪奧絲蹙額顰眉，隨便移動放在地圖上的棋子。

這麼做是期望靈感能從天上掉下來，然而救贖不曾出現。

「你們有沒有什麼好點子？」

「是，以我來說……」

他們針對聖騎士發表的意見進行商議，駁回，再次尋求意見，重複這樣的過程，等到所有人能出的主意都出了，沉重死寂瀰漫四下時，房間響起了敲門聲。

蕾梅迪奧絲覺得那聽起來，就像救命鐘聲或者類似的什麼。

「團長，您在這裡啊。」

進來房間的是她的副手——古斯塔沃．蒙塔涅斯。確實正如救命的鐘聲。而這個房間裡的其他聖騎士似乎也有同感，陰鬱的表情透出一絲希望之光。

「是啊，你來得正好，我也想聽聽你的意見。」

蕾梅迪奧絲揚揚下巴，古斯塔沃看看她指出桌上攤開的這座都市的簡圖，大概是明白了她的意思，點點頭。

「如果我的意見有用，我很樂意提出來。不過在那之前，可否讓我與您商量幾件事？」

「嗯，什麼事？可以啊。」

「那麼……」古斯塔沃稍稍壓低聲音。「是這樣的，情況有點不妙，部分民眾在詢問魔導王這次是否也願意參戰。」

魔導王不會參加這次的戰鬥，因為他必須恢復至今消耗的魔力，而且也要提防亞達巴沃的企圖，是否就是讓他在此再度使用魔力。

如果是妹妹葵拉特，一天就能恢復魔力，所以蕾梅迪奧絲無法接受第一個理由；但魔導王表示隻身奪回都市使用的魔力量跟人類不能相提並論，其他成員都接受這個說法，她就沒再提出疑問了。這是因為當時神官也在場，既然其他成員都能接受，她也只能認為事實就是如此。

關於第二個理由，蕾梅迪奧絲也表示同意。

誰能保證亞達巴沃沒躲在亞人類大軍中？

他們本來就是為了對抗亞達巴沃才帶魔導王來，蕾梅迪奧絲雖然認為就算雙方兩敗俱傷也沒差，但並不是希望魔導王戰敗。所以即使她對不死者厭惡透頂，協助魔導王發揮全力也是理所當然的事。

如果魔導王願意冒著風險參戰，這座都市裡的幾名貴族答應會盡其所能支付——連蕾梅迪奧絲都目瞪口呆的鉅額——謝禮，但魔導王沒有點頭。

「這哪裡有問題了？魔導王不參加這次的戰鬥，這你也是知道的吧？坦白告訴他們就好了啊。」

「團長，我們不能對他們這樣說。一旦有個差池——不，就算善加處理，還是會引發巨大騷動。」

「為什麼？」

她無法理解，魔導王不參加戰鬥會有什麼問題？

看到蕾梅迪奧絲坦率地將疑問寫在臉上，古斯塔沃愁眉苦臉回答：

「因為民眾看過奪回這座都市的戰鬥，知道我等聖騎士辦不到的事，魔導王只憑兩人就輕易辦到了。」

她還是無法理解古斯塔沃的意思。

「雖然聽了有點不愉快，但事實不就是這樣嗎，這有什麼問題？」

「呃，不，所以我的意思是，比起我等聖騎士，民眾更信賴魔導王。這座都市裡的人們相信魔導王實力最強，若是知道他不參戰，士氣會一落千丈。」

「相信……魔導王可是不死者喔？」

「就算是不死者也一樣，是魔導王解放這座都市，解救了受困民眾。因此對他們來說，魔導王就是英雄。」

「英雄？」

蕾梅迪奧絲差點沒翻白眼，如此回問。

「他們當他是英雄？那東西可是不死者喔！憎恨生命，愛好死亡，對人質見死不救……不只如此，還若無其事地殺死人質喔！」

「即使如此也一樣。再說……如果只是視為英雄還算好了。這樣下去，想必會有一些人開始認為魔導王是救世主，搞不好會對聖王陛下的——」

「——是聖王女陛下。」蕾梅迪奧絲不悅地歪扭臉孔。「我說過好幾次了，卡兒可陛下一定是在某地成為了階下囚。與亞達巴沃交戰後，聖騎士與神官都倒臥在地，只有卡兒可陛下與妹妹（葵拉特）不知去向。如果死了，敵人沒理由把她們搬走，必定是打算當成人質。」

「失禮了，團長。我是說恐怕有礙於聖王女陛下今後的統治。」

「有礙於統治？」

「是的……我們那條要塞線遭到敵軍擊破，縱容了亞人類入侵，所以想必會有一些人希望跟隨能夠保護自己的絕對強者。」

「那可是……不死者喔？」

「容我重申一遍，就算是不死者也一樣，他可是在民眾受苦時解救了大家喔。」

這方面蕾梅迪奧絲總是搞不懂。

「並不是只有魔導王一個人在戰鬥喔，我們不也在聖王女陛下的旗幟下作戰了嗎？」

「是的，正是如此。我們還有民眾，大家都戰鬥了。但即使考量到這點，一旦魔導王打下比現在更多的戰果，恐怕會比聖王女陛下更受到愛戴，使得部分民眾願意迎接他成為新的統治者。」

「嗄？」蕾梅迪奧絲大叫一聲。「豈有此理！不只把他當英雄，還說那個不死者比聖王女陛下更好？你在胡說八道什麼東西！」

「不，對人民來說……」

「——什麼話不好講，竟然說人民更喜歡不死者！你不知道聖王女陛下為了讓人民安居樂業，一直以來耗費了多大心力！民眾——」

「——請等一下，團長！」

「誰聽得下去啊！古斯塔沃，你說的這是什麼話！不，你說這些是認真的嗎！」

蕾梅迪奧絲激動萬分地一拳捶在桌上。站在英雄領域之人的憤怒一擊，把拳頭接觸到的一小部分整塊打掉，砸在地板上。簡直就像巨人只捏住桌角，將其拔掉的異常破壞痕跡，述說了她的憤怒有多駭人。

「團長，請冷靜下來！我們知道聖王女陛下有多慈悲為懷，有多偉大；魔導王這種不死者怎能拿來跟偉大的聖王女陛下相比！但那是因為我們就在聖王女陛下的近旁才能知道。」

「你這白痴！就算沒有拜謁過，哪有人會敬重外國的不死者，而不是我國地位最崇高的大人物，你想太多了！」

「團長！」古斯塔沃發出慘叫般的聲音。「魔導王雖是外國國君，又是不死者，但也是拯救他們脫離痛苦的人！而這是……聖王女陛下與我們都沒能辦到的事！」

古斯塔沃扯開嗓門一口氣說完，使得呼吸紊亂，他調整呼吸的聲音在室內迴盪。

「……你們認為呢？」

聽到蕾梅迪奧絲平靜的聲音，從一開始就待在房間裡的聖騎士面面相覷；然後其中一人用下定決心的表情開口：

「我們聖騎士當然並不把魔導王當成英雄，但是知道平民當中存在這種意見或氛圍。」

換另一人開口道：

「許多民眾都知道魔導王只靠兩人——不，是一個人攻下了這座都市。再加上一些沒親眼目睹的人在別人口耳相傳下，似乎更把他神化了。」

最後一人接下去說：

「事實上，魔導王的確隻身前來援救了既非同盟國也非友邦的國家危難。只要對不死者的身分睜一隻眼閉一隻眼，這種行為……確實也能理解為英雄式的行動。」

看來只有蕾梅迪奧絲無法接受，既然如此，自己必須理解這點，然後如何回答古斯塔沃的問題才對？

的確，一旦知道英雄不參加戰鬥，士氣會下滑，民眾也會不明就裡而引發大騷動。更何況敵方是多出己方四倍的龐大兵團，在必須與之交戰的狀況下，考慮到他們的精神狀態，會這樣也是理所當然。

「……既然如此，只要讓魔導王當壞人，豈不是一箭雙鵰？不如告訴民眾魔導王不打算繼續幫助我們，怎麼樣？」

「說謊會很不妙。」古斯塔沃說道。「現在人民的精神狀態就如同瀕臨潰堤的堤防。一旦在某個機會下知道真相，發現我們試圖隱蔽事實，將會造成無可挽回的後果。」

「不要變成撒謊，巧妙地告訴他們就好。」

「只要人民認為是謊言，恐怕那就會變成謊言。」

「那就絕對不要讓人民見到魔導王不就好了？」

「……當發生暴動時，或是有人打算直接請願時，團長要殺死那些人嗎？」

「……倒是不想這樣做。」

古斯塔沃大嘆了一口氣。

「真傷腦筋，魔導王有點過度展現力量了。要是能只憑我等的力量奪回這座都市，我想也不會有這種狀況……最糟的情況下，有可能導致國家分裂。假如魔導王宣布要將這塊土地變成魔導國的飛地，誰阻止得了？」

「這個國家屬於聖王女陛下以及國內生活的所有人！絕不是屬於不死者的東西！更何況你以為周遭諸國會認可嗎！」

她再次搥打桌子。古斯塔沃面不改色地斷言：

「會，團長也看到了吧……看到那座城鎮裡的怪物。沒有一個國家會想跟擁有那樣可怕軍事力量的魔導國為敵。他們會認為與其那樣，還不如捨棄失去力量的聖王國比較聰明……況且一旦成為飛地，魔導國就得將防衛戰力一分為二，周遭應該會有很多國家認為這樣於他們更有利。再來只要人民希望，魔導王就獲得大義名分了。」

「……也就是說，比起保護不了自己國民的國家，還不如跟隨不死者國度比較好嗎，副團長？」

對於聖騎士的問題，「就是這個意思。」古斯塔沃點點頭。

「古斯塔沃，我帶魔導王來此做錯了嗎？」

「沒那種事，團長，那時候那樣做是最好的選擇。只是……我們的確也太過依賴魔導王的力量了。方才我也說過，假如能只靠我等力量解放兩處收容所，想必就不會導致這種結果了。也許民眾如今仍然會畏懼魔導王這個不死者，甚至懷著敵意。」

「……我該怎麼做？」

「設法敷衍民眾，爭取時間，只靠我們擊退那般大軍。我們必須做到這麼多，否則將來，就算真能打倒亞達巴沃……戰爭也有可能無法停息。」

蕾梅迪奧絲仰望天花板。

「……那就只能這麼做了。可惡的魔導王……他做的行動，會不會其實都把這些考慮進去了？」

「我不知道……真的不知道。但這點小事，說不定他都計算過了。」

「也就是說他可能抱持著擴大領土的野心？魔導國的國土很小，對吧？」

「是不至於很小，不過記得聽說魔導國的國土只有都市與周圍土地，再來就是傳聞中不死者大量出沒的那片平原。」

很有可能正因為如此，魔導王才會做這些事。

「那個可惡的不死者！所以我當初就說了，應該只拜託飛飛幫忙才對！」

「就算請的是飛飛，情況說不定還是一樣。只是，大概不會有魔導王造成的衝擊性這麼大。一國之君單槍匹馬前來，這種做法實在太令人印象深刻了。而且不死者應該是我國的敵人，這點影響也很大。」

換言之一個壞人做了好事，看起來就會特別了不起。

「……該死。」

在鴉雀無聲的房間裡，蕾梅迪奧絲知道古斯塔沃在尋求自己的意見，於是做出指示：

「向卡斯邦登殿下請示意見吧。如果……對，我是說假設，雖然我認為不可能，但為了以防萬一，假使聖王女陛下駕崩了，最接近下屆聖王王位的將是那位大人，對吧？」

「既然還沒找到其他王室成員，那就是這樣了。就這麼辦吧。」

蕾梅迪奧絲留下其他聖騎士，帶著古斯塔沃前往卡斯邦登的房間。

結果正如同古斯塔沃所說，他們最終決定拖延對民眾的回答，這段時間內如果敵方攻打過來，就不借助魔導王的力量擊退敵軍，讓民眾知道聖王國國祚未盡。

3

亞人類陣地有巨大動靜——聽到這份報告，寧亞知道時候終於到了。

錯不了，是敵軍攻來的前兆。

她穿起向魔導王告借的武裝，在都市中奔跑。

寧亞知道擦身而過的民眾都睜圓了眼睛盯著自己瞧。

他們似乎是被魔導王借給自己的精美好弓奪去了目光，又發現這是支配過這座都市的豪王巴塞所穿過的鎧甲，因此大為驚愕。寧亞的敏銳聽覺聽見有人交頭接耳地說：「那位戰士是誰？」又有人回答「是那位魔導王的隨從」或者「是來自魔導國的女子」。

（其實我不是來自魔導國……）

每當聽到這種錯誤說法，寧亞就想知道自己有哪些傳聞，又好像不想知道。只是如果有的傳聞會對魔導王造成困擾，她就必須堅決否認。

（不過，魔導王陛下的隨從啊……）

寧亞感到有點開心，不禁露出竊笑時，正巧路過的一群民眾發出了小聲慘叫。

（就算我長得跟爸爸再怎麼像，也用不著嚇成這樣……）

寧亞這樣想著，前往自己的部署位置，也就是鄰接西門的城牆。換言之，就是亞人類幾乎所有兵力布陣的方向。

這座都市裡的聖騎士、神官、軍士，以及身強力壯的男丁有八成部署於西門及附近的城牆上方；其餘兩成派往東門方向，老弱婦孺等非戰鬥人員則部署於南北城牆擔任守衛。

至於指揮官，西門是蕾梅迪奧絲·卡斯托迪奧；東門是古斯塔沃·蒙塔涅斯；總指揮官為卡斯邦登·貝薩雷斯。當然，總指揮官待在都市內部的指揮官室，不到外面來。

不久就漸漸看見了西門。

魔導王粉碎過吊閘的大門在東側，所以這邊的吊閘完好如初。只是很多亞人類的臂力遠遠凌駕於人類之上，那些人只需拿著巨大木頭衝撞一下，想必輕易就能破壞吊閘。

寧亞用力壓住快要發抖的手。

一旦此處遭到突破，放任亞人類入侵，很快地他們就會難以應付在都市內散開來的亞人類，而導致都市淪陷的慘敗結局。

這麼一來寧亞就無從逃命，將會戰死在眾多亞人類面前。

她將顫抖的手拿到嘴邊，咬住它。

（不要害怕！一害怕，原本射得中的目標也射不中了！）

魔導王借給自己的魔法道具應該能抵禦精神系魔法攻擊，然而對於湧自內心的恐懼感，只能發揮抑止程度的效果；即使如此，若是沒有裝備這件道具，感受到的恐懼想必更強烈。

帶著手指產生的一陣痛楚，寧亞進入從都市看來位於左側的敵台，三步併作兩步地衝上通往城牆的階梯。

寧亞原本待在魔導王身邊，所以似乎來得最慢——當然她事前獲得上級准許，即使晚到也不會有人抱怨——城牆上已有許多為了鎮守這個地點而召集來的民眾。

她正要趕往人家告訴她的負責位置時，西門城牆左側部隊的指揮官聖騎士擋到她面前。

「魔導王——陛下似乎沒來啊。」

一瞬間，寧亞不由得狐疑地看了看聖騎士的臉。魔導王無意參加這場戰鬥，這事已經跟高層說過了。然而他卻這樣問，難道沒人通知他？

不過，寧亞隨即發現並非如此，他應該是抱持著一線希望，盼著魔導王能改變想法前來助陣。

寧亞看看都市外面布下的亞人類軍勢。外面有著三萬人以上的亞人類，但這樣一看，形成的壓迫感更甚於此。

目睹到那種大軍，當然會希望萬夫莫敵的魔導王前來，寧亞完全可以諒解，因為她也是同樣的心情。但是——

「是的，陛下不會駕臨。因為這是我們的……聖王國的戰爭。」

聖騎士一瞬間欲言又止。

寧亞從他身邊走過，正要跑向負責位置——

「——且慢！隨從寧亞．巴拉哈！」

「是！」

寧亞停住腳步，立正站好。

「妳暫且在這裡等候命令。」

「咦！」

寧亞偷偷環顧周圍，這裡鄰近從敵台通往城牆的出入口，人群來往十分頻繁。自己待在這裡不就只會擋路嗎？況且這裡距離寧亞的負責位置，也就是中央附近地點相當遠。

「這……這究竟是為什麼，有什麼我必須做的事嗎？」

「呃，沒有，不是那樣，只是有點不方便……隨從巴拉哈，妳在此待命，知道了嗎？」

「呃，好的……」

雖然無法理解，但大概有什麼理由吧。戰鬥隨時可能開打，上級不可能毫無意義地讓接受過正式訓練的士兵在這種地方待命。

（難道是調換部署位置？比方說想叫我專心狙擊指揮官……況且魔導王陛下借與我的弓用看的應該就知道品質優良，也許是將我當成祕密武器？）

「我明白了，那麼我該等多久呢？還有，我該在哪裡候命呢？」

「啊，嗯，大概等到敵方開始進攻吧。至於地點嘛……」

「咦？要等到那麼緊迫的時刻嗎？」

果然有問題。寧亞正感到懷疑時，幾名像是民兵的男子搬著大鍋子從樓梯走了上來，應該是要給已經在城牆上待命的士兵送飯。男人在這個大冷天裡卻滿身大汗，可以肯定他們已經來回跑了好幾趟。畢竟是要供應多達數百名士兵，可想而知。

寧亞怕妨礙到他們，站到牆邊讓路後，男人匆匆忙忙地經過她的面前。然而其中一人略微抬起頭來，看到了寧亞的臉。

霎時間，男人面露驚愕的表情。

寧亞本來以為又是神似父親的長相害的，但並非如此。

「咦？妳——啊，不對，您是魔導王大人身旁的隨從，對吧？」

「啊，原來……啊，失禮了。是的，我受命擔任魔導王陛下的隨從。」

可能是聽到了寧亞與男人的對話，搬運鍋子的其他民兵也都停下腳步，表情驚愕地看著寧亞的臉，理由想必與前來攀談的男人相同。

想到自己身為魔導王的隨從漸漸有了知名度，她在害臊的同時，也覺得驕傲。

男人對寧亞內心湧起的情感毫不知情，客氣地詢問：

「呃——那個，其實我是想請教一些關於魔導王大人的事——」

「——且慢！呃，可以等一下嗎？她很忙，能否請你們繼續做你們的事？」

突然間，聖騎士岔入寧亞與男人之間，好像想把她遮住。

這態度實在太可疑了，怎麼看都覺得聖騎士不願讓自己跟他們說話——

（剛才的命令也是因為這樣？不想讓我跟他們說話……為什麼？難道是因為他們想問關於魔導王陛下的事？）

雖不明白理由，但很容易歸納出答案。
「我沒關係，有什麼疑問嗎？」
如果聖騎士不想讓自己說話，寧亞直接說出來就對了。
「隨從巴拉哈！」
「您要妨礙我回答關於魔導王陛下的問題嗎！」
聖騎士喝斥寧亞，她用同樣的聲量回嘴。
坦白說，寧亞覺得一再做出借用魔導王威風的行為很丟臉，但總得確認一下聖王國方面有無對魔導王做出不利行為。寧亞不願讓祖國變成那種寡廉鮮恥的國家。
寧亞溫柔地對剛才的男子說話。當然，她知道即使自己以溫柔態度對人，也只會嚇到對方而已。
「只要是關於那位偉大魔導王陛下的事，我會就我所知道的回答您。話雖如此，由於我並非魔導國的人，所以很遺憾，有很多事情我也不太清楚。」
「咦！可是妳——呃，不，您不是來自魔導國嗎？」
「咦！不……不是，您弄錯了，我是這個國家的聖騎士隨從。」
「咦，是這樣啊？」
「是啊，所以您對我講話不用這麼客氣……」

上方傳來一陣嘈雜聲。一看，可能是自己方才跟聖騎士互相吼叫的關係，不知不覺間，城牆上的民兵都在偷看這邊的狀況。

雖然情況變得很令人難為情，但既然已經提到魔導王陛下的名字，寧亞就不能丟臉。她決定乾脆讓所有士兵聽個清楚，於是光明正大地挺起胸膛。至於聖騎士，似乎明白到事已至此無法再隱瞞，只是忿忿地瞪著寧亞而已。

「呃——那麼首先……我看妳這件鎧甲，似乎是那隻山羊怪物頭子以前穿的那件，該不會是妳打倒牠的吧？」

「不，不是的。穿過這件鎧甲的豪王巴塞，由魔導王陛下以一招魔法屠滅了。」

「哦哦！」眾人叫了起來。

挾雜在人聲當中，可以聽見「打倒了那種怪物！」、「用一招魔法就搞定了，真不敢相信……」、「真的是單槍匹馬攻陷了都市……打倒了那麼多亞人類……」、「太強了……好崇拜……」、「跟我知道的不死者不一樣……」等聲音。

他們應該以為自己是在講悄悄話或自言自語，但對聽覺敏銳的寧亞而言音量已經夠大。知道其他人對自己尊敬的對象抱有同樣觀感，果然讓人非常高興。特別是大家知道魔導王是不死者仍不改想法，更讓寧亞欣喜不已。

（陛下做的事情沒有白費，明白的人就是明白。）

「那……那麼，那個，魔導王陛下這次也願意幫助我們嗎？」

原本嘰嘰喳喳的旁觀民眾，霎時之間變得一片沉默。看到這種反應，寧亞即刻理解到這才是核心問題。

「……魔導王陛下不會參加這次的戰鬥。因為這場戰爭是我們聖王國人民拯救祖國之戰，不是外國國君的戰爭。況且魔導王陛下為了對抗亞達巴沃，必須保存魔力才行。」

男人聽完，表情一沉。寧亞以為會有人出聲怒罵，做好了心理準備，然而——

「也是啦……按照普通情況，外國國君哪裡會隻身救援其他國家？人家已經為我們做了這麼多，我們不心懷感激可是會遭天譴的。」

「就是啊，況且人家都說要為了打倒亞達巴沃而保留魔力了。」

「……那位王者雖然冷若冰霜，但仍是個為了解救更多人民而選擇手段的人……不對，是不死者。所以他不參加這場戰鬥一定也是為了這個理由吧。我那時候可是看到了。」

「是啊，我也看到了。的確，最了解這個國家價值的人就是我們了——我的老婆就由我來保護！」

「你們在談什麼？」

「我們是在這座都市獲得解放之前得救的——」

善意的聲音此起彼落。

想必也有一些人會對不肯幫助自己的魔導王心懷不滿。但比起那些人，有更多人諒解魔導王的想法，讓寧亞心中一熱。

「我是否可以前往自己的負責位置了？」

寧亞向聖騎士問道，她完全明白對方為何不想讓自己去負責位置了。既然如此，現在過去應該也沒差了。

聖騎士絲毫不掩飾有苦難言的表情，只簡短告訴寧亞「去吧」。

寧亞經過吱吱喳喳地聊著魔導王事蹟的民兵面前，到了負責位置，瞪視敵方陣地。

真是支大軍，兵力大到恐怕能將己方一口吞沒。而這樣的大軍即將攻打過來。

整個胃都快翻過來了。

曾待在要塞線上的父親，是否也一次又一次懷抱這種心情？

寧亞仰望天空，仰望有如寧亞心情的陰沉天空。

●

直到過了中午，亞人類大軍才正式開始行動。

寧亞加快喝粥的動作。

盛在木頭容器裡，用麥子與熱牛奶做成的粥，由於冬天室外空氣寒冷，送到寧亞手上時已經冷掉，老實說非常難吃。即使如此還是非吃不可，否則接下來有很長的仗要打，身體會撐不住，而且也沒其他東西可吃。況且雖然有人可以換班，但寧亞不認為換班會順利，今後想必沒有多少時間用餐。所以今天的午飯份量才會這麼多。

寧亞用品質粗糙的木湯匙把粥一口氣扒進嘴裡，硬是將糊糊的——麥子吸光了牛奶——白色塊狀物塞進胃裡。

餐點就只有份量夠多，所以飽是飽了，但想到這份難以下嚥的餐點可能是人生最後一餐，心情就鬱悶起來。

寧亞把披在身上的木棉布捲成一團，放在靠亞人類那方的垛牆邊，然後穿起鼠灰色外衣抵禦冬季寒氣。明明是同一時間開始吃的，民兵卻都還在喝粥。

所有人都板著一張臉，看來果然沒有人滿意這種味道。這也是莫可奈何的。

只是，他們會露出這種表情，原因大概不只出在粥上。民眾的視線並沒對著手邊的餐點，而是朝向前方逐漸採取行動的亞人類。

光是看到壓倒性的數量暴力就會令人心情沉重，不可能產生開朗——希望一類的感情。

再說曾淪為俘虜的人們——受到亞人類支配，飽嘗過辛酸的他們，內心烙印著對亞人類的強烈恐懼。感受到嚴重壓力而食不下嚥，也是無可厚非的。

（換成魔導王陛下，遇到這種狀況會怎麼做？）

會用霸氣萬千的演講提昇眾人戰意，或是笑著不當一回事？

寧亞無從想像他會採取何種英雄式的行動，但就算想像得到，寧亞也不可能辦得到同樣的事。因為她跟既是英雄，又是王者的魔導王有著天壤之別。

況且寧亞如果對他們說些什麼──試圖舒緩緊張情緒的言詞，他們大概也會很困擾。真要說起來，適度的緊張感有時反而會帶來正面影響。

更重要的是，他們表情雖然陰暗，卻不像受到絕望感支配，也沒有想逃跑的樣子，顯露出心懷覺悟的士兵所具有的某種氛圍。

原因是有些民兵似乎來自一開始解放的收容所，述說了魔導王的故事。這個話題像一陣風，吹遍了城牆上的士兵。

就是所謂的「人命有價值之分」。

聽說魔導王將人質連同亞人類一併殺害，所有人都同樣顯露反感，認為很像是不死者會做出的冷血行徑。然而當時在場的人強烈表示並非如此。他們說，就連那位強大無比的魔導王都說過「就算是我，遇上比我強大的對手也只能被剝削」。

寧亞也記得，他那神情充滿人性，能感覺到毅然決然的覺悟，甚至散發出一種悲壯感。那番話具備難以形容的說服力，背後有著決心守護某種珍愛事物的堅強意志。

於是他們想起若是在這裡落敗，自己的摯愛將會有何種下場。

他們決心不讓自己的摯愛再次嘗受到那種地獄，因而提昇了戰意。

（陛下從那時候起，該不會就已經想到所有事情可能會變成這樣……？）

假如沒有那句話讓人民下定決心，面對排山倒海的大軍，民兵或許還沒開戰就已經士氣低落，導致軍隊分崩離析。

寧亞只見過一次聖王女，對於其能力或人品幾乎一無所知。但她已經可以斷言，作為君王，魔導王的層次更高。不——搞不好魔導王就算在稱作君王的人物當中，也是最高水準的王者。

「我本來覺得魔導國的人民……受到不死者統治很可憐……」

但說不定他們其實很幸福。寧亞沒說出口，只是在嘴裡默唸，畢竟這種事不便讓旁人聽見。就在這時——

「——確認敵軍展開進擊！守衛此處的全體人員進入戰鬥準備！」

遠方傳來大聲吼叫。

所有人一齊將粥扒進嘴裡，就戰鬥位置。

破萬軍勢一齊展開行動時，光是這個動作就能令空氣振動，彷彿連城牆都為之震撼。進逼而來的沉重壓力幾乎將人壓垮。

事實上，在彷彿搖撼大地的進軍喧鬧聲中，寧亞的敏銳聽覺聽見民兵發出的沙啞慘叫。士氣急劇下滑。

但寧亞無能為力，身分地位也不允許她這麼做。寧亞的職責就只是等敵人進入射程範圍後，讓敵人吃她的箭。

自從解放這座都市後，在沒有隨從職務要做時，寧亞珍惜每分每秒，一直都在進行弓術訓練。多虧於此，她已經掌握住這把終極超級流星的特性，如今自認為能夠射得相當準確。

（可是亞人類為什麼麼會挑在中午這個時段？趁夜來襲應該比較有利……是不是有什麼目的……要是魔導王陛下人在這裡，或許還能向他請教……）

這一個月以來，那位魔法吟唱者有時走在前方引導自己，有時陪伴在自己身邊；如今他不在這裡，讓寧亞心懷丟失了某種寶貴事物的寂寞感。

（不行，不可以事事依賴陛下，要學會獨立才行……總之雖然不知道亞人類有何企圖，但挑在白天進攻必定有某種理由。既然如此，最好還是不要大意。）

寧亞從垛牆瞪視敵軍，走在敵方最前線的亞人類身影吸引了她的注意。

「……咦？那是……」

走上前來的，是個大約高達三公尺的食人魔（Ogre）。那個亞人類手上拿著巨大的武器。

那是一把遠距離武器，前端裝有像是以木頭製成的盾牌。是扭力弩砲，雖然因為亞人類體型龐大，看起來好像尺寸剛好，但其實是能當成攻城武器使用的大型兵器。

這種武器本來應該固定在地面使用，對方卻拿在手上。而這種食人魔有好幾隻，一字排開來。

或許是把從哪座都市收來的戰利品，改造成了能夠立射使用的武器。

太鼓敲打出巨大聲響，食人魔舉起扭力弩砲。

然後——

不是說笑，城牆確實搖晃了，有幾處的垛牆甚至被射垮。看樣子運氣好，並沒有人因此喪命，但真的只是運氣好。

巨大箭矢擊碎了垛牆，那與其說是箭矢，毋寧說成長槍比較貼切。可能比寧亞個頭還高的特粗長槍高速擊出，刺進了城牆。碰上這種情況，只能說不愧是攻城武器。若是被這種東西射中，恐怕只有極少數的人類撐得過。

一看，食人魔正準備射出第二發。

「該死！」

寧亞瞪視他們。

與食人魔之間的距離實在太遠。

以這把弓的威力而論，箭應該是射得到。但無庸置疑地，貫穿能力必然大幅衰減。最大的問題是，寧亞在都市內無法進行這麼遠的射擊練習。由於完全是未知的距離，她沒自信能穿過扭力弩砲前面的盾牌射殺對手。

像這種規模的都市，有幾座食人魔手持的那般大弓也不奇怪，然而幾天前還占據著這座都市的山羊人破壞掉了所有大弓，修復的日子遙遙無期。

這麼一來，想擊潰扭力弩砲部隊，就只能開門大膽進行野戰，但那是最蠢的行為。換言之，他們只能單方面不斷挨打。

（唯一的辦法是撤退，可是……那樣就無法阻擋敵軍入侵了。不知道高層擬定了什麼戰略？）

雖然敵軍現在只進行射擊，但是假如讓士兵從城牆撤退，敵軍擺明了將會開始進擊並占據城牆，一旦城牆被奪下，距都市淪陷也就不遠了。

敵軍可以占據城牆與下方連結的階梯，一邊擊退周圍士兵一邊開門，放本隊進入都市；只要憑著蠻力依序實行這個步驟就行了。己方毫無辦法阻擋，戰況轉瞬間就會變成混戰，蕾梅迪奧絲再怎麼厲害，若是四面受敵也無從對應。

這樣一來，己方只能一邊犧牲殿軍，一邊捨棄都市逃往南境。然而如同在事前的軍事會議上已經商議過的所有可能性，己方要不就是在途中的平原被敵軍追上，要不就是敵軍跟正與南軍僵持不下的大軍聯手行動，使己方蒙受更大打擊。

西門城牆的指揮官聖騎士不知道會做何判斷？是撤退，還是堅持下去，抗戰到底？

寧亞想著這些問題時，敵人已經開始了第二波射擊。

城牆再次被宛如巨大長槍的箭射中，劇烈搖晃。搖晃程度比剛才還激烈，絕不是心理作用。同時，某種莫名其妙的聲音傳了出來。

「喔嗯嘔嘔喔喔……」

她往聲音傳出的方向一看，恐怖的光景鋪展開來。

射來的一支箭矢擊碎垛牆，貫穿躲在牆後的一名民兵。血液變成大顆氣泡，從嘴裡溢出。那個民兵痙攣抖動了幾秒後，身體像斷了線的人偶般不支倒地。不對，雖說是不支倒地，但因為粗如木樁的箭矢將他像昆蟲標本般固定在城牆上，所以只是手腳癱軟下垂就結束了。

看到一具過度悽慘的屍體就此完成，有人發出慘叫。

寧亞抓住向魔導王借用的項鍊，咬住了嘴唇。

那是致命傷，無法用回復魔法治好。

死了一名民兵，對大局不會有影響。然而那種死法會引起強烈恐懼，逐漸傳播給周圍所有人。下一個也許就輪到自己了，絕非事不關己的事實刺激到求生本能，令人全身發抖。

「『在神的旗幟下』！」

魔法飛來。

霎時之間，民兵的恐懼心情一口氣受到壓抑，這是用魔法提昇對恐懼的抵抗力所帶來的結果。信仰系魔法的「獅子心(Lion's Heart)」等法術能授予一個人對恐懼的完全抗性，但只對個人有效；就這點而論，「在神的旗幟下」能以發動者為中心展開圓圈，對圈內所有人都有效。

聖騎士之所以混入民兵之中，就是為了這個目的。

「不要怕！」發動了魔法的聖騎士喊道。「為了解救與你們擁有相同痛苦的人們，拿起武器！」

若是魔法或特殊能力強制造成的恐懼，也許一瞬間就會陷入恐慌狀態，但他們遭受到的是發自內心的恐懼。魔法壓抑了恐懼心理，可以看到民兵眼中再次亮起火光。

然而這也只是權宜之計罷了。重要的是如何改變現況，改變只能遭受敵軍單方面攻擊的狀況。否則己方將會繼續任由敵人攻擊，一味造成傷亡。但寧亞想不到更好的辦法。

「躲起來！敵軍的箭總會射光！他們不可能大量搬過來！」

有道理，寧亞心想。擄掠來的大部分物資應該都帶到南方去，以備與南境大軍的戰事，所以聖騎士判斷這支包圍軍不會擁有太多箭矢。不過扭力弩砲本體姑且不論，只是要箭的話，應該可以命令俘虜來的技術人員短期間內生產出一定數量，這方面只能賭賭看了。

——第三波射擊。

食人魔不習慣用弓，大多數都射歪了。即使如此，射到第三次時仍有許多垛牆被擊碎，民兵當中出現多名死者。

巨槍般的箭不只貫穿一個人類，連後面的人都照樣刺穿。

「在神的旗幟下」是以聖騎士為中心的範圍魔法。為了進入效果範圍必須盡可能聚集一處，結果適得其反。

面臨敵方的第四波射擊，颯的一聲，天使升空，飛過寧亞等人的頭上。

他們雖是最低階的天使，但仍直接飛向亞人類。天使右手拿著點燃的火把，左手則是瓶口露出布塊的壺。壺裡裝的必定是油，要不然就是烈酒。

換言之，他們拿在手上的，是觸發式的投擲武器——火焰壺。

當然，這種小東西引燃的火焰傷不了具有抗性的對手分毫，而且遇上體格龐大，皮膚又厚的亞人類，或是經過鍛鍊而獲得超人力量的人，也許發揮不了太大效果。

但反過來說，也有一些亞人類怕火，而且只要能對扭力弩砲造成損害，還能阻止敵人的攻擊。

天使取得了手持扭力弩砲的食人魔的制空位置，點燃手中的壺。但敵人可不會給他們時間投擲。

啪沙一聲，亞人類飛上了空中。是翼亞人，他們的雙臂形成膜狀皮翼。不用擺動雙臂就能宛如乘風般急速上升，應該是某種魔法的力量所致。

同時一種白色網狀物體飛出來，纏住天使。大概是人蜘蛛以特殊能力製成的。

如同被蜘蛛絲纏身的蝴蝶，動彈不得的天使無法抵抗，就這樣墜向地面，被成群的亞人類吞沒，之後無需贅言。

不過天使也沒有白白送命。

幾個壺被扔在地上，噴濺出火焰。

寧亞判斷此時是好機會，拉緊了弓。

至今因為扭力弩砲前面有護盾礙事，無法瞄準狙擊，不受保護的雙腳等部位又很難一擊致命。

換成父親的話，想必能從些微隙縫瞄準食人魔的眼睛射擊，可惜寧亞沒有那樣高等的技術。不過可能是不想被火焰壺砸中，或是怕扭力弩砲著火，食人魔抬起扭力弩砲，讓盾牌朝上。而且燃燒的火焰使他們分心，絲毫沒在注意寧亞這邊。

要是錯過這次機會，寧亞不認為還有下次。

她將弓拉緊到極限，射出箭矢。

向魔導王借用的魔法道具帶來加成，讓寧亞的能力好歹接近到父親的腳邊。

箭一直線飛越驚人距離，刺進食人魔的頭部。

寧亞避開想必很有厚度的頭蓋骨，瞄準柔軟的眼球出手。她知道部分魔物具有保護眼球的皮膜等等，但她判斷至少比頭蓋骨更容易致命。

然而——她沒能瞄準得那麼精確。

她射中的是下巴附近。

寧亞看見自己狙擊的食人魔大聲吼叫，痛得發抖。

食人魔扔掉了拿在手上的扭力弩砲，按住臉孔——箭刺中的部位。然後踉踉蹌蹌地背對寧亞，開始往後方撤退。雖然沒能造成致命傷，但似乎成功削減了戰意。

亞人類的軍隊裡如果有人能治療傷口，想必很快就會重回戰線。

「嘖！」

即使向魔導王借用了精美的魔法道具，寧亞還是只有這點程度。

寧亞咂咂嘴後，躲到垛牆後面，然後沿著都市這邊的垛牆開始移動。旁邊民兵看到她突然開始離開負責位置而吃了一驚，寧亞語氣強硬地對他們說：

「——快逃！這裡會遭受反擊！」

敵方不可能聽見寧亞的怒吼聲，但扭力弩砲的反擊一支又一支射了過來。仍然有很多箭完全射偏飛遠，但還是有幾支射在寧亞原本的位置，刮傷並弄壞了牆壁。

要是運氣不好，那些箭極有可能已經射穿了寧亞。

寧亞再次偷看亞人類那邊，只見天使與火焰造成的混亂慢慢平息，食人魔再次舉起扭力弩砲。

敵方應該已經分享了受到一發弓箭攻擊的消息，這樣的話，寧亞不認為他們會再犯下拿開盾牌的錯誤。既然如此——也許應該賭一賭，祈求自己能幸運發揮父親水準的技巧，寧可將身體暴露在敵人面前也要射擊；或者是應該當個縮頭烏龜，等待機會來臨？

寧亞正猶豫不決時，向魔導王借來的弓反射著太陽光，閃爍出美麗光彩。

（有勇無謀不值得嘉許。）

沒錯，自己可是求借了這般珍貴的精品。無論如何都得歸還才行，不該做危險的賭注。

（那麼特別的箭矢，不可能有一大堆！）

亞人類的目的似乎是擊碎垛牆，長槍般的箭接連應聲射來。只不過攻擊的準確度相當低，其中有幾發飛向離譜的方向，什麼都沒射中就消失在城市裡。

寧亞無法做抵抗，趴在地上等敵方停止攻擊。

有時候城牆的碎塊甚至灑落在寧亞身上，還有一些民兵偏偏運氣不好被射中，當場斃命。即使如此，寧亞還是什麼都不做，只是默默祈求敵人能停止攻擊。

不久——咚！太鼓大大地響了一聲，然後又重複響了四次。接著又有同一種聲音來自遠方，應該是出自敵軍左翼。

（……原來他們是用敲響太鼓的次數代表作戰方式，左翼與右翼就是用這種方式互相聯絡。如果能殺入敵陣，奪得太鼓隨便亂敲，就能打亂敵軍的步調了——說歸說，怎麼可能辦得到。）

敵方當然也知道太鼓的重要性，所以應該有派人嚴加防守，誰也別想硬闖。

假如有冒險者等人在，或許還能用「透明化(Invisibility)」或「寂靜(Silence)」魔法讓敵人陷入混亂。

（巴望沒有的東西也沒用就是了……）

不論如何，敵軍必定是有了新的動靜。寧亞——以及其他民兵——爬起來，從半毀的垛牆隙縫間膽戰心驚地偷看敵軍情形。

眾人之間掀起一陣經過壓抑的騷動。

那是驚愕、恐懼，以及激昂怒火所導致。

佇立於牆壁外頭的大軍，終於開始前進了。亞人類聯軍左翼與右翼維持橫陣展開進擊，位於中央的部隊排成魚鱗陣，準備殺向城門。

亞人類踏響著震天動地的高亢足音衝來，打算殺死寧亞他們。

另有一支軍隊——雖然人數少——展開行動，試著繞過都市。可能是想從不同地點翻越城牆，或者是聲東擊西。

總之敵軍的攻擊將要迎接第二階段，接下來不再是單方面，而是即將開始你死我活的流血之戰。

但是問題不在這裡。雖然一點也不高興，但寧亞的確期盼著這種發展。

民兵之所以憤怒，是因為他們看到了左右展開的橫陣，最前排由各類種族構成的混合部隊。那個缺乏統一感的部隊成員，具有兩個共通點。

其一是帶著梯子，以便靠著城牆擺放。

換言之，他們是攀登城牆的先發部隊，並且表示寧亞等人就是要對付這個部隊。

至於另一點，則是他們身上綁著人類的小孩。

有的小孩放聲哭喊，也有的小孩渾身癱軟無力。所有人都被扒光了衣物，而且所有人都還活著。

寧亞抿緊了嘴唇。

驚人的是，寧亞的內心極其冷靜。

寧亞一邊從垛牆暗處偷窺驚濤駭浪般的亞人類大軍，一邊流暢地從箭筒中抽出箭矢，搭上弓弦。

即使前排敵兵進入了射程範圍，她仍紋風不動。

還太早了。

寧亞做了幾次深呼吸，憋住一口氣後，迅速轉身拉緊弓弦。

瞄準只一瞬間，目標只有一點。

（——那裡！）

然後放箭。

毫不遲疑地射出的箭，準確無比地貫穿人類肉盾——射穿小孩的胸膛——連同背後的亞人類一起貫穿。

換成食人魔那種耐力異常的亞人類，也許只承受一箭還不會倒下；但寧亞此時射中的亞人類，似乎並沒有那麼不合常理的生命力。

寧亞不去注意不支倒地的亞人類，取出下一支箭。

她殺害了人類，而且是遭囚的可憐孩童。

手在發抖，眼前一片黑暗，內心在顫抖。

她明明清楚情況，做好了覺悟，卻還是如此。

出於平時的習慣，寧亞下意識地要摸愛劍的劍柄，但手指勾到了弓弦。

彷彿是弓在規勸她，現在不是做這種事的時候。

寧亞原本差點凍結的心，先是點燃了微弱的亮光，接著有如野火般延燒，消除了心中吹襲的北風。

她不再發抖，也不覺得視野變得狹窄。胸中只有體現無可撼動的正義之人說過的話。

（啊，我就知道效果很大。）

寧亞重新體認到魔導王所言果然是對的。

在寧亞射擊的那個位置，亞人類的進軍速度明顯變慢。那是因為他們發現人肉盾牌不奏效，因此心生動搖。

所以她喊叫出聲。

對著睜大雙眼，凝視寧亞的民兵。

「你們在做什麼！快丟石頭！我們救不了人質！」

沒錯，寧亞等人不可能救出人質。而亞人類會對不再有用的人質做什麼，是再清楚也不過了。既然如此，有什麼是自己能做的？

只能賞給亞人類下一箭而已。

寧亞精準敏銳的視力，捕捉到箭貫穿了人質男孩的額頭。不知是因為對手是鐵鼠人，或者是男孩的頭蓋骨減低了箭的勁道，她沒能一箭射死敵人。不過，敵軍先鋒部隊的動作確實產生了點紊亂。這也是理所當然的，無論是人類還是亞人類，只要狀況不如預期，腳步都會慢下來。

只是，敵軍戰鬥部隊從視野邊緣一路綿延到另一邊。

寧亞射擊的那一塊戰鬥部隊雖然亂了步調，但其他部隊根本沒注意到，繼續進軍。現在只不過是直線狀長繩中的一段稍往內凹罷了。
「快點扔石頭！」
寧亞再次怒吼。
他們若是不丟石頭，寧亞的所作所為就沒意義了。那比奪去他人的——前途無量的小孩的性命更無法原諒。
敵軍的左翼、右翼、中央，整支大軍同時進攻。一旦與超出我軍一倍的兵力正面衝突，將會遭到數量差距壓潰。然而只要能拖慢其中任何一隊的動作，就能稍微減少壓力。
敵人一到達城牆，想必會以小孩為肉盾直接爬上來。然後一旦被他們爬到城牆上面，靠民兵是抵抗不了亞人類的。重點在於能趁敵人到達前削減多少兵力。
（我知道叫人民殺害小孩，他們也很難做到！所以才需要有人率先弄髒自己的手啊！）
寧亞瞪視待在遠處的聖騎士。
（收容所與這座都市，攻陷這兩個地方時，你們應該就明白了吧！魔導王陛下採取的行動是正確的！而且沒有任何人能有其他辦法！所以不要拘泥於自己與其他人救不了的性命，應該盡全力幫助救得了的性命！）
寧亞再次放箭。
這次的一擊跟第一次出手相同，奪走綁在敵人身上的女孩性命的同時，成功殺死了背後的亞人類。
「快——」
「——嗚喔喔喔！」
一聲蓋過了寧亞的喊叫，投石索伴隨著高吼甩動，石塊飛了出去。
飛出的石塊打中了動搖的亞人類。雖然遠遠不到致命傷，但似乎造成了少許損傷。
「你們聽好！別管那麼多，攻擊那些亞人類就對了！小孩人質的事就死心吧！」
寧亞見過那名怒吼的民兵。
他就是在最早解放的收容所裡，兒子遭魔導王所殺的父親。
原來他在這裡？寧亞吃了一驚。
「要是這裡被攻破，都市裡的女人小孩的遭遇會比獲救之前更慘！你們要是寶貝自己的小孩就快丟石頭！」
他的聲音抹消了動搖，幾塊石頭飛了出去。石頭雖然描繪出不知道在打哪裡的錯誤軌跡，但的確是扔出去了。
寧亞再次舉弓時，石頭已經一齊扔向了亞人類。幾塊石頭打中最前線拿小孩當肉盾的亞人類。與其說是打中亞人類，不如說打中小孩比較正確。
孩子們在哭，傷心難過地嚎啕大哭。他們丟出石頭，就像對這些可憐的孩子落井下石。

這些孩子同時承受著兩軍的狠毒對待，是命運最悲慘的犧牲者。
寧亞優先射殺這些小孩。
為了盡早讓他們脫離疼痛或苦楚。
他們是以少數解救多數的人柱，是值得尊崇的犧牲。
寧亞尋找下一個目標，正要探身向前時，聽見一陣風切聲接近，接著彷彿光幕的東西張開了。
（敵方的魔法攻擊？）
一瞬之間，寧亞渾身僵硬。但是同時咚的一下，一陣輕微衝擊從腹部傳來，感覺就像被某種很輕的東西戳了一下。
寧亞嚇了一跳，後退一步，聽見腳邊傳來響亮的匡啷一聲。一看，那是長槍般的巨大箭矢——扭力弩砲的箭矢，箭頭像從正面被鐵鎚搥打般變形扭曲。
寧亞急忙躲到垛牆後方，緊接著咚咚幾聲，傳來某種巨大物體刺進牆上的聲響。
背部流下大量汗水。
寧亞下意識地摸了摸承受過衝擊力的部位。
她想起魔導王擲射出劍時，巴塞用光幕加以防禦的景象。方才發生的狀況就是那樣，是魔導王借給寧亞的巴塞鎧甲保護了她。也就是說，寧亞的性命在千鈞一髮之際獲救了。

（那是——防禦射擊物體的力量嗎！胸部、肩膀或腹部有這件鎧甲遮蔽，但是其他部位呢？力量會發動嗎？不，更重要的是這種力量還能用幾次？難道這樣就用完了？）

若是沒有向魔導王借用這件鎧甲，寧亞肯定已經被射穿腹部了。

這件事實令她從頭到腳一陣冷顫。

「呼，呼，呼……加油，我得加油！」

寧亞不在「在神的旗幟下」的魔法範圍內。因為她認為自己有向魔導王借用的頭冠，不需要魔法幫助。因此，她感受到了自己內心產生的死亡恐懼。然而——寧亞雖然眼角泛淚，卻仍用力握緊了弓，暴露出身體。

自己已經決定即使奪走小孩性命也要繼續作戰，絕不可能只因為中了一箭，就怕得不敢戰鬥。

讓無法得救的小孩免於受苦，而且要讓採用這種作戰的亞人類償命。寧亞一心只有這個念頭，射出箭矢。

從城牆的小小一個區域開始，寧可對小孩見死不救也要攻擊敵人的意志輾轉相傳，最後所有部隊都開始對亞人類丟石頭。寧亞一看，發現聖騎士似乎也在做投石攻擊。

「該死！該死！」

「啊，可惡。這些亞人類……」

「對不起！對不起！」

「抱歉了……原諒我……」

可以聽見對小孩懺悔的聲音，即使如此，他們仍不停手。

這是一群人為了拯救最多的人命，肯定部分流血犧牲所做的攻擊。

然而敵人為數眾多，當打倒拿小孩當肉盾的最前排時，亞人類已經到達城牆附近，接二連三地將梯子靠在牆上。

亞人類生產技術低落，能製造的攻城武器頂多就是衝車與梯子，然而實際上，沒有任何對策能完美應付這些武器。幾名男子用長棍將他們推回，或是讓天使前去破壞，但終究寡不敵眾。

「備用的火焰壺呢？叫神官用魔法支援！」

「不妙！那邊也有梯子放上來了！我去那邊，這邊就拜託了！」

「丟石頭下去！」

城牆上變得吵嚷不休，亞人類到處放梯子爬上來，為了趕他們下去，民兵有的丟石頭，有的用長槍去戳，但梯子接連不斷地靠上，眾人漸漸變得疲於奔命。

甚至有的亞人類靈活地躲開民兵刺出的長槍，反過來抓住長槍把民兵甩落牆下。還有像是鐵鼠人或刀鎧蟲(Blader)等亞人類，大幅活用其有如板甲的防禦力，用自己的肉體承受長槍，無視於阻撓一口氣爬上來。

這類防禦力較高的亞人類，有累積過近身戰訓練的聖騎士對付，但城牆上的亞人類越來越多，只要一個地方失守，之後就等著被吞沒了。

寧亞下定決心，將半個身體露在垛牆之外，朝著爬上梯子的亞人類果敢進行側面射擊。

寧亞一擊一擊射殺亞人類，與其說是靠本事，毋寧說是依靠借來的武器力量。她之所以能殺死外皮堅硬的鐵鼠人或刀鎧蟲，都得歸功於終極超級流星。

食石猿吐出小石彈，有幾顆打中整個暴露在垛牆外的寧亞上半身。被連鐵鎧都能打凹的石子射中，寧亞是因為有巴塞的鎧甲才能平安無事。話雖如此，瘀青是在所難免，骨頭可能也有點裂開。

寧亞流著冷汗的同時，對亞人類的攻擊一秒也沒停過。

（還撐得住……陛下借與我的回復項鍊，憑我少許的魔力只能使用一次，所以要留到最後才行！）

寧亞一邊重複進行精密射擊，一邊運用部分大腦試著正確掌握自己還能撐多久。因為僅限一次的回復魔法，是寧亞的最終王牌。

——從箭筒取出箭，搭箭上弦，瞄準亞人類的頭部或胸部射擊；這些動作不知重複了多少遍。

喀的一下，石頭撞擊身體的衝擊力，使得寧亞不慎讓手中的箭掉在地上。

寧亞急忙躲到垛牆後面。

之所以沒拿好箭，是因為食石猿的攻擊使得寧亞全身發出哀嚎，但還有另一個原因。

聖騎士的本分是用劍，寧亞作為隨從，一直以來都是練劍，弓箭方面有素養，但訓練時間不長。練習不足結果造成手臂抽筋以及手指疼痛。

不能拉弓射箭的自己只會礙事，寧亞雖感覺現在用掉最終王牌似乎太早，但除此之外，沒有其他手段可以恢復自己的戰鬥能力。

她只猶豫了短暫片刻。

「啟動『重傷治療』。」

寧亞體內的魔力被急速吸走，引發輕度暈眩，程度大到讓她不認為能撐過第二次。與此同時，全身上下的疼痛消失，手臂的抽筋與手指的疼痛也是。

「行得通！」

寧亞再次探出身子射箭。

幸運的是亞達巴沃的軍隊紀律還算嚴明，否則他們為了殺死寧亞，必定毫不猶豫地用扭力弩砲猛射一通。但因為紀律嚴明，他們怕打中自家人，才沒有攻擊過來。

寧亞聚精會神反覆攻擊，最後取箭的手摸了個空。

她急忙一看，箭筒空了。

而就在同一時刻，民兵的慘叫爆發開來。

在那裡的梯子前面，有一名看起來很強悍的亞人類。種族是對寧亞丟出石頭的食石猿不會錯，然而那人體格相當魁梧，雖不到巴塞那種程度，仍散發出強者的氣質。

那人右手握著簡直有如切肉刀般厚重質樸的大劍。另一隻手拿著裝有內容物的頭盔；是這個區域的聖騎士指揮官的頭顱。

「拉貢族的加姜大爺，取下指揮官的首級啦！好了，傢伙們，大開殺戒！殺光這些人類！」

●

戰況一口氣惡化了。

聖騎士人數很少，而寥寥可數的其中一人遭到殺害，就等於這個區域的防衛力一口氣下滑。除此之外還有一點。

民兵與聖騎士——縱然不是萬中選一的菁英——實力有著決定性的差距。這個亞人類既然能殺死聖騎士，表示民兵絕不可能贏過他。

趁著民兵害怕得不敢行動時，亞人類從那隻食石猿——加姜身後的梯子爬了上來。接著就有如堤防潰決，濁流掀天而來。一人變成兩人，兩人又增加到四人，如同大玩翻倍遊戲。

城牆上徐徐染成了亞人類的色彩，相對地，民兵的顏色眼看著不斷減少。

亞人類與民兵，每個個體的實力差距清楚顯現。

寧亞心焦地放眼四顧。

箭，沒有箭就不用打了。

寧亞就像沙漠中徬徨求水的人一樣死命尋找，終於在靠著垛牆的虛脫士兵身旁，發現裡面有箭的箭筒。

（就是那個！跟那個傷兵拿箭，然後讓他後退吧。）

然而寧亞一跑過去，當場倒抽一口氣。穿著打扮像個弓兵的男子失去了半張臉，已經一命嗚呼。

很可能是被食石猿的石彈打個正著，弓兵腦漿橫流，用玻璃珠般的眼睛注視著半空。這正是寧亞有可能走上的末路。

仔細一看，周圍躺著數也數不清的類似屍體。平常發揮靈敏功效的嗅覺，到這時才終於接收到四下濃密瀰漫的血腥味。不，鼻子功能一切正常，只不過是大腦不願接受罷了。

麥粥突然衝上喉嚨，寧亞用盡全力將它吞回去。勉強成功是運氣好，抑或是前幾天看過的「活人生吃」讓自己莫名有了抵抗力？

寧亞一邊咬緊牙關，一邊把無名弓兵留下的箭移到自己的箭筒裡。隨著空蕩蕩的箭筒得到補充，她感覺戰鬥氣力似乎也漸漸充滿。

（我還能打，還有我能做的事……！）

寧亞迅速處理完手邊事情，將弓兵遺體的雙手交疊放好，幫他闔上剩下的一隻眼睛。明明沒有那種閒工夫，她卻忍不住要這樣做。

「我會連同你的份一起戰鬥，一定會戰鬥到底……」

寧亞轉身站起來，心中已無雜念。

精神前所未有地昂揚，感覺敏銳犀利至極，甚至覺得自己成了手中弓箭的一部分。

城牆戰鬥的混亂狀況愈演愈烈，在寧亞與高高舉起聖騎士首級的加姜之間，敵我雙方有好幾人打得難分難解，憑寧亞的本事幾乎不可能狙擊，不過——

（我有這隻護手！還有魔導王陛下借與我的終極超級流星！——我辦得到！）

寧亞伴隨著堅定信心放箭。

當加姜察覺到風切聲時，已經太遲了。

箭矢一擊刺進頭部，加姜當場虛軟倒地。

「拉貢族的加姜！已被我寧亞．巴拉哈殺了！」

寧亞高聲大喊，但沒有人歡呼。這是當然的了，眾人正在拚死作戰，豈有時間悠悠哉哉地喝采。寧亞明白到這點，感到有點羞恥，但似乎成功對亞人類造成了動搖，明顯感覺得到壓迫感減弱了。

看樣子也不算完全失敗。

寧亞再次搭箭上弦，隨便看到亞人類就射。腦袋同樣被射穿的亞人類從城牆摔落下方。

寧亞從箭筒中拔出箭。這個動作看似沒什麼大不了，其實俐落得毫無多餘動作。自己現在說不定真的就像父親一樣是個弓箭名手。

在這場戰鬥當中，寧亞的弓術本領似乎突飛猛進。所以剛才寧亞才能殺死加姜——雖然他在與聖騎士交戰時受了傷。

寧亞在混戰局面中，尋找能狙擊的獵物。

（——為什麼敵人不試著先打倒我這個弓兵？）

當她放箭射中下一個亞人類的頭部時，知道了答案。

「不要隨便靠近那個人類！她穿著豪王的鎧甲！」

「豪王！」

「豪王巴塞？巴塞的鎧甲？」

寧亞敏銳的聽覺，捕捉到亞人類當中竄過一陣騷動。

「錯不了，那是巴塞的鎧甲！」

「難道是那個人類，把那個豪王……」

（啊！我懂了！魔導王陛下不是認為這件鎧甲抵禦遠程武器的魔法力量能保護我，是認為打倒巴塞的名聲能保護我的生命安全！）

豪王巴塞在亞人類軍當中似乎同樣遠近馳名。因此現在，對於爬上城牆的亞人類而言，雖然是一場誤會，但他們等於是碰上了可能擊敗過強者巴塞的戰士。而且寧亞一擊殺死了隊長等級的亞人類，似乎也帶來了正面效果。

所以他們明知寧亞是弓兵，仍提高戒心，不敢多靠近一步。

（不愧是魔導王陛下，竟然考慮到這麼多……）

大概就算寧亞轉身開溜，也不會有幾個亞人類追來。比起追趕強敵——雖然是誤會一場——他們應該會以占領這個區域為優先，寧亞的生命安全很有保障。魔導王說過的「逃往東門」這句話無意間閃過腦海，但寧亞覺得自己還是辦不到。

她如果是那種人，就不會來這裡了。

寧亞放出箭矢，又射死一隻亞人類。

「嗚喔！又來了……那種銳利的眼光……」

（銳利……我是在瞪他們沒錯……）

「那是殺紅了眼的目光！那個……應該是母人類，可不是簡單的貨色！」
（應該……是母的……）
「看她的弓！好厲害的弓啊！她不只有本領！」
（佩服吧！）
「狂眼射手！」
（……………咦？）
「那個名號是什麼意思！你聽說過她嗎？」
（…………不不不。）
「難道說那個母的在人類當中，是有綽號的嗎！」
（…………等一下！）
「很久以前我就聽說有個人類弓手，具有惡鬼般的凶惡嘴臉與驚人本領……莫非就是那人嗎！」
（那是爸爸啦！）
「狂眼射手！殺死巴塞的弓手！」
不知為何「狂眼射手」這個名詞在亞人類當中傳了開來。他們認定了我就是！寧亞雖這麼想，但沒有多餘力氣否認或糾正。

寧亞抽出箭的同時，民兵展開了行動。

「——我們去擋攻擊！不要讓亞人類接近那個女孩……接近她！」

「好！排成隊形！想起當時的訓練！」

「我去前排！」

大約二十名的民兵為了寧亞行動，自願當肉盾。

「麻煩妳射死他們！我們會保護妳！」

「我明白了——」

啪沙一聲，敵陣那方傳來拍動翅膀的聲音。

寧亞即刻扭轉身子，將箭鏃對準聲音傳來的方向。

映入眼簾的，是自亞人類陣地起飛的翼亞人身影，數量眾多。

其主要目的應該是飛越城牆，但其中幾隻朝著寧亞飛衝過來。

寧亞已經不去思考要射哪一隻了。在一片空白，只看得見敵人的無聲世界中，寧亞只是冷靜到了冷血的地步，對著一隻又一隻放箭。其射擊的準確度已不像人類，而是近似於機械，毫無遲疑。

朝著寧亞飛來的翼亞人紛紛墜落，使她稍有鬆懈。可能因為這樣解除了她一直以來的極度專注，聲音重回寧亞耳中。

就在她的側面——

寧亞情急之下試著跳開，但左臂竄過一陣劇痛。

來到她旁邊的鐵鼠人揮出利爪，撕裂了她的手臂。

「咿嗚！」

寧亞發出慘叫的同時，試著取出箭矢，但一抹不安閃過腦海，擔心用這隻左臂無法拉弓射箭。與其這樣，或許還不如拔劍應戰？

面孔猙獰的鐵鼠人還在寧亞眼前，將她的猶疑判斷為嚴重破綻，舉起手來，企圖用利爪對準臉部做進一步追擊。

寧亞試著後退閃躲，然而作為戰士的實力是對方為上，距離被巧妙縮短，她沒能完全躲掉。

臉部竄過一陣劇痛。寧亞心想至少能躲就躲而別開了臉，眼珠因此才沒被撕裂，但左臉頰的皮肉被挖開，留下直達口腔內部的巨大撕裂傷。

口中溢滿大量鮮血，整條舌頭都是血腥味。豈止如此，她還能感覺到滾燙鮮血從左臉頰流出，沿著脖子與胸口滑下。

寧亞沒多餘心力拔劍，拿著終極超級流星往鐵鼠人的臉孔甩去。

鐵鼠人大概沒想到她會用弓這樣做，往後退開，躲掉這記攻擊。

寧亞用不太靈活的左手拿著弓，以右手拔劍。

她抱持著玉石俱焚的覺悟，幾乎是整個人衝撞上去地刺出劍鋒。鐵鼠人犀利反擊，然而民兵從旁砍向鐵鼠人的腿，使他打偏了。寧亞只被對手用利爪稍稍削掉一點耳朵，取而代之地用鋼鐵劍刺穿了對手的喉嚨。

寧亞用眼角餘光看著鐵鼠人重重倒地，環顧四周確認狀況。

她專心射箭的期間，擔任人牆的所有民兵幾乎都被殺光，所以亞人類才會到達寧亞身邊。只有緊貼都市城牆那邊的五名民兵倖存。

離這邊最近的援軍與他們之間，有亞人類沿著梯子爬上來，援軍在那一頭應戰，很難過來救援。至於她的背後正在混亂廝殺，恐怕沒有餘力過來這裡。

寧亞所在的區域有三十隻以上的亞人類；相較之下，己方只有六人。

寧亞用銳利目光一瞪，亞人類的壓迫感立刻減弱，稍微後退了點。

「抱歉，巴拉哈小姐！」

被逼到牆邊的民兵，到寧亞面前來組成防禦隊形。

「除非我們死，否則他們別想通過！」

對寧亞這樣說的，是個有著不健康的小腹，看起來挺懦弱的大約四十歲男子。然而可能是因為戰鬥造成了亢奮，他漲紅著一張臉，上面血跡斑斑，遍體鱗傷，無法看出是他自己的血，還是敵人回濺的血。即使如此他仍然不肯屈膝，帶著強悍的氣魄屹立不搖。
正如同可靠戰士一般的姿態。
「謝謝您！」寧亞一面吐出積了一嘴的血，一面投以感謝的話語，然後說——「拜託您了！」
不只是他，倒臥在地的民兵屍體，讓寧亞知道沒有人離開自己的位置，都是保護著她而死。既然如此，除了信賴的言詞之外，自己還能說什麼？
男人的視線移動到寧亞的左臂，表情僵住了。
「都見骨了……」
「請不要說這種話，被您這麼一說，整個都痛起來了。」
「啊，好，抱歉。」
只要作為聖騎士有某種程度的實力，好歹可以用點低階的回復魔法，但寧亞只是隨從階級，不會使用。寧亞身邊既沒有聖騎士也沒有神官，魔力也沒恢復到能再用一次魔法道具。看來在這場戰鬥當中，還是放棄使用左手比較好。
寧亞瞪視亞人類。只不過是動動眼睛，臉上傷口就陣陣抽痛。
承受到她因為疼痛而更加凶惡的視線，亞人類全身緊繃。
「多虧巴拉哈小姐用弓箭打倒一堆敵人，除了剛才那隻以外，都沒有人殺過來。多虧有妳，我們才能活到現在。」

一旦寧亞面前的亞人類一齊展開突擊，民兵轉眼間就會遭到消滅。但他們對寧亞這個弓兵提高警戒，不敢一起行動。事實上，只要聽聽亞人類七嘴八舌說出的那些話，就會知道他們戒心多強。

「狂眼射手……劍術似乎不怎麼樣？」

「不要大意，那是在隱藏實力，藉以引誘對手大意。」

「原來如此，你真聰明。」

「要不要叫蛇身人(Snake Man)來，拉開距離用長槍刺死？」

寧亞心中竊笑，多虧借用的魔法弓的力量，敵人似乎把她想得太厲害了。

「……可以期待妳的表現嗎？」

對於不讓亞人類聽見的這個小聲詢問，寧亞笑了。

「……如果能用弓的話……只要能用魔導王陛下借與我的這把弓——終極超級流星射箭的話或許沒問題，只可惜……」

男人在口中默唸一遍終極超級流星的名稱，寂寞地笑了。

「這樣啊……所以情況很不妙了。我說啊，巴拉哈小姐……妳就跳下這座城牆逃走吧，妳應該活下去。」

寧亞看著男人。

「噫！抱……抱歉。我講這種自以為了不起的話，妳會生氣是應該的。可……可是，我不知道妳一直以來撐過什麼樣的地獄，但妳年紀跟我女兒差不多……應該吧，要我看著妳這樣的孩子死掉……」

我沒在生氣，只是正常看你一眼而已啊。寧亞雖這樣想，不過反正習慣了，她不介意。男人說得沒錯，與其在這裡笨拙地揮劍，不如暫且撤退，治療傷口，繼續使用弓箭比較聰明。

（——這樣的話，他們會有什麼下場？我知道，我就算留下來戰鬥也救不了他們，等於白死。可是……）

寧亞瞄了一眼左手裡的弓。

（我必須歸還這件武器，多的是理由讓我逃走。可是，可是啊，假如我拿著魔導王陛下借與我的武器逃走，那些對陛下懷有敵意的人會怎麼說？與其這樣——）

「我才不逃！」寧亞大聲吼叫。「我……向陛下借用了武器的我，怎麼可能逃跑！」

她用力握緊右手拿著的劍。

以德報德，這是作為人類該有的行為。

寧亞很難說這個國家的——特別是聖騎士的領袖有做出回報。然而寧亞想讓魔導王知道，這個國家並不是所有人都像她那樣。

「嗚哇啊啊啊！」

寧亞邊發出尖叫般的吼叫，邊果敢展開突擊。讓民兵保護不能射箭的自己，只會害他們白死。既然這樣，只能趁現在亞人類還以為寧亞是強悍敵人時，讓他們來不及發揮實力。

對手似乎也從沒想過寧亞會朝著大批敵人展開突擊，動作很遲鈍，就連劍術平平的寧亞都能砍死他們。

慢了寧亞一些，倖存的民兵也跟上。

寧亞揮劍。

劍被彈開，亞人類對著滿是破綻的身體猛地一捅。巴塞的鎧甲將其擋下。

寧亞刺出劍鋒。

她將劍刃插進亞人類的體內，拔出，內臟擠了出來。這個亞人類還沒倒下，又有亞人類從側面對準寧亞的臉揮動利爪來襲。接續在左臉頰之後，右側臉頰留下傷口。血流進了眼睛。

腳上一陣劇痛。

亞人類手中的短劍深深刺進腿上。

一名民兵倒下。

寧亞四面揮劍。
兩名民兵倒下。
寧亞打倒一隻亞人類。
民兵全軍覆沒。
旁邊與前面滿是敵人。
呼吸變得急促，心跳聲很吵。
被敵人攻擊割裂的身體在發熱，每次移動都陣陣抽痛，折磨著寧亞。
——好可怕。
寧亞很害怕。
想到自己會死，就害怕得不得了。
她的確早已有所覺悟，知道自己會死在這裡。
敵軍多出我軍數倍，每個人的戰鬥能力相比之下，也是對手較強。
不利之處數都數不完，有利之處頂多只有己方屬於防衛一方。
在這種狀況下，以為自己不會死才叫奇怪。
即使像這樣有所覺悟，一旦面臨死亡還是怕得要命。
尊敬之人說過的「東門」在腦中大聲響起。都已經做好覺悟了，還是這樣。

一個人死了以後會怎麼樣？寧亞小時候曾經想過。

當自己這個存在結束的瞬間，會發生什麼事？

聖典上記載，回歸洪流的靈魂將在那裡受到神明審判，一生行善者可前往安息之地，一生行惡者則將被送往痛苦之地。

然而即使一生累積善行而能夠前往安息之地，自己的生命結束仍然教人害怕。

她揮劍。

由於她漸漸失去力氣，已經不可能一擊殺死對手了。

即使想追擊，在四面楚歌的狀況下，敵人的反擊來得更為強烈。

劍鋒刺進、砍傷寧亞的鎧甲。

寧亞能夠活著，都得感謝魔導王借給她的鎧甲。如果沒有它，寧亞恐怕早就沒命了。沒錯，如同躺在城牆各處，因為嫌礙事而被扔進都市裡的市民兵一樣。

（我整個人看起來，一定很糟……）

寧亞忍不住笑了一下，笑的是自己都一腳踏進棺材了，還在想這種不合時宜的事。

她揮劍時力道過猛，腳打滑了一下。左大腿抽筋，右大腿因為受傷而站不穩。

寧亞失去平衡，險些倒下。她只能讓身體靠在垛牆上，勉強撐住不倒地。

世界一片混濁空白，遠處傳來粗重的吁吁聲。

寧亞嫌吵，結果發現是自己的喘息。

已經到極限了。

寧亞會死。

「狂眼射手只差一步就會死了！」

「對！大家一起上！」

遠方傳來亞人類的聲音。

（你們好吵——）

亞人類在說什麼，寧亞已經聽不見了。她只是在漸漸分散的思維角落中想著：必定不會講些對自己有利的事。

她揮動如今只是握在手裡的劍。這種攻擊只能讓敵人無法近身——做點牽制，或者達成更少的效果。

（我……好怕……不過，大家……都在……等……我吧……）

在白色混濁的世界裡，她看見了父親與母親的笑容，以及與自己同鄉的友人。

（那……是誰？啊，是阿布跟小摩，還有丹姊。好可……怕。陛下……）

肺、心臟、手臂、雙腳與大腦都想要休息。

寧亞已無法抗拒那份誘惑。只是，即使如此，她為何仍然沒有倒下？

她對死亡有所恐懼。身為隨從，有著必須戰到最後的信念。比起這些——她更希望能有足夠表現，配得上借用的武具。武器一齊刺出，插進寧亞的身上。

於是，寧亞．巴拉哈死了。

4

戰場總是有種獨特的空氣。各種各樣的汙濁物質交相混合，講得明白點，會形成一種噁心的臭味；但她聞慣了這種味道。

蕾梅迪奧絲獨自待在關起的吊閘內側，反覆深呼吸，將這種瀰漫臭味的空氣吸進體內。

在她瞪眼注視的前方，恐怕超過一萬以上的軍勢展開了行動。

往這邊發動突擊的敵軍先鋒，是食人魔與外形如馬的亞人類。蕾梅迪奧絲用力握緊手中聖劍。

她很喜歡以劍分勝負，簡單明瞭。她喜歡得不得了。比劍能夠清楚分出誰輸誰贏，而且只要殺掉對手，之後所有問題都很單純。如果萬事都能這樣簡單，不曉得能活得多輕鬆。妹妹或自己的主人也不會整天皺著眉頭了。

「唉。」

她嘆了一口氣。

然後蕾梅迪奧絲思考自己該做些什麼。

古斯塔沃說了一堆複雜難懂的事，但簡而言之，只要不讓任何一隻亞人類越過這座大門就行了。

亞人類的數量有數萬，其中攻打這座大門的差不多是一萬吧。

（在寬廣的平原戰鬥時，不可能不讓任何一隻溜到後面，但是在城門等範圍受限的地點戰鬥時，每次能夠襲擊我的敵人數量有限。這樣的話，只要我靈活自在地行動，要把他們擋在門前還不簡單！一邊喝疲勞回復藥水，一邊重複一萬遍一對一就行了！）

古斯塔沃他們要是聽到這種想法，恐怕會露出「這傢伙是認真的嗎」的表情，但蕾梅迪奧絲卻想得跟真的一樣，笑了起來。只不過她這種念頭倒也不是完全胡思亂想，所以才會讓古斯塔沃頭痛不已。

（我的作戰計畫怎麼會這麼完美！竟然將指揮權轉讓與我，正如同卡兒可陛下也說過，卡斯邦登大人真是位頗有見識的人物。）

嗯。蕾梅迪奧絲點點頭。

接著蕾梅迪奧絲思忖她想出的完美作戰「重複一萬遍一對一」的唯一一個問題。

那就是亞達巴沃的存在。

蕾梅迪奧絲的作戰方式，一旦出現比她更強的存在就會功虧一簣。

蕾梅迪奧絲雖不擅長動腦，但關於戰鬥方面卻頗有頭腦。

因此她明白自己很難戰勝亞達巴沃。當然，她不能在部下面前承認這點。因為自己是聖王國最強的戰士，若是自己承認敗北，部下的士氣將會一落千丈。

正因為如此，她才會把魔導王帶來。

（魔導王啊……）

被迫將國運託付給不死者，令她不愉快到想吐。即使如此，她也只能這麼做了。

（嘖！那個不死者若能不引人注目，躲在暗處偷偷參戰，使用那種屠殺了大量王國士兵，不知道是山羊還是綿羊的魔法就沒事了。這麼一來，好歹能少犧牲一兩個無辜百姓。擁有力量之人理當保護弱者——不死者或許無法理解這個道理吧。不過——那個不死者真有那麼厲害嗎？）

能獨自攻陷都市很了不起，打倒了名為巴塞的知名亞人類——古斯塔沃是這麼說的——也很值得佩服。但亞達巴沃層次不同，只不過是能獨自攻陷都市的魔法吟唱者究竟能否戰勝，這點令她存疑。

如果能較量一下或許可以知道，但古斯塔沃死命阻止了她，因此她完全不知道魔導王究竟有多大力量。

蕾梅迪奧絲很懷疑魔導王的實力。

在亞達巴沃露出本性時，蕾梅迪奧絲能感覺出他那壓倒性的強大力量；但從魔導王身上完全感覺不到。假如他真的摧毀了王國軍隊，應該會散發出隱藏不住的強者氛圍才對。

或許其中一個原因，是因為他是魔法吟唱者。但就算如此，假如到達了亞達巴沃那個水準，應該還是能感覺出些微實力。

（只希望他真有那個力量，不是說大話。好吧，就算他死了，我國也沒太大損失。將來那個不死者勢必成為聖王國的絆腳石，既然這樣，最好能來個兩敗俱傷，一起送命。）

即使部下表示否定意見，蕾梅迪奧絲的想法仍然沒有改變。不對，自從魔導王殺死了小男孩人質後，這種想法就更堅定了。她身為聖騎士，決不會接納若無其事地做出那種惡行的存在。

（我看那個國家的人民，其實也是受到恐懼支配吧。）

回想起來，有很多地方令她懷疑或許如此。說不定為了那些人著想，讓魔導王與亞達巴沃雙雙戰死比較好。

（問題在於我國百姓，假如古斯塔沃所言屬實，這次就是個好機會。我等聖騎士團必須表現出力量，讓百姓捨棄對魔導王的愚蠢想法……但如果亞達巴沃出現，除了讓那傢伙去對付別無他法。）

蕾梅迪奧絲恨不得摘下頭盔，把頭髮亂抓一通。

卡兒可這位卓越人物統治的國家人民，居然會對那種不死者敞開心扉，令她難以置信。光是想到他們有那種念頭，都令蕾梅迪奧絲不舒服。

（隨從巴拉哈也是——唔？有沒有可能是中了魅惑等魔法？我懂了！也許他使用了廣範圍令人強制產生好感的魔法！）

糟了，蕾梅迪奧絲心想。她從沒想過這個可能性。

（最好把我的想法告訴古斯塔沃，不過，要等到贏了這場戰鬥再說！）

蕾梅迪奧絲瞪視後方。

民眾在那裡手持盾牌與槍矛，排成隊形。

「各位勇敢的戰士！很遺憾的是，聖王國此刻正遭受亞人類蹂躪，這我必須承認！讓我們擊退那些亞人類，解救正在受苦的無辜百姓——解救同胞吧！這場戰事是達到目標的第一步，我們要在此地擊退那些傢伙，由我們親手奪回聖王國疆土！」

蕾梅迪奧絲發出帶有霸氣的咆哮後，民兵的臉上都浮現出緊張神色。

「骯髒的亞人類即將大舉入侵，諸位必須在此擺好盾牌，刺出槍矛，化為不讓敵人越雷池一步的壁壘！不用害怕！除了最初的一擊另當別論，其他諸位將要對付的，只有從我手中逃走的亞人類！你們只要短時間拖延他們的腳步，本人與優秀的聖騎士將會擊敗他們！」

緊張感稍稍緩和了些。雖然鬆弛過度會有不良影響，但緊張過頭影響更大。就蕾梅迪奧絲看起來，民兵的士氣似乎處於理想狀態。

「你們昨天一整天都接受了訓練！今天你們只要發揮訓練成果即可！不用過度緊張！」蕾梅迪奧絲頓了一拍後，用比之前更大的嗓門喊道：「第一排！舉起盾牌！」

形成包圍城門隊形的民兵第一排舉起盾牌。

盾牌大到幾乎能遮住整個人，底下附有手指長的尖刺。

「放下盾牌！」

手持盾牌的民兵使勁將盾牌的尖刺部分插進地面，這樣臨時打造的金屬牆就完成了。

昨天這支盾牌隊只接受了嚴格的三項訓練：第一項是全力舉起大盾後往下砸，讓尖刺深深刺進地面；第二項是不管承受多大壓力，都要堅守崗位。

「第二排！舉起盾牌！」

這一排跟第一排的盾牌隊拿著相同大小的盾牌，但是沒附尖刺。他們要用這面盾牌遮住第一排與第二排的兩人頭頂，就像蓋上蓋子一樣。這招可以防止敵人越過第一排的盾牌進行攻擊。

這第二排的盾牌隊之中，維持一定距離安排了聖騎士發動「在神的旗幟下」，藉此可以保護民兵不受敵人施加的恐懼壓力。

「第三排長槍隊前進！接著第四排長槍隊前進！」

而第三排與第四排是長槍隊。

他們從盾牌隊的隙縫間刺出長槍，將槍尾固定於地面上，目的是防止敵人衝刺。第三排與第四排的槍矛長度略有差異，第四排的較長。本來應該做出更多排的長槍隊刺出槍矛，藉此形成槍林，但由於人數不夠多，因此他們讓殺傷範圍互相重疊，藉此令敵軍難以突破。

很完美的隊形。

只是，有個弱點。

這個隊形對戰士很有效，對身懷特殊能力的亞人類或魔法吟唱者來說卻很脆弱。

的確，「火球（Fire Ball）」等魔法會被壁壘阻擋，大幅減少損傷量。但有種稱為「雷擊（Lightning）」的攻擊魔法能射出直線貫穿的雷電，一路穿透到後方。誰也無法保證亞人類不具有那類特殊能力。

蕾梅迪奧絲明知道這點，仍然教民兵排成這種隊形，是因為沒有其他有效隊形了。

「很好！那麼開始吧！拉起大門！」

配合著蕾梅迪奧絲的大吼，吊閘往上拉起；進軍殺來的亞人類動作因動搖而遲鈍。竟然自己主動開門——樂觀主義者會認為是投降，現實主義者則應該會判斷為陷阱。

蕾梅迪奧絲在笑。

「你們這些骯髒的亞人類！看我剝下你們的毛皮，拿來擦屁股好了！」

聽到弱小人類的挑釁，亞人類火冒三丈地加快突擊速度。

蕾梅迪奧絲轉身背對亞人類，拔腿就跑。她用手撐住民兵的盾牌，當成跳箱般越過。

亞人類衝刺過來，鑽過大門時，有幾隻速度過猛而摔倒。

他們在那個位置潑灑了大量的油。突擊到一半摔跤，只會有兩個結果。要不就是波及後續的人，要不就是被後續的士兵踏成肉泥。

遺憾的是食人魔等大塊頭的亞人類沒有跌跤，一一入侵都市。至於外形如馬的亞人則是有的跌跤，有的速度變慢。

大型亞人類的衝刺，可與軍馬的一波攻擊匹敵。但若是撐不過這波攻勢，一切就泡湯了。

食人魔即使亂了腳步，仍然猛衝過來，揮舞手中的特大鐵鎚。但長槍比大鐵鎚更長，幾隻沒算好距離的食人魔被長槍刺中；只不過他們沒柔弱到這樣就會送命。

「就是現在！投擲！」

聽從蕾梅迪奧絲的指示，火焰壺飛越民兵的頭頂上，地獄業火在大門附近伴隨著瓶子摔破的聲音噴起，於大門一帶堵得水洩不通的亞人類身陷火海。
亞人類應該也早有預料，但蕾梅迪奧絲確定噴起的火勢遠超過他們想像；因為連灑在地上與附著身上的油都著火了。
與盾牌隊對峙的食人魔也產生了動搖。
背後發生火災，會動搖是當然的。
雖說他們擁有比人類厚的皮膚，但不表示不會燒傷。
大門附近迴盪著怒吼與慘叫。然而，或許該說不愧是生命力強大的亞人類，都陷入這麼大的火海了，似乎並沒有多少人失去戰鬥力量。
亞人類面臨這種狀況，該採取的行動只有兩種：前進或後退。
黑煙遮蔽視野，奪去了他們做其他選擇的餘力。雖然很多亞人類種族具有夜視能力，但並不是連煙霧都能透視。
視野遭到掩蔽，大火焚身，又受到烏煙瘴氣所苦，很少有人還能冷靜行動。
在這種狀況下很難後退，因為後續部隊會繼續蜂擁而至，想從這座大門入侵都市。事實上大門外的亞人類看到火勢這麼大都裹足不前，但是受到黑煙籠罩的人無法得知這點。
因此亞人類選擇前進。
正如蕾梅迪奧絲所料。

亞人類憑恃著強韌肉體，開始強行進擊。豈料——

——盾牌隊的第三項訓練，就是即使黑煙漫天，仍然能維持盾牌堆疊而成的壁壘。

「長槍隊！向後拉！」

長槍一齊往後拉——

「長槍隊！向前刺！」

一齊往前刺出。

伴隨著凶猛的低吼聲，亞人類才剛衝出黑煙，在無論防禦或是閃避都有困難的狀況下，受到槍林的迎接。只不過即使如此，靠民兵的臂力仍然難以一槍刺穿亞人類的身體。特別是這些亞人類很可能為了正面擊破大門而經過精挑細選，更是難以擊倒。

不過，就算是這樣也無所謂。

蕾梅迪奧絲也不認為一次攻擊就能打倒他們。

只要盾牌隊尚在，我方可以一再反覆攻擊。

「向後拉！——向前刺！」

重覆這項命令的同時，蕾梅迪奧絲自己也跟剛才相反，跳出盾牌外，砍向長槍搆不到的位置的亞人類。

黑煙刺痛了眼睛與喉嚨，但沒那閒工夫去在意。從吊閘——灑油處闖入這邊的亞人類數量很少，至多不到五十隻。

首先要把這些東西統統殺光，盡可能削弱敵軍的戰意。這些人既然敢打頭陣，必定是鬥志旺盛的精兵強將。只要能掃蕩他們，肯定能造成比殺死嘍囉更強的影響力。

蕾梅迪奧絲呼吸毫無紊亂，接二連三地砍倒敵人。

即使是食人魔這樣的大型亞人類，在這般混戰中也無法發揮本身實力。

聖劍忽縱忽橫，自在來回。

不久，亞人類的蹤影從淚眼婆娑的視野中消失不見。然而煙霧另一頭還能聽見大量亞人類吵鬧不休，也許正在整頓戰鬥隊伍。

蕾梅迪奧絲慢慢後退，在黑煙另一頭確認到幾隻亞人類的身影。

「團長！請回到這邊來！」

本來正在發動「在神的旗幟下」的聖騎士部下高聲喊道。

但蕾梅迪奧絲有種直覺，認為不該後退。

在徐徐散去的黑煙中，她發現有三隻亞人類正往這邊慢慢走來，確定自己的想法沒錯。

一隻是具有獸類上半身與肉食動物下半身的戰士。

一隻是擁有四條手臂的女亞人類。

而最後是穿戴多種黃金配件，一身純白長毛，有如猿猴的亞人類。

蕾梅迪奧絲本來打算在這裡獨自與數萬亞人類廝殺，也有十足的勝算。然而即使是她，也感覺到同時對付這三隻亞人類，將會極其危險。

僅僅三隻。雖然因為漫天黑煙還看不清楚，但那悠然走近的步履充滿了絕對自信。就連應該與他們站在同一陣線的成群亞人類，都將狀況交給那三隻處理，一步也不靠近。

（……很強。就算一對一，或許也……不見得能贏？三對一的話更是毫無勝算。）

蕾梅迪奧絲的直覺在喊叫，告訴她與其同時對付三人，還不如逃跑比較好。但是逃走之後又能怎樣？她拿不出答案。反過來說，假如能勝過這幾個亞人類，這場局地戰就等於贏得了完全勝利。

蕾梅迪奧絲用力握緊聖劍，頭也不回地說：

「……聖騎士薩維科斯、聖騎士埃斯特班。」

蕾梅迪奧絲聽見兩人回答：「是！」穿過民兵之中，走了出來。

「直到我殺死其中一隻之前，你們能夠壓制住另外兩隻嗎？」

「請交給我們！」兩人都喊道，但蕾梅迪奧絲的直覺告訴她不可能，能爭取到幾分鐘就算不錯了。那麼是否應該比對手派出更多的人？

不，蕾梅迪奧絲搖頭。

對手敢憑三隻闖進敵陣，肯定是自我表現欲強烈且自命不凡，這種類型很容易接受一對一的挑戰，也就是所謂強者特有的自大。
而妄自尊大的人總是喜歡欺凌弱者，明明幾秒鐘就能解決，卻硬要花時間折磨對手。
應該將一線希望託付在這裡，讓三組人馬捉對廝殺。
「聖騎士，你們看先行戰鬥的兩人倒下，就上前挑戰單挑。一次一個人，薩維科斯、埃斯特班、佛朗哥、卡勒凡，照這個順序去。」
不用人數對付，就等於是爭取時間，視情況而定甚至是命令部下當棄棋。他們即使明白這點，仍毫不遲疑地答應下來。
這就是聖騎士。
這才是體現正義之人。
（能為他人犧牲自己才叫正義。）
也許這是最後一次看到他們健在的模樣。即使如此，蕾梅迪奧絲不曾從三隻亞人類身上移開目光。因為她要掌握機會，盡量獲得多一點資訊。
（雖然看不清楚，首先那兩隻亞人類具有作為戰士的力量。長得像猿猴的亞人類說不定是修行僧；四臂人應該想成具有魔法吟唱者的力量，或者是其他本領？）
只靠蠻力前來挑戰的亞人類並不可怕，可怕的是受過訓練的亞人類。因為當亞人類受過戰士訓練時，即使沒經過多久修練，配合天生具有的體能，也有可能成為超越聖王國沙場老將的強者。事實上，讓蕾梅迪奧絲——除了亞達巴沃之外——負傷最重的戰鬥對手就是那種存在。

如今她仍能回想起貫穿腹部的那一擊。正因為如此，在與亞人類戰鬥時她會稍加注意，也會聽從直覺。

（……會用魔法的亞人類最難對付，要是對方飛上空中就糟了。）

蕾梅迪奧絲如果發動鎧甲的力量，也算是能在空中短時間飛行。然而那並不代表能自由自在飛行，上升、下降或轉換方向都得費一番工夫，無法照平常方式戰鬥。會使用「飛行(Fly)」等技巧的對手，也許會持續待在她攻擊不到的位置。蕾梅迪奧絲擁有發射劍擊的武技，但是考慮到效果衰減等問題，想在短時間內戰勝將會很有困難。

三隻亞人類一進入大門內側，就停下腳步。

「——不過就是對付個人類，居然還得要我們出力啊。」

從黑煙的另一頭，雖然尚無法完全看見身姿，但能聽見從容自在的聲音。

握住聖劍的手滲出汗水，危險迫近時特有的苦味在舌頭上擴散。

對手來到近處，就完全感覺得出來。

野獸與猿猴是強者中的強者。四臂人有點無法判斷，但既然能一起過來，想必是同等水準，換言之最好把那三隻都當成蕾梅迪奧絲等級的存在。

「真是——好礙事的煙霧啊，受不了！」

轟的一聲，強風吹過，吹跑了剩下的所有煙霧。

亞人類的身影清楚現形，帶頭的是個手持巨大戰斧的亞人類。

「果然是獸身四腳獸！」

聖騎士埃斯特班叫道。獸身四腳獸？蕾梅迪奧絲心想。這個亞人類的名字叫獸身四腳獸嗎？

「哦……不，知道或許也不奇怪吧。」對方臉上浮現野獸的獰笑。「說歸說，看你博學多聞，就放你一馬好了，好讓你教更多人知道本大爺的強悍實力，是不是？」

「嘻嘻嘻，威桀閣下，擅作主張可是會挨亞達巴沃大人罵喔？至多只能要求對方丟掉武器，當成俘虜。」

猿猴般的亞人類對獸身四腳獸說。

蕾梅迪奧絲一頭霧水，頭上浮現問號，隨便找人問：

「獸身四腳獸？威桀？獸身四腳獸．威桀？威桀．獸身四腳獸？」

她是要問「這傢伙叫什麼名字」，但本人似乎有所誤解，笑得心情暢快。

「喝哈哈哈哈！這樣稱呼我，是將我判斷為種族代表了嗎？想不到這些人類還挺有眼光的嘛！」

「那是講客套話吧，威桀閣下。」

待在左後方的四臂亞人類用嘲笑口吻說。

「沒……沒錯。我只是講客套話，威桀。」

對方都說是種族了，蕾梅迪奧絲再笨也知道自己完全搞錯了。

喚做威桀的亞人類一聽，不愉快地歪扭起臉孔。

「哼，本來以為妳如果能取悅我，還可以請那位大人饒妳一命。等一下後悔我可管不著喔？」

「誰會後悔了，你們才該在那個世界後悔與我們為敵。」

「嘻嘻嘻，真是活潑的姑娘啊……是姑娘的年齡沒錯吧？老朽不太會判斷其他種族的年齡……」

「怎樣都好啦，應該對吧。」

亞人類講這些話都是認真的，這就是所謂的種族差異。

「那麼，人類姑娘啊，容老朽做個自我介紹。老朽名為哈里夏・安卡拉。而這邊這位或許不用老朽介紹，總之他是威桀・拉加恩德拉閣下。然後最後這位乃是拿蘇麗妮・琲爾特・丘勒閣下。」

「這名字是！白老與冰炎雷嗎！」

聖騎士薩維科斯驚愕地叫道。

「呵呵呵呵，看來連這些人類都知道我們的名字啊。至於小傢伙——」

「——人類，我沒有類似的別名嗎？」

「我沒有聽說過威桀．拉加恩德拉這個名字。只不過如果是同樣手持戰斧的獸身四腳獸，是有個出名的人物，就是魔爪，魔爪弗極．桑迪克納拉。」

「那是我老爸。」威桀用鼻子哼了一聲。「我是魔爪的繼承者，威桀．拉加恩德拉。我得讓眾人以後聽到魔爪，就要想起我的名字才行。」

「嘻嘻嘻，那麼人類大將就讓威桀閣下對付吧。」

「說得是，都強迫我不准從遠處施放魔法，在對手眼前暴露正身了，這點小事總得辦到吧——老實說，我還希望他能一個人對付所有人呢。」

「嘻嘻嘻，大人可是命令我們合作對付敵人喔？」

「這工作對老太太來說太辛苦了，對吧？我無所謂喔？」

「嘖！」

四臂亞人類（拿蘇麗妮）嘖了一聲，一臉凶神惡煞地瞪著威桀。坦白說，兩人之間的敵意強到如果放著不管，搞不好會擅自來個自相殘殺。

「好了，我單打獨鬥是無所謂，但——」威桀瞪了蕾梅迪奧絲一眼。「在那之前，先問妳的名字吧。廢物的名字知道也沒用，但我看妳的武器像是把不錯的寶劍。」

「蕾梅迪奧絲．卡斯托迪奧。」

威桀與哈里夏的臉孔扭曲了，兩者意義不同。

威桀是渴求強者鮮血的笑臉，哈里夏則是吃驚。

拿蘇麗妮沒有改變表情。

「就是妳啊，妳就是蕾梅迪奧絲．卡斯托迪奧啊，被稱為這個國家最強的聖騎士。哈哈！這下太好了，只要殺了妳，我的名聲將會無遠弗屆。我將是打倒聖王國最強聖騎士的獸身四腳獸，作為新一代魔爪名聞天下。」

「哦——那麼那個就是聖劍嘍，這樣啊——我說呀，威桀閣下，你想不想與我換手？假如你願意換手，我願使用我等部落的人手，大肆宣傳你的偉大功績唷？」

聽到拿蘇麗妮所言，兩隻亞人類即刻做出回應。

「嘻嘻嘻，妳是想獻上寶劍，藉此向亞達巴沃大人討孩子吧？」

「哼，說好了讓我來，沒有妳出場的份。」

「——妳想求惡魔召幸？真令人作嘔。」

聽見令人無法置若罔聞的一席話，蕾梅迪奧絲坦率道出心聲後，拿蘇麗妮對蕾梅迪奧絲擺出一副不以為然的表情。

「竟然無法理解孕育絕對支配者的孩子有多大價值……人類真是低能的生物啊。」

「就算是那位大人……對於孕育自己子嗣的種族，想必也會多加照顧吧。這樣一想，女人可真是占便宜啊。」

「哼，再說只要繼承了優秀父親的血統，就能生出能力不凡的孩子——不。」威桀抬頭挺胸。「想必能生下超越父親的優秀子嗣——嗯？也有可能我屬於例外。」

縱然身在戰場，三隻亞人類卻不像抱有危機意識的樣子。看到他們輕鬆聊天的模樣，蕾梅迪奧絲開始怒火中燒。

「真是一群滿口胡言的亞人類，居然還去想像不會到來的將來。妳的痴心妄想將在這裡破滅。不，不只是妳，你們三隻都一樣。」

「嘻嘻嘻，可怕喔，可怕喔。」

哈里夏手腳亂動，但不像在害怕的樣子。他之所以擺出這種態度，必定是因為有自信能贏過蕾梅迪奧絲。蕾梅迪奧絲清楚這一點，因此心中也就更加不快。

蕾梅迪奧絲對聖騎士大聲下令，好讓亞人類也聽個清楚。

「你們與他們單挑。我對付威桀，你們——」

「那就由我來。」薩維科斯走到哈里夏對面，「那麼我就……」埃斯特班擋到拿蘇麗妮面前。

「——哎喲……我不是戰士所以不太清楚，但總覺得跟妳相比之下似乎差多了？」

「嘻嘻嘻……不知是真是假。還是別輕敵比較好喔，拿蘇麗妮閣下。」

感覺到威桀嗤之以鼻，蕾梅迪奧絲怒吼：「我們上！」對手絕對已經看穿了己方兩名聖騎士不敵他們，讓他們說出口只會對己方不利。

關鍵在於最初的一擊。一則為了替後方屏氣凝神觀戰的民兵除去不安，一則為了讓對手知道自己才是強者，必須將體力分配置之度外，給予對手灌注全力的一擊。

蕾梅迪奧絲一手握著聖劍砍向威桀。

威桀以巨大戰斧迎擊。

兩者互相衝撞，空氣大幅震動。

蕾梅迪奧絲聽見後方民兵傳來一陣騷動，她沒時間悠閒地分析那是驚嘆還是畏懼。因為使出渾身解數的一劍，遭到同樣剛強的揮砍反擊。

兩者力量不分上下，雙方武器都沒有缺損。

換做是一般武器，在這場激烈撞擊下必定留下些許缺口，或是歪扭變形；換言之，威桀的武器也是魔法武器。

「哼！」

「唔！」

蕾梅迪奧絲接著揮出的一擊，在威桀的上半身留下淺淺傷口，噴出血花。然而同時戰斧也撞進了蕾梅迪奧絲的胸口。

魔法鎧甲雖防住了戰斧的刀刃，衝擊力道卻讓肺裡的空氣散失得一點不剩，使她陷入呼吸衰竭的狀態。

眼看著蕾梅迪奧絲被衝擊力道震向後方，威桀伴隨著嘶吼跨步向前，高舉戰斧全力當頭劈下。

由於缺氧的關係，想揮劍擊退是不可能的。蕾梅迪奧絲舉起聖劍，接著以柔克剛，架開了戰斧。令人渾身發毛的刀光一閃，以僅僅幾公釐的距離擦身而過，砸在地上。衝擊力道強到一瞬間彷彿令身體浮空。

威桀將戰斧砸到地面上，變得缺乏防備，蕾梅迪奧絲挺劍就往他臉上刺。

「『剛擊』！」

「『要塞』！」

威桀判斷沒時間舉起戰斧這種沉重武器，於是一手放開斧柄，充當盾牌。

威桀的右上臂迸出鮮血。

然而，聖劍沒能刺中威桀的臉。理由有二。

其一是對手發動了防禦系武技，其二是蕾梅迪奧絲的手發麻，無法使出全力。

既然如此，蕾梅迪奧絲想將刺傷對手的聖劍繼續往前推——腳上卻一陣疼痛，讓她的動作當場僵住。

疼痛的原因來自威桀的下半身，獸類身體的前腳部分給了蕾梅迪奧絲的腳一記掃腿。雖然護腳幾乎彈開了所有尖爪，但其中一隻撕裂了蕾梅迪奧絲的腳。

這時戰斧早已高高舉起。

蕾梅迪奧絲要阻止對手揮動戰斧，再次朝向威桀踏出一步。腳每次動都會痛。

「『剛擊』！」

「『剛爪』！」

面對刺來的聖劍，威桀靈活移動戰斧抵擋。

至於蕾梅迪奧絲，當聖劍被經過強化的獸類前腳一擊彈開時，她直接把劍一掃。

威桀一後退，蕾梅迪奧絲就往前邁步，以進一步縮短距離。

雙方運用武技你來我往，大戰數回合。

兩者雖然都免於受到致命傷，但每次交手都濺出血花。

蕾梅迪奧絲確定自己占了優勢。

（繼續這樣下去的話能贏！）

她心中湧起一陣歡喜。

只要能打倒這三隻強悍的亞人類，就等於保護了這裡的民眾。這麼一來，他們對聖王國也會恢復信心。

（輪不到那個不死者出場！）

戰士與聖騎士的差別，講得粗略點，在於戰士是攻擊型前衛，聖騎士則是防禦型前衛。雖然很難用數值來表現，不過假設戰士是攻擊11、防禦9的話，聖騎士就是攻擊8、防禦11。當然，聖騎士還具有使用魔法的能力，但戰士會習得多種武技，所以難以單純做比較。只是假如要簡單解釋給外行人聽的話，就是這麼回事。

至於說到哪邊比較擅長對付魔法吟唱者，答案是聖騎士。他們獲得了神明庇佑，對魔法的抗性高過戰士。因此，假如拿蘇麗妮是與蕾梅迪奧絲站在同等領域的魔法吟唱者，那就構不成太大威脅。

接著是哈里夏，從他裝備的武裝或動作來看，很可能屬於修行僧一類。修行僧在對付魔法吟唱者或盜賊等職業時占上風，但對付聖騎士的話就是聖騎士較為有利；因此猴子也不是什麼可怕的敵人。

正因為如此——

（只要能打倒這個叫威桀的傢伙，我很有可能將三隻都解決掉。）

如果要做抉擇，選在連續戰鬥過的疲勞狀態下對付威桀，還是毫髮無傷地與威桀交戰，後者會比較有勝算。蕾梅迪奧絲如此判斷，所以向威桀提出挑戰。這個決定應該沒錯，只有一點她沒料到——

「哎喲喲，已經死掉了呢？」

「嘻嘻嘻，老朽這邊也是。」

——那就是與另外兩隻相比，聖騎士實在太弱了。

「什麼！」

蕾梅迪奧絲是高估了兩名聖騎士，還是低估了兩隻亞人類的實力？又或者兩者皆是？

「對付我的時候分心，是對我的侮辱！」

含藏怒火的刀光一閃，劈向蕾梅迪奧絲。

「唔！」

雖然蕾梅迪奧絲在千鈞一髮之際擋住了這擊，但被稍微彈開，從對她有利的位置，變成了對威桀有利的距離。

「妳叫蕾梅迪奧絲對吧……站在妳眼前的，可是將來注定名震天下的強者，本大爺威桀喔？不全力以赴對付我，幾秒鐘就會喪命喔？」

蕾梅迪奧絲咬緊下唇，其他戰鬥的聲音飛進她耳裡。

「嘻嘻嘻，這次的聖騎士不知道強不強？」

「……我看跟剛才沒兩樣吧……不過我不是戰士，不太清楚就是了。」

「聖騎士佛朗哥。」

「同樣是聖騎士，卡勒凡，奉陪到底！」

聽見這些聲音之後沒過幾秒，就響起兩陣身穿金屬鎧之人倒地的聲響。

聖騎士佛朗哥是個好男人，雖然作為聖騎士的實力還有待成長，但他重視和諧，很多人都喜歡他。事實上他會部署在這個位置，就是出於古斯塔沃對他的信賴，而蕾梅迪奧絲也了解他的個性，才會派他統率此處的民眾。

聽說聖騎士卡勒凡最近剛結婚，只是妻子如今不知在哪裡淪為階下囚。他應該很想早點去救妻子，卻壓抑住這份心情，幫助蕾梅迪奧絲解救更多人。

這兩人都還命不該絕，卻慘遭殺害。

「妳又分心了！」

伴隨著威桀的咆哮，比剛才更強烈的攻擊來襲。蕾梅迪奧絲主動撲進威桀的懷裡，以靠近握柄的位置承受這一擊。然後她順勢讓劍滑過——威桀巧妙讓劍擊方向錯開。

「哼，怎麼，嚇唬人嗎？還是經過長久鍛鍊，動作已經成了習慣？」

威桀喉嚨發出猛獸般的咕嚕低吼，不是對強敵提高警戒，而是歡喜的吼聲。

「小傢伙，我們這邊結束了，但你那邊看來還需要點時間。如何？需不需要幫助？」

「少開玩笑了，要是讓你們幫忙殺死這傢伙，我的英雄事蹟就要扣分了。要一對一打倒她，才能讓更多人津津樂道。」

「威桀閣下說得很對，那麼怎麼辦呢，拿蘇麗妮閣下？要不要打破周遭的人類肉盾，先行——」

「——你作夢！」

蕾梅迪奧絲無視於與自己對峙的威桀，往毫無防備的兩名亞人類衝去。然而——

「妳這傢伙！說過了妳的對手是我！」

威桀自然不可能放她走。蕾梅迪奧絲整個人破綻百出，威桀卻不用戰斧砍飛她，而是一腳踹去。蕾梅迪奧絲被踢個正著，吹飛出去，惡狠狠撞上盾牌屏障。

衝擊力道短短一瞬間打亂了她的呼吸。

「噫！」

民眾當中傳出恐懼的慘叫。

「不准妳三心二意，人類！給我認真打！」

威桀怒吼著，腳步聲進逼而來。一旦被那把長型戰斧揮動一通，手持盾牌的民眾將被打飛，讓隊形開出難以修補的大洞。

蕾梅迪奧絲失去平衡，仍踏出一步，反過來向逼近眼前的威桀展開突擊。

如果可以，蕾梅迪奧絲很想只靠自己的力量除掉威桀，但她決定使用預留用來對付另外兩人的力量。

就是聖劍色法爾利希亞所具有的，一天只能使用一次的大招。

她要施展強化聖騎士聖擊的一記攻擊。

使出只有持握這把劍的聖騎士，才能使用的最強攻擊。

直覺告訴她最好作罷，但她必須立刻打倒威桀，否則兩名亞人類會殺死眾多百姓。

（我——要實現卡兒可陛下的心意——！）

「————！」

蕾梅迪奧絲發出不成言語的嘶吼，擺脫敲響警鐘的直覺，心中對聖劍下令。同時她將聖擊流入劍刃，令其發動。

聖劍開始蘊藏神聖之光，光芒伸長到多出刀身一倍。

據說對手越是邪惡，這道光芒就會發出越炫目的強光，在這種狀態下很難閃避或防禦攻擊。之所以是據說，是因為蕾梅迪奧絲沒看到那麼強的光輝。

蕾梅迪奧絲高舉聖劍過頭，卯足全力直劈而下。

要預測失去平衡的蕾梅迪奧絲的劍擊軌道似乎很容易，威桀用戰斧輕鬆擋下，頂了回來。不過——

「————！」

蕾梅迪奧絲再次帶著不成聲音的嘶吼，從聖劍與戰斧互相咬合的狀態下，直接由上往下加諸力道。

她並非想憑靠蠻力讓劍砍中。

這是因為——蘊藏於聖劍中的光芒，彷彿直接沿著蕾梅迪奧絲劈砍的軌道，穿透戰斧，通過威桀的身軀。

這是以聖劍色法爾利希亞施展的大招。

無視於防禦與裝甲的聖潔波動。

不管再硬的鎧甲、鱗片或外皮都不具意義。這招就連魔法武具都能穿通，拿武器或盾牌來擋的對手絕對躲不掉，是暗藏的祕招。

如果不去阻擋而是直接躲掉，光明波動也不會命中，但是在光輝刺眼的狀態下，不可能躲得掉蕾梅迪奧絲的劍光一閃。

光明波動肆虐而過，蘊藏於劍上的聖光消失。

然而——蕾梅迪奧絲瞪大雙眼。

明明無庸置疑地直接命中了，威桀卻不像受到了嚴重打擊。

「……怎麼回事？是很華麗的招式沒錯，但……幾乎沒感到痛耶。只是虛有其表嗎？雖然是嚇了我一跳沒錯……」

蕾梅迪奧絲驚愕不已。

（這傢伙——不屬於惡的位相！）

對手越是邪惡，這一擊就越能發揮效果；但反過來說，對手如果並非邪惡存在，就無法給予太大損傷；如果對手是良善存在，更是造成不了任何影響。換言之威桀沒受到損傷，就表示他雖然應該不屬於良善，但也並非邪惡存在。

（這樣折磨民眾！攻打我們的國家，居然還不算邪惡！）

「嘻嘻嘻，剛才的光芒真是強烈，威桀閣下，你真的沒受傷嗎？」

睜不開眼睛的哈里夏問道。

「好亮啊……光還在刺痛我的眼睛呢。」

拿蘇麗妮嘟噥道。

做錯了——這一擊果然不該用在威桀身上。

威桀動動手腳檢查自己身體有無異常，然後聳聳肩。看起來毫無防備，但就蕾梅迪奧絲來看，身上沒有任何破綻。

「……強烈光芒？我搞不太懂，但我沒怎樣喔？」

「……威桀，你真讓我有點驚訝。受到那種攻擊竟然沒事……也許我低估你了。」

「呼哈！妳總算明白啦，哈哈哈！好了，人類。妳表現得很好，充分襯托出了我的力量。只要妳投降，我可以給妳個痛快喔？」

「少開這些爛玩笑！勝負還沒分曉！」

蕾梅迪奧絲拿好劍，對著三隻亞人類怒吼。

說得對，蕾梅迪奧絲還能戰鬥。她將手蓋在傷口上，發動治癒之力。溫暖和煦的光芒奪去了痛楚。

（既然不是邪惡存在，那麼聖騎士的很多特殊技能都不能用了……不過那邊那兩隻說光芒刺眼，所以留著對付他們就行了。）

對付威桀時，只要作為一名戰士應戰即可。

「嘻嘻嘻，那麼威桀閣下，那人就拜託你了。我們就先去獵殺後面那些人類吧。」

「什麼！卑鄙小人！」

叫來的聖騎士全都死了，民兵不可能對付得了那兩個傢伙。

「別想得逞！」

蕾梅迪奧絲一面後退，一面移動到能同時對付三隻亞人類的位置。

「她似乎想同時對付我們三人，但都已經說好要交給威桀了，沒辦法。」

「嘻嘻嘻，我們的目的是隨意掃蕩這座都市裡的人類，沒辦法光應付妳一個人。拿蘇麗妮閣下，不妨用妳的力量消滅後面那些傢伙，如何？」

「也好……」

拿蘇麗妮的四條手臂當中，有三條手臂蘊藏著魔法力量。分別是冰凍、炎火與雷電。

「可惡！」

蕾梅迪奧絲奔向女亞人類——

「我剛才到現在已經說了好幾遍！妳的對手是我！」

——戰斧伴隨著咆哮從旁掃來，蕾梅迪奧絲以劍擋下，被重重震飛。

到了這節骨眼上，蕾梅迪奧絲也已經明白，要一面對付威桀一面應付拿蘇麗妮，是絕對不可能的。她可以一躍撲向拿蘇麗妮，但每次預防拿蘇麗妮的攻擊，都會將毫無防備的身軀暴露在威桀眼前。

（什麼不可能……我絕不承認！說辦不到只是藉口！）

蕾梅迪奧絲聽著民兵的呻吟聲，猛烈振奮自己的心情。

他們面臨恐懼卻沒有逃跑，選擇相信蕾梅迪奧絲，自己不能在他們面前出醜。

自己，只有自己不會放棄追求無人飲泣的國家——卡兒可的理想。

「民兵！全體人員後退！」

發出指示的同時，蕾梅迪奧絲做好覺悟。

（只中個一擊不會致命，我要一面使用「要塞」，一面衝向那個女亞人類！）

眼看蕾梅迪奧絲飛奔而出，威桀不知道是誤會了什麼，笑了起來。

「哦，看來妳做好覺悟了。沒錯！拿出妳的所有力量戰鬥吧！讓這場戰鬥名留青史！

——『決鬥宣言』！」

「——嗄？」

吼喔喔喔！威桀發出了具備特別力量的咆哮。蕾梅迪奧絲本來要轉換方向跑往拿蘇麗妮的雙腳，發狂似的繼續一股腦衝向威桀。不只是雙腳，劍與意識也都朝向威桀，無法分神。

「——『火球』。」

第三位階的範圍攻擊魔法通過蕾梅迪奧絲身邊，襲向民兵。那是蕾梅迪奧絲能撐得過的魔法，對民兵而言卻是致命法術——

「——『骷髏障壁（Wall of Skeleton）』。」

民兵面前出現了骷髏組成的異形牆壁，「火球」打中它，四處飛散。

有人發出了驚叫聲。

起初是為了無法理解的狀況而驚叫，但這種反應徐徐產生轉變。因為他們看見一個身影，以不受重力影響的輕盈動作降落在骷髏堆成的可怖牆壁上。

那人語氣溫柔得與戰場格格不入，毫不冷酷地開口：

「雖說是戰場常有之事，但三對一實在令人看不下去。我來參戰，沒人有意見吧？」

說話者的真面目是不死者。

在這都市，無人不知道這號人物。他為了恢復魔力，本來應已拒絕出戰。

正是安茲．烏爾．恭本人。

唔哦喔喔喔！震天動地的歡呼聲從牆壁內側響起。

蕾梅迪奧絲用力握緊了持劍的手。

「那……那傢伙是何許人也？」

「……看那模樣，應該是死者大魔法師吧，據說有些類型是沒有皮膚的。不過……區區死者大魔法師怎會有力量抵禦我的魔法？而且一身長袍令人讚嘆，是它的效果嗎？不，也許是役使他的主人身懷強大力量？」

亞人類的聲音傳不進耳裡。是有聽到聲音，但聽不懂意思。因為蕾梅迪奧絲全副心思都用來壓抑強烈憎惡，甚至連威桀就在眼前，自己卻暴露出毫無防備的姿態，她都渾然不覺。

（────啊啊啊啊啊啊啊啊啊啊！為什麼這傢伙會跑出來！為什麼是這傢伙得到歡呼！為什麼！為什麼！為什麼是這個骷髏的不死者────！）

蕾梅迪奧絲內心也有個冷靜的部分想：在遇到危險時獲救，當然會有這種反應了。但是比起這事，民眾居然對不死者發出歡呼實在令她無法容忍。一看，挺身保護民眾死去的聖騎士還在地上。

（竟然不是對這些挺身保護你們而戰的人，而是對晚來的傢伙喝采——！）

她巴不得能拿掉頭盔，一邊砸在地上一邊亂抓頭髮，滿地打滾。

蕾梅迪奧斯一面拚命壓抑怒氣，一面向站在骷髏牆上的不死者問道：

「——你來做什麼？」

魔導王頓時停住了動作，然後空虛眼窩中浮現的亮紅火光，從亞人類轉向蕾梅迪奧絲。

「——我來……做什麼……我以為我是來當援軍的。」

「……是嗎？」

為什麼不早點來？你是故意等到聖騎士死了才來吧？因為你想在民眾面前耍帥！

蕾梅迪奧絲很想把這些想法化做言詞一吐為快，但是——

「既然如此，就交給你了。」她說不出「拜託」兩個字，也不願意說。「請你把牆壁弄掉。」

「唔？」

「交給你了！」她忍不住用吼的，然後硬是忍下來。「——請你把牆壁弄掉，沒辦法辦到嗎？」

「……不會。」

魔導王腳下的牆壁立刻消失不見。魔導王之所以沒往下掉，大概是用了「飛行」吧。

蕾梅迪奧絲光明正大地轉身背對威桀。如果這樣就被對手從背後砍死，那也沒什麼不好。蕾梅迪奧絲可以說就算是魔導王也保護不了她，藉此取笑他。

就某種意義來說，蕾梅迪奧絲滿心受到自暴自棄的心情支配，但或許很遺憾地，亞人類並沒有攻擊她，她就這樣回到了民兵面前。

民兵的眼中有著些微懼意，自己的表情有糟到那種程度嗎？

「——這裡就交給魔導王應付！我們前去援救戰況告急的地點！」

蕾梅迪奧絲一下命令，現場一片困惑的氛圍，民兵面面相覷。

「你們想抗命嗎！」

蕾梅迪奧絲一瞪，一名民兵囁嚅著說：

「啊，不……不是。只是那個……讓魔導王陛下……一個人……」

「魔導王很強！對吧！所以那點程度不成問題！我們走！」

蕾梅迪奧絲帶著屢次轉頭看向這裡的民兵，離開了這裡。他們要前往其他戰場。

望著變得空無一人的空蕩蕩空間，安茲喃喃說道：

「咦……那王八蛋，真的丟給我一個人了。」

此時此刻發生的誇張狀況，讓安茲忍不住恢復了本性。

（一般來說，現在應該是並肩作戰的場面吧？是說人家來幫妳，妳居然把事情全部丟給對方做？好歹也該客氣一下，多問幾遍能不能把這裡交給我處理，或是講點其他的……我救了她，她連一聲道謝都沒有耶？怎麼回事？）

某種惱火情緒湧上心頭，但是還不到大怒的程度，所以情緒沒能受到壓抑，只有灼熱的怒火炙燒著內心。

感覺就像某人犯錯害得自己必須加班，當事人卻說有事先回去了。不對——

（那時的憤怒更大，我也要回家忙YGGDRASIL的事好嗎……當時是計劃整個公會一起行動，所以我遲到可是給大家造成了很大困擾喔。雖然大家笑著說自己也有過這種經驗，沒有怪我……）

灼熱的怒火追加燃料，變成了業火。然後火勢被硬是撲滅。

「唔嗯……雖然怒氣受到了壓抑，但心情還是不痛快。這還是第一次有人對我這麼無禮。」

蕾梅迪奧絲曾經吼著要他住口，但這次跟當時狀況不同。重點在於安茲已經獲准不參加這次的戰鬥，卻仍然趕來當援軍。只要懂得常識，應該會用更像樣的態度面對安茲才對。

至今安茲遇過的人物，盡是些頗懂禮數的人。

或許是因為這樣吧。

再冷靜一點回想看看，自己還是鈴木悟時，似乎已經遇過好幾次蕾梅迪奧絲這樣的人物。但想起來了也不能安慰到什麼。

安茲惡狠狠瞪向三名亞人類。

就像在說全都是這些傢伙不好。

安茲很清楚這是亂找人出氣。

蕾梅迪奧絲在危急時刻獲救，對安茲的好感本來應該急速上昇，對於至今的一切失禮行為全面賠罪，為了安茲做各種努力才對。為此，安茲使用了「完全不可知化（Perfect Unknowable）」從上空窺視狀況等待蕾梅迪奧絲陷入危機，然後在危險時刻出手搭救。

結果卻是這樣。

只有這個結果，安茲完全無法理解。

假如部門到了月底沒達成業績時，有人達成了不夠的業績，大家應該會對那個人滿懷感激才對。而且那個人是已經達成了自己的業績，卻還願意放棄休假幫忙。

安茲從上空俯瞰戰場，掌握了整體戰況。有很多地方的狀況比這個戰場更危急，他也知道那個老是瞪著自己的少女身陷險境。

即使如此，安茲還是來到這裡，是因為他認為既然要賣人情，寧為牛口不為鴨後——施恩給聖王國騎士團團長這種地位最崇高的人物比較有用。

但是——

「還是有點不高興。」

安茲忍不住如此低語後，就聽見一陣難聽的笑聲。

「嘻嘻嘻，你似乎被拋下了啊。嘻嘻嘻，可憐喔可憐。」

「他是死者大魔法師，而且是作為魔法吟唱者增加了更多力量的個體呢。要提防點喲。我沒聽過那種做出牆壁的魔法，但想必是頗為高階的魔法吧。」

「哼，說半天不就是魔法吟唱者嗎？我都提不起鬥志了。想受人歌頌還是得打敗戰士才行。」

三隻亞人類似乎回過神來，七嘴八舌地在說些什麼。其中安茲眼睛看著的，是個可能是剛才發出笑聲的猿猴般亞人類。
「有什麼關係呢？殺了那人，然後——」
「——閉嘴。」
安茲打斷他的話，施放無吟唱化的第八位階魔法「死亡（Death）」。
猿猴般的亞人類維持著僵硬笑臉，慢慢倒下。
「……什麼？你做了——」
「——我說過了，閉嘴。」
安茲再次施放魔法——無吟唱化的「死亡」。
同樣地，四腳亞人類也倒下了。
「咦？咦？什麼？怎麼了？到底是？」
最後剩下的女亞人類好像沒能理解狀況，但似乎了解到這是某人引發的現象。
「難……難道這是你做的？一瞬間就把那兩人……？」
她臉上烙印著強烈的恐懼情緒，而她的身體在明顯顫抖。
「是是是。」安茲對女亞人類比照辦理，隨便施放無吟唱化的「死亡」。「——唔？」
她沒死，抵禦了安茲的「死亡」。
知道這件事的瞬間，安茲的思考瞬時切換，轉換成可稱為戰鬥模式的精神狀態。

不知是以種族特徵擋下，或是施加了魔法。也有可能就只是成功抵禦了，或者是以魔法道具進行防禦，又或是出於完全不同的原因。

雖然也不是絕對不會發生萬分之一的偶然，不過靠自身力量抵抗應該是不可能的。安茲一直在專心觀察這三人的戰鬥，雖然不會認為那是他們的全部實力，但他實在不認為這三人具有能正面抵禦自己魔法的能力。

那麼原因會是什麼？安茲想了想，認為目前還是應該提高戒備，將下一步讓給敵人。

況且說不定能獲得只有這裡才有的情報。如果能看到對手是用何種底牌抵禦了安茲擅長的攻擊，他很想一探究竟。

「唔嗯……這些人做了什麼其實無關緊要，真是浪費時間。早知如此，我就棄那個女人於不顧，去救其他地方了。既然要與那個並肩作戰，為了演得像是苦戰之下勉強得勝，應該多花點時間演出一場精采打鬥……」

不死者在自己面前喋喋不休。

（這個不死者是怎麼回事……不死者不可能幫助人類，應該是受死靈法師（Necromancer）支配了才對啊？可是，他那種強大力量……）

雖然完全搞不懂對方做了什麼，總之他一瞬間就殺死了與自己同等水準的戰士，誰能支配得了這種不死者？

一旦那隻指尖朝向自己，這次死亡是否會降臨在自己身上？

就她所知，除了魔皇亞達巴沃之外，頂多只有他的大惡魔親信能辦到這種事。

（——這是不可能的！竟然能掌控與那位大人比肩的不死者，那豈不是有如鬼神了嗎！不可能有那種死靈法師！）

要是人類國度有那樣強大的死靈法師，亞人類聯軍應該無法一路推進到這裡才對。

（要逃走嗎？趁他從容不迫時逃走？辦不到？）

她不會使用能用來逃跑的好用魔法，因為她從沒陷入過那種困境，不認為有必要。

（既然這樣！只有前進才能求生！）

「啊啊啊啊啊啊啊！」

她用吶喊振奮自己的心志，顫抖著嘴唇發動魔法。

魔力系第四位階有種魔法稱為「白銀騎士槍（Silver Lance）」。這種魔法雖是物理系魔法，但由於具有銀屬性效果，因此對於怕銀屬性的敵人，能造成極度強烈的破壞力。而且它具有稱作貫穿的特殊效果，能給予未裝備鎧甲的對手更多損傷。只不過也有個缺點，就是會被鎧甲等裝備減少損傷。

而她的最終王牌，正是以這種強大魔法獨創改編而成。

給予火焰損傷的「炎燒騎士槍（Burn Lance）」。

給予寒氣損傷的「冰葬騎士槍（Freeze Lance）」。

給予雷電損傷的「雷爆騎士槍（Shock Lance）」。

這三種魔法純以屬性損傷構成，因此以鎧甲無法減輕損傷，而且還留有貫穿效果，威力極其凶惡。

當然，既然效果如此凶惡，也就必須消耗遠超過第四位階所需的魔力。

這樣的大魔法——對她而言——同時要發動三種。

光是一種魔法都會讓她失去大量魔力，現在卻要同時使用三種。再加上同時發動魔法的行為本身就會消耗大幅魔力，魔力被吸出造成的衝擊，使她瞬間產生幾近昏厥的飄浮感。

「死吧啊啊啊啊啊！」

三支長槍飛向不死者——然後全部消失無蹤。

「——嗄？」

她無法理解眼前發生的事。如果是受到損傷但撐下來了，那她還能理解。可是——長槍就像什麼都沒發生過般消失不見了。

「咦？咦？怎麼？什麼？」

「……給了妳時間，結果卻是這樣啊。這應該就是妳的殺手鐧吧？唔嗯，看來根本沒必要提高警戒，讓妳一步。既然這樣，時間寶貴，妳快點死吧。『魔法最強化・現斷（Maximize Magic Reality Slash）』。」

5

有個漆黑的世界。

她不知道自己是什麼；

眼睛像是睜開著——但不知道什麼是眼睛；

也不知道何謂漆黑，或是何謂世界；

她也不懂既然如此，為何還會浮現這些念頭。

什麼都不明白。

逐漸消失。

也不知道消失為何物。

但逐漸消失。

然而，忽然間，有種被拉扯的感覺。

往上，往下，往右，往左，往正中央，往某處——

拉扯自己之人是完結的世界；
是以同伴建立之物自我完結的可憐人；
是認為沒有更珍貴的寶物，封閉思考之人。
然後——一場白色爆炸，使得閃光將世界染白。
巨大的失落感——
從一個整體的脫離——

寧亞·巴拉哈反覆眨眼，試著讓模糊的視野恢復常態。
她感覺似乎發生過什麼事，但什麼都不記得。不過，自己本來應該在對抗亞人類，後來怎麼了？
「……真是千鈞一髮。」
一個平靜的聲音傳來，寧亞用異常銳利，半睜著的眼睛轉向那人。
那人看起來就像黑暗化身。
不是孩童會害怕的黑暗，是疲倦之人能獲得安寧的黑暗。
是魔導王安茲·烏爾·恭。
「陛……下……」

寧亞忍不住伸出手，如同不安的幼兒向父母伸手——

「寧亞．巴拉哈，不要勉強移動。這裡的事就交給我，妳休息吧。」

她看見後方有一些亞人類朝著魔導王拚命攻擊，用劍捅他，砍他，揮拳打他。

但魔導王不予理會，好像沒事似的，溫柔地對寧亞說話。

寧亞腦中浮現與巴塞對戰時的光景。

魔導王將手伸入長袍袖口，先是顯得有些猶豫，然後取出了呈現濃豔紫色的藥水。一般說到藥水都是藍色的。

魔導王將看似有毒的藥水灑在寧亞身上，但她並不以為意。魔導王的所作所為絕對不會有錯。

事實上，寧亞的想像是正確的。灑在寧亞身上的紫色液體，一眨眼就治好了她的傷口。看來魔導國連藥水的顏色都跟別處不同。

「看樣子離痊癒還差遠了，不過在那之前先讓妳恢復疲勞——真煩人。嘖，民兵全軍覆沒……那邊似乎還有人。既然如此……」

魔導王轉向在背後不斷攻擊的亞人類。

就在這個瞬間，這座都市的各個地方都還在作戰，想必每一秒鐘都有人喪命。但只有這一瞬間，寧亞將這些事忘得一乾二淨。因為佇立保護自己的魔導王雄壯威武的背影，奪去了她的目光。

對亞人類大軍抱持的不安或憂心等諸般心思，早已消失無蹤。

那是——寧亞期盼已久的身姿。

（原來就在這裡，原來如此……）

寧亞確定自己至今懷抱的疑問，得到了完美的答案。

魔導王隨意施放魔法。

炫目雷電飛過城牆之上，這種魔法似乎稱作「連鎖龍雷（Chain Dragon Lighting）」。

城牆上的亞人類被一掃而空，掃蕩得乾乾淨淨，讓人無法相信現場曾經有過一場死鬥。

「您將……他們……全都打倒……了……嗎？」

「不，距離這裡稍遠一點的地方，還有一些人在作戰，我沒讓他們受到波及，所以沒能將所有敵人都——『燒夷（Napalm）』。啊……這樣就全部清空了，接著再處理爬上來的愚蠢之輩。『擴大魔法效果範圍．骷髏障壁（Widen Magic Wall of Skeleton）』。」

外側亞人類軍隊所在的那一邊城牆，彷彿做追加般立起骷髏堆成的壁壘。雖然視野受到遮蔽而看不見外面，不過似乎有些亞人類爬梯子上來，寧亞能聽見他們的慘叫。然後是墜落、重重撞地的聲響。

「再來是消滅布下陣勢的軍隊……不過我在過來之前，已經派不死者去處理了，早晚會解決乾淨吧。」

魔導王一邊說，一邊取出另一瓶藥水。跟剛才那瓶完全不同，瓶身非常優美纖細。雖不知道內容藥水的效果為何，但看得出來價值不菲。

「我……不要緊，陛下……」

「……別客氣，抱歉前來救援得晚了。」

魔導王彷彿覺得刺眼一樣，一邊用手遮擋眼窩的上半部，一邊將瓶中物灑在寧亞身上。剛才身上那種虛脫感如溶化般逐漸消失，只是身體很沉重。感覺就像自己體內有某種東西減少了，但同樣地……不，她覺得身體中心累積的熱度比它更多。

這樣就爬得起來了。雖然身體到處都還痛得讓人想哭，但在前來解救自己的人面前，不能維持這種失禮的姿勢。

「別這麼做——巴拉哈小姐，不用勉強起身。」

寧亞想爬起來，但魔導王壓下她的肩膀，她再次躺下。

「妳就這樣……讓人把妳抬走吧——你們幾個，這邊！」

魔導王揮揮手，應該是在呼喚民兵。

這時寧亞猛然回過神來，她太過感動，忘了問一件非問不可的事。

「陛下，您不要緊嗎？您為了前來幫助我們，又用掉為了與亞達巴沃交戰而保存下來的魔力……」

「沒事，為了救你們，這是無可奈何的。」

「陛下……」寧亞頓時了然於心。「我體悟了。」

「嗯？體悟什麼？」

魔導王等寧亞繼續說。

「我體悟到何謂正義了。」

「——喔，妳找到屬於妳的正義了嗎？那真是太好了……是不是守護弱者之類的？」

他的聲音很溫柔，所以寧亞帶著自信說道：

「陛下就是正義。」

只有一瞬間，魔導王停住了動作。

「…………嗯？」

「我弄懂了！陛下就是正義！」

「………………哦，我懂了。妳累了吧，勸妳最好休息一下。人在疲憊時難免胡思亂想，妳總不希望等到冷靜下來後，再在床上一邊鬼叫一邊打滾吧？」

「小的確實很累，但比起疲勞，我內心豁然開朗，認為陛下就是正義，而且確定這種想法沒有錯！」

「呃，不是，之前我已經說過，我不是什麼正義體現者，妳想想，所謂的正義應該是將保護弱者視為天經地義之類的思想，那個……呃，就是某種抽象概念？應該是那種的才對吧，一般來說？」

「不，無力的正義不具意義，像亞達巴沃那樣空有力量也算不上正義。既然如此，具有力量，並且將力量用在助人等正確用途上才叫正義，也就是說陛下就是正義！」

寧亞睜大雙眼說完，魔導王忽然伸出掌心，像哄小孩入睡般蓋住了寧亞的眼睛。冰涼的骷髏手掌觸感緩和了寧亞的表情。

「…………嗯。講話太大聲會動到傷勢吧？晚點我們再好好談這件事。」

「是！魔導王陛下！」

好幾陣腳步聲傳來，轉動視線一看，聖騎士與民兵正往這邊跑來。

「魔導王陛下！感謝您前來此地拯救我們！」

「別在意。」

魔導王一面回答，一面慢慢站了起來。看到王者即將離去，寧亞心中感到寂寞，差點忍不住伸手去抓魔導王的長袍，但她發現自己的行為實在太可恥，於是忍住了。

「——不，我希望你們在意。所以希望你們表示謝意，將寧亞．巴拉哈送往安全地點。從這裡看不見，不過我已派出我生產的不死者前往亞人類陣地，此地守衛暫時薄弱點應該也不成問題。」

「魔導王陛──」

「──寧亞．巴拉哈，以及這個國家的民眾啊，再來就交給我吧。我會盡量解救這座都市的人們，我答應你們。」

魔導王輕盈地飄浮起來。

「還有，不好意思，可以麻煩你們搬運那三隻亞人類的屍體嗎？他們是強敵，我想仔細檢查一下。」

魔導王指著三具屍體，都是些相當強壯的亞人類。

「麻煩連同武裝一起搬，不用小心搬沒關係，但不要弄丟道具了。那就拜託你們了。」

目送魔導王飛上空中後，聖騎士將臉轉向寧亞。

「隨從寧亞．巴拉哈，我是很想直接將妳運走，但……我沒有材料可以做擔架，所以有點困難。妳站得起來嗎？」

「是，勉強可以。」

寧亞慢慢站起來。雙腳在發抖，體重一壓上去就一陣痛楚。一名民兵攙扶著寧亞，她抓住對方的肩膀。

從城牆往下探頭一看，鎮守西門附近的部隊早已不在，而且一具屍體都沒有。乘風而來的劍戟聲聽起來相當遙遠，從敵台走下去，走最短距離的路線應該也不會有事。

寧亞尋找著飛天而去的魔導王身影，卻看不到半點影子或蹤跡，她一邊感到遺憾，一邊走進敵台裡去。

●

安茲一面從上空對入侵都市內的亞人類施展攻擊魔法，一面回想起方才的一連串事件，蹙額顰眉。

（——損失慘重，順序完完全全搞錯了。應該以寧亞．巴拉哈為優先才對，而不是那個令人不快的女人。）

因為去救了蕾梅迪奧絲．卡斯托迪奧，導致安茲慢了一點才前去寧亞那邊。結果寧亞死了，害得安茲為了讓寧亞復生，必須使用高階的短杖(Wand)。因為他不知道寧亞有多少等級，怕會像當時的蜥蜴人那樣化為塵土。

老實講，讓寧亞復生付出的代價，與復活後安茲以及納薩力克獲得的利益有沒有打平是個未知數。但既然解救蕾梅迪奧絲的施恩計畫完全失敗，安茲心想至少要賣寧亞一個恩情，所以才決定讓她復活……

（……復生的短杖，會不會其實用第七位階的魔法就夠了……出手有點太大方了，而且還得再等一小時才能切換這枚戒指。）

安茲看著八枚戒指中的一枚，戴在右手拇指的戒指。

熟練短杖戒指。

這是頭目掉落系的超稀有（Ultra Rare）工藝品。

灌注了魔法的短杖，原則上來說，只有能使用該魔法系統的魔法吟唱者才能運用。例如灌注了第一位階的信仰系魔法「輕傷治療（Light Healing）」的短杖，只有信仰系魔法吟唱者才能使用。不同系統的魔法吟唱者也能使用的是法杖（Staff），價格更貴。

有部分短杖後來做過修正（補丁），任何玩家都能使用，但這次用來讓寧亞復活，灌注了第九位階信仰系魔法「真正復生（True Resurrection）」的短杖，安茲無法使用。

然而只要有這枚戒指就能辦到。

只是這枚戒指能使用的短杖一次只有一根，一旦切換之後，一小時之內都無法替換，而且使用時還會消耗魔力。雖然具有這些缺點，但仍是相當有價值的道具。

由於稀有度很高，即使在「安茲·烏爾·恭」也很少人擁有，安茲這枚是天目一箇從遊戲引退時送他的。

（好吧，反正目前應該沒機會用那根短杖，大概也不用太在意吧。話說回來，我現在才發現，只要把她的眼睛遮住，感覺就只是在尊敬我呢。講話都聽得出來……這是否表示我已經獲得了她的信任？嗯——不知道耶？）

安茲想起寧亞的反應。

（感覺她好像是真的在感謝我……但又覺得像在瞪我。誰叫她長得那麼可怕……也許我可以建議她戴墨鏡？）

安茲雖然有這個想法，但他覺得恐怕沒辦法提出來。安茲在馬車裡聽她說過很在意自己的凶惡眼神。

在公司當著有狐臭的女性的面說「妳很臭」然後給人家一瓶香水，會有什麼後果？

（感覺會讓培養起來的尊敬消失殆盡，只剩下敵意……）

況且安茲——鈴木悟膽子沒大到敢講那種話。

安茲在附近發現亞人類，往地上施展範圍魔法，殺光亞人類。原本與他們對峙的民兵對著安茲猛揮手，都能用擬聲詞「霍霍」來形容了。安茲也舉起手——本來只想稍微舉手致意，但因為有段距離，所以將手高高舉起，好讓他們看個清楚——做出回應。

（沒錯——我可是仁慈的魔導王喔——要感謝我喔……話說回來……復活魔法會讓人發狂，或是讓腦袋出問題嗎？希望她只是一時太興奮……）

他想起寧亞的事。

那個反應怎麼想都很奇怪，分開時明明還很正常，一復活就變那樣了。

（精神錯亂嗎？能用魔法治好嗎？如果是復活造成的影響，就有點可怕了。我可不希望會隨著時間經過而導致人性扭曲……）

寧亞殺手般的雙眼之中蘊藏著異常強烈的氣魄，以及叫人害怕、炯炯有神的瘋狂光輝。

（她都能錯把我當成什麼正義了……不知道休息之後會不會變好……不對。）

安茲視線朝向亞人類的陣地。

噬魂魔(Soul Eater)在隊形半毀，四處逃竄的亞人類之間來回穿梭。光是這樣，立即死亡的靈氣就讓亞人類一一倒下。噬魂魔吃掉他們的靈魂，漸漸增強力量。

在ＹＧＧＤＲＡＳＩＬ這款遊戲當中，噬魂魔就算出現，大多也是在適當的等級下碰到，玩家大概要打個幾百次才會中一次立即死亡。因此他們雖然具有噬魂這種特殊能力，但從沒機會派上用場。

然而這次可不一樣，終於有機會讓他們發揮力量了。

「靈魂啊……糟糕，我應該先做個實驗的。」

安茲急速降落地面，然後運用「創造中階不死者」創造出一隻噬魂魔。

（去吧。）

安茲在心中下令後，噬魂魔立即向前奔去。同時安茲對已經在外面盡情蹂躪過亞人類的噬魂魔發出命令。

要他們留下獵物給新創造的噬魂魔吃。

使用屍體生產的不死者，即使時間到了也不會消失；那麼為什麼不會消失？

（假如媒介不是軀體而是靈魂，說不定吃了靈魂的噬魂魔也不會消失……好吧，就算找到答案，我看也沒機會運用就是了。不過事先知道總比不知道來得好吧。）

安茲再次飛上高空，確認都市內已經安全。亞人類大致上應已掃蕩完畢，但還是小心為上。

（唔，那個氣人的女人在那裡。不理她，不理她。）

安茲別開目光不去看蕾梅迪奧絲，四處飛翔。

安茲一飛過，下方就傳來歡呼聲。安茲一邊對他們揮手，一邊確認沒有亞人類——戰鬥已經結束，然後前往作戰司令室。等各種麻煩事討論好，有多餘時間了，再回納薩力克吧。

「希望一切順利……」

無窮無盡的不安湧上心頭，然後精神硬是恢復平靜。然而只有冷水一點一滴滲透般的感覺依然留存。

（我得用「訊息（Message）」跟迪米烏哥斯約在納薩力克碰面才行。）

安茲一出馬，要取勝就很容易。安茲掃蕩攻入這座都市的亞人類，然後辦完兩件事情，回到了自己的房間來。

一件是到卡斯邦登的房間露臉，拜託他後續一些雜七雜八的小事。內容主要是蹂躪完亞人類陣地後，留在陣地裡的糧食或其他種種物品——魔法道具除外——可以由他們那邊接收無妨。

既然安茲是單槍匹馬搗毀了亞人類的陣地，以常識來想，亞人類持有的物品理當歸安茲管理。放進兌幣箱的話應該能得到不少收入，但是獨占戰利品可能降低特地施予的恩情價值。因此安茲決定把吃虧當成占便宜，將東西讓給了聖王國。當然，裡面說不定也有珍貴的魔法道具，這些他不打算交出來就是了。

本來應該先由安茲隻身前往陣地，在現場併用「魔法視力強化／魔力看穿」與其他調查系魔法到處看看，但他不覺得有那種必要。這是因為關於亞人類的魔法道具，迪米烏哥斯應該已經調查過了，就算有遺漏，大概也不會有哪件道具強到對安茲等人造成威脅。如果有，應該會更顯目才對。

然後另一件事，是回收三隻亞人類的道具。這些魔法道具倒還不至於被摸走，平安到了安茲手裡。當然，他早已從內含魔法量猜到大概是哪種程度的道具，但還是不禁期待會有特殊種類。

安茲本來想把整堆道具放到床上，一件件用魔法檢查，但在那之前，有件事得先做。

「——好了！」

他刻意說出聲來。

一方面是為了讓自己振作精神，但還有另一層意義。

在使用「訊息」傳話給迪米烏哥斯之前，必須先做一件事。

安茲用拿出的卷軸——迪米烏哥斯品牌——啟動魔法後，頭頂上長出了兔耳朵。

安茲使用兔耳朵探測周圍的聲音，似乎沒人潛伏窺伺自己。不過光是這樣還不能放心，以第二位階的「寂靜」等作為代表，有些魔法可以消音，還有盜賊的特殊技能，因此沒有聲音就判斷沒有人還言之過早。

（能這樣輕鬆使用卷軸，都得感謝迪米烏哥斯幫忙經營牧場，讓原料變得容易獲得。而且製作卷軸時消耗的金錢，只要把大量農作物丟進兌幣箱就賺得到了。之前我就在想，納薩力克的運作似乎越來越上軌道了。）

雖然「兔耳(Rabbit's Ear)」這種第一位階魔法，用這個世界普遍販賣的羊皮紙就能製作，但再高一點的位階就得使用ＹＧＧＤＲＡＳＩＬ時代的資材。而這個問題如今有一部分獲得解決。

的確，雖然目前還只能代用到第三位階，但迪米烏哥斯已經可說是勞苦功高了。從他至今的成績來看，無庸置疑地絕對是最大功臣；其次是完美管理納薩力克的雅兒貝德。

安茲接著運用「創造低階不死者」，創造出死靈(Wraith)。

（我命你四處巡視，檢查有無任何人在偷窺我。）

死靈聽從命令，沒開門就出了房間。死靈的軀體是幽冥魂(Astral)，能夠穿牆移動。不過能穿越的牆壁厚度有限，所以不是暢行無阻，但這種房屋牆壁程度的話不成問題。

安茲集中精神在魔法製造出的耳朵上。

就算盜賊潛伏得再巧妙，看到不死者突然出現，而且還到處散播恐懼靈氣，面對這種存在豈能動都不動一下？再加上對方還得有不被死靈發現的高度潛伏能力。當然，要騙過死靈這種低階不死者想必很容易，不過若要同時具備這一切能力，就必須是個頗有兩下子的高手了。

安茲認為此地不可能有這種高手，因為假如這個國家有此種人物，早在前兩場戰鬥就會用上了。

（話雖如此，也不能保證不是他們對我有戒心，將這種人藏了起來。但是以那個女人的個性來想，我看不可能……假如有那種人，迪米烏哥斯應該會跟我提起追加的情報。）

安茲想到這裡，又覺得也許不見得。

迪米烏哥斯會不會是覺得，就算自己不講，憑安茲的才智也能理解？

（……啊，越想胃越痛。）

要是犯了這種失誤，自己必須做好覺悟，與迪米烏哥斯或是雅兒貝德好好談一談。

不久，不死者回來了。

「有任何人在嗎？」

不死者回以「否定」的反應。安茲的耳朵也沒捕捉到可疑聲響。

「是嗎，那麼你潛藏於牆壁裡，巡視並警備這附近吧。」

目送不死者進入牆裡，安茲做好了覺悟。

（好了，接下來得發動「訊息」才行。）

明明是很簡單的一件事，安茲卻猶豫不定。

心境上來說，簡直就像知道一回公司就要挨上司罵的業務員。

但他不能一直這樣拖拖拉拉，而且要是迪米烏哥斯先聯絡安茲，那樣心情也很沉重。

「我要上了！」

安茲給自己加油打氣，對迪米烏哥斯發出了「訊息」。他已經在腦中演練過好幾遍要講的內容，情況模擬夠多次了。再來只要照練習內容說出來即可。

然而安茲還來不及模仿深呼吸動作讓自己放輕鬆——應該說使用「訊息」後連一瞬間都不到，就跟迪米烏哥斯連上了通話。反應也太快了。

「迪米烏哥斯嗎？」

『是的，安茲大人。』

「唔嗯。」安茲已經做過很多次練習，再來只要背誦出來就對了。「……我是在想，你會不會對於報告內容與我的行動有所乖離感到疑惑，所以才聯絡你。我知道你想說什麼，不過在詳細說明時，我認為雅兒貝德最好也在場。我要你火速回到納薩力克地下大墳墓，我也會馬上回去，就在地表的木屋碰面吧。」

『遵命，那麼由屬下先聯絡雅兒貝德。』

「好，麻煩你了。」

安茲即刻消掉「訊息」，然後呼出一口沉重的長長嘆息。

（啊，太好了，他好像沒在生氣。啊，嚇死我了。）

安茲原本心裡戰戰兢兢的，怕要是惹優秀的部下生氣了怎麼辦。他使勁撐起差點因為安心而癱倒的身體，定睛注視牆壁。

死靈的職務完成了。這個世界基本上可以做友軍攻擊，所以是能夠像夏提雅那樣毀掉不死者，但沒必要浪費力氣，因為讓不死者歸返也很容易。附帶一提，安茲連開口都不用，只要在腦中下令即可。光是這樣就能破壞隱約感覺得到的連結。

話雖如此，此時正有許多數不盡的連結，往耶．蘭提爾綿延而去。換成在那個地方，安茲不把話講出口就沒有自信正確下令，這是事實；但相較之下，安茲在這個地方創造出的不死者非常少，所以很容易分辨。

（——消失吧。好了，再來是先回納薩力克一趟……）

接下來必須處理非常可怕的工作——可說是藉故搪塞或哄騙部下的工作。如果能交給別人處理，安茲還真想這麼做，但是不行。應該說這種事能找誰代理？

安茲觸摸放在桌上的三隻亞人類持有的魔法道具，試著抹除不安情緒。

（呵呵，雖然很爛，價值也很低，但能得到這個世界的魔法道具仍然讓人開心……雖然沒潘朵拉．亞克特那麼誇張，但或許我也有魔法道具愛好癖的傾向？）

安茲先從四臂亞人類持有的魔法道具鑑定起。其中的一只臂環，正是抵禦了安茲立即死亡魔法的道具，其名為死亡守護臂套，能賦予裝備者每天一次對立即死亡魔法的完全抗性。

安茲拿起它，在手中轉動幾次後放回桌上。

（無聊，可惜不是更好的道具。好了——）

安茲正打算動身時，突然間有人敲門，室外傳來聲音說：「魔導王陛下，小的是寧亞．巴拉哈。」

安茲迅速檢查身上穿著，接著環顧室內，確認自己具備至上君主魔導王該有的風範。然後他慢慢坐到椅子上，擺出安茲王者姿勢第二十四招。

「——進來吧。」

安茲盡可能深沉穩重地出聲呼喚，這種語調也是他鍛鍊了無數次才練起來的。

門扉打開，傷勢痊癒的寧亞進入室內，繼而行了一禮。

「感謝您准小的入室，魔導王陛下，我來盡隨從應盡的職責了。」

「唔嗯，來得好，巴拉哈小姐。不過只有今天，妳不用勉強盡到隨從的職責沒關係。傷勢雖然像是痊癒了，但戰鬥的疲勞——」

啊，我太迷糊了。安茲心想。那時使用的藥水，是能夠完全消除疲勞或疲憊的藥水。原本肌膚暗沉粗糙的恩弗雷亞也對這種藥水讚不絕口。

「不，多虧有魔導王陛下的力量，我可以盡到作為隨從的職責，不會有任何問題。況且——我能待在陛下近旁，也感到非常高興。」

寧亞咧嘴——不對，也許該說邪門地——露出微笑。面對這種好像具有敵意或惡意的笑臉，安茲差點變得全身緊繃，但他繼續保持王者的姿勢。

「……是嗎？不過，我接下來必須回魔導國一趟，處理公務。抱歉讓妳白跑一趟。」

「是這樣啊……」

寧亞似乎很沮喪，但一丁點也不可愛。安茲只覺得自己被瞪了，所以他採取了抗寧亞對策。

就是閉上眼睛，這樣就不會被眼神嚇到了。

「話說回來，巴拉哈小姐能平安無事……應該說能活著回來，真是令我高興。」

「謝魔導王陛下！這都得感謝陛下的力量。特別是如果沒有這件鎧甲，我想我一定無法撐到陛下趕來。」

（其實根本就沒撐住，根本就死掉了……好吧，結果最重要。話說回來，聽說她要在城牆上作戰，所以借她能防禦遠程武器的鎧甲果然是對的！）

「呵呵，那就好。那麼弓呢？有沒有讓許多民眾見識到它的力量？」

「是的……有很多人看到了這把弓的驚人力量，可是……大家都死了。」

「什麼！——這樣啊，原來是這樣，太遺憾了。」

竟然又失敗了，安茲由衷感到遺憾。如果看到的人都死了，那就等於沒人看到。安茲心想，或許該放棄替盧恩武器做宣傳了。但是——他又改變想法，認為應該還有機會才是。這個目的就算失敗也幾乎沒有損失，成功時的好處卻很大。

「我如果沒有魔導王陛下借與我的武具，想必也與其他人一起蒙神寵召了……魔導王陛下，真的太感謝您了。」

聽起來像是發自內心的感謝，安茲心中叫好。但不能把這種感情寫在臉上，終究還是只能表現出王者該有的態度。

「無須在意，妳必須知道保護自己的隨從，是主人的職責。」

安茲偷偷睜眼觀察一下，只見寧亞一聽到隨從二字，神情有些扭曲。安茲認為她應該不是在生氣，但又覺得她好像不太高興。只能從談話過程或至今的態度判斷，當作不是那類反應了。

應該說睜開眼睛果然是個錯誤，安茲再次闔眼。

「謝魔導王陛下。還有，受到魔導王陛下搭救的人也都說過感謝的話語，並且希望我能轉達陛下。」

「哦……」安茲心裡歡呼，但拚命隱藏這種感情。「不用在意，只不過是眼前正好有可以拯救的生命罷了。只不過，希望你們不要認為這種幸運會一再發生。在這次戰事中，我又使用了大量魔力，下次實在幫不了你們嘍？」

「我明白了，我會將陛下的意思轉告大家。」

「好，不過……這樣吧，如果妳見到那些人，就替我告訴他們，他們的謝意讓我很高興……好了，寧亞小姐，不好意思，我差不多該走了，晚點再——這樣吧，可以請妳大約四小時後再過來嗎？」

「好的！我必定準時前來！那麼容我退下！」

寧亞離開房間，安茲睜開眼睛。

（嗯，我覺得她對我深懷謝意，這樣總算搞定一個人了。不，不過常言道千里之行始於足下，我是否該去免費提供回復系藥水，兼做宣傳？這樣應該能獲得更大感謝……雖然盧恩失敗了，不過這個的話或許送得出去？）

安茲拿出紫色的藥水。

這是恩弗雷亞製作的藥水，品質來說，效果比ＹＧＧＤＲＡＳＩＬ謹製藥水略差一些，還在開發階段當中。不過將來說不定能達到同等效果，也說不定能調配出紅色的ＹＧＧＤＲＡＳＩＬ藥水。

（我是覺得不必要地洩漏資訊太可惜了，所以沒用ＹＧＧＤＲＡＳＩＬ的紅色藥水……但是對於習慣了藍色藥水的人來說，能不能接受紫色藥水也是個問題。在這種地方使用看看，先做出實際成績也不會有壞處。）

目前安茲要求恩弗雷亞或他祖母製作的藥水，將由納薩力克這邊隱匿資訊，安茲無意讓技術外流。但或許有朝一日會改變計畫，販賣這類藥水也說不定。為了未雨綢繆，是不是應該先鋪好路？

（真猶豫，總覺得不管走哪條路都有好有壞。不過，說到恩弗雷亞……）

老實講，跟安茲請教夫妻的性生活會讓他很困擾。雖然沒有很露骨，但安茲覺得如果被他太太知道丈夫在談她那方面的問題，好像會很不妙。

話說回來，恩弗雷亞怎麼會突發奇想找自己商量？只能當成恩弗雷亞沒有男性親屬，又離鄉背井，所以沒人可以商量。搞不好他以為安茲跟娜貝拉爾是那種關係。

（他應該知道我是骷髏吧……）

安茲曾經因為一時好奇，想偷看一下晚上的兩人，但覺得今後自己對兩人的態度可能會變，就克制住了。只是每次恩弗雷亞找自己商量，安茲都得費一番工夫趕走腦中閃爍的好奇心。

（恩弗雷亞說自從她知道那很舒服後，就會要好幾次怎樣的……但實在沒想到他竟然調配了那方面的藥水——該說是精力恢復系嗎？就算說做了一堆，給我也沒用啊……）

總而言之，安茲決定送給那兩個蜥蜴人，讓他們努力多生幾個稀有的小孩。

（記得他說技術發展起初始於軍事，然後是色情與醫療？也許是至理名言……好了，回去吧。）

第五章 安茲殞命

Chapter 5 | Ainz died

1

室內一共有四人。

兩名聖騎士——蕾梅迪奧絲．卡斯托迪奧與古斯塔沃．蒙塔涅斯——似乎是戰鬥後直接前來，身上鎧甲滿是血汙；另外是負責整合倖存神官，能使用到第三位階的中年人——西瑞亞科．納蘭永祭司，以及王兄卡斯邦登．貝薩雷斯。

有兩個人之前置身戰場，有一個人則是持續醫護傷兵；這三個人造成王兄的房間滿是血腥味。

蕾梅迪奧絲更是連頭盔都沒摘下，用這身打扮來到王兄房間簡直不像樣，甚至可說是失禮，但卡斯邦登對這點似乎不以為意，表現出平靜自若的態度。

然而跟這點無關，室內的氛圍糟到極點。不只臭氣薰天，氣氛更是糟透了。由於氣氛實在太沉重，讓人甚至覺得從窗戶射進來的陽光都顯得暗沉。

一群從壓倒性劣勢反敗為勝的人，不應該呈現出這種氛圍。

在沉重的沉默中，最先開口的是卡斯邦登。不，除了他以外，誰能主動開口？

「那麼讓我聽聽損害狀況吧。」

「是，約有六千名民兵上戰場，其中約有兩千四百人死傷。」

「……容我補充副團長閣下所言，其中傷兵大約有一千名。神官正在為他們療傷，但大約有一半可能搶救不及而喪命。」

「……然後是倖存的半數聖騎士，以及八名神官死亡。」

聽了古斯塔沃所言，卡斯邦登閉上眼睛，搖了搖頭。

「對抗那支亞人類大軍……雖然不能說只有這點程度已是大幸，但我們應該感謝只有這點傷亡，還是為了這麼多人死傷而感到悲痛——」

「後者。」

蕾梅迪奧絲低聲打斷卡斯邦登說話。

「後者。」

「……卡斯托迪奧團長說得對，讓我們哀悼如此嚴重的傷亡吧。」

聽見卡斯邦登這麼說，古斯塔沃與西瑞亞科目光低垂。

他們知道對抗亞人類四萬大軍，聖王國解放軍兵微將寡，還能有這麼多人生還是多大的奇蹟——雖然是人力所為。然而，他們明白現在講這些擾亂狀況也無濟於事，所以才有這種態度。

「布陣的亞人類軍隊也是魔導王打倒的，對吧？」

「是的，由於當時正在防衛城牆，情況混亂而缺乏目擊情報，因此詳細情形不明，但據聞是一群神祕不死者搗毀了敵營。」

「原來如此，這與魔導王告訴我的內容相符。他說他派創造出的不死者去掃蕩敵營——但那可是支大軍啊。既然這樣，也許可以相信他能贏過亞達巴沃？」

卡斯邦登瞄了蕾梅迪奧絲一眼，但她只是臭著臉不說話。聖王國最強聖騎士散發出的刺人氛圍，對弱者而言只是恐懼的對象罷了。卡斯邦登轉開視線，看向古斯塔沃，他歉疚地再度低垂視線。

「唉……我能夠將一切……將這個國家的一切賭在他身上嗎？還有——我是否該考慮到魔導王敗給亞達巴沃時的狀況？發生那種狀況時，有人能提出次佳對策嗎？」

沉默就是答案。在這當中，蕾梅迪奧絲開口：

「既然如此，去找飛飛過來如何？」

除了蕾梅迪奧絲之外，其餘三人都面有難色，你看我我看你。

蕾梅迪奧絲大概以為這個是好點子，皺起了眉頭。

「怎麼，你們有更好的主意嗎？好歹強過那種不死者吧？」

「……團長，現在討論的是當魔導王落敗、死亡時的狀況。在這種狀況下，去魔導國尋求更多援軍是很危險的。」

西瑞亞科一面撫摸開始斑白的鬍子，一面說：「倒也不一定。」

「請等一下，副團長閣下。團長閣下的想法的確危險，但不是一步壞棋。不妨謊稱魔導王遭到亞達巴沃囚禁，以叫出飛飛如何？」

「祭司閣下，這樣做太危險了。即使飛飛戰勝了亞達巴沃，一旦謊話被揭穿，恐怕會引發戰爭。好的話就是我國形象墜落谷底，壞的話飛飛也很可能成為亞達巴沃第二，指揮魔導國不死者軍團攻打我國。」

「說得沒錯，兩位。而且最糟的是，這樣一來魔導國就有正當理由譴責我國了。」

聽了卡斯邦登的說明，蕾梅迪奧絲偏偏頭。

「我國與魔導國並不相鄰，應該不要緊吧？」

「……卡斯托迪奧團長的想法真是偏激，我不想採取將來會造成危險的對策……話雖如此，我也想不到好點子，兩位如何呢？」

西瑞亞科與古斯塔沃都回答他們想不到。

接下來一段時間，沉默支配著房間。

最後，卡斯邦登輕聲說：

「……目前就先各自回去想想看吧，畢竟只要魔導王為我們打倒亞達巴沃，一切就沒問題了。」卡斯邦登啪地拍了一下手。「好了，那麼進入下一個議題，亞人類帶來的軍糧怎麼樣了？我們也能正常食用嗎？如果能吃，大約可供應幾餐？」

本來擊退亞人類軍隊的是魔導王，所以戰利品應該歸他，但他答應免費送出全部物資。

古斯塔沃回答了問題，他也受任為這些雜務的負責人。

「回殿下，看樣子可以食用的糧食很多，例如硬麵包或蔬菜等等。魔導王的不死者攻擊讓我們乾乾淨淨地獲得了這些糧食，所以保存狀態非常好。除了這些之外，還有一些糧食必須稍作調查才會知道，例如聞起來有酸味的涼拌蔬菜等等。」

聖王國也有酸味的食物，只是以亞人類的糧食來說，也許有的種族食用腐爛食物，因此古斯塔沃表示必須先行調查。

「只有一個問題，就是肉類料理。」

「你的意思是？」

古斯塔沃對卡斯邦登露出陰沉的表情。

「有一部分混雜了疑似人肉的肉類。我們只是從形狀判斷，因此無法斷言。也許吃過就能有所了解，但我們可不願意試吃。」

「肉的份量有多少？」

西瑞亞科一臉嫌惡地詢問。

「似乎有很多肉食亞人類，所以份量很大。就目測來說，運送來的軍糧恐怕有一半是肉。」

「什麼！供應四萬兵士的軍糧有一半是肉？」

蕾梅迪奧絲厭惡地怒目攢眉，但情有可原。

假設亞人類一天要吃一公斤的肉，那就是四十噸。假如有兩星期的份量，就多達五百六十噸。這樣一來──王兄以手遮住了臉。

「……其中有多少取自於人？」

「這就無從得知了，一個一個調查要花時間，有些甚至失去了原形……」

「在今後發展無法預測的狀況下，白白丟棄糧食實在可惜。我是希望能分辨出人肉與其他肉類，但是……納蘭永祭司閣下，能不能用魔法解決？」

「非常抱歉，王兄殿下。我們不會那種魔法，竊以為各位聖騎士也一樣。」

看到古斯塔沃點了個頭，卡斯邦登嘆一口氣。

「魔法也並非萬能，是吧。那麼能否讓亞人類俘虜試吃進行調查？」

「死者應該入土為安，如果裡面含有人肉，我認為應該安葬。」

「話是這樣說，卡斯托迪奧團長……蒙塔涅斯副團長認為呢？」

「是！關於這點，我也贊成團長的意見。我想如果要把桶子裡的肉全部檢查一遍，有再多時間都不夠用。與其這樣，不如將時間與勞力花在更重要的事上。」

「的確……我知道了。那麼關於亞人類帶來的肉，有任何疑慮就丟掉吧。下一個議題，亞人類的武具怎麼樣了？」

關於武具也是一樣，魔導王願意免費贈送。只是他說如果聖王國感謝他，希望能用某些形式回報，所以如果聖王國有物品可以提供，屆時就非得交出來不可。

只要能擊退亞達巴沃或是奪回王都，卡斯邦登已經在這幾人面前提過，有意將王室財寶贈與魔導王。

「首先需要花時間從亞人類屍體上剝下武具，同時埋葬屍體，所以尚未仔細調查武具品質……祭司閣下，假若該地生出亞人類的不死者，他們會變成魔導王的屬下嗎？」

生命大量死亡的地點，常常容易誕生出不死者。一萬多名亞人類死亡的地點正符合了這個條件。

西瑞亞科被這麼一問，露出由衷困擾的表情。

「不清楚，我真的不清楚。只是不能保證會發生什麼狀況，所以我認為必須火速處理屍體，同時清潔該地。我們是打算自己努力處理，但如果有困難，希望可以請聖騎士提供協助。」

「嗯，交給我們吧。別看我們這樣，對付不死者可是駕輕就熟的。」

「不愧是卡斯托迪奧團長，真是可靠……要是聖王女陛下或葵拉特大人在的話，該會有多……」

聽見西瑞亞科越講越無力的話語，所有人都陷入沉默。

經過一段簡直宛如默禱的時間後，卡斯邦登開口：

「……啊，對了，蒙塔涅斯副團長。魔導王似乎有意將魔法道具帶回國內，所以麻煩你們將魔法道具分開。當然，如果查出是聖王國的物品，魔導王表示願意讓出。」

「屬下明白了。不過，我們能分辨自己擁有的劍或鎧甲，但其他物品就很有困難了，請找一位對魔法道具有所了解的人士協助我們。」

「王室代代相傳的道具的話我略知一二，至於宗教方面的道具——」在卡斯邦登的目光下，西瑞亞科點了點頭。「——那麼，再來就試著從民眾當中徵求志工吧。話說回來，真是意想不到。不，應該說超乎想像才對？必須感謝魔導王的力量高出了我們的想像才行。」

在場集合的四人沒有人表示異議，沉默當中，卡斯邦登再次代表眾人開口：

「有魔導王的力量，這座都市才能免於淪陷。」

一陣咬牙切齒的聲響明顯傳來，卡斯邦登困擾地看了看古斯塔沃。

「事後我必須代表聖王國，前去向他表達謝意，屆時希望諸位也能同行……總而言之，在魔導王的幫助下贏得勝利，是件值得慶賀的事。」

「是因為有我們盡力奮戰才能辦到，不要忘了。」

蕾梅迪奧絲的一句話讓室內空氣為之凍結。不對，只有兩個人凍結，就是古斯塔沃與西瑞亞科。

古斯塔沃的嘴巴像鯉魚般一張一合，試著為自己上司的出言不遜賠罪，但似乎想不到好辦法。

「……說得對，卡斯托迪奧團長。若不是有你們與民眾誓死奮戰，這場戰鬥不可能獲勝，這是事實。」

看到蕾梅迪奧絲點頭，卡斯邦登繼續說：

「而且——事實是沒有魔導王的話我軍已經敗北，而他獨自獲得勝利也是事實。我有說錯嗎？」

蕾梅迪奧絲粗魯地摘下頭盔，往牆壁摔去，發出一陣刺耳巨響。

「殿下！出事了嗎！」

門扉打開，在外面擔任警衛的聖騎士衝了進來。

「什麼事都沒有，你在外頭待命吧。」

聖騎士的視線在蕾梅迪奧絲掉在地板上的頭盔與她的表情之間來回，大概是明白發生了什麼事，表示了解之後就靜靜走出了房間。

「卡斯托迪奧團長，請您鎮定點，冷靜處事。」

「這叫我怎麼鎮定！來到這裡的一路上，幾乎所有民眾都只感謝魔導王一個人！簡直像是靠那傢伙一個人的力量獲勝似的！那傢伙明明只是中途參戰，不是嗎！在那之前不知道死了多少人，才能有這場勝利！人民、聖騎士、神官——不分男女老幼，是有著眾多犧牲才能獲勝啊！」

蕾梅迪奧絲瞪著卡斯邦登。

「絕不是那傢伙一個人的勝利，這不是事實！」

「團長！」

面對王兄卡斯邦登竟敢有這種態度，古斯塔沃已無法隱藏恐懼之情。蕾梅迪奧絲原本就是個做事不經大腦的人，但至少還沒笨到不知道誰的地位比自己崇高。然而現在不同了，她簡直就像一頭受傷，痛苦發狂的野獸。

「那具臭骷髏，最後竟然還在天上到處飛來飛去，炫耀自己的功勞！對那傢伙而言，這場戰鬥難道只是兒戲嗎！」

「……卡斯托迪奧團長，妳想必是目睹了眾多百姓死亡，正在心煩意亂吧。稍微休息一下如何？」

對於卡斯邦登的成熟應對，古斯塔沃投以感謝的眼神。

「在那之前，我想到一件事了。亞達巴沃與魔導王必定是一夥的。」

除了蕾梅迪奧絲之外，其他三人面面相覷。

「妳會這樣說，想必是有什麼證據吧，團長閣下。」

西瑞亞科視線冰冷地看著蕾梅迪奧絲。考慮到她至今的行動，冷靜分析起來，怎麼想都只是為了誣衊可恨的魔導王才這麼說。明明現在不是依個人好惡做判斷的時候。

「整件事只有他一人獲利，不是嗎？不管是亞人類還是聖王國人民都死傷慘重。那傢伙這樣做是為了有朝一日——為了讓魔導國占領我國與丘陵地帶，而先行減少戰力。所以那傢伙才會跑來這裡！」

「……原來如此，從利益的觀點來看，確實可以這麼說。兩位有什麼看法嗎？」

對於卡斯邦登的詢問，古斯塔沃一面蹙眉一面說：

「魔導王之所以來到聖王國，是因為我們前去央求他。而且讓兩人交戰，不是團長的主意嗎？」

「……我忘了。那麼蒼薔薇那個戴面具的傢伙也是一夥的，若不是那傢伙那樣說，我們也不會去魔導國。若不是有那番建議，我們應該會求助於帝國或教國才對。況且就算不講，那傢伙搞不好也會跑來喔？」

唉。卡斯邦登沉重地嘆了一口氣。

「卡斯托迪奧團長，妳的推測是以對自己有利的答案為出發點，看來妳只是為了得到答案，而四處彌縫矛盾之處罷了。據說魔導王想得到女僕惡魔，這點如何解釋？」

「……恕我做出不符合祭司身分的發言。他所說的女僕惡魔，據說身懷驚人的強大力量。既然如此，魔導王會想弄到手似乎也可以理解。一般認為惡魔不需飲食，並且沒有壽命概念。若能支配強大的惡魔，也許比獲得一支軍隊更有價值。」

「這麼一來，可以說魔導王是估計能收到十足利益，才會提出願意幫助我國了。作為治理一國的國君，會這樣行動是理所當然。」

「可是，根本沒人見過那個女僕惡魔，不是嗎！」

相較於激動大叫的蕾梅迪奧絲，卡斯邦登的眼神就像在看個可憐的孩子。

「卡斯托迪奧團長，我是希望妳能基於理性跟大家做討論，而不是感情用事……但看來妳有點累了。妳就去休息吧，這是命令。」

蕾梅迪奧絲漲紅了臉還想喊些什麼，但卡斯邦登搶在她之前繼續說：

「然後我命妳去探望傷兵。妳有前線指揮官的職責在身，對吧？」

「……知道了。」

蕾梅迪奧絲撿起頭盔，走出房間。

一種無法言喻的鬆弛氣氛流過室內，就像颱風過境後收拾殘局的疲勞感，以及災難過去的解放感混合而成的氣氛。

然而，只有一名男子還沒解脫。

「王兄殿下！卡斯托迪奧團長那般無禮，實在萬分抱歉！」

古斯塔沃低頭賠罪，卡斯邦登對他露出了苦笑。

「你也真是辛苦了。不過，你或許也該考慮一下今後的事喔。我無法想像這場戰爭結束後，這個國家會變成什麼樣子。要是能找到妹妹……找到聖王女陛下就好了，只是……聖王女陛下在卡林夏之戰發生了什麼事，你有聽卡斯托迪奧團長說過什麼嗎？」

古斯塔沃負責輔佐蕾梅迪奧絲，因此他聽蕾梅迪奧絲本人說過，而對卡斯邦登做說明時，他也在場。

即使如此，卡斯邦登卻重問了他一遍，意思再明顯不過。他是在懷疑蕾梅迪奧絲是否向自己報告了假消息。

「……王兄殿下，卡斯托迪奧團長初次與殿下會面時報告的內容，與我所聽到的內容相同。」

她聲稱自己被爆炸的衝擊波震飛，醒來時沒能找到聖王女與妹妹——葵拉特．卡斯托迪奧。據她所說，聖騎士、冒險者或神官的屍體遍布各處，但其中沒有兩人的屍體。

「這樣啊，看來我有點多疑了……再說我也不認為卡斯托迪奧團長是能耍心機的人。

如果是被那些傢伙抓住，那還算好的了。假如已遭到殺害……將來在王位繼承方面會有麻煩。」

西瑞亞科疑惑地問道：

「屆時不是由卡斯邦登殿下坐上聖王的寶座嗎？」

「你在說客套話嗎？的確，如果是平時妹妹意外亡故，或許會是如此。但現在情況不同，一邊是國力疲乏的北境，一邊是握有戰力的南境。比較之下，可能由南境推舉的人物成為聖王。我就明說了，甚至有可能由南方大貴族成為聖王。」

「您說什麼！」

西瑞亞科的驚訝反應讓卡斯邦登面露微笑。

「沒必要這麼驚訝吧……好了，關於方才蒙塔涅斯副團長所提到的，如果事情繼續順利發展，南境貴族最先要求的，恐怕會是命令蕾梅迪奧絲·卡斯托迪奧蟄居，負起全部責任。」

「為何會變成這樣呢？」

「我倒想問蒙塔涅斯副團長為什麼認為不會？沒能保護好聖王女陛下的聖騎士團，不正是個恰當的出氣筒嗎？當然並不只如此，她單槍匹馬就能勝過一支軍隊，既然這樣，戰鬥的基本不就是先拔除敵人的獠牙嗎？」

「敵人！究竟是誰的敵人？」

「南境貴族的敵人，換言之就是聖王女派。蕾梅迪奧絲・卡斯托迪奧是聖王女陛下的親信，那麼她率領的聖騎士團又怎能脫得了關係？」

「這樣一來，葵拉特・卡斯托迪奧大人率領的神官又會變成怎樣呢？」

「可能會換成一些與南境沾親帶故的神官統領，不過……這就難說了。神官使用的魔法是生活不可或缺之物，我想誰都知道讓無能之輩做領導有多愚蠢，然而人類有時偏偏會做出誰來看都覺得愚蠢的行為。」

「王兄殿下……我們該怎麼辦？」

「蒙塔涅斯副團長，你是指什麼？怎麼做才能讓她免遭禁閉處分？還是如何避免讓聖騎士負連帶責任？」

「屬下是問怎麼做對聖王國的未來更好。」

「……那麼必須找到妹妹，其次是立下等於解救了我國的功績，受到民眾全面性的讚揚。例如不借助南境的力量，只憑我等之力驅逐敵人等等。」

「辦不到的……沒有魔導王的力量，絕不可能獲勝。」

古斯塔沃忍不住說出喪氣話，卡斯邦登聳了聳肩。

「但這點事情我們必須做到，否則戰勝之後南境必定對我方施加壓力，屆時我方會無法承受。噢，對了，再來就是如果南境與北境受到同樣的損害也行。總歸來說，只要能保持力量平衡就沒問題了。」卡斯邦登仰望天花板。「假如更早之前與南境尋求和解，就不會有這些問題了，她那人的理念太仁慈了……卡斯托迪奧團長剛才渾身帶刺，但我能明白她的心情。在這次戰鬥中，只有魔導王打響了名聲。一個弄不好，難保不會形成由魔導王兼任聖王的狀況喔？」

怎麼可能。兩人雖然如此想，但都無法否定。

「好了，那麼來討論接下來的作戰計畫該如何擬訂吧。我本來是希望卡斯托迪奧團長也在場的，她會抗拒上級的命令嗎？」

「……只要符合我國的正義思想，竊以為不會有問題。」

「我懂了……我個人認為應該四處襲擊收容所，這是因為……」

卡斯邦登開始說明。

進犯的亞人類軍勢約有十萬。

由於沒有收到與南聖王國對峙的亞人類展開行動的情報，因此按照推測，這次來犯的四萬軍勢，應該是留在北方管理收容所的兵士中的一大部分。

「我也贊成您的意見，我軍可以襲擊守備薄弱的俘虜收容所，一面各個擊破，一面增強我軍力量。我認為這是一箭雙鵰的作戰。」

「很高興你表示贊同，蒙塔涅斯副團長。納蘭永祭司覺得呢？」
西瑞亞科也同意卡斯邦登的提案。
「這座都市有魔導王在，應該能確保安全無虞，因此我希望能讓聖騎士四處襲擊收容所……辦得到嗎？還有一件事，襲擊之際我想請卡斯托迪奧團長留下來，我希望由她保護我的人身安全。」
「謝謝您！王兄殿下！」
「我應該沒說什麼值得你道謝的話吧，蒙塔涅斯副團長。」卡斯邦登先是面露微笑，然後正色道：「……我國最強的聖騎士不與你們同行，就表示假如收容所裡有能與那個豪王巴塞匹敵的亞人類，你們甚至可能全軍覆沒喔？」
「能否由我等決定襲擊哪座收容所？」
「當然了，由你們決定吧，不用勉強襲擊危險性高的大型收容所。」
「遵命，那麼我想只由我們前往就行了。」
「蒙塔涅斯副團長閣下，可否讓我等神官也派出幾名能戰鬥的人同行？」
「哦哦！那真是求之不得。」
「很好，那麼請各位一兩天內就出發吧。」

安茲以「高階傳送(Greater Teleportation)」飛往納薩力克地表區域的木屋前。不知道是從何時開始等待安茲的，可以看到雅兒貝德、迪米烏哥斯以及露普絲雷其娜已經站在那裡。

雅兒貝德與迪米烏哥斯自然是受到安茲呼喚而來，至於露普絲雷其娜應該是正好在木屋值班。

基本上來說，安茲將卡恩村的大小事務交給露普絲雷其娜處理，所以木屋應該不用她排班，不過大概不一定吧。

說不定今天原本是別人輪班，但因為一些事情無法前來，所以臨時派露普絲雷其娜過來。如果是這樣，那就太棒了。因為這就表示制度安排妥當，當有人因為火急任務等狀況而使得排班出現空缺時，能夠立刻補充人員。

（……可是，等等喔。）

昴宿星團成員雖然各自擁有全然不同的事務能力，但作為女僕的能力全都相同，像這樣換人代理業務想必不是問題。

不過也有一些人才無法取代，像是各樓層守護者或守護者總管，能力完全專業化的NP

C，也許有時也會因為某些理由而非得找人代班。更何況安茲本身早就在想，總有一天要著手導入休假制度。

（什麼事情都叫潘朵拉·亞克特代理也很危險。）

講得極端點，假如安茲本人不在了，會怎麼樣？例如遭人囚禁或者是魅惑時，他是覺得不至於因為沒有自己做決策，整個組織就無法營運，但雅兒貝德與迪米烏哥斯說不定都認為「安茲大人不可能發生那種狀況」而沒有設想過意外狀況。

（有認真考慮的必要，而且要盡快。）

安茲嚴肅地命令深深低頭的三人抬起頭來。

「許久不見了，迪米烏哥斯。」

「是！」

事實上，安茲為了聖王國的事情天天頭痛，每天都在想著迪米烏哥斯，所以並不覺得很久沒見到。但實際上是有一陣子沒碰面了。

「話說對於我為什麼那樣做，你應該很有疑問吧。我很想回答你，不過站在這裡不好說話，換個地方吧。」

安茲帶頭走進木屋。

此處準備了移動用傳送鏡，可以從這裡大幅縮短移動距離，不過今天不使用。

屋子中間放了張桌子，兩邊面對面各放了兩把椅子。安茲習以為常，毫不猶豫地走向上座。不去坐上座會弄得很麻煩，這他有過好幾次經驗了。以前有一段時期，他每次都要邊想上座在哪裡邊坐椅子，但現在已經熟到不用思考就能走向上座。

站到椅子前面後，露普絲雷其娜立刻將椅子往後拉。

老實說，安茲覺得不過就是把椅子，他自己可以拉；但他觀察過吉克尼夫，徹底理解到身為支配者，讓屬下工作也是很重要的。話雖如此，安茲身為中產階級，實在沒辦法像他那樣事事讓人代勞。

安茲順利坐到椅子上後，雅兒貝德與迪米烏哥斯不坐椅子，跪在地板上。露普絲雷其娜繞到兩人身後，也學他們的做法。

「──准你們兩人就座。」

兩名守護者異口同聲地推辭，安茲要再次向兩名守護者做出許可，兩名守護者講一大篇感謝言詞後，才終於在安茲對面的座位並肩坐下。露普絲雷其娜在兩人背後採取立正站好的姿勢。

（又長又費時，就不能再……改進一點嗎……不對。）

「那麼接續剛才的話題吧，我明明說過不需要放任何人一馬，卻又解救了聖王國的人民，你想必很有疑問吧？」

「不，沒有那樣的事。」
（————咦？為……為什麼？）
迪米烏哥斯一副感佩之至的態度左右搖頭。
「安茲大人的所作所為全是對的，我想安茲大人會那樣做，必定有著我所無從想像的好處。」
「說得對極了，只要安茲大人認為應當如此，那就是正確的。」
（————咦？）
聽到雅兒貝德接著說出的話，安茲的表情完全凍住。當然，他臉上不會浮現任何表情。眼前的兩名守護者——而且是納薩力克擁有最高智慧的兩人互相點頭，令安茲就各種層面上感到害怕與焦慮。
「且……且慢，的確……的確是這樣沒錯。」安茲焦急不已，眼看談話過程與預測內容漸行漸遠，他心裡亂成一團，想不太起來自己原本想說什麼。但是——「——的確如果是平常的話，我會採取你們所預料的行動。」
奇怪？安茲有點困惑。他拚了命想自圓其說，結果變成隨口亂掰。看到面前兩人深深點頭，安茲雖覺得有點不對勁，但只能見招拆招，繼續掰下去。
「但是，對，我是說但是。只有這次不一樣，我不是有所考量才做出那種行動。」安茲圓謊成功，高興地說：「這次我沒有特別多想，就讓計畫出錯了。」

「這究竟是為什麼呢，安茲大人？」

「唔嗯。」安茲低語，慢慢靠到椅背上，用他練習多次，像個主人，且符合支配者風範的威風態度。

「迪米烏哥斯，還有雅兒貝德，你們兩人的智慧在我之上。」

「沒有——」

兩人說到一半，安茲伸出雙手制止他們。

「我是說，我自己是這麼認為的。那麼你們倆之中的迪米烏哥斯擬定的計畫，能有什麼錯誤呢？只要照著你的作戰計畫書進行，一切想必都會完美發展，以無懈可擊的形式迎向終局。」

不過那份計畫書有夠過分就是了，安茲在心中嘟噥。他又心想：那種把一切扔給我決定的計畫書，百分之一百會失敗。

「所以，我無意間產生了疑問，迪米烏哥斯。能夠擬定完美作戰的頭腦，不只在計畫順利進行時，當狀況急遽變化或計畫出錯之際，是否也能發揮智慧？換言之，我想知道你的應對能力是否也同樣優秀。」

「原來如此，是這樣啊。」

（咦——！你已經懂了？而且好像全部都弄懂了！）

安茲看到迪米烏哥斯腦筋動得這麼快，很想說：「你這麼有頭腦，為什麼會以為我很聰明啊！欺負我嗎？」但拚命忍住。

「了不……起……你真的很了不起，迪米烏哥斯。」

「謝安茲大人。」

「所……所以這樣考驗你，我是很過意不去……」

「沒有的事，安茲大人想測試我的能力，對我而言是非常值得高興的事。我必定會做出成果，以回應安茲大人的期許！」

「唔嗯，麻煩你了，迪米烏哥斯。那麼我有意在聖王國的一連串事件當中適度犯些錯，要求你修正計畫，你不介意吧？」

「是！遵命！」

好耶——！安茲心中喜不自勝。因為實在太高興，感情還強烈到一口氣受到壓抑。

即使如此，自然流露出的喜悅情緒並未消失。

（很好很好很好，這下就算犯錯，也可以找藉口說我是故意出錯的！呃，不，我當然會盡量不犯錯啦。是說早知道這樣，一開始就可以講了。）

安茲沒有興趣看部下的計畫失敗然後沾沾自喜，但可能會不小心做出讓部下困惑的事情。只要像這樣先做個保險，部下就不會認為安茲有什麼目的，而會適時對失誤做修正。安茲好久沒有這種肩膀重擔放下的感覺，心情極其暢快。

「……我明白安茲大人的擔憂了，那麼是否要同時測試各樓層守護者以及領域守護者的能力呢？」

對於雅兒貝德的詢問，安茲一瞬間不懂她在說什麼，然而——

「目前沒有這個必要性，我是因為迪米烏哥斯最常在納薩力克之外做事，才會這樣想。至於其他人員，等覺得有必要時再說吧。」

「這樣啊……」

「唔嗯，那麼下一個議題……按照當初的計畫，我本來要與醉心於我的聖王國人民一同前往聖王國東邊地區，也就是亞人類居住的亞伯利恩丘陵地帶，不過我要稍做變更，打算先由我一人前往，然後我有意赴死。」

一瞬間，安茲感覺時間彷彿停止了，然後——

「——咦！您何出此言呢，安茲大人！貴為無上至尊的安茲大人怎能言死！」

雅兒貝德大聲責備，表情扭曲，讓安茲覺得可能是初次看到表情崩壞至此的雅兒貝德。

安茲還來不及將真正想法告訴雅兒貝德，迪米烏哥斯先開口：

「雅兒貝德，既然是安茲大人的想法，其中必定有著令人驚嘆的目的。感情用事地一味否定，我看不太妥當吧？」

「迪米烏哥斯，你怎麼能夠這麼冷靜？如果烏爾貝特．亞連．歐德爾——大人也說了一樣的話，你還能保持這種態度嗎？還是說……？」

「呵呵……雅兒貝德，可以請妳告訴我妳說這話的真正用意嗎？妳想說『還是說』什麼？」

兩名守護者一個以天寒地凍的視線，一個則以熊熊烈火般的視線互瞪，兩者之間飄散著異樣氛圍，近似於過去與夏提雅交手時的那種窒息感。不知是出於恐懼還是緊張，安茲聽見露普絲雷其娜的呼吸頓時變得越來越紊亂。

「——住手！」

安茲一怒吼的瞬間，危險氛圍瞬時消失。就像方才的氣息只是安茲誤會了，變化得非常突然。然而只有露普絲雷其娜的粗重呼吸聲，讓他知道那不是幻覺。

「你們倆都冷靜下來。這正是我非死不可的理由。有種活動叫做避難演習，就是因應緊急狀況未雨綢繆，先做個心理準備。話說回來，假如我死了，你們會採取何種行動？雅兒貝德，先聽妳的做法吧。」

「是！屬下會即刻讓敢對安茲大人無禮的人嘗受這世上的一切痛苦，並且請安茲大人復活。」

「原來如此，那麼再來是迪米烏哥斯。」

「是！屬下會一面為安茲大人的復活做準備，一面加強納薩力克的防禦系統，收集無禮之徒的情報。」

雅兒貝德往旁瞪了迪米烏哥斯一眼。

「什麼收集情報，太手軟了。不管敢對無上至尊無禮的人是何方神聖，都應該動員納薩力克的所有資源抓住此人，折磨到他自我崩壞為止。」

「雅兒貝德，我也認為妳說的全都很對。但是，敵人是殺死了安茲大人的存在，輕敵是最要不得的。敵人的動靜、實力強弱，這些情報都得收集齊全。假如敵人的力量超乎想像，我認為選擇請安茲大人在何處復活，會變得極其重要。」

當雅兒貝德的表情變得更加嚴峻時，安茲取出法杖敲擊地板。堅硬的聲音對兩人造成涼水當頭潑下的效果，他們的神情即刻恢復冷靜。

「我並沒有說我會遭人殺害，也許……會有某種超越想像的自然現象使我死亡，不是嗎？」

老實說，安茲無法想像自己會死於自然現象，所以講法變得籠籠統統。

「不過，就像這樣，我認為最有智慧的兩人之間，意見也會有些許相左。這樣我會很傷腦筋，所以要進行訓練，這樣即便發生這類狀況也不會出問題。」

兩人都低頭表示同意。

「當然，不只是我。當納薩力克受到攻打之際，防衛負責人是迪米烏哥斯，但萬一發生意外，你死在敵人手裡時，納薩力克仍然能正常運作嗎？」

「是！這方面屬下已做好萬全準備，之前應該有將報告書上呈給安茲大人。」

咦，我有拿到嗎？安茲雖這樣想，但他寧願相信迪米烏哥斯的記憶，而不是自己的記憶。

「唔嗯，那終究只是書面計畫，對吧？我是問你有沒有實地測試，看看是否可行。」

「回大人！非常抱歉！屬下並沒有做測試！」

迪米烏哥斯露出後悔莫及的表情，顫聲回答著低頭致歉。

「非……非常抱歉，安茲大人！屬下只對呈報的文件簽名，卻沒有提案，真是愚昧至極！」

同樣地，雅兒貝德也跟迪米烏哥斯露出一樣的表情，低頭謝罪。

強烈罪惡感折騰著安茲。是誰的錯？當然是安茲了。如果安茲做事仔細點，兩人就不用道歉了。自己犯錯卻讓部下道歉，簡直是最爛、最可惡的人渣上司。

「——你們倆都別道歉，都怪我講得不夠清楚。我應該要注意到沒有做測試，這全都是我的失誤。」安茲低下頭，將額頭貼在桌上。「是我領導不周，請你們原諒。」

「怎……！安茲大人！」

「萬……萬萬別這樣！」

兩人急忙想阻止安茲，但安茲抬不起頭來。因為他連謝罪時都無法講真話，知道自己有多膚淺，所以羞恥得沒臉見他們。

「露……露普絲雷其娜！快讓安茲大人抬起頭來！」

「咦！我嗎！請……請饒恕！要屬下硬是讓安茲大人抬起頭來，屬下怎麼有這個膽！」

「『請……請大人抬起頭來吧！』」

由於三人——特別是迪米烏哥斯——顯得異常慌亂，安茲急忙抬起頭來，就聽見三聲安心的嘆息。

「……感謝你們接受我的謝罪。那麼我在丘陵地帶處理該做的事時，你們就用我已經死亡為前提進行訓練吧。這樣好了，難得有這機會，不如同時進行多種訓練怎麼樣？假設我與迪米烏哥斯遭到某人殺害，以此進行訓練……」

講到這裡，安茲開始對自己的提議感到不安。

「話雖如此，我提出這次訓練，也並沒有設想到明確的完成目標。所以如果你們能想出更好的計畫，就照你們的計畫進行。噢，不用徵求我的同意。對，因為前提是我已經死了。」

兩人都苦笑起來。

「設定成從研擬訓練計畫的階段時安茲大人就已經逝世，未免過於……」

「迪米烏哥斯說得對，安茲大人。」

哈哈哈哈。三人的開朗笑聲在木屋內迴盪。

兩個是發自內心，一個是假笑。

「還有，你們不用做得太認真喔。因為我的目的並非像方才那樣，對納薩力克內部造成不和。只是今後我還想以各種形式進行訓練，希望你們累積這方面的必需知識，與全體守護者共同分享——跟你們兩名智者講這是多餘了。你們只需做你們認為該做的事即可。那就拜託你們嘍。」

回想起來，鈴木悟以前是不認真做防災演習的那種類型。自己都這樣了，竟然還叫別人認真做，似乎不太像話。所以安茲才沒忘記指示他們輕鬆做就好。

確認兩人重重地點頭後，安茲說道：「那麼另一件事——」

（我要上了！）

安茲思考過好幾種流程，演練過說服兩名守護者的方法，都是為了這件事。

「——關於我的巨大雕像，我要你們凍結目前一切計畫。」

「遵命，我們立刻照辦。」

雅兒貝德只講一句話，這件事好像就結束了。

奇怪？安茲心生疑問，本來很想戰戰兢兢地問，但他堂而皇之地提出質疑：

「……這樣好嗎？本來不是雅兒貝德跟我說想做的嗎？」

「對於至尊至貴的安茲大人所做的決定，誰敢有異議呢？只要安茲大人說是白的，就算黑的也是白的。」

安茲吞了口不存在的口水，顫抖著想：這種想法很可怕耶。

「——我不喜歡這種想法，雅兒貝德，這樣等於是停止思考。即使是我，也必定有犯錯的時候。」

說是必定，其實安茲覺得自己一年到頭都在犯錯。

「再說如果我被敵人控制住，那一切不都完了？有人可是能對夏提雅洗腦喔？你們不用每次都問我有何目的，但當我提議一些事情時，你們如果有任何疑慮，都該說出來。」

「遵命。」

雅兒貝德與迪米烏哥斯偷偷交換了一個眼神。

「那麼大人為何要中止製作呢？屬下本來是想以那座雕像，讓全世界知道安茲大人的名聲威震天下。」

「唔嗯。」安茲在心中酷酷地一笑。「我的偉大不是以物質宣揚的。」

寧亞只聽這一句話就恍然大悟的表情浮現腦海。

——完美。

「但同時併用物質宣揚不是更好嗎？因為愚蠢之人只能用自己看到的事物理解事情。」

雅兒貝德的這番話讓安茲一愣，感覺就像投手對打者投出球，結果不是被打回，而是被接住，而且還使盡全力丟回來。

「……的確，雅兒貝德說得很對，但——」

安茲一面感動於自己的聲音沒有發抖，一面拚命動腦。然後他什麼都想不到，死了這條心，差點垂頭喪氣，但在部下面前不能失去支配者該有的儀態。

「——不，還是算了。如果是雅兒貝德的話，想必至少能看出我想到的五項壞處，並且判斷利大於弊吧。既然如此，我也就無需贅言了。」

「您……您是說五項嗎！……迪米烏哥斯，晚點我想跟你談談，讓我借用一下你的智慧。」

「當……當然可以。不……不愧是安茲大人，還說我們比較聰明……太謙虛了……」

兩人開始著急，雅兒貝德深深鞠躬。

「非……非常抱歉，安茲大人，關於我提案的雕像，雖然已一度獲得大人的許可，但懇請讓我暫時中止計畫。」

「唔，嗯。不得已，就這麼辦吧，雅兒貝德。」

安茲只是隨口講講，兩人卻異常受到震撼。甚至還聽見後面的露普絲雷其娜小聲說「太厲害了」。

自己又隨便亂講，害兩人心慌意亂了。罪惡感使得安茲視線微微往下，不過安茲巨型雕像製作計畫暫時喊停，倒是讓他由衷高興。

（再來就是魔導王大感謝祭或是魔導王誕生祭之類，有四個以我為名的祭典必須解決一下！讓超大雕像遊街的魔導王大感謝祭可能因為這次討論而中止，所以或許還剩三個就是了！如果是普通祭典的話，我也不用阻止了啊！）

安茲也不動聲色地提議過辦祭典，結果導致部下成立了奇怪又害羞的祭典實行委員會。

唉。安茲在心中大嘆一口氣，將視線朝向迪米烏哥斯。

「好了，再來我有事找迪米烏哥斯商量。按照接下來的預定，亞達巴沃——你召喚的惡魔將會前去襲擊那座都市，對吧？」

「是的，正是。」

「關於這點……我有兩件事拜託你。其一是我個人進行的計畫不順利，想請你提供協助。啊，不用做得太招搖無妨。然後另一件事是，可以麻煩你命令召喚的惡魔與我認真交手嗎？」

寧亞靜靜關上魔導王房間的門，轉身離去。然後——身體簌簌發抖。

她拍拍略為泛紅的臉頰，繃緊險些鬆弛的表情。原因之一是她知道自己鬆弛的表情會讓他人抱持多大戒心，但更大的原因是她害臊。

寧亞可不想一臉鬆懈地在外頭晃盪。接下來要跟人碰面，她想用稍微能看一點的臉去見人。

況且寧亞・巴拉哈還有魔導王隨從的職責在身。寧亞出醜，反過來看也可能損害到魔導王的風評。

（我充其量只是臨時擔任魔導王陛下的隨從，所以我的失態應該是丟聖王國的臉，可是……）

寧亞不認為對魔導王抱持敵意之人會接受這種說法，更何況恨意會讓人盲目。不，這或許就是所謂的「恨刀劍看到鍛冶師也來氣」吧。

（好！）

寧亞也不想讓魔導王後悔有自己這個隨從，換言之寧亞只要確實盡到職責即可。

寧亞走向約定碰面的地點，一路上還回味著方才魔導王的慈悲為懷。

——這樣啊，原來是這樣，太遺憾了。

魔導王說出這句話時，寧亞能感覺出強烈的遺憾與不甘，那絕非只是嘴上說說。

（……魔導王陛下是多麼仁慈啊。）

寧亞不認為還有其他君王看到別國百姓戰死，會像切身之痛一樣悲慟——當然，寧亞並不熟悉君王這種存在，也許只是她太愛幻想罷了——

如果能再稍微撐久一點，在城牆上並肩作戰的那些人，想必早已跟寧亞一樣獲救了。那個失去孩子的父親應該也能活下來。

對於魔導王救援不及的事，寧亞沒有任何怨言。首先魔導王已經說過為了與亞達巴沃交手必須保存魔力，他願意前來救援就已經值得感謝了。況且她聽蕾梅迪奧絲部隊裡的幾人轉述情形，說魔導王在前來拯救寧亞之前，先去對付了西門正面實力強大的幾個亞人類。

魔導王先對付了能一擊殺死聖騎士的兩名亞人類，以及與聖王國最強聖騎士不分軒輊的一名亞人類。

那些民兵難掩興奮之情，急促地告訴她發生了什麼事，說：「如果魔導王沒來，我們早就被殺了。」

沒錯。寧亞胸口一熱。

魔導王在解救寧亞等人之前，已經在其他地點救過很多人了。

雖然魔導王沒有以她為優先，讓她感到一抹寂寞，但有這種心情是錯的。城牆防衛是很重要沒錯，但城門是都市入口，被攻陷更是不妙。一旦敵軍攻破城門入侵都市，將會發生冷血無情的殺戮行為。

只要是稍稍有點判斷力的人，為了解救更多性命，當然都會優先救援城門。只有不會感情用事，而是基於理性行動的人才值得信賴。

（真不愧是魔導王陛下！）

寧亞想起本國最強的聖騎士。

（光是拿來比較都會冒犯到魔導王陛下呢！）

後來，魔導王又逐一殺死了阻止不及而入侵都市的少數亞人類。很多人都表示因此而獲救，事實上──

「哦哦！這不是魔導王陛下的隨從大人嗎！有幫我轉達了嗎？」

寧亞正專心思考魔導王有多帥氣時，不知不覺似乎已經走到了碰面地點。

地點在都市的一區，道路上還飄散著戰場的空氣，六名男子聚集於此。

他們彷彿迫不及待般對寧亞說話。不，實際上大概是真的等不及了。

「有的，我有將各位的感謝之情一併傳達給魔導王陛下。」

他們被寧亞看著，雖然稍顯緊張，但都面帶笑容表示謝意。
「哎呀——謝謝妳，我們實在不便直接向外國國王道謝。呃，不，雖然就算對方是聖王女陛下也一樣啦。」
「是啊，別說道謝，我看連見上一面都沒辦法。」
他們從青年到初入老境，年齡各有不同，不過都有小隊長程度的地位。也有人擁有職業軍人——軍士的資歷。
他們並不因為對方是不死者，就顯露出排斥的態度。
的確，仍然有人對身為不死者的魔導王抱持戒心。那些人大多不是聖騎士或神官，而是平民。他們常常表示，魔導王之所以態度親切，是想找個最佳時機背叛他們，諸如此類。
只是寧亞認為，他們是因為不認識魔導王，所以只能憑著對普通不死者的抗拒感做判斷。因為眼前這些人就是最好的證據，證明了只要認識魔導王，也有很多人會改變觀感。
「不，請別放在心上，我只不過是將各位的感謝之情直接轉達給陛下罷了。喔對，魔導王陛下有說過，各位的謝意讓他很高興。」
民兵的代表露出了不好意思的表情。
「呃，不，該高興的是我們……真傷腦筋。」
「就是啊，真是位仁慈的大人。我們之前竟然只因為陛下是不死者就感到害怕，真是可恥。」

「陛下的確是位仁慈的大人，不過陛下又說，希望各位不要認為這種幸運會一再發生。陛下表示在這次戰事中又使用了大量魔力，下次實在幫不了各位了。」

他們都變得一臉嚴肅。

「下次得不到魔導王陛下的幫助啊……這下可糟了。」

「……若知道無法借用魔導王陛下的力量，會有很多人嚇壞的，我那隊更是如此。」

「不只你那隊，我那邊也是……我沒辦法告訴他們。」

寧亞平靜地對動搖的他們說：

「各位，我明白了一件事，那就是弱小是一種罪惡。」

對於臉上表情彷彿浮現疑問的他們，寧亞慢慢訴說：

「聽好嘍？如果我們有力量，事情就不會變成這樣，就能親手拯救自己的父母、孩子、妻子與朋友了。之前魔導王陛下說過，只有自己能將自己的摯愛視為最有價值。魔導王陛下並非我國國君，終究只是前來助陣罷了。」

寧亞吸一口氣。

一些聖王國人民略瞟一眼聚集於路邊的他們，但因為太忙碌而直接走過，寧亞希望他們也能聽見自己所言，這份心情稍稍放大了寧亞的聲音。

「……當魔導王消滅了亞達巴沃回國後，假如亞人類再次來襲，我們該怎麼辦？又要哭著求外國的魔導王陛下救我們嗎？說不定魔導王陛下下次不會再救我們了，這次是情況特殊。各位有聽說過外國國君這樣鼎力相助的嗎？」

沒有一個人回答，因為找遍全世界也沒這種事。

「我一個弱女子跟大家這樣講，也許會讓各位不高興。但自己的寶貴事物只能由自己來保護，所以我要變強。變強到能保護我自己，不用借助魔導王陛下的力量。」

「說得……對。沒錯，妳說得對，我也要鍛鍊自己。」

「就是啊，我也要。這次換我來保護老婆小孩了。」

「……我也跟了。雖然收到徵兵令時我百般不情願，但是……現在覺得能被徵召真是太好了。」

「話說回來，魔導王陛下說得真好。視為最有價值，是吧？的確是這樣沒錯。」

「再說如果有哪個人把我老婆視為最有價值，我只能跟他拚命了。」

「……呃，不是，我想魔導王陛下應該不是這個意思吧。」

「……喂，我開玩笑的啦？」

大家說「聽起來不像開玩笑」地笑成一團時，寧亞做了個提議。

「各位願不願意跟我一起做訓練？我雖然沒辦法教大家劍術，但弓術的話，我想我多少能教一點。」

弱小是一種罪惡，因為會拖累秉持正義的魔導王。既然如此，那麼只要變強就行了。下次絕不再給魔導王造成困擾，讓他能專心對付亞達巴沃，是身為隨從的正確行動。

「哦哦，不錯耶。」

「的確，我們必須變強，下次由我來保護家人。」

「──你們聚集在這裡做什麼？商量什麼事情？」

「啊！──團長。」

突然被人叫住，轉頭一看，蕾梅迪奧絲．卡斯托迪奧站在那裡。寧亞其實早已捕捉到腳步聲，但沒想到會是她。

寧亞心裡雖覺得「來了個麻煩人物」，但仍努力不將情緒寫在臉上。各個代表成員都顯出不知所措的反應。

「怎麼不回答問題？」

「是！小的將他們的感謝話語傳達給了魔導王陛下，現在正在告訴他們。」

「感謝那傢伙，是嗎？」

「……對一位外國國君，以『那傢伙』相稱是否有欠妥當？」

蕾梅迪奧絲狠狠瞪她一眼。

「強者保護弱者，幫助弱者不是理所當然的嗎？」

「……小的不知道是否理所當然，但小的以為那是強者能說的話，而不是弱者。」

「什麼！妳說我是弱者嗎！」

「是的！」寧亞即刻肯定。「與魔導王陛下相比就是弱者……團長，難道小的有說錯什麼嗎？」

蕾梅迪奧絲瞪著寧亞，寧亞也用強而有力的目光注視她。

「哼，妳跟魔導王關係良好是無所謂，不過那個可是不死者喔？是跟生者活在不同世界的怪物。」

「是，小的知道。」

「我這樣說可是在為妳擔心，不過妳似乎無法理解。」

蕾梅迪奧絲一副遺憾至極的態度，但寧亞覺得八成是在說謊。眼前這個聖騎士絕對沒那麼好心。

「團長，您公務繁忙，繼續占用您的時間會讓小的過意不去。我們要再談一下，團長是不是該去與人相約之處了？」

「……我是該告辭了。你們幾個，魔導王拯救你們是應該的，我認為你們不用放在心上喔？」

只這樣說完，蕾梅迪奧絲就漸漸走遠。眾人目送著她的背影，一個人輕聲說：

「該怎麼說……真驚人啊……那就是我國最強的聖騎士嗎……」

「是的，就是那樣的人。」

對於這句發自內心的低語，寧亞也表示贊同。各個代表一聽，都以手覆面。看樣子受到了不小打擊。

寧亞並沒有做錯事，卻不禁心生罪惡感。

「並……並不是所有聖騎士都像那樣喔。只是那位大人比較特別，或者該說……比較那個一點，是的。」

「真是苦了隨從大人啊……妳如果能喝酒，我都想請妳喝一杯了。」

「您的好意我心領了……呃——剛才說到哪裡？噢，對了。我是問各位願不願意一起做訓練。我知道哪裡可以借到場地或用具，等有了頭緒，可以再找各位一起嗎？」

男人們都快活地回答：「拜託妳嘍。」、「好啊，我們等妳。」

2

寧亞迅速拉開弓弦。

她以銳利視線瞪視箭靶，看見靜靜吐出的氣息化為白煙流散，在視野邊緣逐漸消失。春季時節將近，天氣卻依然寒冷。

寧亞讓內心浮現的雜念沉入深處，一心一意定睛注視箭靶，仔細擺好架式。

在那場都市攻防戰中，寧亞明白到戰場上沒有多餘時間瞄準目標；不過這是提昇命中精準度的訓練，速射以後再說。

然後——放箭。

將咻的一陣風切聲留在後方，箭一直線飛去，不偏不倚刺進箭靶。

呼。寧亞吐出一口氣。

射了十箭，一箭也沒射偏。

雖然命中率很可觀，寧亞並不高興。

以前的自己辦不到，不過現在的寧亞甚至能射中靶上前一支箭的箭尾。當然這樣會把箭射壞，所以她絕不這麼做。

自己是自從那場戰事之後，才得到了這身本領。不只弓術本領，還變得能引發所謂的神聖力量。只是有點奇怪，就是她的力量似乎與聖騎士的力量不太一樣。因為聖騎士的力量應該是宿於近身武器，但她卻能將力量施加在遠程武器上。

她不太懂這是什麼力量，向魔導王請教之下，魔導王似乎顯得興味盎然。只是即使是魔導王，也只說：「光憑這點很難判斷，等妳有其他力量覺醒了再告訴我。」

啪啪的掌聲響起，寧亞臉上浮現苦笑，她覺得害臊。

「哎呀──巴拉哈妹妹好厲害喔。」

「真的，我頭一次見到弓箭本領這麼厲害的傢伙，我村子裡沒這種高手。」

「嗯，就是啊。我長久靠打獵吃飯，也認識幾個獵人，但沒有半個人有巴拉哈妹妹這種本領。」

在這個弓箭訓練所一同流汗的一群人，異口同聲地讚美寧亞。很多都是三星期前進行防衛戰時，這座城市裡所沒有的面孔。

這是因為這座都市目前人口正急速增加，原因是周邊收容所獲救的人都遷移過來了。其中一些具有弓術才能，或是長年使用弓箭的人都成為弓兵隊，被指派為寧亞的部下。

照常識來想，只不過是一介隨從的小姑娘，要將一群成年人當成部下，有些人年紀還大到可以當她爸媽，會引來很大的反感。然而這些召集而來的人當中——其中也有女性——從沒有出現任何反對聲浪。

主要幾個原因是面對寧亞的凶惡視線，誰都不敢提出異議；還有見識到她的弓術本領，大家都敬佩不已；而且聽說她是魔導王的隨從，再加上有人早就對她心懷感謝等等。

聽到她是魔導王的隨從，也有人對不死者心懷恐懼，但不只如此。

因為這三星期以來，高層為了解放俘虜收容所而派出聖騎士團，但同時魔導王與寧亞兩個人也襲擊了收容所，一一解放俘虜。

當魔導王如此提議時，引來了多得令人驚訝的反對意見。然而魔導王提到：「亞人類聯盟如今損兵折將，一旦判斷無力管理收容所，許多俘虜將會遭到殺害，所以必須火速救出他們。」卡斯邦登接受了他的提議，於是讓兩人出動。

魔導王為了與亞達巴沃交手，理當保存魔力。就寧亞來說，她很想勸說兩句。但正因為魔導王這人願意為了保護外國人民而行動，寧亞才會尊敬他，並從他身上感受到正義。她怎麼能阻止得了他？

就這樣，寧亞與魔導王解放了眾多俘虜，將許多民眾帶到了這座都市。因為有這樣的事實，所以甚至有人很高興能成為寧亞的部下。

「哎呀——我們也得稍微向巴拉哈妹妹看齊呢。」

「嗯，對呀，她真的好厲害喔。還有她向魔導王陛下借用的那把弓——只要使用那把終極超級流星，一定能發揮更強大的力量吧？」

「終極超級流星啊，那把弓實在厲害……」

所有人的視線移向綁在寧亞背上的弓——終極超級流星。

也許做訓練時也該使用這把弓，但寧亞不願只會依賴武器，所以訓練時沒有使用。

「是的，因為有這把終極超級流星，我才能在那場城牆上的戰鬥中，撐到魔導王陛下前來……不，不對。不只是終極超級流星，還有魔導王陛下借予我的這件鎧甲等等，所有道具都幫助了我……」

寧亞撫摸豪王巴塞的鎧甲。

「這是著名亞人類的鎧甲，對吧？不管看幾遍都好威風啊……」

「她有讓我摸過，硬得很呢。我用劍去砍都被彈開了。」

「真的假的啊，這我可是頭一次聽到。」

大家聊寧亞的武具話題越來越起勁，寧亞拍了一下手，吸引大家注意。

「聊天就聊到這裡，請各位繼續進行訓練。據魔導王陛下所說，亞達巴沃那邊應該已經整裝待發，就要再次行動了。每分每秒都很寶貴。」

所有人一齊出聲表示了解。

「那麼觀摩學習就到此為止，請大家也開始練習吧。」

目送部下——雖然這樣講好像很自大，讓她有點害羞——各自四散的身影，寧亞摘下遮住自己半張臉的，向魔導王借來的道具。

這是眼罩式護目鏡型的魔法道具，讓裝備者每三分鐘就能使用一次稱為「蛇射」的特殊技能。這招能讓箭在對手面前向上跳起，如襲擊獵物般撲向對手。

寧亞沒對任何人射過所以不清楚，不過恐怕只有武藝相當精湛之人，才能躲掉這一招。

對於以弓箭為主武器的寧亞而言，這是非常方便的道具，但最棒的是能遮住自己的眼睛。應該說如果沒有它，寧亞恐怕無法跟他們這樣打成一片。

寧亞再次戴起眼罩，重新拉弓搭箭。

在這裡的所有人都是有經驗人士，早已無須說明細微的小技巧。速射的方法也是，寧亞只做簡單說明，再來就由大家各自練習到手指痛。總而言之，重要的是累積射箭經驗。

寧亞想著要照慣例請神官使用回復魔法，同時自己也開始射箭。

正好就在這時，寧亞的敏銳聽覺捕捉到一陣騷動。

聲音是來自外面。寧亞極力忍住不露出滿面笑容。說不定是自己猜錯了，而且就算真的是她盼望的人，也有可能是要去其他地方，不會進來這裡。

然而出現在訓練所門口的，正是具有骸骨面容的偉大君王——魔導王。

直到現在仍有人對不死者心懷恐懼，但也有很多人是魔導王從收容所救出，或是在防衛戰中得救的。敬畏與感謝的竊竊私語形成嘈雜人聲，如同預先通知魔導王的到來。

但沒有人停止做訓練。本來大家應該膜拜歡迎魔導王大駕光臨，但魔導王親口阻止了他們。

（——記得陛下是說，這裡不是官方場合，只是露個臉而已，不用做到那種地步。）

這不是面對一國之君兼救國英雄該有的態度。

然而，本人卻叫大家什麼都不用做。

（多麼了不起的大人物啊……）

寧亞欽佩地嘆一口氣後，跑到魔導王跟前，並且用力繃緊險些露出微笑的嘴角。

眼罩仍然戴在臉上。

因為魔導王告訴她應當隨時備戰，不用拿下來。

這樣說應該是出於關心，要讓寧亞在日常生活中使用魔法道具，藉此當成自己身體的一部分運用，而且隨時提防以備意外狀況吧。寧亞對魔導王的深識遠慮感到佩服不已。

寧亞發現原本眼光落在手掌心裡的魔導王，視線移向了跑來的自己。看到魔導王的習慣性動作，讓寧亞莫名地開心起來。

知道非凡之人的小習慣，讓她不禁笑逐顏開。

「陛下！感謝您蒞臨這種小地方！」

如今寧亞即使受命為弓兵隊隊長，仍然繼續擔任魔導王的隨從。話雖如此，她離開魔導王身邊進行弓術訓練，甚至還讓魔導王獨自走來這種地方，作為一名隨從，實在稱不上盡忠職守。

寧亞個人很想以魔導王隨從的職責為優先，但為了避免再次成為累贅，她接受了現況。再來還有一個理由，她沒跟任何人說。

那就是魔導王陛下當著寧亞的面，對卡斯邦登說不打算接受寧亞以外的人擔任隨從。現在人越來越多，比起自己這種眼神凶惡的小丫頭，更優秀或更具魅力的人要多少有多少。然而魔導王仍然表示他要寧亞，是寧亞視為正義化身的人物這樣說的。

有什麼能比這更令她喜悅？

「——唔嗯，我知道妳很謙虛，但何必說什麼小地方呢？這裡可是你們磨礪鍛鍊的地方啊。」

「謝……謝謝陛下！」

側眼偷看——面對魔導王卻轉移視線或許有失禮數，不過自己戴著這副護目鏡，所以辦得到——會發現部下應該聽見了對話，也漲紅了耳朵。他們不知道是緊張還是想表現一下，使得肩膀過度用力，射箭射得比剛才更差，真讓人傷腦筋。

話雖如此，自己的耳朵也在發燙就是了。

「……巴拉哈小姐，妳的部下似乎也比之前進步許多了呢。這是否也得歸功於妳這位隊長呢？」

這番客套話讓寧亞有點難為情，煩惱著該如何回答。

（是因為魔導王陛下蒞臨，所以大家緊張得無法發揮實力，但這樣解釋有點難為情，他們應該也是。）

所以寧亞就當作是魔導王說的那樣，只是——

「不，不是我的功勞。我幾乎沒什麼可以教他們的，只不過是他們本來就有這些天分罷了。」

「是這樣嗎？好吧，既然妳都這麼說了，那就當作是這樣吧。」

當作是這樣——換言之魔導王並不這麼認為。也就是說魔導王非常看得起寧亞。

為了掩飾高興得想蹦蹦跳跳的心情，寧亞稍微大聲點說：

「那……那麼陛下，您來到這裡，是否表示會議結束了呢？」

「正是，今天的會議結束了。說歸說，我並沒有特別做什麼提案就是了。」

目前這座都市的問題堆積如山，所有問題都起自於都市人口的增加。這座小都市洛伊茨的居民原本大概不到兩萬人，現在由於從收容所獲得解放的民眾聚集而來，目前已超過十五萬人口。

人口過密產生的問題當中有件事令人記憶猶新，就是為人類進行下水道處理的黏體——衛生黏體(Sanitary Slime)——由於得到豐富營養素而大量繁殖，從下水道溢滿而出，引發了騷動。

黏體增加時，有時會用工具燒死，但牠們以超乎想像的速度增生，結果來不及減少數量，使得幾名男女遭到襲擊。

這幾名男女在被黏體團團包圍時，為人類處理垃圾的魔物——穢物吞食魔自下水道現身，解救了他們。

穢物吞食魔不同於其外貌，是一種有智慧的魔物，很可能早已發現到人類會大量製造出自己的糧食。牠運用具有強酸抗性的身軀，救出了這些男女。

但是沒有人感謝穢物吞食魔。這是因為衛生黏體不是病菌帶原體，相反地，救人一命的穢物吞食魔卻是病菌集合體，因此受到觸手搭救的人被感染疾病，慘不忍睹，特別是腦炎最嚴重。

除此之外，由於時值冬季，木柴等燃料不足，住宅也來不及準備，再加上目前是還沒陷入糧食短缺，但將來也有這種危險性。

自從進入這星期以來，魔導王便頻頻被叫去參加商討這些問題的對策會議。大概是期望他能以豐富知識解決這些問題吧。

魔導王本人是說自己沒有那麼多知識，只能出點意見，但若真是這樣，他們也不會一再找魔導王商量。

看到魔導王貴為一國之君，卻隨時保持謙虛的態度，讓寧亞更加深了尊敬之情。

「那麼陛下接下來有何要事？」

「唔嗯，我打算去確認樹木搬運得是否順利，不過巴拉哈小姐……是不是正忙著進行訓練？方便的話，要不要和我一起去？」

為了解除房屋或燃料不足的問題，他們運用魔導王召喚的不死者馬匹，從遠處森林砍伐樹木後搬運到這裡來。起初有很多人排斥使用不死者馱馬，但現在不斷有人表示不死者馬匹實在好用，令他們佩服。

「不會，請讓我陪同！因為我是陛下的隨從！」

好久沒做隨從的工作，而且還是兩人獨處，讓寧亞不禁高興到講話速度變快，嗓門也有點太大。

這讓寧亞變得面紅耳赤。

「是……是嗎？那我們走吧。」

「是！這就──」

突如其來地，就像要打斷寧亞說話般，轟隆一聲，彷彿能燒焦天際的熾烈大火在遠處噴發。

一瞬間，寧亞以為是什麼東西起火了。

但是不對，差太多了。那不可能是自然發生的現象。

那陣大火噴發的方式，就像將這座都市包覆其中。換言之那是火牆——霎時間，寧亞腦中回想起蒼薔薇說過的事。

「——魔導王陛下！那是！」

「嗯，大概正如妳所想的，我也聽飛飛說過……這一刻終於來臨了，是亞達巴沃，這表示那傢伙攻打過來了。巴拉哈小姐，我要過去了。」

很可能是早已料到這個狀況，魔導王態度冷靜，連帶著讓寧亞的心也平靜下來。不，也可說是有魔導王這位絕對強者在，她才能如此安心。

「陛下要前往哪裡！」

「啊——這個嘛，我不知道亞達巴沃為何而來。所以，嗯——他也有可能沒有目的，只為屠殺人類而來。但假如他有目標，那必定是我，或是聖王國的諸位指導人。若是這樣，我最好與他們會合。我要妳命令妳的部下做好戰鬥準備，逃到安全的地點。」

「咦！」

「既然來者是亞達巴沃，那麼你們是派不上用場的。與其這樣，倒不如準備應付可能出現的惡魔。都市內部恐怕會陷入混亂，所以妳如果要整頓部隊，移動到都市外面會比較好喔？」

起初魔導王的講話方式不清不楚，但可能是漸漸釐清頭緒了，講到一半開始變得流暢，給予了寧亞指示。

「是！謝魔導王陛下！那麼各位！」

他們早已擬定好亞達巴沃率領大軍出現時的應對步驟，但沒料到都市會這樣突然陷入火海。應該說不知道敵方數量多少，是一個非常大的問題。

寧亞做出指示。他們終究只是一支部隊，不能擅作主張；不過在命令下達之前，她身為隊長，有責任採取最適當的行動。

指示內容大致如下：

部隊各成員帶著親屬等人前往東門，因為假如敵軍兵臨城下，很可能已經來到西門。然後隊員要在東門整理隊形，假若惡魔出現在東門外，就爬上東門右邊的城牆，於該處攻擊敵人。然後在寧亞抵達之前，按照副官的指示臨機應變。

聽從寧亞的指示，部下迅速展開行動。

「陛下！」

下完命令後，寧亞轉過頭去，只見魔導王正一邊看著自己的手，一邊用飛行魔法飄浮到大約寧亞頭部的高度。

「陛下！我也與您一起去！」

可能是被寧亞的呼喚嚇了一跳，魔導王用力握緊了手掌。握緊時，手中似乎發出了細微的聲響。

「唔嗯……好吧，也罷。」

魔導王為寧亞施加了飛行魔法，寧亞頓時理解到該如何飛行，只能說魔法力量真偉大。

寧亞他們彷彿沿著地面滑翔般移動，如果碰到未能掌握狀況而陷入混亂的人群等等，就飄上空中一口氣飛越，但其他時候都不離開地面。這是因為飛在天空這種沒有遮蔽物的地方會非常顯眼，假如惡魔出現，有可能從四面八方射來攻擊魔法。

寧亞知道自己礙事，咬住嘴唇。區區惡魔的魔法，對魔導王而言想必不足為憂。寧亞猜測很可能是因為有自己在，他才無法一直線飛越天空，而這樣繞遠路。

不久，兩人到了目的地，也就是本部——卡斯邦登的住處兼司令部。

入口旁邊可以看到兩名聖騎士為了應付蜂擁而至的人群，正忙得不可開交。

「巴拉哈小姐，我們走上面。」

「好的！」

眼看從正面入室有困難，兩人浮上空中。抵達露臺後，有人從內側打開了窗戶。

「陛下！久候多時了。」

是一名聖騎士。

「大家是否都到齊了？」

「不，陛下，各位神官還在陸續集合。前去解放收容所的蒙塔涅斯副團長本日預定不會歸返，目前至多只有卡斯托迪奧團長與卡斯邦登殿下在場。」

「是嗎，不過只要那兩人在，事情就好談了。麻煩你帶我去房間。」

「是！」

在聖騎士的帶領下，兩人前往卡斯邦登的房間。隔著門扉可以聽見有人大聲討論，看樣子爭論得相當激烈。

站在前頭的聖騎士一開門，十幾人滿布血絲的眼睛立刻迎了上來。

「抱歉我來晚了，我想時間有限，作戰計畫立得怎麼樣了？」

成員偷偷互看一眼，卡斯邦登作為代表開口：

「至今尚未發現亞達巴沃的蹤跡。魔導王陛下，除了亞達巴沃之外，是否還有其他惡魔或魔法道具能造成這樣的大火？」

「這我不知道，因為我也辦不到。」

現場一陣動搖。魔導王使用的各種魔法全都超乎想像，而亞達巴沃竟然能施展連魔導王都無法運用的魔法，其力量究竟有多強大？

「我想問一下，這面火牆究竟有什麼效果？記得蒼薔薇她們說自己能夠正常通行，那麼一般人也能通過嗎？」

在蕾梅迪奧絲的詢問下，魔導王轉向她：

「這點沒有問題。關於火牆的效果，有各種意見表示在這場大火籠罩的區域內部，惡魔的能力可能會有些微上昇，正義值為負數時得到強化的魔法會提昇少許損傷，或是掉寶率上昇等等，但調查隊的調查結果顯示並沒有這些效果。只是仍然有人認為可能有其他效果。」

「換言之，可以正常穿越就對了吧？」

「唔？我不是一開始就說沒有問題了嗎？」

「既然是這樣，那麼只要附近沒有亞人類或惡魔的蹤影，就到外面避難，在那裡重新編組部隊吧。因為以王國的狀況而論，據說惡魔是出現在被火焰包圍的範圍內。我希望你們從這個方向去研擬計畫。」卡斯邦登如此命令聖騎士後，再次向魔導王問道：「那麼能否用陛下的力量，調查亞達巴沃是否潛藏於某處？」

「如果有辦法，我也不用一直留在這座都市了吧？」

「確實如此。」

就在魔導王一一回應連珠炮般的問題時……

一陣不吉祥的嘎吱怪聲傳來。

起初音量很小，被室內的喧鬧聲所掩蓋，但越來越大聲。陸續有人注意到聲音而陷入沉默，很快地，寂靜當中就只剩嘎吱嘎吱聲響徹室內。

眾人不安地東張西望時，寧亞察覺到鄰接室外的牆壁產生異狀，「啊！」叫了一聲。

牆壁龜裂了。在所有人的注視下，眼看著裂痕呈放射狀擴散，往室內這邊大大鼓起，然後——

「離開那裡！」

蕾梅迪奧絲喊叫的同時，魔導王移動到寧亞前面。

牆壁隨著巨響碎裂，磚塊如霰彈般往室內飛散。幾聲呻吟響起，那些人被速度驚人地飛來的磚塊打中了。

若非魔導王挺身保護寧亞，搞不好寧亞也發出了同樣的慘叫。

「謝……謝謝——」

寧亞正要道謝，魔導王卻舉起手來阻止她。然後他朝著滾滾煙塵伸出食指，要她注意那後方。

那裡有個巨大身影，以及熊熊燃燒的火焰色彩。

「感謝你們迎接我，人類。」

聲音沉重而渾厚。

那個存在彷彿撥開飛塵，從牆上大洞慢慢現身，走進室內。

那是個——惡魔。

由於體型實在太大，他稍許彎下身子，強行進入房裡。雖然那模樣可稱得上滑稽，但這狀況當然沒人笑得出來。寧亞喉嚨僵硬，想嚥下嘴裡分泌的口水，卻卡在喉嚨裡。

壓倒性的力量集合體。

寧亞本來並不擅長分辨敵我的力量差距，但這她就懂了，就算有幾萬個寧亞也絕對贏不了。與魔導王取下戒指時的氛圍匹敵的波動吞沒了她，連一根手指都無法動彈。

這下她也知道對方是什麼人了。

（那……那就是亞達巴沃……魔皇亞達巴沃……）

漲滿怒意的臉孔與紅蓮之翼，還有那沸騰燃燒的手——其中一隻手握著某種東西，讓寧亞懷疑起自己的眼睛。

她不願相信，但那像是人類的下半身。那東西發出惡臭，已經腐爛了。

「嘰咿咿啊啊啊！」

一陣吼叫。不對，應該說是怪叫吧。寧亞的背後傳來情緒失控，陷入瘋狂之人會發出的叫聲。

寧亞背脊一陣發毛；是蕾梅迪奧絲的聲音。

蕾梅迪奧絲筆直舉起聖劍，簡直好像沒考慮到防禦的樣子，往亞達巴沃直衝而去。

太魯莽了。看到那憨直的突擊，就連不擅長用劍的寧亞都這麼想。

「——礙事。」

伴隨著沉重平靜的一句話，只聽見「啪唰」一陣水聲。同時蕾梅迪奧絲一直線吹飛出去，發出讓人懷疑建築物要倒塌了的激烈衝撞聲，撞上了牆壁。然後蕾梅迪奧絲像顆球似的彈跳一下，隨即當場癱軟無力地倒下。

亞達巴沃用手中疑似人類下半身的物體，將蕾梅迪奧絲打飛了。

換作是寧亞，挨這一記早就死了，但不愧是聖王國最強的聖騎士，性命似乎無虞。

不知能不能說作為代價，一陣刺鼻、令人作嘔的惡臭瀰漫室內。

這是因為毆打蕾梅迪奧絲造成的衝擊力，使得亞達巴沃手裡的腐爛下半身碎成零散肉片，飛散到這個房間的每個角落。

「哦……這真是太糟糕了。首先容我為了弄髒房間由衷致歉吧。要不是那個女人不用大腦地衝過來，也不會弄成這樣了——但這都是藉口。請原諒我。」

亞達巴沃慢慢低頭，那副彷彿發自內心感到過意不去的態度，反而更讓人覺得可怕。

然後，大概是手裡還留了一點，他將被火燒黑的人類腳踝骨頭隨便往室內一扔。

「傷腦筋，我有點得意忘形，到處亂揮，結果上半部不知道飛去哪了。我嫌它髒，一直在找機會想處理掉……不過我真是個好心的惡魔啊，直到最後都讓她派上用場，她冥冥之中必定也在感謝我吧。」

亞達巴沃自顧自地說道。

「啊啊啊啊啊啊啊啊啊！」

悲痛的叫聲傳來，蕾梅迪奧絲一邊口吐鮮血，一邊略略撐起身子，正在摸自己的身體。不對，她是在收集黏在身上的肉片。她在做什麼？難道是發瘋了嗎？寧亞心想。

不，她的異常行動應該有其意義在。

（難道剛才的屍體……怎麼可能……）

雖然那具下半身只黏著疑似破爛鎧甲的殘骸，但看似是女性。這樣想來，只可能是那兩人。

假如是那樣的話——

「真是悅耳的音色。」亞達巴沃像個指揮家般輕輕揮了揮一隻手。「好了，我該說幸會吧，魔導王安茲．烏爾．恭閣下——或者我該稱您大人？」

「免了。言歸正傳，你來到此地是為了與我一決勝負，這麼想沒錯吧？」

「正是如此，弱者來再多都沒有意義，就是這麼回事。」

「這點我同意，我也不希望造成無謂犧牲。」

魔導王將臉轉向正在啜泣的蕾梅迪奧絲。

「魔導王，你很強悍，比飛飛更強。所以就讓我採取必勝的戰術吧。」

亞達巴沃迅速舉起手，接著有人從大洞後方探出頭來。

是戴著面具，身穿女僕裝的女性，有兩人。

「你總不會說我卑鄙吧？」

「——唔嗯，這……唔嗯…………唔……嗯。」

從魔導王的態度中能感覺出焦急。不，這也是理所當然。

不只亞達巴沃一人，連女僕惡魔也一起來了，魔導王想必始料未及。不——

（怎麼可能，聰明絕頂的魔導王一定早就想到了。那麼為什麼？——一定是因為我們在場，陛下或許是在擔心，怕自己沒厲害到能保護得了我們！）

「陛下，請不用擔心我們。」

「咦？」

魔導王驚愕地低喊一聲。

寧亞明白，女僕惡魔能夠輕易殺死這個房間裡的所有人，就算告訴魔導王不用擔心，他也不可能放心交給寧亞等人。站在魔導王的等級來看，寧亞等人……恐怕連蕾梅迪奧絲都只是不足一提的小角色。

即使如此，與其妨礙到魔導王——她寧可死。

寧亞聽說過，魔導王的部下抱持著一旦淪為人質就要自盡的覺悟。魔導王說他為此感到困擾，但寧亞現在很能理解那些部下的心情；自己並非為了拖累尊敬之人而存在。

「哈哈哈哈！放心吧，人類，之後我再慢慢將你們折磨至死。我們就在這座都市中央的噴水池候駕吧。當然，魔導王，你也可以跟他們一起逃走喔？」

「我將這句話原封不動還給你，亞達巴沃。」

魔導王與亞達巴沃互相瞪視。

然後亞達巴沃轉過身去——握緊了劍的蕾梅迪奧絲一個蹦跳起身，衝了出去。

蘊藏微光的聖劍軌跡，宛如帶狀亮光般流去。

「受死吧——！」

然後，劍刺進了亞達巴沃的背部。

「這是什麼……妳滿意了嗎？」

——聲音冷漠無情。

「什……為……什麼……受到了……聖劍的一擊…………應該是邪惡存在啊……」

蕾梅迪奧絲的背影看起來實在太渺小。

「我不懂，什麼為什麼？妳問為什麼是什麼意思？有刺痛一下喔？滿意了的話，可以請妳讓開，別在這裡礙事嗎？我無意在這裡殺妳，等殺了魔導王後再說。」

亞達巴沃不理會蕾梅迪奧絲，直接將火焰翅膀整個張開。蕾梅迪奧絲被翅膀彈飛，一路翻滾著摔了回來。

亞達巴沃看都不看可悲地趴在地上的她，就飛上空中。女僕惡魔也尾隨其後。

「……好了，那麼我也要動身了。請你們去避難，以免被戰鬥波及。我是認為不會有事，不過如果我們把這座都市打到半毀，請你們見諒。」

「魔導王陛下，不要緊嗎？」

卡斯邦登原本為了躲避瓦礫霰彈而撲倒在地，此時站起來問道。他的眼睛望向蕾梅迪奧絲的背影；她也不爬起來，只是垂頭喪氣。

「很難說沒有問題，但說歸說，還是有機會的。假如他帶了亞人類來當肉盾，事情就麻煩了，不過那傢伙似乎還在小看我。況且這也是個好機會，可以將女僕惡魔納入我的支配下。」

「不要緊，還不要緊。有妹妹……有葵拉特在。只要她在，卡兒可陛下一定可以……」

蕾梅迪奧絲先是唸唸有詞，然後拍打自己的臉，猛地站起來。

「魔導王！我也要一起去！借我能傷到那傢伙的武器！雖然只是暫時，但我就當你的劍吧！」

面對充血雙眼中含藏憎惡的蕾梅迪奧絲，魔導王搖了搖頭。

「……還是算了吧，憑妳只會礙事。」

「你說什麼！」

「妳不懂嗎？你們之間力量懸殊。還是說妳明白但無法接受？我就明說了，妳會拖累我。」

蕾梅迪奧絲瞪著魔導王，就像在瞪自己的仇人。

魔導王講話的確傷人，但他說的是事實。不，正因為是事實，才令人難以接受吧。

「卡斯托迪奧團長！我派其他任務給妳，我要妳帶領民眾到都市外避難！」

卡斯邦登用極具威嚴的口吻下命令。

「本來妳不也贊成將亞達巴沃交給魔導王陛下對付嗎？」

「……好，我知道了。」蕾梅迪奧絲咬緊嘴唇，不屑地說。「你絕對要殺了那個雜碎。」

「我會的。」

「——眾聖騎士聽好，仔細將遺體收集起來，一點都不能剩下。」

「團長……這具遺體是……」

大概是心裡有底吧，聖騎士顫聲問道，蕾梅迪奧絲堅決否定般開口：

「不要忘了惡魔設謀欺騙的可能性。」

蕾梅迪奧絲頭也不回地邁開腳步，有幾名聖騎士半帶畏怯的表情隨後跟上。

「魔導王陛下，我為她的態度誠心致歉……雖然不是謝罪就能了事。」卡斯邦登低頭道歉。「我向你賠罪，還請原諒。」

「……我接受。那麼各位趕緊去避難吧，讓那傢伙等太久，也許他會說話不算話。我先過去爭取時間，但希望你們當成只有三十分鐘左右的多餘時間。」

「我明白了。都聽見了吧！速速行動！」

有幾名神官與聖騎士伴著卡斯邦登離開房間。

就這樣，房裡只剩下魔導王與寧亞。再來就只有幾名聖騎士以及神官，正將某位人士的遺體裝進袋子裡。既然如此——

「陛下，能否讓我同行！」

周圍傳來驚訝與倒抽一口氣的聲音，但寧亞無視於那些外人。她拿下眼罩，直勾勾地看著魔導王。

「……唔嗯，這我辦不到。他雖然那樣說，但終究是惡魔所言。一旦被逼入絕境，難保不會現出本性，抓妳作為人質。」

「但只要是陛下的話，發生那種情形時一定能毫不遲疑地殺了我，對吧？」

「妳這樣一臉認真地說，講得我好像是個惡徒似的。是沒錯，我若是救不了妳就會見死不救，用攻擊魔法連妳一起殺。」

「既然這樣──」

「──我！我可不是喜歡殺害那些俘虜才動手的喔？」

「啊！小的冒犯了……」

魔導王說得沒錯，他只是知道那是最好的選擇，才那樣做罷了。假如有更好的辦法，這位仁慈的大人必然會做其他選擇。而他認為不讓寧亞同行，在這個情況下才是最佳選擇中的首選。

「可是……陛下為了解放這座都市，使用了許多魔法，甚至用上了魔法道具，消耗了魔力。對於身為魔法吟唱者的魔導王陛下而言，我認為您應該失去了相當大的力量，這樣不要緊嗎？」

「唔嗯！的確，或許會有危險。但是，我是為了打倒亞達巴沃而來到此地。那傢伙來到這裡正合我意，我將消滅他，將女僕惡魔據為己有……唔，說什麼想得到女僕，好像我是個色老頭似的……」

看到魔導王連這種時候都要講冷笑話，寧亞一面苦笑，一面想開口說話，但魔導王舉起手阻止了她。

「況且呢，我如果現在逃走，豈不是惹人笑話？」

魔導王聳聳肩，半開玩笑地說。寧亞從中感覺不到認真態度，忍不住大聲叫道：

「陛下！想笑的人讓他去笑不就好了！竊以為您應該以萬無一失的狀態與那傢伙交手！況且陛下本來就只是為了與亞達巴沃交戰而蒞臨我國，如今卻為了聖王國耗用龐大魔力，損耗了力量。這跟雙方一開始約定的不一樣，只要把這點解釋清楚，我國人民也會……！」

「妳說得對，但人類這種生物會選擇性相信。縱然將巴拉哈小姐的說法昭告天下，恐怕也沒人會相信。」

「怎麼會呢……！既然這樣，那我願為證人！況且……」

寧亞側眼看了看保持沉默聽兩人對話的聖騎士與神官，他們應該也願意作證。

「……寧亞．巴拉哈。謝謝妳，但是沒有這個必要，我不會改變在此與亞達巴沃交手的想法。」

「這是……為什麼呢？」

「很簡單，因為這是王的約定。」

寧亞語塞了，魔導王這樣講令她無法回嘴。自己這種沒有身分地位的人，絕不可能講得出改變「王者」意志的話語。

周圍傳來感佩的呻吟。沒錯，這樣偉大而尊貴的人士才是安茲．烏爾．恭魔導王陛下。

寧亞打從心底想誇耀一番，誇耀自己尊敬的君王。

「陛下，恕我斗膽進言。當您覺得有危險時，請您逃走吧！」

被人家說可能會輸，想必讓他很不愉快。但即使如此，寧亞還是無法不講。

「……當然了，只有極蠢之人才會在戰鬥時不預備逃跑的手段。因為即使一度交戰落敗，仍然能累積戰鬥中獲得的知識，在下一場戰鬥中有益地運用。第一場戰鬥落敗也是不要緊的。」

「陛下英明。」

講得極端點，既然目的是打倒亞達巴沃，只要最後贏得勝利即可。看到魔導王不是作為戰士，而是以君王的立場思考事情，寧亞感動得發抖。

「那麼我去去就回。」

●

安茲步行前往亞達巴沃指定的地點，他只帶了兩隻半藏來，途中對他們發出「訊息」，確定沒有人跟蹤自己，也沒有人從遠距離監視自己。

收到確定沒人的聯絡後，安茲本來想立刻切斷聯絡，但半藏困惑地告訴他有昴宿星團成員在場。

安茲告訴半藏自己知道，然後解除「訊息」。

（……這次也沒有玩家或持有世界級道具之人的蹤影啊，都找到現在了，看來……可是這麼一來，夏提雅那次搞半天到底怎麼回事？是某種巧合嗎？我以為是使用世界級道具進行的攻擊，難道是天生異能之類的？）

這樣百般警戒卻沒偵測到任何反應，會覺得這個狀況本身也可能是個陷阱。會不會是想等己方解除警戒，趁大意時下手？

（傷腦筋……但也沒辦法，小心總是不吃虧。）

安茲又對另一支半藏隊發出「訊息」，然後向他們確認一切準備妥當，事情也都已經說明清楚。

（好，萬事俱備。說是這樣說，其實接下來只要照迪米烏哥斯詳細寫出的計畫書做就對了，簡單得很！而且我已經做好保險，就算犯錯也可以說「這是為了考驗你」！）

太棒了。

安茲為自己的腳步輕盈感動萬分，搞不好自從來到這世界，腳步還是第一次這麼輕盈，簡直就像在天上飛。

不久，安茲抵達了不怎麼大的一處廣場。

這裡本來有座每隔一段時間就會噴水的噴水池，據說曾經是市民的休憩場所。然而現在沒有水流，而且遭到亞人類所破壞。目前也沒有修繕的預定計畫，僅餘一股淒涼的氛圍。

然後，一隻惡魔威風凜凜地站在那裡。

那是隻體型龐大的惡魔，有著烈火之翼與紅蓮鐵拳。

納薩力克也有這種魔物，稱為憤怒魔將。不過這隻是迪米烏哥斯用五十小時才能使用一次的魔將召喚，在一定時間內役使的魔物；即使殺了，對納薩力克也沒有損失。

等級為八十四。

他在魔將當中屬於著重物理攻擊的類型，ＨＰ也相當高，是純粹戰士系的魔物。

魔將擁有的多種特殊能力當中最棘手的，想必是能夠只召喚出一隻其他魔將——如果是召喚更低階的惡魔，則數量更多。只不過有個大前提，就是以特殊能力召喚的魔物不能使用自己的特殊召喚能力，因此迪米烏哥斯這次叫出的憤怒魔將無法召喚其他魔將。

若是換成創造或製作等等的話，因為與召喚屬於不同處理方式，所以假如對手是怠惰魔將，在打倒對手之前將會不斷湧出惡魔或不死者，非常麻煩。

另外憤怒魔將還有一點很麻煩，就是仇恨值難以管理。

安茲聽坦克職業說過，憤怒魔將的仇恨值比其他魔將更容易上昇，因此與別種魔將同時出現時，仇恨值控制很容易出錯。

而且憤怒魔將應該還擁有損傷或防禦能力隨著仇恨值上昇的特殊能力。話雖如此，這點不算太可怕。

唯一可怕的，頂多只有幾乎不知道會發生什麼事的「以靈魂換取的奇蹟」。

會使用的魔法有——

第十位階魔法：「隕石墜落（Meteor Fall）」、「時間靜止（Time Stop）」、「不淨場域（Field of Unclean）」。

第九位階魔法：「高階排除（Greater Rejection）」、「朱紅新星（Vermilion Nova）」。

第八位階魔法：「道德扭曲（Distorted Moral）」、「瘋狂（Insanity）」、「幽冥一擊（Astral Smite）」、「痛苦波動（Wave of Pain）」。

第七位階魔法：「燒夷」、「地獄之火（Hell Flame）」、「高階詛咒（Greater Word of Curse）」、「高階傳送」、「褻瀆（Blasphemy）」。

第六位階魔法：「火焰之翼（Flame Wing）」、「地獄之牆（Wall of Hell）」。

第三位階魔法：「火球」、「遲緩（Slow）」。

ＹＧＧＤＲＡＳＩＬ魔物能使用的魔法數量，會依據等級或種類而大有不同，但基本上差不多有八種。然而龍、惡魔或天使等種族的高階魔物完全無視於這項基本法則，擁有更多魔法。

只不過憤怒魔將屬於純粹戰士系，所以持有的魔法也不怎麼可怕。

這種魔物沒有魔法強化系特殊技能，而且魔法相關能力值低。再加上憤怒魔將的攻擊魔法多為火焰系，但因為火焰是不死者的弱點，安茲本來就有做防護，所以不足為懼。而且不死者不怕精神系，又因為正義值為負數，因此「道德扭曲」等魔法也一樣無效。

對於正義值為負數的安茲來說，還是天使比惡魔來得棘手。

安茲一面回想起對手的資料，一面隨便看了一眼魔將後方的兩名女僕。晚點再跟她們說話。

「好了，迪米烏哥斯都告訴你了吧？」

「這是當然，安茲大人。」

聽到剛才已經聽過的粗重嗓音，安茲不是作為安茲，而是身為鈴木悟的部分不知為何忍不住微笑。不只是這隻惡魔，存在於納薩力克的許多魔物的聲音，不知都是由誰想像而決定的？

是廠商，或是製作人員想像的聲音嗎？如果是這樣，那麼還沒吃任何人聲帶的口唇蟲那種可愛聲音，又是誰想像出來的？會是佩羅羅奇諾說過的「腦內聲優」嗎？

不，應該不是。

潘朵拉．亞克特就是個好例子，他不認為那是製作人員腦中的形象化為真實。更何況連安茲這種沒有聲帶的不死者都能出聲說話了，也許只能當成魔法世界的法則，坦率地為之驚訝吧。

「你使用這個名稱與這種說話方式，可見這附近一帶都淨空了吧？」
「是的，正是。」
「那麼讓我問個最重要的問題吧，你能拿出真本事——下手殺我吧？」
「是！大人是如此命令我的。」
聽到魔將的回答，安茲輕輕點個頭。
之前安茲就在擔心一件事，就是沒什麼機會與強敵交戰。沒有機會像那時候的夏提雅之戰一樣，能拿出渾身解數戰鬥，讓安茲憂心忡忡。
安茲做了許多近身戰的訓練，變得能夠十全運用飛鼠這個存在的身軀，可說已經能夠作為三十三級的戰士應戰了。
然而能不能在高等級帶的戰鬥靈活運用，卻還令他存疑。
為此他一直認為應該找個高等級強者當對手，多方進行活用體能的戰鬥訓練。但遺憾的是，至今他不曾有機會遇見等級那麼高的魔物。
所以這次安茲要迪米烏哥斯命令召喚出來的魔將殺死自己。
也就是說安茲要打倒懷抱殺意來襲的強者，藉此強化自我。
說起來很簡單，但兩人強烈反對，花了安茲一堆時間說服他們。安茲陷入精神疲勞，也難怪他會想：「不是只要我說黑，白的也是黑的嗎……」

結果在做出種種讓步並接受各種要求後，才終於能像這次這樣，來場認真較勁的戰鬥。

想到可能會因此喪命，體內便滲出一股寒意。夏提雅那時候有另一種感情更強烈，而這次是可能為了沒必要的事情喪命，所以跟上次完全不同。

可是——

（在ＹＧＧＤＲＡＳＩＬ時代，我累積了不少ＰＶＰ的經驗。但是在對付夏提雅時，我體會到這個世界並不是遊戲。如果有一天，我必須與在這個世界累積了實戰經驗的百級玩家交手，我如果沒有累積相同程度的經驗，想必會敗給對手。我必須知道膽怯會導致將來的敗北。）

安茲感謝自己身為不死者，因為可能死亡的恐懼幾乎都受到了壓抑。若是換成人類身分，說不定自己現在已經說要作罷了。

「那麼由莉。」安茲對魔將身後的女僕問道。「我可以當作妳與露普絲雷其娜是要跟魔將一同對付我，所以才出現在那裡對吧？其他成員不在嗎？」

安茲放眼四顧，沒發現索琉香、安特瑪與希絲的身影。剛才的確也只有這兩人現身，或許其他成員是在其他地方展開行動。

「只有我們兩人來到這裡，只以我們姊妹與憤怒魔將向大人挑戰。理由是雅兒貝德大人判斷先讓這個國家的人類看到女僕惡魔的身影不是件壞事，而且光靠魔將恐怕無法令安茲大人滿意。」

的確區區一隻八十多級的魔將，不是安茲的對手。但就算再加上由莉與露普絲雷其娜，感覺似乎也不是什麼強敵。

（說是這樣說，但攻擊次數多有時很難對付。也許只有笨蛋才會過度看輕對手而吃到苦頭。看來我得稍微提高警戒度了。）

「還有，安茲大人，雅兒貝德大人命令屬下做個確認，若是安茲大人敗北，您願意一年內不離開納薩力克，沒有異議吧？」

「沒錯，這是為了進行這次對戰，我說服雅兒貝德而開出的條件之一。當我敗北時，我願意待在納薩力克地下大墳墓一年專心處理內務，而且是跟雅兒貝德一起。附帶一提，房間也是同一間……不用確認我拿什麼條件說服迪米烏哥斯嗎？」

安茲望向魔將，然而惡魔沒有答話。不知是認為沒有必要確認，還是沒收到相關命令。

「謝謝大人。」

由莉低頭道謝。

安茲心想「這下好了」，被迫修正戰術。同時他心中冒汗，覺得難度提高了不少。

這是因為要殺死由莉等人非常容易，雙方實力差距夠大。但那對安茲．烏爾．恭而言是不可饒恕的行為，絕不可以為了替自己做訓練就殺死ＮＰＣ。

換言之——

（在殺死魔將的同時，還不能讓由莉她們受傷。）

安茲差點沒笑出來，這設定也太難了。但倒也是很好的訓練。

「您怎麼了嗎，安茲大人？」

「沒有，別在意，沒什麼。」

「那麼科塞特斯大人事前有拜託，說如果可以的話，希望能將這場戰鬥記錄下來，日後跟納薩力克的所有人分享哩。可以嗎？」

雖然安茲覺得超級難為情，很不樂意，但即使在ＹＧＧＤＲＡＳＩＬ也時常會保留對戰紀錄。自己應該當作本來就該如此，接受就是了。

「知道了，但我想記錄對戰過程應該會被反探測的攻性防壁擋掉吧？需不需要我先解除我張開的防壁？」

「安茲大人發動的是探測其他探測行為的防壁吧？不是攻擊魔法連動式，對吧？」

「對，我現在用的是那種。因為如果納薩力克的人想知道我人在哪裡，結果觸動防壁就麻煩了。」

如果安茲像以前那樣張開攻擊魔法連動式防壁，當納薩力克之人想找安茲而發動魔法時，將會立刻造成嚴重傷害。過去還沒有友軍攻擊時，他隨時張開著這種防壁，如今卻會變成相當危險的行為。
當然，對於受到世界級道具保護的納薩力克而言，即使攻性防壁發動了攻擊魔法，對方想必也不會受到損傷，只會因為防衛而必須付錢。搞不好付出的金錢比受到損傷還痛。
「那就不要緊哩。」
「不，我還是先解除好了。本來攻性防壁只要發動一次就會消失，必須重新施加。既然這樣，倒不如從一開始就解除掉，比較不用想東想西。」
「是這樣嗎？那就麻煩大人了哩。」
安茲即刻解除攻性防壁。
「──好，那麼麻煩妳們記錄戰鬥。以誰為中心？我也可以喔？」
「總之是決定以我為中心哩。」
既然這樣，安茲也沒意見，以誰為中心做紀錄都不是什麼大問題。
安茲無意間想起過去與同伴做的訓練，漸漸開心起來。
在研擬新的戰術，或是使用新武具之類時，基本上都會由幾個同伴進行模擬戰。
安茲也常與塔其．米對打，但那些不算，沒計入安茲的ＰＶＰ戰歷裡。這是因為安茲從沒贏過塔其．米任何一次，所以如果把那些也算進去，勝率會下降。安茲還不忘加上一個藉口──自己是知道會輸，只是當作「訓練」來對打，所以沒拿出真本事。

「那麼要開始了嗎？你們儘管動手殺我，不過我可不打算殺死妳們。」

「不，您可以殺死我們沒關係。」

安茲還來不及說「我不想那麼做」，由莉已經先說出理由。

「安茲大人，我們不是昴宿星團。我們所有人都是高階二重幻影（Greater Doppelgänger）。」

「什麼！妳說什麼？」

「屬下是樂師兼五大最惡之一——查克穆爾大人的直屬部下，埃里希擦弦樂團之人。在雅兒貝德大人的命令下，變身為昴宿星團的各位成員。」

「——是這樣嗎？」

安茲目不轉睛地打量，但簡直看不出跟自己熟知的由莉或露普絲雷其娜有何不同。甚至覺得可能是為了讓自己下得了手，才撒這種謊。

會不會其中一人是本尊？安茲曾經聽過，所謂巧妙的謊言，只能以極少比例混雜在真相中。

安茲無法看穿二重幻影的真面目，雖然他擁有破除二重幻影變身的魔法，但使用那種魔法會造成副作用，使得對方一段時間內無法變身。這樣做的話，對方特地變身為昴宿星團而來就沒意義了。如果安茲學會了更低階的法術，那還另當別論——

不——

「的確，露普絲雷其娜的講話方式跟平常不同呢？怎麼會這樣說話？」

露普絲雷其娜愣了一愣。

「聽起來很怪嗎？安茲大人？」

扮演露普絲雷其娜的二重幻影語氣變了，大概這才是她原本的講話方式吧。

「是啊，不像她平常的遣詞用句。」

「但露普絲雷其娜大人在屬下面前都是這麼說話的……」

關係越是親密，就越難看穿二重幻影的變身。這是因為他們在變身中會使用精神控制系的特殊能力，讀取交談對象或旁人簡單的表層思維，抽取變身對象的資訊加入演技之中——魔物說明似乎是這樣寫的。

據潘朵拉．亞克特所說，在這個世界裡，實際上也能使用這類能力。只不過這種能力純粹只能讀取變身對象可能做出的反應，並不能偷窺內心或記憶，用以收集情報。

而且這項能力屬於精神攻擊，因此對安茲之類的不死者無效，等級差距不夠大還很容易受到抵抗。所以對方應該是無法從安茲腦中讀取露普絲雷其娜會做的反應，才會露餡。

附帶一提，同時應付的對象越多，越可能因為每人印象不同而露餡。

（嗯——露普絲雷其娜為什麼要在這些人面前講話加「哩」？哦，我懂了。是為了讓我覺得哪裡怪怪的，才會這麼做吧。她也許是想幫我點忙，想不到還挺可愛……）

「……嗯？抱歉，我想問個跟戰鬥無關的問題。妳們說是雅兒貝德的命令，但如果我說這項命令作廢，妳們會以哪邊為優先？」

「理所當然，是以貴為無上至尊的安茲大人所言為優先。不過，非常抱歉，召喚了我們的黑暗曲調大人的命令將會是第一優先。」

「……嗯？妳說誰？」

有這麼個NPC嗎？安茲正感疑惑，不過二重由莉接著說出的話，使他眼窩中蘊藏的火光變得明亮起來。

「就是節制大人。」

「咦？節制桑？黑暗？哦……的確是那種外貌沒錯，可是……黑暗曲調？」

「是的，節制大人都是如此自稱，因此查克穆爾大人指示我們也如此稱呼大人。」

「……等回到納薩力克之後，這方面的事我可要好好問個清楚。黑暗曲調是吧……」

居然這樣稱呼自己，安茲還是第一次聽到。

知道過去的同伴在不為人知的地方偷偷這樣自稱，安茲忍不住笑了出來。竟然在戰鬥前削減自己的戰意，真是設下了不得了的陷阱。

（噢，不行不行，不可中了黑暗曲調的陷阱！呵，呵呵……）

明明知道現在不行，安茲卻忍不住想起公會成員的回憶。

不知道他是用什麼樣的表情，什麼樣的心情這樣自稱？

對往昔友人的懷念之情讓安茲瞇細了眼，但看到二重由莉似乎對自己的反應感到狐疑而偏了偏頭，安茲覺得自己太大意了，繃緊神經。

朋友的事晚點再回憶就好，現在應該分析二重幻影的說法。

（還有，真想對各僕役或ＮＰＣ做個訪查，聽聽大家都隱藏了什麼樣的一面，呵呵呵——好了！這下有了一個疑問。）

照她的說法，二重幻影(Doppelgänger)這種僕役沒有直接受到命令時，會以直屬主人ＮＰＣ的命令為優先。那麼假如納薩力克內的某個ＮＰＣ想殺了安茲，於是召集眾多高等級僕役，命令他們用最強招式攻擊安茲的話會怎麼樣？前提是安茲沒有發現，無法阻止事情發生。

僕役會執行命令嗎？或者是不會聽從這類命令？

「……妳們也會帶著殺意對我動手，這樣想沒錯吧？」

「是的，大人是如此命令我們的，而且我們判斷安茲大人也下了許可。」

聽了二重由莉的回答，安茲皺起眉毛——雖然他沒有眉毛。

（……這樣是不是很危險？最好找個機會測試一下這方面的界線在哪裡。）

連安茲都想得到的事，雅兒貝德他們很可能已經測試過了，但還是該做個確認，因為安全漏洞絕對不可以置之不管。

「……沒錯，在這場戰鬥中，我准許妳們拿出全力殺我。那麼我再次要求妳們以安茲．烏爾．恭之名發誓。方才妳們對於自己的真面目，所說的話句句屬實，對吧？」

「是的，我們以所有無上至尊之名發誓，保證句句屬實。」

由莉與露普絲雷其娜只將自己的手變成了異形肢體。

「——啊！」

「怎麼了？有什麼問題嗎，二重由莉？」

「是的，安茲大人，屬下忘了一件事。我們的武裝是向昴宿星團的各位大人所借用。因此我們只有一事相求，當大人殺死我們時，可以請您回收武裝嗎？」

二重幻影只要有意，能夠連服裝或裝備品都完美複製。但只限外觀，無法連裝備的性能一併模仿。能否從裝備獲得抗性，在對付安茲這種魔法吟唱者時有著天差地別。大概是因為這樣，她們也只好向本人借用真品。

（高階二重幻影能變身到六十級，而且不同於製作成NPC，能複製百分之九十的能力。即使只有裝備品是昴宿星團的真品，似乎也不用太過提防。既然這樣，殺死她們損失就大了，因為召喚傭兵僕役時要花錢——還是盡可能讓她們失去戰力就好，看來這點也得列入規則之內。）

「好！加入規則，妳們二重幻影只要瀕死就算出局。妳們的生命力由我用『生命精髓(Life Essence)』觀察。記得妳們連體力也能偽裝，對吧？」看到由莉加以肯定，安茲點點頭。「既然這樣，我要妳們暫時抑止這項能力。當我覺得只要再輕輕打一下就會死時，我會叫妳們的名字，宣布妳們出局。我一宣布，這人就視作死亡，必須迅速離開戰鬥區域。還有憤怒魔將也是，我一宣布勝利，戰鬥即告結束，聽懂了嗎？」

憤怒魔將與兩名二重幻影都表示了解之意。

「很好，那麼硬幣一落地就開始……少說已經過了二十五分鐘，開始戰鬥應該也沒人有怨言吧。」

安茲發動「生命精髓」後取出一枚金幣。當然不是YGGDRASIL的金幣，而是這個世界的交易通用金幣。

「您不施加增益效果嗎？」

「找時間放增益也是戰鬥訓練的一個環節。」

安茲回答二重露普絲雷其娜後，稍微遠離他們，然後用手指彈起硬幣，讓它落在雙方的中間位置。

硬幣掉在地上的同時，安茲一面往後方跳開，一面筆直伸出雙手叫道：

「絕對無敵障壁！」

可以看到魔將與兩名二重昴宿星團都僵住了，但魔將與二重由莉隨即衝刺過來。

就是這樣，這就是正確答案。

安茲剛才的行動並沒有意義，ＹＧＧＤＲＡＳＩＬ沒有一種招式叫做絕對無敵障壁——應該吧，就安茲所知是沒有。但安茲仍然這樣喊，不只是為了虛晃一招，而是有更重要的意義在。

（啊——總覺得動作好遲鈍。大概是在怕我對他們做了什麼，戰戰兢兢的吧？好吧，在懷疑對手有陷阱時還要衝過來，當然會這樣了。）

傳送來這個世界，讓他們擔心說不定真有這種招式，而束縛了他們的動作。換言之因為留有未知要素，才能虛晃這一招。

而且這點不限未知要素，安茲的特殊技能「生產不死者」就是個好例子。

在遊戲時代，並不會因為以屍體為媒介生產，就能不受時間限制，無限製造。這點是來到這個世界後，所發生的異質化。諸如此類，安茲認為還有其他很多法術與遊戲時代有所不同，只是尚未發現罷了。不，只有蠢人才會以為沒有。

換言之，今後只靠ＹＧＧＤＲＡＳＩＬ時代的遊戲知識做判斷，會有極大的危險。

（這方面也該跟雅兒貝德他們……不對，包括科塞特斯在內，最好多方討論一下。）

安茲一面發動無吟唱化的「飛行」一面往後拉開距離，邊逃跑邊思考。

（記得雅兒貝德說過，毀滅王國還需要約兩年的準備時間。在那之前，也許應該盡量花時間收集情報。況且國土擴大就等於與外界有更多接觸機會……這方面除了丟給雅兒貝德與迪米烏哥斯處理，也該聽聽兩人的意見。我想想，說不定幻術意外有效，或許我該提高警戒喔。只要頭腦聰明，似乎可以做出很厲害的事。等找到擅長幻術的人，希望能用優渥待遇挖角。夫路達他——哎呀。）

比起運用「飛行」逃跑的安茲，魔將跑來得更快。很遺憾，飛行沒辦法飛得太快。

「嗚！」

挨了魔將巨大鐵鎚般的一拳，安茲感到疼痛——不過隨即得到抑止。與夏提雅交手時他也想過，這具連疼痛都能壓抑的身體實在值得感謝。因為有這種體質，安茲才能戰鬥下去。

然後魔將追著被打飛的安茲，一路縮短距離。

這對安茲而言是最糟的行動。

（由莉在移動，似乎想繞到我後面。兩人能針對弱點給予我毆打損傷，想前後包挾是吧？而露普絲雷其娜則是保持距離使用魔法……看樣子是增益魔法。哎呀呀，真是對抗魔法吟唱者的最佳答案，是組進魔將內部的戰鬥程式造成的嗎？還是召喚者迪米烏哥斯的知識讓他選擇這種行動？算了，也罷。）

如果對手不讓自己拉開距離，硬是拉開就對了。

「『高階傳送』。」

視野一口氣變得開闊，都市在視野下方鋪展開來。一般來說，使用傳送必須知道傳送目的地才過得去，不過只要是視線可及範圍就沒問題。安茲果敢傳送到一千公尺以上的高空，發動下一種魔法。

就是「光輝翠綠體（Body of Effulgent Beryl）」。

由於由莉與魔將都是以毆打攻擊造成損傷，這種魔法將會非常有效。

「當然不只如此就是了。」安茲一面嗤笑，一面俯視地面。「……要是有泡泡茶壺桑或可變護身符桑在，後衛是絕對不會挨打的。」

以小隊形式遊玩的話，擅長管理仇恨值的坦克絕不會犯下讓魔法吟唱者挨揍的失誤。

在他們不再登入的時代——最後變得由安茲獨自賺錢維持納薩力克時也是，他都會僱用傭兵NPC，在有餘力的狀態下行動。自從那時與夏提雅交手後，安茲就沒有獨自認真打鬥過。可能是因為這樣，讓他不禁抱怨兩句。

由於有一段距離，安茲不知道魔將在哪，但大致上知道廣場的位置。使用攻擊魔法對該處進行地毯式轟炸是很有用的戰術，但這樣做沒意義。因為面對面的認真對決，可以說才是這次的目的。

「『擴大魔法效果範圍・延遲傳送（Widen Magic Delay Teleportation）』。」

（對了，僱用傭兵NPC時，也會因為他們仇恨值隨便管理一通而讓我火冒三丈呢。那方面大概是營運團隊故意的，想讓玩家之間組隊吧……）

安茲在更高的空中，確認到大型存在——魔將傳送進入了「延遲傳送（Delay Teleportation）」範圍內。在「延遲傳送」的效果下，他還要晚一點才會出現在這個世界裡。換言之兩名脆弱的敵人如今失去了最強肉盾，暴露在安茲眼前。

就削減敵方的戰力而言，應該先將兩名弱者擊潰。安茲一面委身於重力，一面使用「飛行」進一步加速。

加速配合墜落，讓速度變得相當快。空氣轟轟流過，撞在臉上。在這當中，安茲睜大眼睛，瞪視廣場。

「我是覺得妳們應該躲進屋子裡……」

安茲喃喃自語，將大搖大擺站在廣場上的露普絲雷其娜視為目標。

由莉在稍遠的位置，已目測到安茲的存在，但似乎無意迎擊。竟然讓回復職業一個人站著，雖然讓安茲有點不以為然，不過想到可能是在提防範圍魔法，由莉的做法其實沒錯。

安茲緊貼著地面停了下來——雖然就算狠狠撞上地面，安茲也完全不會受傷——發動魔法。

安茲從第十位階當中選擇最具破壞力的魔法「現斷（Reality Slash）」，同時啟動特殊技能中的魔法最強化。雖然使用魔法三重化等技能，能夠一口氣給予敵人損傷，但他目前不知道會對二重幻影造成多大損傷，這樣做會有危險。必須避免一不小心一擊殺死對手的風險。

「『魔法最強化(Maximize Magic)——』」

手心朝向對手的瞬間，飛來的一擊對手臂造成損傷，魔法煙消霧散，只有本來要使用的魔力白白浪費。

（什麼！以射擊妨礙魔法施展！是特殊技能嗎！）

不知是身為不死者的特性，或者是身為老手玩家的實力，安茲只混亂了短短一瞬間，隨即著手分析受到的攻擊。

不管是魔將、由莉或是露普絲雷其娜，都沒有這種能力。

（也可能是對夏提雅洗腦的世界級道具持有者，不過——）

如果半藏會看漏——

能使用遠程武器的是——

如果是她，的確會用妨礙魔法的特殊技能——

「——中計了！」

安茲找到答案，叫了起來。

由莉接近過來猛揍，但安茲用魔法提昇了防禦力，因此不用太戒備。現在有另一件事更需要處理，否則會很不妙。

（一切竟然全是陷阱！不對，由莉她——我懂了！這裡是廣場！半藏之所以說是昴宿星團，是因為………！該死！我就覺得才兩個人，怎麼用所有人這種奇怪的講法！）

所有線索連成了一條線。

剛才的攻擊來自希絲。

不只由莉與露普絲雷其娜，希絲也在這個戰場上，而且可以想見索琉香與安特瑪應該也在；二重昴宿星團在這座都市裡齊聚一堂。

（不，不，冷靜下來。剛才只是希絲的二重幻影運氣好，只要等級有差，能力差距大的話，很容易就能抵抗。下次應該不會這麼幸運——對我來說不會這麼倒楣了。）

「『高階詛咒』。」

魔將晚了一步追上來，對安茲施展魔法，不過他順利抵抗掉。可怕的是近身戰，所以只要有距離就沒問題。

安茲無視於上空的魔將，也無視於從剛才就一直在給予自己小損傷的由莉，然後對露普絲雷其娜果敢展開突擊。

就在這個瞬間——

側面有蟲形彈丸亂七八糟地飛來，肯定是安特瑪所為。

不用特地施展高階物理無效化阻斷，因為沒附加魔法的射擊攻擊對安茲無效。

昴宿星團持有的武具由於資料量大，想必能打穿安茲的所有抗性，剛才希絲或由莉的攻擊就是個好例子。但是有部分特殊能力以該角色的等級為準，特別是安特瑪，很多招式都是視等級而定。

只有五十級左右的安特瑪無法傷到安茲一根汗毛，而當損傷完全無效化時，附帶的效果也不會起作用。

因此不用理她沒關係。

發現安茲對安特瑪不屑一顧，對手怕回復角色會被擊潰，露普絲雷其娜前方的地面隆起，原本隱藏行蹤的索琉香現身了。這種行動碰上範圍攻擊其實沒什麼意義，但也沒其他辦法保護回復角色。

只是，索琉香犯了一項致命性錯誤。安茲是魔法吟唱者，絲毫沒有必要展開近身戰，從遠處施放攻擊魔法就行了。而這樣的對手竟然來到前方——她應該考慮到對手朝著露普絲雷其娜衝過來的理由。

安茲的目的只有一個。

就是揪出所有敵人，讓對手掀開底牌。

（娜貝拉爾不在？）

安茲不能確定。襲擊王都的女僕惡魔之中沒有她，但就昴宿星團的一名成員來說，不能保證她不會現身，有可能她打算潛伏至最後一刻。不過，目前既然已經知道敵人手裡的牌，就沒理由繼續在敵人包圍下戰鬥。

「『高階傳送』。」

安茲沒受到希絲的妨礙，成功傳送到視線所及的建築物屋頂上。

（快想起由莉她們所有人的能力，第一個應該擊潰誰？——當然是負責回復的露普絲雷其娜。雖然希絲也必須提防……但我又不知道她在哪裡……其他的之後再說，最費事的魔將最後解決。）

安茲看到露普絲雷其娜在對索琉香施加魔法。安茲花再多時間，對手都不會吃虧。也許是因為這樣，所以看到安茲離開，對方也沒追殺過來？不對，應該是明白安茲能使用「高階傳送」自由移動，追著他跑只會讓大家分散，然後遭到各個擊破。不過這也正是安茲的目的就是了。

即使被看穿了也無妨。

只要從遠距離專心使用魔法攻擊，讓對手心急，然後各個擊破就是了。雖然擅長遠距離戰的希絲在場，但連續攻擊會讓安茲發現她的行蹤。為此，安茲認為她應該會採取有必要時才攻擊的模式，這樣的話不會是太大的威脅。還是說——

「沒看到她人，所以是由你代替娜貝拉爾？」

看到魔將沉重地降落地面，安茲咕噥著問道。

安茲忍不住面露苦笑。

「哈哈，娜貝拉爾也真是粗壯了好多啊，就叫你金剛拉爾好了。而且使用的屬性也有了大幅變化。好吧——有意思。既然是以二重昴宿星團為對手——」安茲啪沙一聲揮開披風。當然這個動作沒有意義，只是想擺個王者的姿勢罷了。「——我應該拿出點真本事來。」

安茲心想「可別死掉了」，同時——

「『魔法二重最強化（Twin Maximize Magic）・現——』」

安茲正要對露普絲雷其娜射出魔法，但又一發槍彈射穿他的手臂，而魔法再次失效。

「——嗄？」

不可能。

一次有可能，但不可能兩次魔法都遭到打消。希絲與安茲之間的等級差距太大了。

運氣不好，連續發生兩次抵抗失敗？這種可能性的機率有多少？還是說這並非運氣不好，而是理所當然的結果——例如對手不是希絲？

憤怒魔將張開火焰翅膀，逼近安茲。由莉從右側而來，安特瑪則從左邊迂迴著飛來空中。

（為什麼？怎麼會？這也是來到這個世界產生的某種變化嗎？或者是石榴石桑給了希絲什麼東西？又或者對手不是希絲？由莉剛才是怎麼說的？她說是姊妹，但她是指二重……潘朵——啊啊啊啊！）

逼近到近距離的憤怒魔將把拳頭往後拉，試圖以最大力量狠揍安茲。

（該死！最討厭的就是直接用揍的！既然是代替娜貝拉爾，那就用魔法啊！你這金剛拉爾！）

不過如果對手使用魔法，安茲會完全防禦掉，那樣也滿沒意思的就是了。

安茲毫不猶疑，逼向前方主動消除距離。

魔將想必以為安茲會逃走，動作很慢。對手本來應該想與由莉聯手出擊，將安茲完全挾在中間吧。

正因為如此，安茲才能用滑入懷裡的方式，躲掉了剛強火臂——用意是佯攻——的一擊。

手臂以驚人速度經過耳邊，捲起的風發出慘叫般聲響。

純粹的魔法吟唱者，躲過了戰士系魔物的攻擊。

換做是ＹＧＧＤＲＡＳＩＬ玩家，應該會驚訝地想「竟能辦到這種事？」，但這並非走運。就像剛才那樣，魔將沒想到安茲會往前進，所以沒使出全力。另外還有一點，就是訓練的成果。

這種鑽入懷裡，逼近對手做出的閃避，安茲跟科塞特斯練習了幾百次。辛苦沒白費，十次當中有一次，只要科塞特斯完全沒認真攻擊，安茲就能這樣鑽進去。

（科塞特斯告訴過我，優秀的戰士絕不會做出這種天真又大動作的攻擊，叫我不可以大意，但……在實戰中也挺有用的嘛。）

安茲就這樣將手放在魔將的厚實胸膛上。

然後發動接觸魔法。

魔法有著所謂的有效射程，其中有些魔法等於不能有距離。這類魔法需要觸碰對手才能使用，因此只有同時練魔法系職業與戰士系職業的人才能上手。雖然不方便使用，但比起同位階的魔法更厲害，隱藏著最起碼高一個位階的能力。

安茲使用的是他擅長的死靈系第八位階魔法「吸收能量（Energy Drain）」。這種魔法能暫時吸收對手的等級，配合等級量接受各種好處。而且安茲還用魔法最強化做了增強。

魔法打穿魔將的抵抗，吸收了等級。藉此，由莉對自己造成的傷害也回復了不少。話雖如此，這種魔法帶來的回復終究只有輔助之效。

安茲的各項能力暫時上昇，並且雖然只有短暫時間，但獲得了特殊增益。至於魔將則收到了一份大禮——等級下降這種無法隨時間消失的特殊減益。

這次換魔將拉開距離了。

因憤怒而扭曲的臉上，產生了些許別種色彩。

是驚訝，抑或欽佩？

安茲也很想大力稱讚自己竟能鑽過那一擊。話雖如此，剛才是因為對手太不小心。但就像變魔術時，一旦原理曝光就不再有趣，安茲也別想再重施故技了。

「好吧，只有愚蠢之人才會一再重複奇招。我說得對吧——七姊妹星團！奧瑞歐兒・歐密珈！」

就是這麼回事。

也就是說這場戰鬥中有五隻二重幻影與憤怒魔將，還有一名百級NPC。

（雅兒貝德是為了讓我吃下敗仗，而想出這種作戰方式嗎？沒想到竟然連奧瑞歐兒都用上了。）

七姊妹（Pleiades）的么妹奧瑞歐兒・歐密珈既是第八層的領域守護者，也是以指揮官系職業做了最佳組合的百級NPC。當她作為指揮官發號施令時，能夠對同伴施加各種增益。希絲的特殊技能顛覆了等級差距，想必就是因為這點。

安茲無法猜出奧瑞歐兒究竟用了什麼樣的特殊技能，不過職責既然已經分為物理火力（攻擊手）、魔法火力（攻擊手）與回復角色（治療手），剩下的就是其他雜務——特殊角色（萬用），會使出什麼招式都不奇怪。

（布妞萌桑以前會做什麼？）

安茲並未在ＰＶＰ中以他為敵手正面對決過，因此對於練指揮官系統職業的對手也所知不多。

（不可能我沒做許可，她就離開第八層跑來這裡。這麼一來，可以認為她只是在二重幻影來到這裡前施加了某種增益，不可能做細微的增益——不，也許是奧瑞歐兒的二重幻影來這裡了？）

——不，沒時間想這些沒意義的事。重要的只有一點，就是對手是否能夠完全破除安茲的魔法，而且是否不限次數。

ＹＧＧＤＲＡＳＩＬ的特殊技能分成兩種模式——一種是每次使用都需要冷卻的類型；另一種是一定時間內使用次數固定的類型。只不過也有兩者混合的類型就是了。

說到哪一種較強，則是使用次數越少，冷卻時間越長越強。好比安茲握有的殺手鐗「死亡是所有生命的終點（The goal of all life is death）」每一百小時才能使用一次。

那麼希絲讓安茲魔法失效的槍擊，屬於哪一種？

方才的招式雖然非常好用，但安茲覺得冷卻時間似乎不長。這樣想來，應該是次數限制型。只是，他無法推測使用次數會在多久時間後恢復。只希望使用次數用完，在這場戰鬥中就不會恢復了。

（──在用完之前應該保留第十位階的魔法，不過……）

安茲迅速確認昴宿星團與魔將的相對位置。眼前是魔將，後方有由莉──她這時毆打過來了。氣力加乘的拳擊連鐵都能打碎，但碰上安茲這種等級，造成不了太大損傷。安茲重新體認到危險的果然是魔將，同時進一步窺探其他成員的情形。

鄰接廣場的左方房屋中有安特瑪，廣場上有露普絲雷其娜，索琉香站在她前面保護她，希絲則不知人在哪裡。

狙擊手位置不明，沒有比這更糟的狀況了；但敵人位置四處分散，卻是最棒的狀況。

呵。安茲忍不住笑了。

他明知這個狀況並不好笑，卻無法阻止臉上浮現笑意。

（有意思！）

「既然這樣，就把你們轟飛。『魔法最強化．核爆炸（Maximize Magic Nuclear Blast）』。」

「！」

就在安茲眼前，閃光在他與魔將之間膨脹，一口氣吞沒一切。由莉會吃驚或許無可厚非，因為連安茲都被捲入其中。

屬於第九位階魔法的「核爆炸（Nuclear Blast）」以攻擊魔法的觀點來看不是很強。不但給予的損傷是一半為火，一半為毆打的複合損傷，而且損傷量以第九位階魔法而言偏弱。

如果要對付具有火焰無效能力的憤怒魔將，這種魔法應該會被屏除在選項之外。但安茲卻選用這種魔法，自然有他的道理。

首先，這種魔法效果範圍廣大，在所有魔法中稱得上最高層次。其次是能造成中毒、盲目、失去聽力等多種異常狀態，不過這方面安茲沒怎麼期待。魔將這種等級的魔物大多都能抵抗掉（Resist），而且具有抗性。至於昴宿星團的成員，更是必定以裝備品令其無效。安茲選擇這種魔法最大的理由，是因為這種魔法具有強烈的震退效果。

當然，安茲也會受到這項效果的損傷。在ＹＧＧＤＲＡＳＩＬ時代友軍攻擊無效，所以這樣硬用也沒問題，然而現在卻會是自傷行為。縱然魔法防禦力再高，也沒必要寧可受傷也要使用，與其採用這種近乎自爆的做法，倒不如選擇其他魔法。

然而，這方面安茲都考慮清楚了。

只要啟動「光輝翠綠體」的能力完全抵禦毆打損傷，加上火焰損傷當然已經無效化，安茲就不會受到任何損傷。各種異常狀態對不死者也無效。

換言之——安茲完全不受損傷。

只要完全防禦掉，震退也不會生效。安茲一個人若無其事地站在爆炸中心。

「哈哈！」

安茲笑著，事情按照自己的戰略進行果然爽快。

將敵人吹飛，使隊形崩潰，這就是他的目的。

各方面——包括這類戰術在內——指導自己的朋友——公會成員的身影閃過記憶之中。

從剛才開始就是這樣，即使置身於敗北等於死亡的戰鬥，安茲仍然憶起YGGDRASIL的時代，莫名地開心起來。

（之前我就懷疑過……我應該不是戰鬥狂才對啊……）

「——好了，還早呢。好戲現在才開始，讓你們見識一下大家幫我鍛鍊的力量。」

第九位階魔法瘋狂肆虐的結果，將周遭建築物炸飛，廣場一口氣變得開闊。

這是莫可奈何的，因為這座都市的用處就到此為止了。

只不過，如果能把魔法範圍加得更廣，保證將希絲捲入其中會更好，但安茲心想搞太大破壞似乎會有問題，所以沒有做進一步強化；這樣做也許是個失敗。

（好吧，也罷。再來是——）

安茲瞪向露普絲雷其娜應該在的方向。敵人的包圍網已變得漏洞百出。

即使有奧瑞歐兒做的增益，似乎仍然無法逃離衝擊力的影響。可以看見所有人都開始急忙從地上爬起來。

（「核爆炸」減少的體力應該差不多那樣，所以——）

安茲一邊飛往露普絲雷其娜，一邊使出「現斷」。

這次沒有希絲來阻撓，鮮血從露普絲雷其娜的身上噴出。

「『擴大魔法效果範圍．巨顎龍捲（Widen Magic Sharks Cyclone）』。」

安茲在後方製造出更為巨大、瘋狂肆虐的龍捲風——將由莉與魔將捲入範圍內。這是為了在遮蔽魔將與由莉視野的同時擾亂兩人，並且爭取時間。他本來計畫在施展「核爆炸」前就做出龍捲風遮蔽攻擊路線，先將由莉擊潰，但他認為魔將應該會輕易突破龍捲風，於是作罷。安茲判斷此時對手陷入混亂，龍捲風能發揮最大效果。

他側眼瞧見安特瑪一邊推開嘩啦嘩啦倒在自己身上的柱子，一邊站了起來。

安茲直到現在都沒能用肉眼確認到希絲的蹤跡，不知道她現在陷入什麼狀況。如果能被倒塌的房屋壓在下面，就謝天謝地了。

「他過來了！阻止他！」

索琉香站在露普絲雷其娜面前叫道，但處於暴風圈內的由莉與魔將聽不到她的聲音；由莉更是在暴風圈內拚命移動，以免被吹飛。部分職業能用傳送或非實體化等特殊技能或魔法輕鬆逃出，然而她似乎沒有這類能力。

雖然相對地，這表示她著重加強其他方面——

（之後複習這場戰鬥，想必能看出自己與其他人需要有哪些裝備或準備。不……）

換成是昴宿星團本尊，也許能漂亮地做因應。這些人只不過是複製了昴宿星團能力的二重幻影，在戰鬥技巧方面想必遠遠劣於本人。

安茲縮短距離，正要施展「現斷」，一大隻蟲子咚的一聲掉在他眼前。這是運輸用大型蟲子，不具戰鬥能力，肯定只是純粹用來遮蔽攻擊路線。

在YGGDRASIL沒有辦法這樣運用，但安特瑪——雖然是二重幻影——卻能這樣活用，安茲一面大為感動，一面唱誦魔法：

「『高階傳送』。」

安茲傳送到上空躲掉蟲子，對露普絲雷其娜使出「魔法二重最強化‧現斷」。

就算希絲正在瞄準自己，一旦目標冷不防傳送到上空，想必會追丟目標。因為人類形態的弱點，就是很難用眼睛追趕上下的急速移動。

話雖如此，像佩羅羅奇諾那樣經驗豐富，無與倫比的射手能夠預測對手的動作，遇到上下移動也能做出應對，因此就算使用傳送也可能逃不掉。

（佩羅羅奇諾桑一旦瞄準目標，可是像鎖定了一樣窮追不捨呢。希絲也得努力提昇到那個領域才行喔。）

安茲一面感到懷念，一面叫道：

「露普絲雷其娜，出局！」

一邊仔細確認對手的剩餘HP一邊戰鬥難度很高，甚至可以說這本身就是一種讓步。因此安茲不太能確定露普絲雷其娜是不是真的出局了，但他必須避免一不小心誤殺了她。

（畢竟因為是二重幻影所以比本尊弱，而且HP也跟原本的露普絲雷其娜不一樣。好了——既然已經擊潰魔法吟唱者，我要使出陰險手段嘍——「完全不可知化」。）

是有方法可以抓出「完全不可知化」，但昴宿星團當中除了道具之外，八成只有露普絲雷其娜有辦法，而魔將應該沒有。換言之，應該可以認為對方沒有辦法應對這招陰險的攻擊手段。

（回復手段已經擊潰了，就來慢慢找希絲吧。總不會連消耗品都拿來用吧？）

安茲不會允許把納薩力克的財產浪費在這種戰鬥上。

「在哪裡！」

「消失了～！是『隱形(Invisibility)』嗎！」

「如果是『隱形』的話發現得到！可是找不到！」

「是其他透明化嗎～？」

可以聽見兩人陷入混亂。

「笨耶！是『完全不可知化』啦！」

「露普絲雷其娜！妳這樣是犯規！」安茲大叫，但「完全不可知化」讓別人聽不見他的聲音。「好啦，真是沒辦法。」

安茲用力抓抓頭。

可能是突破了龍捲風，可以看到魔將與由莉也在四處窺探，尋找安茲。最好的辦法是再補一記「核爆炸」猛轟他們，但可能會弄死露普絲雷其娜。安茲放棄這個念頭，一面降落，一面測量與由莉的距離。然後他比較、評估由莉與其他成員的ＨＰ減少量，確定剛才的魔法讓她除了毆打還受到火焰損傷，於是——

「『魔法三重最強化・朱紅新星（Triplet Maximize Magic Vermilion Nova）』。」

安茲施展了火焰系單體攻擊魔法當中最高階的魔法——除了超位魔法以外——朝著由莉射去。

第十位階魔法之中，當然也有給予火焰損傷的攻擊魔法。

例如「大熔岩流（Stream of Lava）」或「神之火燄（Uriel）」等等。但安茲要使用這些魔法都有困難。

首先，安茲無法使用「大熔岩流」，那是馬雷等森林祭司（Druid）之類職業才能學會的信仰系魔法。

「神之火燄」只要滿足習得條件，任何系統的魔法吟唱者都能使用，但那只有在正義值達到正數的最大值時，才能打出規定數值的損傷。只要正義值稍微低於正數最大值，損傷就會不斷降低，安茲的話攻擊力連第一位階都不到。

就以好用度而論，安茲認為這是最佳選擇。

由莉的體力遭到大幅削減，然後——

「——『完全不可知化』。」

「又消失了！」

「好奸詐～！」

「請您正大光明地戰鬥好哩！」

（呃，不，這要怪妳們沒想好對策吧。）

「是說！到現在我都還不知道希絲人在哪裡，而且也沒人告訴我有妳們三個在啊！誰奸詐啊！」

安茲知道她們聽不見，但總之先罵再說。

一回神才發現，魔將朝著安茲剛才的所在位置衝了過來。

「很遺憾，你猜錯了。」

安茲早已開始移動，不在那個位置。不過以距離來說，如果施展範圍攻擊魔法，應該能造成一點損傷。正在這樣想時，突然間，魔將轉了個彎，一直線朝安茲衝過來。

「嗄？」

不是看不見嗎？這個疑問被接著產生的痛楚打消。

安茲被魔將揍飛，彈了出去。這記攻擊比剛才認真得多了，因此憑安茲的身手，要閃躲或防禦都很困難。不，更重要的是安茲太大意了，絲毫沒想到要躲。

幸虧有「飛行」控制姿勢，安茲免於摔倒。就跟對付夏提雅時一樣。

魔將追趕著被打飛的安茲，飛了過來。他的視線紮紮實實地追著安茲跑。

（……憤怒魔將怎麼會有看穿能力……哦，他用了是吧！用了殺手鐧「以靈魂換取的奇蹟」。）

這種力量衍生自惡魔以靈魂為代價實現願望的寓言故事，能夠引發奇蹟。雖不知道內部資料是如何處理的，總之在ＹＧＧＤＲＡＳＩＬ時代，這項能力能夠發動一次到第八位階為止的任何魔法。

一般常例來說，魔將都是用來發動治癒系魔法。然而這次大概是發動了看穿「完全不可知化」的魔法。

安茲雖感謝對手用掉了最需戒備的能力，但也被迫重新擬定作戰計畫。

魔將接近，安茲再次挨揍，心生煩躁與焦慮。

等級差這麼多，自己還有餘力，但並不是一直挨揍也沒關係。

「嘖！這是回敬你的，『魔法三重最強化．萬雷擊滅（Triplet Maximize Magic Call Greater Thunder）』。」

高階惡魔對屬性損傷具有高度抗性，雖然抵抗的屬性各有不同，不過雷電算是比較容易生效的類型。魔將吃了三記有效魔法的最大損傷，身體一個搖晃。

然後安茲再度使用魔法。

「『完全不可知化』。」

「卑鄙哩！安茲大人超卑鄙的哩！」

「討厭～！討厭～！」

安特瑪直跺腳，露普絲雷其娜滿地打滾。只有索琉香一個人，用銳利目光環顧周圍。

傭兵僕役應該都是同樣個體，但她們個性卻有差異，也許是在模仿昴宿星團各成員，或是隨著時間而產生了性格變化？眼前的魔將一面在安茲周圍移動，一面怒吼：

「在這裡！發動範圍攻擊！連我一起動手！」

安特瑪毫不猶豫，從嘴裡吐出一大團烏雲。

那是安特瑪的殺手鐧，蒼蠅吐息。

然而，這招對安茲沒用。這是因為這招屬於突刺攻擊，安茲整個身體都是骨頭，蒼蠅到底能啃哪裡？搞得只有魔將煩躁地趕蒼蠅。

「喂！根本沒效！應該說只對我有效！」

「怎麼會！」

複製能力與能夠精通運用完全是兩碼子事，換作是安特瑪本人，想必不會犯這種錯。
「我沒有範圍攻擊，由莉姊姊呢！」
「用這招！」
由莉手中蘊藏了光芒。
這叫氣爆掌，在接觸狀態下是單體攻擊，未接觸狀態下使用則成為施放擴散衝擊波的攻擊。當然正確要在接觸狀態下使用，所以擴散型非常之弱。然而專精對抗單體的修行僧很少有範圍攻擊——應該說幾乎沒有——因此只能說無可奈何。
「在那裡！他移動了！」
「這邊嗎！」
由莉在安茲不久之前所在的位置以氣爆掌進行範圍攻擊，見她這樣，安茲一面皺眉——雖然他沒有眉毛——一面筆直伸手。
「……不對吧，應該先做回復啦。」
由莉應該能用氣進行治療才對。
安茲先吐個槽，然後發動魔法。當然，他剛才就知道這招有效。
「『魔法二重最強化·朱紅新星（Twin Maximize Magic Vermilion Nova）』。」由莉身陷豪邁大火之中，安茲由於使用了攻擊魔法而現形，冷靜地宣告：「由莉，出局——『完全不可知化』。」

好了，真的得開始認真找希絲了，否則會很不妙。安茲如此判斷，一面提防魔將，一面以繞遠路的方式採取行動。

3

寧亞站在城牆上，與許多人一起靜觀戰況。

有很多人是受到魔導王搭救而對他心悅誠服，但不只如此。

其中也有聖騎士，甚至有神官。寧亞這個位置受到人牆阻擋而無法直接看見，不過蕾梅迪奧絲也就在附近，可以聽見她的講話聲音。

不在場的幹部，大概頂多只有古斯塔渥與卡斯邦登。

在場眺望戰況的人都說不出話——不，不對，是找不到言詞形容那場戰鬥。

雖然早就知道了。

蒼薔薇成員說過，亞達巴沃的難度超過兩百。既然如此，那就是人形巨龍之戰，是只要在人類世界進行，就會引發大災難的戰事。

只有都市一個區塊崩塌，已經很值得感謝了。雖然有幾棟房屋起火，冒出白煙，但幾乎沒有人員傷亡。

在觀戰的過程中也是，龍捲風、火焰、雷電等超越人類智慧的巨大力量爆發，瘋狂肆虐。光是其中任何一場力量的放射，想必都能輕易奪走大量生命。

特別是——

「那個好美……」

二度出現的那個白色光球，撼動了寧亞的心。

那股力量吞沒萬物，將一切消滅得乾乾淨淨。寧亞從中感覺到了善性。的確，她不知道那是不是神聖力量，那道光消失後留下的壓倒性破壞痕跡，甚至讓她心生恐懼。然而對強大力量懷抱的憧憬更強烈。

（戰鬥好像還在繼續，都使用了那麼強大的魔法，竟然還分不出勝負……亞達巴沃是真的很強。）

寧亞早有耳聞，也親眼見識過。但看來自己的想法還太天真了，過去的認知被打碎得不留原形。

自己雖然只是在魔導王逗留聖王國的期間暫時侍奉他，但是自己服侍的君王此時正在戰鬥。寧亞認為親眼見證主子的英姿是她應盡的職責，所以才從這裡旁觀戰局。而如果有個萬一——

——寧亞用力握緊了自己手裡的弓。

看到現在，會發現除了亞達巴沃，還有幾個人影在向魔導王挑戰，那些是難度據稱有一百五十的女僕惡魔。同時對付這麼強大的敵人卻寸步不讓，寧亞對魔導王的驚人力量無法不抱持敬畏之情。

寧亞此時明確有了自覺，知道自己在羨慕魔導國的人民——受到正義庇護的人們。以那樣偉大存在為王的國家不知有多麼幸福。

「弱小是一種罪過，所以必須變強，或是擁戴魔導王陛下這樣的正義化身。」

寧亞小聲說出最近一直放在心裡的念頭，因為想過了不知有多少次，這番話已漸漸變得像是祈禱文。

突然間，隕石墜落，引發了大爆炸。

建築物的殘骸被炸上高空，與沙土混合著如雨點般散落。

「團長……亞達巴沃……會不會太強悍了？」

「是啊。」

「而魔導王——陛下也太強大了。他將來萬一成為我國的敵人……那個，我國不知會變成怎樣？」

「是啊。」

「團長？」

「是啊。」

寧亞聽見蕾梅迪奧絲在與三名聖騎士交談。

問問題的聖騎士，難道沒看到蕾梅迪奧絲都已經從敵人背後解放聖劍之力挑戰，卻像小孩子一樣被應付掉的模樣嗎？

嗯，或許是沒看到。但就算是這樣，看到那場戰鬥後不管是誰應該都會明白。魔導王與亞達巴沃，這兩人的力量處於遠遠超乎想像的領域。現在才想到這點已經太遲了。不——

（只要魔導王陛下願意統治我國，我國就再也不會遭受亞人類侵犯。）

寧亞驚訝於自己心中產生的想法竟如此完美，甚至讓她有些害怕。

（請魔導王併吞聖王國……假如對方是可怕的暴君，我也不會有這種念頭。可是魔導王陛下不是那種人，那位大人是正義的化身。既然這樣……我應該召集贊成我的意見的人！）

寧亞動腦思考。

現在有越來越多的人尊敬、崇拜魔導王。有些人受到那無與倫比的力量吸引；有些人感謝他解救自己脫離苦海；有些人出於對亞人類的憎恨，很高興有人能代替自己報仇。

寧亞要從這些人當中召集期望這個國家長治久安之人，讓他們傾聽自己的說法。

寧亞明白自己還年輕，尚且缺乏人生經驗。但是有良知的成年人，如果覺得寧亞的想法有錯，應該會阻止自己才對。

（先從分派做我部下的各位弓兵當中找出幾個人吧。）

在這些人當中，也許可以先找失去親朋好友，心懷憎恨的人談談。因為寧亞也很能理解他們的心情。

想到這裡時，轟隆——！一陣格外巨大的爆炸聲響起。

接著離這裡相當遙遠的位置，一棟高大的建築物逐漸倒塌。

魔導王不可能毫無理由地炸壞那裡。寧亞瞇細眼睛想看個仔細，但無法看清倒塌傾頹、漫天塵土的建築物發生了什麼事。

然後彷彿做進一步追擊，雷電粗柱自天上落下。

看樣子剛才的行動果然有其目的。

接著又有一段時間，多種魔法奇招百出，一路破壞都市。

寧亞心有不安。

不用說也知道那些魔法有多厲害，但魔導王的魔力撐得下去嗎？

寧亞搖搖頭，擺脫自己內心產生的不安或恐懼等感情。

（不要緊！魔導王陛下必定早就計算好了。陛下雖然為了我國消耗了寶貴的魔力，但即使如此——！）

只是，假設萬一亞達巴沃贏得了勝利，這個世界將不能得救，只留下絕望。要是變成那樣該怎麼辦？

（魔導王陛下，求求您了！）

彷彿聽見了寧亞的心願，兩個影子飛上了空中。

先升空的是個拖曳黑影的人，繼而一個人影拍動紅蓮之翼，身後拖著火焰跟上。

女僕似乎沒有追上去，這說明了一件事，就是魔導王一邊與亞達巴沃交戰，一邊還擊敗了怪物中的怪物，難度一百五十的女僕。

（——太厲害了！）

寧亞感動得發抖。

（魔導王比亞達巴沃還厲害！）

沒錯，不會有其他可能性了。

因為亞達巴沃不如魔導王，而女僕惡魔更是遠遠不及他，魔導王才能夠一面對付亞達巴沃，一面擊退女僕惡魔。

寧亞努力壓抑湧上心頭的喜悅。能夠進一步將尊敬之人的偉大成就烙印在眼裡，令她的喜悅之情幾乎快要爆炸。

寧亞的心臟跳動到發痛。

自己與其他人此時此刻，正在目睹將來必受歌頌的英雄傳記之中真實的一幕。

（——不，不對。）

天上似乎再次掀起了戰火。

紅蓮火球或光球等等出現在空中。

在那交相飛舞的魔法當中，有些肯定能夠輕易炸飛都市區塊，但因為距離實在太遠，看起來甚至有點可愛。

但那卻是人類到不了的領域，是至高力量的你來往我。

（這是……）

側眼偷瞧，會發現在城牆上排排站，屏氣凝神靜觀戰局的所有人，都理解了這一點。眾人只是神態肅穆，沉默不語地觀望天空中的戰鬥。

有人雙手合握，旁邊的人學著做——最後城牆上幾乎所有人都雙手合握，仰望天空。

那近似於某種崇拜。

（……這是神話。）

寧亞不知道過了多久的時間，最後——眾人一陣譁然。

在群眾的視線前方，一個黑點墜落般流向東方天空——隨後消失不見。

勝負分曉了。

在所有人的觀望下，天上唯一一個小點緩緩降落下來。視力優異的寧亞比任何人都先受到打擊，用手遮住了嘴巴。

當其他人也漸漸看見紅蓮烈火時，城牆上已籠罩在沉痛的寂靜裡。只是，沒有任何人試著逃走。只要目睹了那場戰鬥就會明白，再怎麼逃也沒用。

勝利者（亞達巴沃）拍動纏繞火焰的翅膀現身了。

要稱其為勝利者，那副模樣實在太過悽慘。

他全身上下滿是電流竄過的傷痕，半張臉像被打爛了一樣。鮮血從極深的傷口泉湧不止，可能是血液發出高溫，每次滴在城牆上都發出滋滋聲，而且聲音一刻也沒停過。

這一切比起千言萬語，更充分證明了兩人之間的戰鬥有多麼慘烈。

「這不是真的……」

彷彿要蓋過寧亞的低喃，嚴肅沉重但又悲涼慘痛的聲調傳來，響徹整座城牆。

「……真是位強者，自飛飛以來，我從未見過那樣的強者。我小看他了，我做了蠢事，險些失去率領亞人類的意義。但是——沒錯，但是，他死了。」

寧亞不願相信，所以她叫道：

「你騙人！」

亞達巴沃正常的那隻眼睛定睛盯著寧亞。即使受到作為生物完全不同層次的視線盯視，寧亞仍不受動搖。因為她的內心受激情支配，沒有恐懼鑽入的餘地，所以才能夠如此有勇無謀。

「這是事實。」

「陛下不擅長開玩笑……這不是真的，對吧？」

「這是事實。」

聽到亞達巴沃一再重複，寧亞受到肝腸寸斷般的打擊。

整個世界都在搖晃。

不用想也知道魔導王為何會敗給亞達巴沃，寧亞一瞬間就明白了。

蒼薔薇的伊維爾哀，以及漆黑的娜貝。這個國家沒有像她們兩人那樣，能夠壓制住女僕惡魔的魔法吟唱者，就只是如此。

不，除此之外還有一個原因。

「假如那個不死者處於萬全的狀態，我也許已經敗了。竟然在你們這種人類身上耗費魔力——想不到他竟是個不懂得優先順序的愚者。我可是很感謝你們的。」

（果然，弱小果然是一種罪惡！）

寧亞確定自己的想法絕對沒錯。

「所以我要給你們個獎賞，就是你們的命。」

「……什麼意思？」

對於某人發出的疑問，亞達巴沃愉快地嗤笑了。

「我是說我要饒你們一命，就目前來說。」

某人安心地嘆了口氣——寧亞氣憤填膺。

「胡說八道！胡說八道！胡說八道！這一切都是謊言！你講的話全都是謊言！誰會相信惡魔說的話啊！」

「竟然變得無法接受事實，看來妳是發瘋了，人類。真是可悲。」亞達巴沃以手指指著寧亞，「消失……原來如此。」旋即將那隻手放下。

「怎麼了！亞達巴沃！」

「妳是在挑釁我，想當場證明我是騙子吧……妳認為這樣做有價值，值得捨棄自己的性命？雖然我無法理解，但似乎是這麼回事啊。」

寧亞咬牙切齒，用力到發出擠壓聲。

亞達巴沃必須是騙子。

必須是個會撒下彌天大謊，宣稱魔導王已死的騙子。

「我不會讓妳如意，我要放你們一馬。好了，我暫且先回去吧。我傷勢過重，必須暫時休息一段時間。其間，你們就活在絕望的眼淚裡吧。」

亞達巴沃啪沙一聲拍動翅膀，正要飛去的瞬間，寧亞的手自己動了起來。

她即刻搭箭上弦——放箭。

這是完全來自背後的一箭，連預備動作都沒有的一箭。

然而亞達巴沃立刻轉過身來，抓住了箭。都受了那麼重的傷，身手卻很靈敏。

亞達巴沃正眼瞪著寧亞，視線往寧亞的弓——終極超級流星移動，只見那張因憤怒而扭曲的表情稍微動了一下。

「哦！啊！這……這件武器真是太厲害了！好久沒看到這般強大的武器了！差點就遭到致命一擊了，真是好險。」

亞達巴沃連珠炮般地說道。剛才他看起來從容不迫，現在卻是這模樣，也許是真的太焦急了。

「這是什麼武器？用什麼技術所製造？」

「我才不告訴你！」

寧亞心想「這傢伙在想什麼啊」，大腦被灼熱的憎惡燒得瀕臨沸騰。

她絕不能對這種大騙子說出魔導王告訴自己的重要情報。

「我怎麼可能告訴你這種大騙子！」

「唔，啊，莫……莫非是以稱作盧恩的技術所製作的？」

被對方講中事實，一瞬間，寧亞的心臟重重跳了一下。雖然內心稍稍恢復了冷靜，但遭到撕碎的心中回想起魔導王溫柔的身影，憤怒之情也同時重回心頭。

「不是！」

聽到寧亞堅決否認地喊叫，亞達巴沃發出了呻吟。寧亞認為這是破綻，又射了一箭。

她改為瞄準手不容易護到的腳。

這次亞達巴沃急忙挪動了腳，躲掉這一箭。

（他有所防備！只要用這把弓，說不定——！）

背後受到聖劍攻擊都平靜自若的亞達巴沃，之所以會急忙閃躲，除了因為這把弓可以傷到他之外，還能有什麼理由？

後悔襲向寧亞的內心，使她情不自禁，讓淚水模糊了視野。

寧亞知道就算參加那場戰鬥，自己這種小角色只會輕易喪命。即使如此，早知道終極超級流星能傷到亞達巴沃，自己就算只能當肉盾，是否也應該參戰？這樣一來，說不定就——

寧亞又一次射箭。

對方把頭別開，沒射中的箭飛得老遠。

「射中啊！」

再一次。

再一次。

但每一箭都射不中。對方體型那樣龐大，受了那麼重的傷，身手卻輕盈到令人驚訝地躲掉寧亞的攻擊。

「盧恩──」

「──住口！」

寧亞打斷亞達巴沃的話語，繼續放箭。

但還是射不中。

（為什麼，為什麼都沒人攻擊！）

她知道是因為亞達巴沃飛在空中，所以大家無從攻擊。但就算是這樣，這個惡魔撒下彌天大謊，說什麼殺死了對大家恩重如山的魔導王，難道大家認為可以坐視不管？

「……唔……好吧，看來是……沒辦法了……嗎……『高階傳送』。」

倏然間，亞達巴沃的身影消失了。

「不准逃──！」

寧亞環顧周圍。

周圍只看到大家睜大雙眼，露出對寧亞的行動驚愕萬分的表情。亞達巴沃的身影早已消失無蹤。

「可惡！被他逃了！」

「冷靜下來！」

蕾梅迪奧絲大聲一喝。強者的怒吼甚至能造成壓迫感，換成平常的話，想必能讓寧亞恢復鎮定，甚而全身僵硬。然而對現在的寧亞而言，這聲音只讓她煩躁。

「這叫我怎麼冷靜！」

「隨從寧亞．巴拉哈！那件武器是魔導王借妳的，對吧？那傢伙為何會對那件武器抱持興趣！」

「請不要問我這種毫無意義的問題！比起這個，我們得去搜尋魔導王陛下才行！我看見他往東方墜落了！請立刻派出搜救隊！」

「那東西應該死了吧。」

「怎麼可能死了！那樣厲害的魔導王陛下怎麼可能會死！」

寧亞忍不住動手想揪住蕾梅迪奧絲，但被她輕而易舉地揮開，摔倒在城牆上。

「妳冷靜一點吧，從那麼高的地方摔下來，不可能還活著。」

「要我冷靜？團長竟然相信那種惡魔所言，難道是把靈魂賣給那傢伙了嗎！」

蕾梅迪奧絲的表情驟變，然後撲上來揪住寧亞。

「隨從！妳這奴才，不知道有些話不能亂講嗎！」

過大的力氣抓住寧亞的衣領，使她難以呼吸。

「妳們倆都冷靜點，請冷靜下來！」

聖騎士、神官或軍士等人連忙岔入寧亞與蕾梅迪奧絲之間，將兩人拉開。

寧亞一面不停急促地大聲喘氣，一面怒吼：

「立刻派遣部隊解救魔導王陛下！」

「我們沒有餘力去做沒用的事！」

「妳說這是沒用的事！」

寧亞想上前揍蕾梅迪奧絲，但幾人岔入兩人之間，阻止了她。

「我跟妳談不下去了！」寧亞稍許恢復冷靜，對抓住自己的幾人說道：「可以請你們放開我嗎？我必須去一個地方。」

「妳要去哪裡！」

聽到這個問題，寧亞看著蕾梅迪奧絲，彷彿打從心底無法置信。

「妳這是什麼眼神！一個隨從敢用這種眼神看聖騎士！」

哼。寧亞嗤之以鼻。

「首先我要去請求王兄殿下派遣搜救隊救出魔導王陛下，接著我打算直接奔赴魔導國，將魔導王陛下的現況一五一十告訴對方，請求他們協助搜救隊救出陛下。」

在目前狀況下，前往魔導國想必不會有什麼好下場。即使如此，寧亞必須完成作為魔導王隨從的職責。

寧亞當然擔心自己無法一路平安抵達魔導國，但就算要以性命作為代價，自己也非去不可。

「喔，如果妳要去魔導國的話，巴拉哈小姐，我也一起去吧。」

一名前任軍士好意說道，這位初入老境的男性於退伍後打獵維生。他的弓箭本領受到賞識，被分派到寧亞那一隊。

「妳別在意，我活得夠久了，反正也沒剩多少日子了。」

「巴登先生！」

他這樣說，是因為明白就算能平安抵達魔導國，之後的命運也可想而知。

「等等喔，寧亞妹妹，也別把我給忘了！」

「科迪納先生也願意來嗎！」

「我也要一起去。雖然我並沒打算為小姑娘效力，但既然是為了魔導王大人，就沒辦法了。」

「連梅納先生也是！」

寧亞的隊伍當中，幾位最為優秀的人員率先自告奮勇。假如有他們的幫助，要平安抵達魔導國想必不成問題，只是——

「謝謝大家，但能否請你們加入搜救隊的行列？」

「你們怎麼能這樣擅作主張！召集你們前來，是為了從那惡魔手中解救聖王國，解救受苦的黎民百姓，不是嗎！別弄錯優先順序了！」

「團長才是，您怎麼這樣說呢！難道認為有其他事情比援救魔導王陛下更重要嗎！」

「這還用說嗎！就在現在這個瞬間，妳以為有多少聖王國人民身陷亞人類造成的地獄中受苦！有什麼事情比解救他們更重要！」

「有！就是——」

「這究竟是在做什麼！妳們在爭執什麼！」

突然闖入一名人物，打斷了二人的爭論。來者是卡斯邦登。

「卡斯托迪奧團長，妳不是應該要立刻回來嗎？魔導王陛下呢？亞達巴沃怎麼樣了？發生了什麼事……誰來跟我解釋清楚。」

只有卡斯邦登不知所措的聲音，在沉重死寂中莫名空虛地迴盪。

為了召開會議，這個房間除了聖騎士或神官之外，前幾天仍是階下囚的貴族或榮譽騎士也受召而來，使空間顯得稍嫌擁擠。話雖如此，由於卡斯邦登使用的房間被亞達巴沃打壞，沒有其他適用的房間，所以無可奈何。

那件事之後，卡斯邦登聽完一名聖騎士的報告，隨即宣布召開緊急會議，派人將主要成員召集到這個房間。

所有成員集合後沒多久，卡斯邦登便讓蕾梅迪奧絲隨侍身邊，快步走進房間裡來。看到王兄登場，許多人低頭致意。寧亞也是其中之一，她對卡斯邦登並無仇怨。

卡斯邦登站在眾人面前，就開始說道：

「感謝諸位到場，接下來我想討論我等今後該採取的措施。」

說什麼想討論，寧亞該採取的行動只有一種，而且她認為她的想法絕對沒錯。寧亞正想開口，卡斯邦登伸手制止了她。

「我想各位都有各自的想法，不過在那之前，請先聽我說。」

卡斯邦登慢慢環顧齊聚一堂的成員。

「我想很多人已經親眼確認過，亞達巴沃的力量超乎想像……沒錯，很遺憾地我必須承認，我國無人能勝過他。」

有幾人偷偷觀察板著臉閉口不語，以聖王國最強騎士頭銜名聞遐邇的蕾梅迪奧絲。然後當這些人知道她肯定卡斯邦登的意見時，臉上都浮現出些微恐懼或失望。

「不過，悲觀還言之尚早。如果無法打倒他，用其他手段令其計畫停擺，放棄支配聖王國也就是了。我們可以不用直接手段，而是間接擊退此人。」卡斯邦登停頓數秒，讓眾人的頭腦徹底理解自己的想法，然後說出結論。「我所說的手段，就是殺光他率領來此的亞人類。」

「這是為什麼？」

對於某人拋來的疑問，卡斯邦登點了點頭。

「過去亞達巴沃曾在王國作亂，當時他與一位戰士進行單挑，結果落敗逃逸。那時他只率領了惡魔大軍，並未率領亞人類大軍。換言之他很可能是因為與戰士交手不敵，才會改為率領亞人類大軍。」

卡斯邦登環顧四下，像在確認眾人是否理解。

「簡而言之，我懷疑他可能是為了避免與那位戰士單挑，才會率領亞人類大軍前來當肉盾……亞達巴沃戰勝魔導王陛下時，曾經這樣說過對吧？他說『險些失去率領亞人類的意義』。」

沒錯。

當時寧亞不懂他是什麼意思，但經卡斯邦登這麼解釋，就覺得不會有其他答案。

「換言之對亞達巴沃而言，亞人類大軍是他與那位戰士再次對決時的鎧甲，也是體力。既然這樣，假如亞人類大軍沒了，亞達巴沃會怎麼做？會繼續保持鎧甲與體力都被剝奪的狀態嗎？明明那位戰士可能再次阻擋自己？或者——你們認為他會逃走嗎？」

「原來如此……那麼王兄殿下是認為應當放棄這座都市，南下打擊亞人類軍隊，與南軍聯手驅逐敵人，對吧？」

對於一名神官的詢問，某個獲得解放的貴族回答：

「這是個好辦法，幸有魔導王發揮力量，有將近四萬的亞人類死在這裡。亞人類的兵力死了這麼多喔，其餘兵力應該正在與南境僵持不下。我們可以動員這座都市獲得解放的所有人展開進擊，從後方——進行挾擊，這樣應該能摧毀亞人類軍。這麼一來就能與南軍會合，並且有希望奪回國土！」

哦哦！眾人發出歡呼，但此時卡斯邦登搖搖頭，使得沉默籠罩現場。

「——恰恰相反，我們接下來要前往西邊離此地最近的大都市，也就是北境的要地卡林夏，將其奪回。」

「這是為什麼？」

「就是啊！由此地往西的大都市，卡林夏、普拉托、利蒙，以及首都賀班斯，每一處都是易守難攻，將會造成無數人員傷亡。既然這樣，不如與南方的亞人類軍交戰，耗損亞人類的兵力，不才是符合王兄殿下想法的行動嗎？」

「沒錯，諸位的看法確實言之有理，我感謝在場有著眾多智者。但是否所有人都能理解諸位的想法呢？」

在場許多人都露出一頭霧水的表情。

「聽好嘍？雖然只是暫時，但是前往南境就表示要拋下仍受囚禁的那些人——也就是丟下他們不管。諸位認為民眾——那些人民能理解嗎？」

「這……這個嘛……可是這樣做比較合理，也更有可能解救人民，不是嗎！」

「我記得你是男爵，對吧？」

卡斯邦登的視線，朝向代表眾人提出疑問的壯年男子。

「是……是的，過去曾有幸與王兄殿下見過一面。」

「嗯，沒錯。那麼你的領地的人民全都獲救了嗎？」

「呃，不，還沒。我是在隨同聖王女陛下參戰時受囚，因此不知道我的領地如今是什麼狀況……」

「原來如此，那麼當你協助南境大軍奪回領土時，也許有人會說你是逃往南境了。」

貴族的表情當場僵住。

冷靜一想就知道，貴族說得沒錯。但不能保證所有人，尤其是正處於水深火熱狀況的那些人，能接受貴族所說的合理論調，憎恨的凶刃可能會指向貴族。寧亞曾經看過有人說：

「為什麼沒有早點來解救我們？我的家人都被亞人類殺了。」

只不過，魔導王解放的收容所沒人這樣說。魔導王能用震撼性魔法——有時一擊就能炸碎壕溝，而且又是外國國君，誰也無法以個人立場找他洩恨。

「還有，我原本打算之後再單獨向各位領主說明，事已至此，就在這裡說出來吧……看到我們民窮兵疲，諸位認為南境貴族會如何行動？特別是有些貴族被人認為捨棄了自己領土，其他貴族會對他們採取何種手段？」

政治與權力的汙濁惡臭開始飄散。

這對寧亞而言是無法置信的事，但貴族似乎心裡有底，都在點頭。

「王兄殿下，我等的領地……」

「後面的話我不想聽，因為我也無法對你們做任何承諾。只是，南境貴族的權力想必將急速增強。正因為如此，我們必須放眼戰後局勢，選擇最佳的一步棋。」

「且慢！」

一名聖騎士高聲說道。

「我們可不願因為宮廷的權力鬥爭，而讓民眾平白流血！」

「正是！正是！」西瑞亞科祭司也扯開講道鍛鍊出的大嗓門。「重要的是如何讓更多人民獲救！」

「……並不是只要趕跑了亞人類，事情就結束嘍。一旦讓南方拿走所有好處，戰後要回絕南境貴族的要求就難了，更無法保證他們不會要求對困窮的民眾徵更重的稅。」

「……聖王女駕崩後，如果讓南方貴族主導選出下屆聖王陛下，情況就糟透了。但只要能以我等力量打下一定程度的實際戰果，多少還能……」

室內氛圍開始一分為二。

分成貴族派系與聖騎士神官派系。

兩個派系各出意見，相持不下。至於蕾梅迪奧絲，則是讓聖騎士將王兄所言細細解說給她聽。

寧亞沒加入任何一方，只是沉默地旁觀事情發展。這是因為寧亞該採取的行動早已確定，不管結論是什麼她都無所謂。甚至比起知道結論，她更想早點提出自己的意見，然後迅速動身。

（說是這樣說，但我現在要是開始講些毫不相關的話題，可能會惹得大家不高興，連原本願意提供協助的人也變得不願意了……）

就在寧亞一邊嫌無聊一邊旁聽時，最後一行人疲於進行沒有交集的爭論，改請卡斯邦登表示意見。

「整件事始於王兄殿下的提議，能否先請殿下將您的所有想法告訴我們？」

「好，我的想法就跟剛才一樣，認為應該先奪回卡林夏。這樣做也有軍事上的好處，因為坦白講，這座都市地狹人稠，而且有很大範圍受到了破壞，想繼續在這裡生活會有困難，我想找個寬敞且穩固的據點。而且奪回一座大都市，也能讓我們在面對南境貴族時占點優勢。況且卡林夏的功能就是阻擋敵軍進擊，只要沒被搬走，當地應該儲備了十分足夠的軍事物資。」

「……我也贊成殿下想獲得更好據點的想法。」

「是啊，這個規模的都市在衛生方面有所不安，而且應該有很多民眾在受凍。」

「只是，」他們又接著說。「希望不用造成太大傷亡。」

「諸位說得對，所以才要趁現在。現在正是攻打敵軍據點的大好機會，亞達巴沃如今無法行動，這點很重要。」

他們不知道亞達巴沃需要花多少時間療傷，但不用等到他們擊退所有亞人類軍團，應該就已經痊癒了。

話雖如此，亞達巴沃也不太可能還沒養好傷就現身。他知道有飛飛這號勇士，不太可能沒考慮到飛飛再次現身的可能性就貿然行動。因此假如要採取行動，必定會等到傷勢痊癒。

而無論他們聚集再多兵力，一旦亞達巴沃出馬，聖王國都只有落敗一途，因此卡斯邦登認為應該先攻下據點。

聽了這番合情合理的說明，有人出聲說：「有道理。」這點寧亞也同意。

「——話說回來，諸位只對一點感到不滿，就是傷亡人數。那麼只要不會造成嚴重傷亡，你們就願意接受我的意見，這樣想對嗎？」

在場除了蕾梅迪奧絲之外，其他人都點頭。寧亞覺得都無所謂，但話題講到現在，她覺得只有自己一個人沒點頭不太好，於是跟大家一樣點了點頭。

至於蕾梅迪奧絲，有幾人偷偷觀察了一下神色，覺得似乎沒什麼特別理由，於是就不予理會了。

「好，那關於收復卡林夏的作戰計畫，就之後再擬定吧。那麼——進入下一個議題。」

唉。卡斯邦登大嘆一口氣後，正眼定睛注視寧亞。

「是關於魔導王陛下亡故的事。」

「恕我急於更正，王兄殿下。關於魔導王陛下是否亡故還有疑問，那只是亞達巴沃的片面之詞。竊以為單純聽信惡魔所言，是最愚蠢的行為。」寧亞偷瞟蕾梅迪奧絲一眼，接著說道：「屬下認為設謀欺騙的可能性較高。」

「那麼，他為什麼沒回來？那傢伙不是會用傳送魔法嗎？」

「可能因為負傷而無法動彈，或是缺乏魔力，屬下可以想到無限種理由。」

蕾梅迪奧絲沒再問什麼。

「這倒也是，那麼我想聽聽諸位的意見，你們認為該怎麼做？」

「何必還問怎麼做！」寧亞大聲說道，然後咬緊牙關，勉強擠出聲音般發言：「……竊以為應該即刻派出搜救隊，同時將此事告知魔導國。若殿下不嫌棄，小的願擔任使者。」

「原來如此，隨從巴拉哈認為應該如此，是吧？那麼其他人呢？」

卡斯邦登的視線移動到在場人員身上，一名貴族開口：

「在下有個看法。目前有力的說法，認為魔導王陛下墜落到了東邊地帶，但是如果要派出搜救隊前往亞人類的支配區域，我認為要確定陛下人在那裡，才能夠……」

「那樣太慢了。」寧亞能立刻反駁這項提議。「救援越慢，魔導王陛下的人身安全越受威脅。屬下提議火速派人救援。」

很多人點頭同意寧亞的意見，就常識來想，寧亞所言沒有任何地方不對。

「這麼說來，還是該一邊派使者前往魔導國，一邊派出搜救隊了。」

「……妳有一陣子擔任陛下的隨從，我想問妳，妳認為魔導王有告訴自己國家的臣民，他來到了我國嗎？」

寧亞追溯記憶。

「非常抱歉，屬下並不清楚。但屬下認為講了也不奇怪，因為陛下不時會以傳送魔法回國去。」

「既然如此，王兄殿下，我認為此時不該派出使者。」

「為什麼！」

寧亞瞪著從剛才就淨提反對意見的貴族。貴族被她這麼一瞪，臉色鐵青地往後退了兩步，而貴族身旁的那些人也稍微與他保持距離。

「呃，不是。請妳冷靜聽我說，這樣會帶來麻煩的。等等！冷靜聽我說完。就常識來想，魔導國的不死者軍團有可能會為了報仇而出兵，對吧？如果只以報仇做結還好，說不定整個聖王國都會遭到併吞。況且……那個，怎麼說？誰能保證這不是魔導王的目的？」

「您說那位大人！」寧亞太過激動，甚至氣到一陣頭暈。「既然這樣，容我反問您！假如魔導王陛下以傳送魔法回到了魔導國，發現事情發展至此，本國卻沒收到消息，他會怎麼看聖王國！」

寧亞看見視野中有許多人點頭表示贊同，在這當中，蕾梅迪奧絲開口道：

「不，這是無可奈何的吧？我國現在沒有多餘心力，等事情結束再謝罪就是了。」

「這樣就──」

寧亞勃然大怒，正想大聲駁斥，但聽見幾下拍手聲。一看，原來是卡斯邦登。王兄如果有話要說，以寧亞的立場只能閉嘴。

「隨從巴拉哈，我這邊會選人前往魔導國報告，這樣如何？再怎麼說，如果派個隨從擔任使者，對方國家不會覺得受輕視了嗎？」

「殿……殿下所言極是，可是……」

卡斯邦登講得對極了；一個是代表國家選出的使者，一個是向魔導王借弓的隨從。

在正式場合下，無庸置疑地派遣前者才符合禮儀。然而寧亞有點懷疑卡斯邦登是否真會派出使者；即使如此，如果把懷疑王兄所言的心情表現在態度上，會把情況弄得非常糟糕。

「很高興妳似乎明白了。」

「既然這樣，請讓我們幾人前往東邊地區。」

「也是，我也希望你們去。但是首先，魔導王墜落在什麼地方尚未查明。也許是往東十公里左右，也許有一百公里。搞不好如他所說，墜落在亞達巴沃占領的亞伯利恩丘陵。妳前往那種人跡未到之地，有任何辦法能找到魔導王嗎？」

寧亞語塞了。

沒有人能在人生地不熟的亞人類居住地域進行搜索行動，想也知道會變成雙重遇難，使得搜救隊全軍覆沒。

「在丘陵求生的技術、穿越亞人類監視網的技術、收集情報的技術。」卡斯邦登扳著手指一個個列出。「假如這些妳都沒準備就要去，那等於是繞遠路自殺。以失敗作結的搜救隊有什麼意義？」

「那……那麼殿下有什麼好辦法嗎！」

「當然有。」

「咦？」

寧亞心想「會有才怪」而拋出的質問竟然輕易得到回答，讓她睜圓了眼。於是卡斯邦登雖然顯得有點緊繃，仍把方法告訴了她。

「找到對丘陵有所了解的人就行了。」

寧亞驚訝地直眨眼，卡斯邦登對她苦笑。

「聽好嘍？俘虜個亞人類，帶著一起去就行了。只要命令這個亞人類帶路，安全性應該會提高不少吧？」

「啊。」

的確是這樣沒錯，人類在那塊土地上前進會伴隨著高度危險，但若是有人帶路的話，情況應該會有些不同。

但有個不容忽視的問題。

就算單純威脅並帶亞人類俘虜同行，假如此人寧可捨命也要對人類報一箭之仇，探索之行就等於是踏上黃泉路。例如前幾天見過的半獸人(Orc)，正像是會發揮此種奮不顧身的氣概的類型。

她需要能夠信賴的亞人類，但是上哪裡找那種亞人類？

寧亞覺得卡斯邦登的提議不太可行，但又沒有其他好主意。

該怎麼做，要找什麼樣的亞人類，才能讓對方安全帶路？

寧亞絞盡腦汁，但一講到亞人類，腦中想到的盡是他們滿眼血絲殺過來的模樣，實在不覺得能說服他們投敵。

（不對，半獸人還有豪王巴塞都滿像人類的……對了，可以拿家人當人質……不，乾脆抓巴塞那種大王當人質，只要成功，說不定能讓整個種族聽話。）

反過來說，也可能惹惱整個種族而遭到激烈反抗；真要說起來，要去哪裡用什麼辦法，才能抓住身懷強大力量的亞人類王——

就在寧亞想東想西，正陷入沒有結論的迷宮時，有人猛地打開門扉，一名聖騎士進入室內。

他氣喘如牛地環顧室內，沒去找蕾梅迪奧絲，而是前往卡斯邦登跟前。

可能是不願讓旁人知道這項消息，聖騎士將王兄帶往房間角落耳語幾句，但寧亞敏銳的聽覺捕捉到幾個詞語，其中有個名詞特別引起她的興趣。

就是「女僕惡魔」。

「諸位，我突然有急事。抱歉，容我就此結束這場會議，請你們先擬定攻打卡林夏的作戰計畫。那麼卡斯托迪奧團長，請跟我來。」

過場

這陣子，吉克尼夫的狀況好得不得了。

非常好。

總之很好。

前往納薩力克那座莊嚴的惡夢以來感覺到的胃痛，如今已經遠離，以往裝滿藥水的抽屜，現在正常收藏著文件一類。吉克尼夫已經從世間一切苦惱獲得解脫，也不用再撿拾附在枕頭上的頭髮，對掉髮量感到驚駭。

真暢快。

真舒適。

心曠神怡。

搞不好這是他有生以來，頭一次受到如此解脫感所擁抱。險些讓他以為自己長出翅膀，能在天上飛。

吉克尼夫將發自內心的笑容收進心裡，把臉轉向屬下。長得不漂亮的側妃說他變得愛笑，但在這種場合實在不宜露出笑臉；有些威嚴還是不能丟失。

因此，一如平常的早朝開始。

吉克尼夫擁有多名書記官，不過此時在他面前的，是名為羅內．梵米利恩的男性俊材。

從魔導王王宮回國後，吉克尼夫怕他在那邊中了某些手段，將他調任閒職；但那都是以前的事了，如今吉克尼夫讓他坐在首席書記官的位子上。當然，這並非吉克尼夫確定他沒中任何法術，而是為了展現出「我國對魔導王開誠布公」的態度。況且羅內優秀是事實。

吉克尼夫稍微瀏覽一遍羅內呈給自己的文件後，對於蠢到極點的內容啞然失笑。

「真會寫些搞笑的東西給我看，聽說魔導王陛下駕崩了，你覺得呢？」

「毫無疑問地，絕對地，百分之百是個彌天大謊。」

對於羅內所言，吉克尼夫也深感同意。

「是啊，說得對。肯定是假，應該說那位魔導王陛下死也不可能會輸。」

那個魔法吟唱者能一招魔法瓦解二十萬大軍，還能用武器與堪稱帝國最強戰士的武王對打，吉克尼夫可以很有自信地斷言：沒有任何存在殺得了他。當然下毒想都別想，不死者也不會生病或衰老。說這是為了用「本來就是死的」收尾而大費周章安排的惡劣笑話，都還比較有真實性。

「哎，我看目的八成是要揪出異議分子吧。不過，有個問題。」

「是什麼呢？」

「那個聰明絕頂到令人生厭的魔導王陛下，會想出這種誰都能看穿的無聊計策嗎？這點令我存疑。說不定背後有著別的……對，連我都無法看穿的遠大陰謀在蠢蠢欲動……」

誰敢保證絕無可能？不，那個睿智的怪物能預測吉克尼夫的所有行動，既然是他的策略，吉克尼夫敢肯定這絕對只是冰山一角；或許連吉克尼夫思考著這種事情本身，都包括在他的某些企圖之中。

只不過，如果這不是魔導王的計謀，而是出於部下——例如那個看起來愚蠢遲鈍的青蛙魔物之手，又會是如何呢？

「……我猜不透。話雖如此，猜不透也只能算了。畢竟我只須聽從魔導國宰相雅兒貝德大人的命令，一個指示一個動作就對了。只要忠誠不二地完成職責，就不會有任何差錯。因為作為治理屬國之人，要適度地庸碌無能才能免遭肅清。」

「陛下所言甚是。」

羅內聳了聳肩。

他這個人以前不會做這種動作，看來各種經驗鍛鍊了他的精神。也或許該說臉皮變厚了。

無論魔導王是生是死，帝國不要改變身為魔導國屬國的立場就行了。這麼一來，與對方的任何計謀都不會扯上關係。忠誠之心就是最大的防禦手段，如果都這麼盡忠竭力了還遭處死，他可以嘲笑對方器量狹小，笑著受死。

「好了，那麼今天的事務已經結束了嗎？」

自從成為屬國以來，吉克尼夫處理的事務量大約只剩以前的一半，但今天的事務量未免太少了。

「不，陛下，還有其他事務。這是本日一大早送到的，來自騎士團。」

很遺憾，看來果然還沒結束。

吉克尼夫面露譏嘲的笑意，接過羅內遞來的用紙。

隨意過目一遍，看來是對重組騎士團的不滿。

過去吉克尼夫做事，必須對騎士團有某種程度的顧慮。這是因為很多貴族與他為敵，不能讓敵人奪走騎士團這個武力。然而現在情況不同了。

「告訴他們既然這樣，就由他們親口向魔導王陛下請願。還特地寫在紙上，真是浪費。」

使用在報告書等用途的紙張，是以生活魔法製成，不管用哪個位階製作都所費不貲。像吉克尼夫這樣的身分地位，可以毫不客氣地用完就丟，但他也無意默認浪費公帑的行為。

以第零位階的生活魔法做出的紙張又硬又厚，且帶點雜色。

以第一位階生活魔法做出的紙張較薄，也較白。到這個品質，都還能以造紙技術製造。只不過這種水準的紙張生產量少，因此價格高昂。

第二位階生活魔法生產的紙張非常薄，顏色純白。當然，用魔法製造的紙張也可依照喜好添加某種程度的色彩。只不過這個位階的魔法還能做出高級而非常柔軟的紙張，稱為貴族用紙，因此目前都用來生產這種高級紙張。

「雖然屬下也不是不能體會他們反對國防倚靠外援的心情……」

「我是說這種不滿意見不該找我，而該找雅兒貝德大人。況且我一直在說，我不會讓所有國防全靠外國力量。」

這是魔導國宰相雅兒貝德下達的指示，要用魔導國的不死者軍團補充帝國的部分軍力。

這項指令想必是完全屬國化計畫的環節之一。吉克尼夫從命，讓部分騎士退隱，打算解散帝國八軍中的大約兩軍。

由於有很多人經歷那場大屠殺後陷入精神疲勞，吉克尼夫本以為這個主意不錯，但看來能坐的位子變少，仍讓他們心生抵抗。

「我明明會準備配套措施，只是慢慢轉移到新崗位……」

「或許也因為不滿薪俸減少，又對新職位感到不安吧。」

「後者只能叫他們努力了，不過前者是理所當然。有生命危險的職業人員與從事單純勞動工作的人，怎麼可能領同樣的金額？」

吉克尼夫嗤之以鼻，決定不予理會。

以往吉克尼夫必須巧妙地慢慢勸導，如今已無這種必要。

因為吉克尼夫背後有著魔導王這個絕對霸主，碰到什麼問題只要一句「請直接跟那邊講」，區區不滿瞬間就能封殺。

帝國中沒人敢對那個進行過大屠殺，武術方面又勝過武王的人表達不滿。

以前的話，不滿情緒會朝向吉克尼夫，但如今吉克尼夫只要屬於魔導王麾下，生命就安全無虞。不，他現在還受人畏懼，所以更勝於安全無虞。

其實說起來，對於成為魔導國屬國一事，帝國內的不滿聲浪少得令人驚訝。這是因為魔導國要求很少，是有幾項細微要求，但大的只有兩點。

第一是改訂部分帝國法律——前文必須註明魔導王以及其親信的絕對性。

第二是將應判死刑的罪犯引渡予魔導國；這點在相反的意義上，讓吉克尼夫吃了一驚。他本來以為罪犯將會用在殘忍目的上，結果雖然只有一人，但他們竟然放了個罪犯平安回來，說：「此人只是遭人誣陷，無罪。」

就像這樣，每天的生活可說幾乎沒有轉變。

「好了，得早早把事情處理完，歡迎我的友人到來才行。」

今天按照預定，吉克尼夫新結識的知心好友將會來訪。歡迎準備已經做好，只等吉克尼夫事務處理完。

後來處理了大約半小時的種種雜務，屬下獲得警備兵與吉克尼夫本人的准許，進來房內。

「陛下，與您有約的貴賓蒞——」

「哦哦！立刻讓他進來。」

事務還沒處理完，但那又怎樣，有什麼事情比歡迎朋友更重要？

在部下的帶領之下，友人進入房內。

吉克尼夫站了起來，帶著滿面笑容，並張開雙手表示歡迎，迎接友人的到來。

那是個外貌有如矮胖鼴鼠的亞人類。吉克尼夫餽贈，蘊藏魔法力量的墜飾丁鈴噹啷地晃了晃。

「哦哦！真高興你來！我的至交，里尤洛！」

吉克尼夫毫不猶豫地抱住里尤洛，將手環到他背後。

「啊！我患難與共的好友，吉克尼夫啊！深深感謝你邀我前來！」

里尤洛也主動抱住吉克尼夫，他手上有著銳利指甲，因此動作十分溫柔，小心翼翼地不讓指甲傷到吉克尼夫。

兩人相擁了一會兒後，不約而同地分開。

「——什麼話，只要是為了里尤洛，我家大門永遠開啟。」

里尤洛咧嘴笑了。

由於他是亞人類，因此笑臉看起來非常凶惡，但吉克尼夫明白他是在微笑。吉克尼夫與他交情就是這麼親密。

吉克尼夫不禁覺得有點好玩。

自己從出生以來就一直被當成皇儲養大，周圍年紀相仿的人都只將自己視為皇太子。因此，他從未得到能稱為朋友的存在。然而第一個交到的朋友，居然是亞人類——

（——呵呵，就算把這件事告訴十年或十五年前的自己，那時的我也絕對不會信……唯有這點，我要感謝那個不死者。）

這個莫逆之交，是吉克尼夫前去拜謁魔導王時，在會客室遇見的。

那時吉克尼夫只是想，這人是哪裡的亞人類，魔導王的支配魔掌延伸到哪裡了等等。

後來吉克尼夫又見到他一次，為了引出情報而各自談起自己的事——就這麼成了知己。兩人共度了每分鐘都能與一個月匹敵的充實時光，就此獲得了友誼深厚，獨一無二的好友。

因此，他們再也不以敬稱相稱。這並非因為雙方都是君王。

兩人是……沒錯。

因為兩人都是受到同一加害者迫害的——受害者。

「來吧，我命人烹調了讓你驚嘆的多種美食，就讓我們今天也來慰勞彼此的辛勞吧。」

「好啊！真令人期待啊，吉克尼夫。還有你上次說美味的菇類，我也帶了一大把來，請你晚點享用。」

「哦哦！真是不好意思，里尤洛。」

里尤洛帶來的菇類香氣芬芳濃郁，是人稱黑色寶石的珍饈。

兩人並肩離開房間。

當聽說在魔導國，無論亞人類或是人類一律平等時，吉克尼夫內心有過不安。

然而他側眼偷瞧里尤洛，心想：

亞人類也不錯嘛，與不死者——魔導王相比的話。

「對了，聽說了嗎？里尤洛，魔導王陛下好像崩逝了。」

里尤洛以鼻子強烈噴氣，這表示他嗤之以鼻。

「吉克尼夫，那怎麼可能啊。那——那位大人不可能會死。」

「說得對，我也贊成你的意見。只是……這次不知道又讓哪個國家的百姓悲嘆了……」

「說得對……」

里尤洛跟吉克尼夫一樣，仰望半空。

兩人眼中有著悲傷，哀悼在遠處某地展開的悲劇。而眼神之中，也有著對必將加入他們行列的新同胞產生的憐憫。

●

「啊啊啊啊啊啊啊啊啊啊啊！」

突然響徹整個房間的尖叫，讓男人一瞬間僵住。他隸屬名為八指的祕密組織，一輩子見聞過無數大風大浪。但在那些經歷中，也沒見過如此陰慘的情緒爆發。正可謂真正的憎惡，精純的詛咒。

假如這是他的敵人所發出，他想必不會如此驚訝。可以肯定甚至還有餘力面露微笑；然而聲音是他的同伴所發出，是與他分享同種痛苦、辛勞的同伴。

同伴——他本來以為沒有什麼比這個字眼更與自己無緣。

至今他們即使隸屬同一組織，也都在互扯後腿，爭權奪利，每天伺機而動。只要雙方有利益衝突，必然演變成流血紛爭。

如今不同了。

只要少一個人，負責的工作就會增加，失敗機率隨之上昇。這麼一來，想必會因為連帶責任而被帶去那個地獄。光受一次懲罰就讓他變得無法攝取固體食物，每晚惡夢連連。也許下次有別種地獄等著自己。

因為有這種擔憂，所以一旦有人進度落後，其他人總會立即全力提供協助，關心身體健康，顧慮精神狀態，而且是拚了命。

同舟共濟、命運共同體；他們成了真正的同伴。

現在，一名同伴邊咆哮邊在大理石的冰冷地板上打滾。如果不早點弄清原因，自己或許也會變成那樣；這份恐懼推動了男人。

「妳……妳是怎麼啦，希爾瑪，發生什麼事了嗎？」

發出喊叫的女人停住動作，抬眼瞪人般由下往上看著男人。

「──夠了！拜託找人來代替我啦！我胃好痛！盯緊那個白痴的行動搞得我胃痛！那傢伙是怎樣啊！豈止是笨，根本沒智商！」

在他們這個集團裡講到白痴，只會是一個男人。雖然他們一直以來常常使用白痴這個字眼，但那個男人厲害到讓他們認識了真正的白痴，變得再也無法隨意使用白痴這個詞彙。

「……是怎麼了，那個白痴又搞出什麼問題了嗎？」

彷彿要宣洩長久累積的窩囊氣，希爾瑪急躁地說起：

「對，沒錯！你聽說魔導王陛下駕崩的事了吧？」

男人很希望希爾瑪能再講慢一點，但這次當聽眾，一方面也是為了讓她發洩壓力。所以男人沒打斷她，決定耐著性子聽下去。

「嗯，當然了。」

那件事就是八指大肆宣傳的。當然，他們是利用了沒有直接關係的商人，在王國內廣為宣傳。

「你知道那傢伙聽到那件事，說了什麼嗎！」

對方是個白痴，講答案時應該要想到這一點，但男人只想得到普通的答案。不過他心想「我不可能知道白痴在想什麼」而死了這條心，說出了一般的想法。

「……是不是談到葬禮？」

「如果是這樣，我胃也不會痛成這樣了！那傢伙居然說假如現在跟雅兒貝德大人結婚，是不是就能把魔導國弄到手！」

「噫咿！」

男人不禁發出沙啞的小聲慘叫，急忙窺視四周。

雖然男人感覺不到，但來自魔導國的監視者應該也在這裡。男人確定監視者沒有採取行動，安心地呼一口氣。

即使上級的命令是找個白痴備用，但他可不希望因此被上級說「這也太誇張」，然後把他推落那個地獄。

「欸，欸，欸！雖然命令是叫我們準備個白痴，但可不可以把那個處理掉！是不是應該另找個像樣點的白痴比較好！」

「都走到這一步了，還能準備其他傢伙嗎？」

男人如此回答後，希爾瑪大喊「啊啊啊啊啊！」地滿地打滾。禮服裙襬向上掀起，直到大腿部位。

這個原本身為高級娼妓的美女，如今暴露出毫無魅力可言的難看模樣，讓男人心生憐憫。

因為他知道假如自己身負同樣職責，滿地打滾的恐怕就不是希爾瑪，而是自己了。

「希爾瑪，再努力一下吧。」

希爾瑪頓時停了下來，冷眼看著男人。

「也可以換你去操縱那個男的……或者該說是提醒他一下，不讓他亂來吧？」

「那種白痴比較容易對女人言聽計從，不是嗎？」

被男人這麼一問，「啊啊啊啊啊！」希爾瑪再次開始滿地打滾。這就是答案。

「不會太久的，再過兩三年，應該就會正式開始行動了。在那之前，麻煩妳讓白痴繼續得意忘形。我們也會幫妳組成白痴派系的。」

「兩年太長了啦啊啊啊啊！」

「但命令如此，我們必須控制情報，讓事情怎麼發展都有好處，而且要讓他組成派系，好讓他做出更白痴的行動。」

「是這樣沒錯啦啊啊！」

希爾瑪冷不防停下動作，忽然爬了起來。

「你倒樂得輕鬆，只是利用貿易商人，把魔導王——陛下！對，把陛下已死的情報交給那個第二王子就沒事了。」

講得簡單。他在心中喃喃自語。

以前在他的印象中，那個王子並不聰明。然而直到最近他才知道，那是因為有第一王子在，裝老實罷了。

由於對方優秀，交出情報之前必須做好極其麻煩又細微的處理，以免讓對方知道他們在為魔導王效力。

「……我這邊也沒那麼輕鬆好嗎？」

「……是啦，抱歉，你也是很辛苦的……今晚怎麼樣？」

希爾瑪做出仰頭喝酒的動作。

「不錯啊，找個就算醉過頭，情報也絕對不會外洩的地方喝吧。」

雖然不能吃固體食物，但飲料另當別論。

「哈哈。」希爾瑪面露乾枯的笑容。「別擔心，監視我們的大人會負責處理的。」

「哈哈。」他也用一樣的方式笑。「妳說得……沒錯……」

「話說回來，那個幸福的傢伙不知道現在人在哪裡……」

在他們當中，只有一個人被叫做幸福的傢伙。

「岢可道爾啊，他在那場紛爭中失去了權力，應該還在服刑吧……真是幸福。」

「是啊……真的……」

第六章 槍兵與弓兵

Chapter 6 | Gunner and Archer

寧亞離開卡斯邦登的房間，首先前往的地方是弓箭訓練所。在那裡等寧亞回來的部下很快就聚集過來。

他們包圍著寧亞，七嘴八舌地關心：「巴拉哈小姐，會議結果怎麼樣？」、「我們隨時都能動身喔。」寧亞將會議的情形告訴這些同伴。

寧亞講到發生了什麼事，討論了什麼內容，然後結論是什麼；將會議上發生的事全都告訴大家。

他們有很多人以狩獵維生，具有高度野外求生能力。即使是他們，對卡斯邦登做出的結論也只能懊惱地點頭。就他們所說，搜索丘陵的難度看樣子相當高。

這麼一來，想盡早派遣搜索隊果然有困難。只是他們決定至少簡單地在聖王國疆域內——從此地到要塞線之間的東邊地區巡視一下。因為魔導王墜落地點不明，說不定是落在聖王國內。

身懷游擊兵技術的幾人自願參加。

寧亞也很想參加，但她幾乎不具有游擊兵的技術，與他們同行只會礙手礙腳。要救出助一臂之力解救外國人民的正義之王，自己這個隨從卻無法前往，不忠誠的行為令寧亞痛苦如撕心裂肺。

她恨不得能像那時的蕾梅迪奧絲一樣大聲吼叫，但那樣做也沒有用。

寧亞告訴大家，她會去向卡斯邦登請求准許探索領土，但自己不會同行。

「交給我們吧，巴拉哈小姐。」

「是啊，既然要尋找的對象是恩重如山的魔導王陛下，我們會睜大眼睛，一點線索都不會看漏！」

「好的，各位。等王兄殿下准了，千萬，千萬拜託大家了！」

寧亞一鞠躬，低下頭去。

「那麼巴拉哈小姐，剩下的人要做什麼才好？怎麼做才能幫助到魔導王陛下？」

承受到眾人的熱情視線，寧亞不禁高興起來。

即使目睹到那幕光景，仍然沒有任何一個人認為魔導王死了。

（就是啊！魔導王陛下不可能會死！陛下絕對在等我們救援……大概吧……）

寧亞無法想像那位絕對強者會需要等他們救援。當他們找到魔導王時，搞不好他正以亞人類或惡魔堆積如山的屍體當背景，優雅地喝葡萄酒小歇。

「好！那麼剩下的各位就來做訓練吧！因為弱小就是罪惡嘛！」

沒錯，現在這一刻寧亞能做的，頂多就是訓練了。她必須變強，這樣下次才能多幫上魔導王一點忙。要是自己與大家夠強，事情也就不會這樣，體現正義的魔導王就不會落入那種狀況了。

「好！」

眾人氣魄十足地大聲呼應，因為他們明白寧亞所說的「魔導王才是正義，弱小是罪惡」才能有這種氣勢。這支部隊剛成立時，很少有人同意寧亞的說法；但寧亞說了幾次後，有越來越多人能夠理解。

「那麼我去晉見王兄殿下就回來！」

寧亞直接找卡斯邦登商量之後，立刻就獲准派出搜索隊。搜索隊當天隨即出發，然後過了三天。

她原本在想，如果搜索隊成員選了一些各懷鬼胎的人選，事情會變得很複雜；但實際上，所有成員都按照寧亞的提議選出，早早就出發了。

這三天期間，都市內雖然有風聲說即將收復卡林夏，但他們並未作為解放軍實際行動，只是沒意義地——雖然寧亞等人有在認真進行訓練，也在逐漸傳播魔導王陛下才是正義化身的思想——虛度光陰。

寧亞臉上浮現煩躁，將箭射入箭靶。

大概是焦急與憤怒的情緒讓手出錯了，箭刺進了稍稍偏離中心的位置。

換做平常，應該會有人講句玩笑話，但沒人找現在的寧亞說話。

原因出在寧亞的臉上。

不能為魔導王採取行動的煩躁，加上音訊全無令她無法安眠，結果造成了濃濃的黑眼圈與腫脹的眼皮，還有眉間擠出的皺紋等等，使她一張臉難以見人。正因為平常用護目鏡隱藏表情，拿下護目鏡時造成的震撼也就特別大。

寧亞的部下都很了解她的心情。即使如此，寧亞的臉還是可怕得讓他們不敢靠近。

（——導王陛下，魔導王陛下，魔導王陛下，魔導王陛下，魔導王陛下，魔導王陛下，魔導王陛下，魔導王陛下，魔導王陛下，魔導王陛下，魔導王陛下，魔導王陛下，魔導王陛下，魔導王陛下，魔導王陛下，魔導王陛下，魔導王陛下，魔——）

只有這個名詞在寧亞腦中千迴百轉，奔流不息。

「——啊，真是夠了。」

當她悄悄低喃，她發現低語聲嚇得周圍同樣拉弓的隊友肩膀一震。

（——陛下。不行，我得冷靜，我要冷靜。才三天！從這裡到東邊聖王國疆域，就已經是很大一塊範圍了！我總不想嚇到大家吧。）

寧亞摘下護目鏡——聽見正巧看向她的某人發出了小聲慘叫——然後直接輕輕按摩太陽穴，想放鬆僵結緊繃的臉孔。

這時，寧亞聽見有兩道腳步聲往訓練場跑來。由於同時聽得到鍊甲衫（Chain Shirt）特有的鏘啷鏘啷聲，她知道對方不是來做訓練的民兵。聖騎士穿的是板甲鎧，所以也不是。很可能是高階軍士，或者是同僚（隨從）。

「隨從寧亞．巴拉哈！」

寧亞將臉轉向闖入者，現身的兩名男子後退一步，叫道：

「幹……幹麼！妳想怎樣！」

有事過來的應該是你們吧。寧亞一邊這樣想，一邊回應：

「喔，好久不見。謝謝你們反應跟平常一……不，好像比平常更誇張？」

兩人都是隨從，跟寧亞是同窗關係。話雖如此，寧亞並未跟他們講過幾句話，完全不了解他們的為人，但好歹還記得名字與長相。

寧亞認識他們，就表示他們也認識寧亞，在某種程度上，應該已經看慣了寧亞殺人魔般的眼神。這大概表示即使對他們來說，寧亞現在的表情仍然夠恐怖吧。

說到這個讓寧亞想起來，他們原本受囚於俘虜收容所，後來才受到解放。

「是……是啊。妳平常沒這麼──沒露出這種好像憎恨全世界的眼神……沒有吧？呃，不，也許有？」

寧亞先揉揉臉再說，看來護目鏡最好還是別拿掉。

「……呃，對不起。那可以告訴我你們要做什麼了嗎？」

「啊，不是，是卡斯邦登王兄殿下找妳，說希望妳立刻過去。」

「王兄殿下？」

王兄為了什麼目的呼喚自己，寧亞可以想到很多答案，但沒有一個能讓她滿意，只能祈求是為了好事叫她。

「知道了，幫我告訴殿下，我馬上就去。」

寧亞回答，但他們似乎無意離去。寧亞覺得訝異。

「怎麼了？還有什麼事嗎？」

「沒有，只是有點──我不是說表情，該說是散發的氣質嗎？覺得妳給人的感覺有點變了。我不知道該怎麼形容……」

「希望是好的意思……不過會變是當然的啊，大家都遇到了很多事。」

「是啊，說得對。真的是這樣，巴拉哈說得沒錯。」

兩人露出疲倦不堪的笑容，可能是釋懷了，只說句「改天我們再聊聊」就離去了。
寧亞告訴偷看自己的部下，說自己要馬上前去面見卡斯邦登，然後即刻動身。
卡斯邦登居住的房屋本身跟之前是同一棟，不過讓人領進的房間不同。
因為直到上次晉見時使用的房間，在亞達巴沃出現時，牆壁遭到破壞而開了個大洞。
在走到房間前，即使裝備著護目鏡也能暢行無阻。
通行時也完全不用將揹在背上的弓交給人員保管，不知是因為受到信賴，抑或是對方顧慮到弓是向魔導王借用的。
「卡斯邦登王兄殿下，隨從寧亞．巴拉哈晉見。」
室內有卡斯邦登坐在椅子上，以及兩名聖騎士站著——是蕾梅迪奧絲與古斯塔沃。寧亞即刻單膝下跪。
「來得好，我在等妳。喔，無妨。妳別在意，起身吧。」
寧亞聽從指示，站起來後問道：
「非常抱歉讓殿下久等了，請問殿下有何吩咐？」
「在問這之前，隨從寧亞．巴拉哈，拿下妳遮臉的道具。」
古斯塔沃對寧亞提出合情合理的要求，以常識來想，他講得一點也沒錯。
「是！小的失禮了。」

寧亞摘下護目鏡後，古斯塔沃稍稍睜大了眼睛。

「……喔，妳身體不舒服嗎？是不是該給諸位神官看看？」

「不，小的身體狀況還過得去。」寧亞懶得解釋，直接進入正題。「……那麼，敢問殿下有何吩咐？」

「關於這件事……我想另外請一名人物參加我們四人的討論，我這就叫那人過來，妳能夠不要太過驚訝嗎？」

寧亞視野邊緣捕捉到蕾梅迪奧絲厭惡的表情。既然是會讓自己團長一臉厭惡的人，那應該與亞達巴沃有所關聯。無意間，「女僕惡魔」這個字眼重回寧亞腦中。

在卡斯邦登的吩咐下，古斯塔沃打開隔壁房間的門，對屋裡出聲呼喚。

然後現身的是個異形存在，她也知道那是什麼種族。

是藍蛆。

這種種族具有油亮的外皮，但不同於外貌，並不會散發出任何異味，頂多只有一絲絲難以察覺的血腥味。

亞人類怎麼會在這種地方？可能是察覺到寧亞的疑問，卡斯邦登開口：

「這位是使者閣下。」

意思是說亞達巴沃派使者來了？見寧亞忍不住暴露出敵對態度，藍蛆動了動，像是緊張起來。

「且慢，隨從巴拉哈。妳似乎有點誤會了，他不是亞達巴沃的使者。正好相反，他是謀反者派來的使者。」

「咦？」

寧亞不禁低呼一聲，卡斯邦登好像就在等她這個反應，咧嘴一笑。

「看來妳很驚訝呢，這也是當然的了，妳必定沒想過有人會想反叛支配亞人類的亞達巴沃吧？但就是有。根據使者閣下的說法，似乎並非所有亞人類都對亞達巴沃心悅誠服。他說就像他們藍蛆，也有某些種族是因為相當於王族的統治階級被抓為人質，不得已才協助亞達巴沃的。而他們的要求，就是希望我們能救出人質。對吧？」

「正是。」

一個陌生的女性嗓音，讓寧亞吃了一驚，掃視室內。她的視線不敢置信地停在藍蛆身上，那聲音就算說是人類也不會引人懷疑。

這具令人生厭的身軀，有哪裡能發出人類般的聲音？

這是藍蛆族擁有的奇特技巧之一，抑或是來自魔法的力量？

「我等珍視的大人物，受囚於你們人類稱為卡林夏，從這裡往西南約五天路程的都市。我等的要求，就是希望你們能救出那位大人。」

寧亞腦中描繪出聖王國的地圖。

從地圖判斷，藍蛆解釋的都市的確是卡林夏。雖然她覺得與其說是西南，應該比較偏西南西，又懷疑怎麼會需要五天路程等等，不過應該都在誤差範圍內。

但有一件事她不明白，就是，為什麼要把這事告訴自己？

寧亞還來不及思考箇中原由，卡斯邦登先說出一件令人驚愕的事。

「所以，巴拉哈小姐。我們決定與他們聯手，對抗亞達巴沃。」

咦？寧亞懷疑起自己的耳朵。這種稱為藍蛆，連表情都無法分辨的怪物般種族，真的值得信賴嗎？

「我等屈服於亞達巴沃的強大力量而俯首稱臣，擔任那惡魔軍隊的一翼，也入侵了這塊土地，然而我等獲得情報，得知作為人質留在丘陵的部族王已遭惡魔所殺。因此就剩另一位大人，作為服從的證明而淪為階下囚的王子……由於上屆君王已遭殺害，現在王子就是新王，只要你們能解救那位大人，我等願意協助你們。」

是因為不需要兩個人質，所以殺掉一個嗎？抑或是基於更符合惡魔性情的理由遭到殺害？寧亞沒聰明到能猜得出來，不過現在重要的只有一點，就是他們的王慘遭殺害了。

「話雖如此，但我等打算讓新王逃往亞達巴沃魔掌無法觸及的地方，因此無法派出最精銳的近衛兵協助你們；不過其他人……其餘被亞達巴沃帶來的三千士兵將與你們共同應戰。

只要有王與一隻母的，我們種族就不會滅亡，因此士兵可為你們死戰無妨。」

「就是這麼回事。關於我認為戰勝亞達巴沃所必備的條件，妳應該也是知道的，不過與其以戰鬥減少亞人類人數，不如令其背反，損耗的資源較少。再說他們提供了我方重要情報，我們已經做過確認，剛剛才回收完成。」

卡斯邦登露出笑容，接著如此說：

「我們已經確定這次情報外流不是亞達巴沃軍的陷阱，因此反而成了對藍蛆的最終王牌。因為一旦讓亞達巴沃知道，藍蛆想必將遭到肅清，而王子——新王也將遭到殺害。」

卡斯邦登在威脅藍蛆「你們若是背叛，這就是你們的下場」。

作為領導者，這或許是應有的防人之心，但看到卡斯邦登若無其事地展現出這種冷酷性情，讓寧亞感到有些害怕。

不過寧亞這時恢復冷靜，心中湧起疑問。也就是為何要將這些事情背景告訴自己？

假如是想派寧亞去救出王子，命令一聲就是了。寧亞的確是一支部隊的隊長沒錯，但終究只是個擅長弓術的隨從。卡斯邦登沒必要連詳細作戰內容都告訴她，但他卻……

（……啊，該不會我仍然被視為魔導王陛下的隨從？因為我一隻腳踏進魔導國？）

也就是為了做做樣子，說「本來是想請魔導王陛下一起聽的」。或者是在之後見到魔導王時，可以讓寧亞解釋來龍去脈。

沒錯，寧亞還是魔導王的隨從。

寧亞抬頭挺胸，看到卡斯邦登因為她突然變了個樣，而面露狐疑的表情。

「……好了，那麼關於救出藍蛆王子，我們得到的結論是在我們攻打卡林夏時，趁亂由藍蛆救出王子的計畫很難成功。」

「正是。」藍蛆接在卡斯邦登後面說。「首先容我解釋王子受囚禁的地點。副團長閣下，請你做補充說明。」

藍蛆一邊讓古斯塔沃針對卡林夏城堡等方面做補充說明，一邊解釋原因。

首先，卡林夏是遍布一整座矮丘上的聖王室直轄都市，受到厚重城牆所保護。而位於它的西側位置，建造於最高地勢的巨大城堡就是卡林夏城。

由於當亞人類突破要塞線進犯時，卡林夏都市將是第一道防線，再加上鄰近南北交易的分歧點，因此建造得比聖王國任何一座都市都要固若金湯。

而在卡林夏當中，平常閒置不用的城堡——專為固守城池而建造的城堡，也一樣堅不可摧。

問題的重點，也就是藍蛆王子被監禁的地點，是城堡裡的一座尖塔。尖塔是為了做最後抵抗而設置，位於最深處，可說是卡林夏當中最難潛入的場所。

為了避免敵人以飛行方式入侵，這座尖塔沒有窗戶，必須經由從城堡延伸出的唯一一條天空走廊，才能進入塔內。

這座尖塔目前有著強悍的看守人——能夠操使水之力量的食人魔近親種族「水元素巨魔」，且不許藍蛆接近；說是假如藍蛆接近，無法預測王子會有什麼下場。

但是如果在謀反尚未穿幫的狀況下，守護者看到與藍蛆毫無瓜葛的人類，不可能因此傷害王子。他們認為守護者反而會試圖保護王子，因此才想借用人類的力量。

「而當戰鬥正式開打時，假如王子仍然受囚，我等當然只能與你們人類互相殘殺，而且是被帶到這塊土地的所有同胞。這樣一來……」

藍蛆支吾其詞，但後面不用說，大家也知道。

那樣一切就太遲了。

藍蛆因為是人類的敵人，才有拯救王子令其倒戈的價值。假如藍蛆全數陣亡，人類也就沒必要救王子了。

「戰端開啟後才將救助隊送進去就太晚了，所以我們的結論是，在那之前先將少數精銳送入城內，盡可能祕密行事救出藍蛆王子，才是最安全、成功率最高的方法。隨從寧亞・巴拉哈，我希望妳擔任這項作戰的指揮官。」

「沒辦法，小的不可能辦到。」

寧亞即刻回絕卡斯邦登的指令。

當面抗拒王兄這位最高指揮官的敕命，無論是就軍隊紀律或社會認知而論，都是不被允許的；但如果要講常識，這項命令本身就不合常識，再怎麼說也太強人所難。

「我就知道妳會這麼說。但是，巴拉哈小姐，這對妳來說也是非常有利的交易。」卡斯邦登瞇細了眼。「他們表示會將自己所知的丘陵知識全部告訴我們，還會為我們介紹值得信賴的嚮導。」

寧亞短促倒抽一口氣。

她很想咬緊嘴唇，但忍下來，不顯露出感情。

「……請問這些話有多少可信度？」

「只要救出王子，藍蛆將配合我方進軍，從內部起義。這麼一來，收復卡林夏將有如探囊取物。比起一般的攻城戰，想必能俘虜到更多亞人類。至於哪些俘虜握有妳想要的情報，藍蛆也表示會告訴我們。」

「我還沒聽到細節，」藍蛆接在卡斯邦登後面說。「只聽說妳想前往亞伯利恩丘陵；假如妳平安救出王子，妳就是我們全種族的恩人，我等不會反對與大恩人分享我們擁有的知識喔？反正也不是什麼特別的知識。」

對方講得對極了，無從反駁。

（我如果拒絕，就是對魔導王陛下不忠。因為明明有機會可以幫上陛下的忙，我卻因為貪生怕死而袖手旁觀。）

冷靜想想，似乎沒有比這更好的機會。只是——寧亞無意自殺。

「關於王子救助部隊，請問誰將與小的同行？」

寧亞偷看一眼始終沒吭聲的蕾梅迪奧絲。

「我不去，因為我不會潛入技術。」

要這樣講的話，自己也一樣。寧亞雖這樣想，但什麼也沒說，觀察卡斯邦登的神色。

「……我講過好幾次要她與妳同行，但她不答應。所以與妳同行的將會是一名俘虜……不對，應該稱為協力者。」

「哼，那種東西，叫俘虜就夠了。」

「……團長。」

「無妨，蒙塔涅斯副團長。可以請你帶她過來嗎？」

「是！」留下一聲回應，古斯塔沃就離開了房間。同時，藍蛆使者也出了房間。看來高層不想讓外人知道協力者的真面目。

古斯塔沃很快就回來了，但不是一個人。他帶了一個全身被鎖鏈纏住的陌生少女過來，比寧亞更嬌小纖瘦。從面孔五官推測，年紀應該比寧亞小。

少女圍著深綠與土黃等顏色複雜重合，花樣獨特的圍巾，穿著奇特的女僕裝。

其容貌極為端正，即使一隻眼睛遮起，也絲毫不影響她的美貌。

這讓寧亞突然想起蒼薔薇的伊維爾哀說過的話，能夠很肯定地猜出她的真面目，但還是謹慎地問道：

「王兄殿下，她是什麼人？」

「……妳應該已經猜到了吧？她就是出現在這座都市的亞達巴沃的女僕惡魔之一。」

寧亞僵住了，猜是猜到了，但還是不由得嚇了一跳。因為難度一百五十，換言之就是怪物中的怪物，人類無法戰勝的存在就在眼前。

只是即使如此，有一件事令寧亞驚訝。

那就是縱然面對絕對無法戰勝的怪物，自己依然如故，懷著激烈的憎惡之情。

作為生物的層次差這麼多，自己仍然能懷有這種感情，不知是因為這個女僕惡魔沒有散播恐怖氛圍，抑或是出於自己對魔導王的忠誠。

無論是哪個原因——寧亞將對於女僕惡魔的憎惡沉入內心深處，不讓它顯現出來。

只要一鬆懈，寧亞就會想對讓魔導王這樣英明的王敗給亞達巴沃的原因之一破口大罵。

但只有蕾梅迪奧絲將手放在聖劍上，卡斯邦登與古斯塔沃並沒有什麼特別舉動。

他們必定是判斷眼下沒有危險性，否則絕對不會讓她與王兄共處一室。

「…………殺人魔少女，不用怕。現在的我效忠的對象不是亞達巴沃，而是安茲大人，不會攻擊你們。」
「我不信。」
寧亞一邊對「安茲大人」這個稱呼感到一陣惱火，一邊鄙棄地說。但女僕惡魔仍以平坦的語氣回話：
「…………不信也沒關係，我只是說出事實。」
「巴拉哈小姐，是這樣的，看來在那場戰鬥中，魔導王陛下似乎從亞達巴沃手中奪得了她的支配權。」
寧亞微微睜大眼睛。
女僕惡魔加上亞達巴沃——周圍遭到這麼多人包圍，竟然還不是殺死敵人，而是採用奪走支配權的戰鬥方式？
寧亞對魔法所知不多，不知道那會有多困難。以箇中意義來說，是否就像一邊奪走那樣強大對手的裝備品一邊戰鬥？如果是這樣，那實在是魔導王才能辦到的高超技巧。
寧亞懷抱著強烈的尊敬之念。
但此時她產生了兩個疑問。
她原本天真地相信如果是魔導王，這點事情一定難不倒他；但女僕惡魔真的受到支配了嗎？這是一個疑問。她會不會其實沒受支配，只是在亞達巴沃的命令下假裝受到支配？

而另一個疑問是——

「……我明白妳效忠於魔導王陛下了，但妳為什麼在這裡？是因為被鎖鏈綁住了嗎？」

「…………不是。」

女僕惡魔一使力，粗鎖鏈便發出討厭的嘰嘰聲。

「住手！」

殺氣騰騰的蕾梅迪奧絲一怒吼，聲音戛然而止。

「…………連魔法都沒施加的普通鐵鏈，就連我都能扯碎。」

「那麼為什麼？妳不離開這裡，趕赴魔導王的身側嗎？」

寧亞在想，憑著惡魔的直覺，或者是受到支配的惡魔的能力，說不定能知道魔導王的所在地點，所以不動聲色地問了一下。女僕惡魔淡淡回答：

「…………因為這是命令，那位大人最後給我的命令是幫助你們。所以我會在我不會死掉的範圍內努力。」

「咦！」

寧亞大感驚愕。

（……魔導王陛下是為了將女僕惡魔納入支配，而來到我國的，為了獲得女僕惡魔的戰鬥力，以進一步強盛魔導國。既然這樣，對女僕惡魔下的第一道命令，應該是前往魔導國才對。但陛下卻……多麼仁慈啊……還有第二個君王能對外國國民這樣慈悲為懷又寬宏大量嗎？不，不可能有了。只有魔導王陛下是特別的存在，那位大人正是正義！太棒了！我的想法完全沒錯！）

寧亞眼中險些堆積起滾燙液體，拚命忍住。

「……呃，不會死掉的範圍是指？」

「…………我不要跟亞達巴沃交手，要是與那個對峙，連逃跑都有困難。」

原來如此，寧亞恍然大悟。卡斯邦登應該已經仔細調查過她說的話是真是假，所以才會把她帶來。

「所以要讓這個惡魔與小的同行，是這個意思吧？」

「正是。雖然我們也想過由她擔任使者前往魔導國，但比起這事──呃──等那個結束後，請人幫助獲得情報後，我們要派遣搜索隊前往……呃──那裡，所以不如讓她加入搜索行列比較好，因為危險性應該很高……妳選任的成員在這邊進行搜索，似乎還沒找到，所以應該可以確定是墜落在那邊。」

卡斯邦登講話不清不楚，總覺得指示代名詞好像太多了。

寧亞偷瞧一眼，看到女僕惡魔表情文風不動，連一點憂心的氛圍都沒散發出來。

當然，這個女僕惡魔可能不知道魔導王發生了什麼事，說不定根本沒想像到魔導王或許陷入了危險狀況；但她的面無表情讓寧亞非常不愉快。

最重要的是，她這種惡魔怎麼可以過度親暱地叫什麼「安茲大人」。

不，絕對不可以！寧亞強烈地如此想。就連自己都沒這樣裝親暱地稱呼魔導王了。

「──拉哈小姐？」

「啊，是！」

糟糕。寧亞臉變得有點紅，看來對女僕惡魔的不快感受讓她有點恍神了。

「怎麼了？有什麼讓妳在意的事嗎？」

「啊，沒有！小的只是在想，出發進行搜索才過了三天就斷定沒有墜落在這邊，是否有點操之過急……」

「原來如此，妳說得確實沒錯。但為了以防萬一，事先做好準備還是比較好吧？」

「殿下說得是。」

「好。那麼女僕惡魔小姐，這是我第三次與妳談話了，就是發現當天、昨天，以及今天對吧。」

女僕惡魔不發一語，凝視著卡斯邦登。

「如果我說希望妳潛入某個大都市，救出被囚禁於那裡的人，妳願意提供協助嗎？」

「…………就像我昨天說的，我會幫忙。」

「喔，是嗎，我知道了。那麼不好意思，可以請妳回原本的房間嗎？蒙塔涅斯副團長，拜託你了。」

古斯塔沃將女僕惡魔帶走，一個人回來後，眾人再次開始討論。

「巴拉哈小姐，我不知道有沒有必要跟妳說這麼多，但當我派妳潛入卡林夏時，對情報的了解也有可能影響到作戰的成功與否。因此，我要將幾件事告訴妳，首先是關於亞達巴沃。」

卡斯邦登將從女僕惡魔那邊問來的情報告訴寧亞。

聽女僕惡魔所說，她對亞達巴沃知道的很少，應該說幾乎一無所知。就連亞達巴沃具有多大能力，哪種攻擊為弱點都不知道。而且她也不知道現在亞達巴沃在進行什麼計畫，有什麼目的。

女僕惡魔只是告訴他們，當亞達巴沃身受重傷時，要花很多時間才能痊癒。據說就像容器越大，當裡面的水減少時，得花越多時間裝滿。

就這樣，寧亞得知了亞達巴沃、亞人類與其他惡魔的情報等等後，向卡斯邦登提出從一開始就想問的問題：

「我們能信賴她到什麼程度？」

「完全不能信賴，殺了比較安全。」

蕾梅迪奧絲如此說。

寧亞滿想問她：「妳打得贏難度一百五十的女僕惡魔嗎？」但硬是忍下來，聽卡斯邦登如何判斷。

「很難信賴她，說不定這是亞達巴沃計謀的一部分。也許她是密探，用來預防飛飛或是其他說不定能對抗亞達巴沃的人出現。」

大概是這樣，所以在帶女僕惡魔過來時，他才會請藍蛆使者離室，講話時指示代名詞也才會變多。

「我說了，把那個殺了比較好，這樣就能解除一項不安。」

「的確，卡斯托迪奧團長，這也是一個辦法。然而女僕惡魔目前的支配權，也很有可能真的在魔導王手裡。因為對於亞達巴沃本人的情報，她並非信口胡謅，而是回答不知道。可是若是如此，她完全沒問我們魔導王怎麼了，似乎又有點蹊蹺……嗯——不過妳不是答應魔導王，願意將那個女僕惡魔的支配權交給他嗎？在這種情況下，假如知道我們殺了女僕惡魔，對方可是會把我們當成言而無信的國家喔？今後若是發生什麼狀況，也許再也沒有國家會幫助我們。」

「那傢伙不是被亞達巴沃殺了嗎？」

聽到蕾梅迪奧絲這樣說，寧亞目光低垂，按捺住激烈的怒火。她甚至覺得多虧有蕾梅迪奧絲，讓自己越來越懂得控制情緒。

「我們沒能確認這一點，正因為如此，我想利用她救出王子，做個試探。就算萬一她背叛讓情報外洩，也只有藍蛆會遭到肅清，減少亞人類的數量。我們則能夠趕走試圖潛伏的老鼠，好處多達兩項。如果成功，高興就是了。」

可以也請你別忘了潛入敵營者的性命嗎？寧亞在心中嘟噥。

「殿下是否有問出那個女僕惡魔的弱點？假如要與她同行，當她背叛時，最好有辦法可以應對。」

「這方面倒是沒問到。」

卡斯邦登臉上浮現苦笑，寧亞也一樣地笑。

就算對方有回答，又有什麼方法可以確認？也許從外觀看不出來，更不可能實際試試。

「反正我們並沒有她的支配權，她終究只是接受魔導王的命令協助我們罷了。」

事到如今不用古斯塔沃來說，寧亞與卡斯邦登都很明白。在場頂多只有一個人沒搞懂。

「那麼潛入部隊就是我與女僕惡魔，除此之外還有其他人員受到選拔嗎？」

「關於這點，假如妳那邊沒有推薦誰的話，我想只讓妳們兩人執行任務。」

一瞬間，寧亞以為卡斯邦登在開玩笑，看了看他；但他的表情很認真。

「容我替王兄殿下做補充說明，潛入敵營的人應該要盡量少，對吧？若是拖累妳們反而不妙，所以我們這邊沒有推薦人選。」

古斯塔沃解釋得容易讓人接受，但寧亞明白理由不只這個。

因為寧亞．巴拉哈其實也身處這種立場。

這場救援作戰如果成功當然很好，就算失敗，也只有親近魔導王的礙事隨從與魔導王的手下會死；而就算女僕惡魔背叛，犧牲的人也很少。要說完美或許是很完美。

那麼──卡斯邦登說曾經想派蕾梅迪奧絲前往，難道是說謊？不是，他也可能純粹只是想減少損害。

寧亞呼地吐了一口氣。反正不管怎樣，答案都只有一個。這是對魔導王盡忠盡義的好機會。

「小的明白了，我與她──」那個應該是女的吧？寧亞邊想邊回答：「我想就由我與女僕惡魔兩人前往。」

「哦哦，是嗎？萬事拜託了。」

「是！」

「那麼我給妳城堡的簡圖──我正請蒙塔涅斯副團長繪製，預定在妳們出發前可以準備好。再來就是如果碰到亞達巴沃的惡魔親信，妳們要避免戰鬥。」

根據女僕惡魔與藍蛆的情報，亞達巴沃有三隻大惡魔作為親信為其效力。這三隻大惡魔分別是——
支配亞人類居住的亞伯利恩丘陵地帶之人。
統籌入侵聖王國南境的軍隊之人。
為了管理三大都市，依序在卡林夏、利蒙、普拉托之間傳送巡行之人。
據說是這樣。
因此如果運氣不好，負責管理的大惡魔可能會在。
這個大惡魔管理人據說沒有頭，身體有如枯木。沒有翅膀或尾巴，身高至少有兩公尺。聽說他長有利爪，具有從乾瘦身軀難以想像的腕力；而他雖然沒有頭，卻不知用了什麼方法使自己能夠掌握周圍狀況，也能閱讀文字。
說像惡魔，還真像是惡魔該有的模樣。
附帶一提，據說由於首都賀班斯成了亞達巴沃的直轄地，因此並非由惡魔親信管理。
「跟那個女僕惡魔相比，哪個比較強呢？」
「據女僕惡魔本人所說，她不太清楚。」
寧亞希望能見識一次那個女僕惡魔的戰鬥能力，特別是擅長的武器或是身懷何種特殊能力，不知道這些事情，有可能造成意想不到的失敗。
「三隻大惡魔每個都是將軍，也是領主。但他們可能認為亞人類不適合做腦力工作，因此似乎建立了獨裁式的統治體制。所以很多管理工作都是大惡魔親自處理，沒安排後任或代理。若能打倒那些傢伙，想必能摧毀亞人類聯軍的大部分聯繫或補給。」

「這樣也就滿足了王兄殿下所想的勝利條件，對吧？」

「沒錯，雖然一旦亞達巴沃傷勢痊癒，他可能會親自指揮……但目前來說，我不認為他會勉強上陣。只要拔掉手腳，不用擊潰頭部也能帶來勝利。話雖如此，這次的主要行動是救人，妳們要避免戰鬥。」

「遵命。」

「那麼……妳預計何時執行救援任務？」

「等做好準備，小的打算火速動身。只是在那之前，請讓我再跟女僕惡魔談一下。」

「有道理，那麼兩天後如何？」

寧亞答應後，獲准與女僕惡魔會面，就離開了房間。

雖然雙肩上扛著重責大任，但她腳步雄壯勇武，表情漲滿了決心。最近這陣子無處宣洩的狂暴烈火得到方向，彷彿化為耀眼光彩照亮她的路途。

自己也有能做的事，前進的終點有那位大人在。只要這麼想，跟危險的惡魔同道而行又算什麼？

女僕惡魔待在有庭院的大宅——沒說的這麼大，但也不算小。看樣子從前應該是都市內相當富裕之人的住處。占領這座都市的亞人類恣意作惡，使得華麗裝飾有一部分遭到破壞，原本應該存在的雕飾被打個粉碎。不過房屋本身勉強逃過一劫，冬天的室外空氣應該不至於吹進屋裡。

只不過，就算是個粗製濫造的廉價房屋，大概也是一樣。所有能稱得上窗戶的窗戶都被釘上木板，堵塞得毫無空隙，讓人感覺出堅決不讓一絲空氣從外面——裡面也是——通過的偏執心思。

如果要從整體來評論，或許該說這是座牢籠，是受到隔離的空間。由於她是不死者或惡魔兩者之一手下的怪物，但名義上又是來自外國解救聖王國的英雄王的部屬；來自多方面的意圖、危機意識或排斥感互相交融，就成了這種場所。

都拿鎖鏈把人綑綁成那樣了，現在做這些似乎無濟於事，但未經魔導王的正式介紹就要殷勤款待這個女僕惡魔，可能是有點困難。

圍繞宅邸的圍牆是緊急動工修繕好的，但卻沒有最重要的鐵柵門。大概是因為鐵礦不足，被高層徵收了。可能是作為代替，大門旁有個值勤站，看起來就像急忙搭蓋出來的簡陋小棚。

裡面有幾名全副武裝的強壯男子，還有一名聖騎士，可能是受任為指揮官。寧亞將卡斯邦登為自己準備的羊皮紙交給那名聖騎士。

聖騎士迅速過目後，將羊皮紙還給寧亞，同時給了她點燃的手拿燭台。

雖然現在是白天，但對方說釘窗的木板使得室外光線照不進去，而女僕惡魔不需要光，所以室內黑暗無光。

寧亞通過大門後，側眼看著雜草叢生的庭園，走向大宅。踩踏著有幾處碎裂的鋪磚步道抵達玄關後，寧亞只做了一次深呼吸。

她叩響門環，無人回應。寧亞稍稍猶豫後轉動門把，門沒上鎖。從微微開啟的隙縫可以窺見一片黑暗，連一點聲響都聽不見，簡直像靈廟般靜謐。

寧亞下定決心，走進室內。裡面沒燈光，也沒有傭人。這幢大宅現在只有寧亞，以及難度一百五十的惡魔。

背上流下冷汗，手上的蠟燭火光不可靠地搖曳。除了蠟燭的小小光輝之外，黑暗依然存在，彷彿能吸收那裡的一切。

「我是寧亞．巴拉哈！我來見您了！您在哪裡！」

寧亞對著黑暗呼喊，但沒人回答。

會不會是在睡覺？

寧亞用更大的音量再叫一次，但還是沒人回答。

寧亞做好心理準備，往前走。

這棟建築物有兩層樓，房間數量想必不少，不過全部檢查一遍應該也不用太多時間。而且不用全部找過，憑著寧亞的敏銳聽覺，或許也能捕捉到一些聲音。

先從一樓開始。

寧亞做好心理準備，正要往前走去時——

「——哇。」

突然有人從她旁邊叫她，燭光中浮現一張人臉。

「噫嗚！」

寧亞肩膀重重一跳，身體無意識地移動，想與出現的臉孔拉開距離。

咚，背部撞上了牆壁。

寧亞不可能看漏，對方簡直像穿牆出現般，是突然從她旁邊出現的。

「…………驚嚇反應很不錯。」

她淚眼汪汪地一看，是那個女僕惡魔，面無表情地望著慌張的寧亞。

「妳這惡魔……」

寧亞忍不住語氣埋怨地說。

看來即使是精神防壁之冠也無法預防驚愕的感情，寧亞的心臟怦怦狂跳，幾乎快破裂了。說不定這就是這個惡魔的目的——

（應該沒那麼誇張啦……）

「…………那麼，妳來這裡做什麼？」

「我來這裡是想找您談談。兩天後，希望您跟我一起……」還不知道能信賴她到什麼程度，講出詳細作戰計畫恐怕有危險。「……執行某項任務。」

「…………知道了。」

「所以我想，我們應該互相交換情報，事先討論好可以做哪些事會比較好……」

「…………情報分享很重要，了解。」

是否真的要分享情報，得看接下來的討論情形。

「……那麼，走這邊。」

女僕惡魔快步往前走，看樣子即使在黑暗無光的場所，她也不受影響。進屋之前見過的那個聖騎士說的都是真的。

寧亞一邊走在女僕惡魔後面，一邊悄悄觀察她的背影。

無論是纖柔的肢體也好，端正的容貌也好，真是個刺激保護欲的美少女。

只是寧亞知道她的真面目，覺得一切看起來都像偽裝。

在這裡，她身上沒有去卡斯邦登房間時綑綁的鎖鏈。不，說起來鎖鏈根本毫無意義。這個惡魔只是假裝成人類少女，其實是超越龍族的怪物。

一想到只要被她輕輕摸一下可能就會死，胃就彷彿陣陣抽痛起來。

「我很柔弱，妳碰我時要輕一點。」

寧亞不由得脫口而出，女僕惡魔一聽頓時佇足，只回過頭來回答：「知道。」就連寧亞的視力也看不出她的表情變化，不知道她心裡在想什麼，有點不安。

寧亞就這樣被帶到會客室。

只有一根蠟燭充當燈光。

「……………妳坐。」她指著對面的座位，寧亞到那邊坐下。「……………飲料。」

她迅速拿出一只裝了褐色液體的瓶子，拿出來的方式簡直跟魔導王一模一樣。

寧亞正在吃驚時，瓶蓋已經被拿掉，吸管插了進去。吸管好像是軟的，又像是硬的，以奇妙的材質製成。

液體濃濃稠稠的，只希望不是毒藥。如果其實是對人類有害的飲料，但她忘了，那也很傷腦筋。

可是一想到她也許真的成了魔導王的屬下，就覺得不好拒絕。寧亞做好心理準備，開始喝飲料。

她將飲料含進嘴裡，在舌頭上嚐了嚐。

飲料既沒有超乎想像的苦味，也沒有刺激性的風味——

（好甜！這是什麼！）

寧亞一口又一口地吸進嘴裡。飲料質地有點像黏液，吸起來需要稍微用力，但冰冰涼涼的非常好喝。

「…………巧克力口味，卡路里(熱量)有點高……差不多兩千卡。但無所謂，偉大至尊之一說過，身為女人為了享受美食，發胖也甘願。」

她語氣有點改變，寧亞偷偷察言觀色，但表情毫無變化。

偉大至尊這個稱呼讓寧亞想到魔導王，不過感覺像是在說別人。

「…………要不要再喝一瓶？」

「可以嗎？」

寧亞一口氣喝光而覺得有點可惜，大概是被女僕惡魔看穿了，又拿了一瓶給她。

寧亞基本上也是女生——雖然半獸人懷疑過她是不是母的——聽到會胖總會有點猶豫，不過這種飲料的瓶子沒那麼大，當然容量也不多。不管是什麼食物，吃多了當然會胖，晚餐控制一點應該就能打平了。

（雖然不知道卡路里兩千是什麼意思，不過她只說有點高，應該不要緊吧。）

這次寧亞決定喝的時候要細細品嚐與水果或蜂蜜截然不同的甜味。

喝一口——

「啊！不對。不是，我是來找您談話的。」

「…………嗯。」

啣著吸管一樣在喝飲料的女僕惡魔，用眼神催促寧亞繼續說下去。

「呃，首先您如果有名字，可以告訴我嗎？我的名字是寧亞．巴拉哈，喜歡怎麼叫我都可以。」

寧亞聽蒼薔薇的伊維爾哀說過，女僕惡魔不管是外觀或武裝，每個個體都截然不同。事實上，亞達巴沃出現在卡斯邦登的房間時，身後的女僕惡魔與她在形態上就完全不同。說不定就像哥布林與巨型哥布林一樣，女僕惡魔這個類別當中也有不同的名稱。

寧亞或許不用知道女僕惡魔的個體名稱或分類名稱，但如果她真的成為了魔導王的屬下，身為隨從自然得尊重一點，才算盡到基本禮儀。

「…………好喝。叫我希絲就好，我叫妳寧亞。」

「希絲嗎？」

寧亞原本以為她會叫自己人類，所以有點驚訝。

（她是女僕惡魔，個體名稱是希絲？還是分類名稱是希絲？好吧，都可以……）

「是個體名稱嗎？」

「……個體名稱？好驚人的問題。對，是個體名稱。」

「啊，失禮了。我對惡魔不是很了解……」

「……唔……惡魔啊……這個……唔……」

希絲嘟嘟噥噥的不知在唸些什麼。當然寧亞聽得一清二楚，但她好像在自言自語，所以沒多問。

「那麼希絲，您有什麼能力呢？還有女僕惡魔好像不只一人，魔導王陛下為何獨獨選上您呢？」

「……因為我擅長遠距離攻擊，而且是MVP（最優秀的）。」

「優秀？喔，是這個意思啊。您是說因為在那個狀況下，您是最難對付的對手，對吧？」

希絲得意地笑了。說是這樣說，她的表情讓人來看，想必像是文風不動；但寧亞擁有銳利的視力，仔細觀察之後稍微看出了一點。

看出她表情有非常微小的變化——自豪地動了一下。

同時寧亞放下心來。看來魔導王並不是因為她最弱，才能輕易將她納入支配。

「我也能使用一點點遠程武器，但相對地不擅長近身戰……沒有前衛呢。」

希絲不發一語地喝著飲料。

「您有什麼好點子嗎？」

「……我們要去做什麼？」

「潛入都市，救出重要人物。」

她還不能說出藍蛆這個名詞。

「……那麼需要的是祕密行動的能力，沒有咯噹咯噹吵死人的前衛比較好。」

「對耶，說得是，您說得對。」

「……寧亞能安靜行動嗎？」

「我做了某種程度的訓練，應該比之前進步了，但不敢說有絕對的自信。」

「……妳有沒有『透明化』等魔法或魔法道具？」

寧亞搖了搖頭。

「……這樣啊，那妳加油。」

「是，我會加油。那麼……」

真的可以信賴她——相信她正受到魔導王的支配嗎？

假如希絲其實現在仍是亞達巴沃的屬下，為了當間諜才假裝成魔導王的屬下，那麼說出那位大人的狀況會很不妙。但厲害如魔導王，極有可能真的從亞達巴沃手中奪走了支配權。假若如此，那麼過度猜疑會變成捨棄掉最強的殺手鐧。

所以寧亞戰戰兢兢，邊猶疑邊對她說：

「我之前在此地，呃，有幸擔任魔導王陛下的隨從。」

希絲人工雕琢般的美麗臉龐文風不動。

「…………我有聽說，說是一個眼神凶惡的人。而且大人借妳一把弓，還是盧恩的。借我看。」

亞達巴沃也顯得對這把弓很感興趣。寧亞腦海角落發出警告，但想到希絲可能真的受到魔導王支配，就無法拒絕。

寧亞將弓借給希絲後，她接過去看了看。但只是很快看過，立刻就還給了寧亞。

「這把弓非常令人讚嘆，應該讓更多人看到。」

希絲語氣平淡，總給人一種聽她唸台詞的感覺。不，應該是寧亞忍不住覺得她沒有認真看弓，也沒有顯得很有興趣，所以才會這樣胡亂猜測。自從寧亞見到她以來，她說話都是這種感覺。

「謝謝您這樣說……啊，對了。那麼關於這次任務結束後——」

希絲迅速伸出手，打斷寧亞說話。

「應該讓更多人看到。」

為什麼要強調這點？可能是這種疑問寫在臉上了，希絲接著說：

「安茲大人將據說以盧恩製作的精美武器借給妳，妳應該廣為宣傳安茲大人的偉大。」

安茲這兩個字讓寧亞起了反應，有件重要的事必須第一優先說清楚。

「魔導王陛下。」

看到希絲面無表情，寧亞才想到自己講得不夠清楚，補充說道：

「是魔導王陛下。稱呼陛下為安茲大人，不會有點過度親暱嗎？」

這次換希絲的表情抽動了一下。不，乍看之下還是面無表情。然而寧亞敢肯定，她的表情動了。

「才不會過度親暱。」

「不，就是太親暱了。一般來說不該直呼名號，而是必須以該受讚揚的地位稱呼吧？況且妳剛受支配，什麼忙都還沒幫上……妳幹麼這種表情？」

「沒什麼。不過，我要叫安茲大人，而不是魔導王陛下。」

面無表情的臉上浮現出些微感情，不知是憐憫，抑或是耀武揚威？即使是寧亞也無法猜透，但她一陣光火。從旁冒出來搶鋒頭的新面孔跟自己崇敬的大人裝熟，令她非常不愉快。

寧亞再也不想裝乖了。作為隨從兼聖王國之人，她原本想有禮貌地應對，但是算了。就算對方是古今無雙的怪物又怎樣，她要讓對方弄清楚。

「就憑妳——」

「大人要我稱呼他為安茲．烏爾．恭大人——也就是安茲大人。」

「咦？」

「所以我可以稱呼大人為安茲大人。我，可，以，這麼稱呼。」

言外之意就是「妳不行」；被她這樣說，寧亞一陣天旋地轉。

不，她是魔導王以魔法支配的惡魔，這點小事或許是理所當然。

「不……不對，這是不可能的。妳……妳騙我，惡魔就是會撒這種謊。在那種情況下，哪有閒工夫特地講這種事……」

希絲搖了搖頭，態度就像在說「唉，真傷腦筋」。

「很遺憾，這就是真相。我也不是不懂妳受到打擊的心情，我非常能體會，但妳現在的立場就是這樣。不過只要妳為安茲大人效力，總有一天妳也能稱呼大人為安茲大人。妳要繼續精進。」

「——希絲。」

「…………寧亞。引導後進是前輩的職責。」

講得很動聽，但比起自己，似乎希絲才是後進。不，她能稱呼魔導王為安茲大人，就這點而論，或許她才是前輩沒錯。雖然多少有些地方讓寧亞難以接受，但目前就——

「我姑且跟妳說聲謝謝吧。」

「…………不用在意，知道安茲大人是偉大至尊的人，應該得到慈悲對待。」

寧亞驚訝地睜大眼睛。希絲受到支配應該時日尚淺，魔導王是如何贏得這麼強的尊敬？不，不對，魔導王就是有這麼厲害。

「是啊，妳說得對。魔導王是了不起的大人物，只有這點我十分清楚。」

寧亞回答後，兩人互相注視了片刻。

首先有動作的是希絲。

她迅速伸出了右手。寧亞沒有半點遲疑，即刻做出回應。

雖然希絲仍戴著手套，讓寧亞心裡有點不太舒服，但兩人還是在桌面上握手。

（她對魔導王陛下這麼心悅誠服，看來是真的受到陛下支配了。若不是這樣的話，為了不讓我起疑，她應該不會使用安茲大人這個稱呼，而是跟我一樣稱呼魔導王陛下吧。）

這樣想或許很天真，但這時寧亞憑著強烈自信，理解到希絲的忠誠是發自內心。簡直就像某種齒輪互相咬合般，兩人是崇拜同一尊神的同志，因此能夠互相了解。

「…………話說回來，我們真談得來。寧亞以人類來說，滿有可取之處的。」

「能跟惡魔談得來雖然讓我心情很複雜，不過我們現在談得來，只不過是因為妳講得很對，就從魔導王陛下很了不起這一點來說。」
希絲用深有同感的態度點了點頭。
「…………其實我本來覺得寧亞的死活不關我的事，不過我決定讓妳平安回國，我向妳保證。」
「謝謝。」
寧亞坦率地表達謝意。能夠讓難度一百五十，連蒼薔薇都說勝算很低的高強惡魔保護自己，當然應該道謝。而且如果她是魔導王的屬下，那就更該感謝了。只是有一件事，寧亞必須先做確認。
「……妳這樣說，是以魔導王陛下的大名發誓嗎？」
希絲舉起了手，就像被老師點到的學生。
「我以無上至尊安茲．烏爾．恭大人之名發誓，向妳保證……不過如果寧亞死了，我讓妳復活，這樣也算是有守約定，對吧？」
「算平安嗎……？呃，不，我覺得不太一樣……」
兩人面面相覷。
就寧亞來說，她覺得死而復生離「平安」二字非常遙遠，但還是說出了勉強能夠妥協的底線。

「只要我並沒有變成不死者或惡魔之類，以人類之身復活的話，或許就算是有守約定吧……」

「…………那就沒問題…………好。」

從剛才到現在講話都很平淡的希絲，稍微改變了聲調，感覺就像特別有勁。

「…………雖然不可愛，但是特別給妳一個。」

希絲一面拿出某種東西，一面移動到寧亞身邊，然後把某個東西輕輕貼在寧亞的額頭上。

「咦！這是什麼！這到底什麼東西！」

遭受到希絲莫名其妙的行為，讓寧亞急著想撕下來，但黏在額上的不明物體撕不掉。它黏得很緊，撕不掉，非常可怕。

「怎麼回事！咦！拜託！好可怕！」

「…………沒事，不會痛，也不是可怕的東西。這個。」

希絲把一個東西拿給寧亞看，上面寫著數字的1，還畫了一種奇怪的紋路——也許是文字。紙張極具光澤，額頭上的東西也光溜溜的。寧亞有聽說過所謂的符術，說不定這就是用來施展那種法術的魔法觸媒。無論是或不是，如果只是個稀鬆平常的東西，希絲不可能用這種方式交給自己，所以必定是魔法道具；這讓寧亞渾身發毛。這該不會一輩子都撕不下來吧？

「為什麼要貼在額頭上啦！明明有那麼多地方可以貼！」

「…………唔，跟妹妹好像。」

「咦！」總覺得好像聽到了什麼值得驚訝的事，但現在有更重要的問題。「先別說這些了，把它撕掉啦，至少請妳貼在手臂或其他地方！」

「…………不得已。」

希絲拿出某種小瓶子，將內容物滴在寧亞額頭上。結果剛才黏得那麼緊的紙，令人難以相信地瞬間剝落。寧亞拿下來檢查，的確跟剛才希絲拿給自己看的是同一種東西。

「…………貼紙。要貼在顯眼的地方。」

看來不貼還不行。惹惱希絲對寧亞沒有好處，恐怕只能照她說的做了。

「是……」

「…………話講完了嗎？」

「咦？啊，沒有，還有……那個，呃，我想談談關於尋找魔導王陛下……啊，不對，我是說去迎接……」

「…………我也要去……需要做各種準備，等準備都做好了就去。」

「真的嗎？」

「……我向妳保證。不過希望妳留點時間，讓亞人類完成丘陵地圖。」

「也是。咦，亞人類？」

寧亞同意得很快，然後才覺得奇怪。她幾乎什麼都還沒跟希絲說，但她怎麼會連亞人類這個名詞都用上了？

（該不會……卡斯邦登殿下或其他人已經告訴她，陛下可能墜落在丘陵地帶？）

「……怎麼了嗎？」

「沒……沒有……我知道了，我去跟高層商量看看。」

「……請多指教，寧亞。」

「我也要請妳多指教，希絲。」

雖然剛才的貼紙讓寧亞心裡有點不太舒服，但她還是伸出手，希絲做出回應，兩人再次握了手。

「希絲也覺得魔導王陛下沒死，對吧？」

希絲愣愣地睜圓了眼。

「……妳在說什麼？」

「是這樣的，其實魔導王陛下墜落到東邊地區，後來音訊全無……想到陛下會使用傳送魔法卻還沒回來，有可能是出了什麼意外……所以……也許……魔導王陛下……」

寧亞痛苦得說不下去，她怕說出口就會成真，猶豫著不敢講。

相較之下，希絲——應該是——傻眼地說：

「…………大人沒事，他沒死，我還受到支配就是最好的證據。嗯…………妳為什麼要哭？」

眼淚擅自流了出來。

魔導王真的還活著。

寧亞是相信他沒死，但有時不安的想法會突如其來地閃過腦海，令她無法成眠。

很多人都告訴寧亞魔導王不會有事，但那些聽起來要不就像安慰，要不就像是為了抹除自己的不安而說的，她不認為那些是滿懷自信的真心話。

然而，現在，就在這個瞬間，聽到具有絕對信心，滿懷自信的話語，再加上有希絲這個魔導王生存的最好證據，寧亞的心情舒緩了下來。

如同跟雙親走散的迷路小孩終於找到爸媽時的安心感受，使得寧亞淚流不止。

希絲拿出跟圍巾圖案相同的布——大概是手帕，按在寧亞臉上，然後用力擦拭。動作與其說是粗魯，應該說是沒做過這種事，可能因為這樣，被擦的一方其實滿痛的。

手帕離開了臉，鼻涕拖出一座橋。

「…………沾到鼻涕了……大受打擊。」

聽到希絲明確受到打擊的語氣，寧亞露出不知該做何反應的表情。

所以她翻翻自己的口袋，用手帕拆毀了鼻涕橋。

「……我會洗乾淨。」

「…………嗯。」

2

進入卡林夏城很簡單。

只需躲進木桶，讓人當成貨物搬運即可。當然會有人查驗，不過除了兩人藏身的木桶外，還準備了其他木桶——總共八個，只要打開這些給人看就行了。警備之所以能這樣混水摸魚，原因出自亞人類聯軍是個種族大拼盤。

文化不同，常識也不同的各類人種匯聚一處，如果有一種共通的價值觀，那就是戰鬥力具有絕對性的意義。所以只要強悍個體恫嚇個兩下，一點無理要求是會被接受的。對亞人類而言，力量就像是來自暴力的爵位，小老百姓只能唯唯諾諾。

換言之只要藍蛆族的強者一瞪，貨物檢查也能省略到最低限度。

不久，木桶發出大大的「砰」一聲，放到了地板上。

然後木桶上面被人敲了一下，發出咚的一聲。

這是暗號，表示已經抵達約定地點。寧亞按照計畫，數三分鐘。其間她隔著桶子木板，聽見將她們搬到這裡的藍蛆開門離開，不知到哪兒去了。

數完三分鐘後，寧亞從下面把內蓋往上推。結果內蓋傾斜，雖然事先黏在上面的大塊生肉沒有掉下來，但小塊生肉啪喳啪喳地掉到寧亞身上。這個木桶有兩個底層，寧亞躲在內蓋下，上面放了生肉。

放的之所以不是麥子或蔬菜，而是帶有血腥味的生肉，是因為如果守衛是嗅覺敏銳的亞人類，可以用來掩飾寧亞或希絲的體味。

白做了對策沒派上用場，應該當成一件幸運的事；除了生肉——血水或肉塊滲出的汁液弄得寧亞一身，讓她很不舒服之外。

寧亞慢慢打開木桶蓋子，偷看外面情形。

她轉頭——雖然非常陰暗，但有小盞燈光，看來像是用魔法做的——環顧室內，確定沒有任何人在後，慢慢爬出木桶。

這是一間充當糧倉的房間，架子上擺著各種食材或土甕，包括運進來的份在內，還有好幾個相同的木桶。

雖然寧亞費了一點力氣才爬出木桶，不過總算是順利出來了。為了回來時容易進入桶子裡，她把內蓋靠在桶子的內側。

救出藍蛆王子後，視狀況而定，她還得再進一次這個木桶才出得去。

寧亞看看另一名潛入者，只見希絲也正要從木桶裡爬出來。由於她個頭比寧亞稍矮一點，要爬出大木桶看起來有點辛苦，但她本身的體能別說寧亞，連蕾梅迪奧絲都贏不過她。因此不用等寧亞伸出援手，她靠自己就爬出來了。

「希絲姊。」

「…………嗯？」

「頭髮沾到生肉了。」

希絲露出不高興的表情。她雖然表情沒有變化，但並非沒有感情。可能多虧寧亞常找時間跟她碰面，也可能是拜寧亞視力優秀之賜，又或者是長久觀察魔導王的骷髏表情，鍛鍊出了洞察力，寧亞總覺得慢慢地能隱約看出希絲的心情。

希絲摸摸自己的頭想拿掉碎肉，但黏在後腦杓頭髮上的肉很不容易拿掉。

（就我所學到的，長頭髮在戰鬥中可能被敵人拉扯，所以最好剪短，沒想到在其他方面也有缺點。）

寧亞走到希絲身旁，拿掉她頭髮上的所有碎肉，放進木桶裡。

「……謝了……我再也不要用這種方法潛入敵營。」

「不過撤退時還要再用一次就是了。」

「……………」

希絲用一種「糟透了」的眼神瞥一眼寧亞，從空無一物的半空中拿出毛巾，擦了擦自己的手，然後拿給寧亞用。

寧亞從沒摸過這麼柔軟的溼毛巾，而且質地好細緻，恐怕是非常昂貴的珍品。真要說起來，她是怎麼得到這條毛巾的？是不是在魔界有很多這種東西？

即使疑問不斷，寧亞還是擦了擦摸過肉而有點黏的手，再用沒用過的乾淨部分撫摸般地幫希絲把沾到肉的頭髮擦一擦。雖然只是做安慰的，但擦一下心裡總是比較舒服。

「……謝謝。」

「不客氣。」

寧亞做著這些事時，希絲拿出了自己的武器。

這是把形狀奇特的武器，據說是稱為魔法槍的遠程武器。她說這種武器能使用魔力射出子彈般的箭，類似十字弓。希絲又順便告訴寧亞，說是稱為火藥的東西不會產生燃燒反應；但她有聽沒懂，所以聽過就算了。

寧亞很想看希絲如何使用，但希絲沒得到外出許可，所以她的戰鬥能力還是未知數。不過既然是難度一百五十的惡魔，想必不用寧亞擔心。

同樣地，希絲從空中像變魔術般取出終極超級流星與箭筒，拿給寧亞。取而代之地，寧亞把髒毛巾還給了她。

「……嗯。」

關於寧亞的弓該如何帶進來，起初眾人議論紛紛。問題在於不只弓本身很長，而且因為裝飾很多，會卡到各種地方，因此放進木桶會讓內蓋蓋不起來。所以一旦守衛打開木桶看看裡面，一切就搞砸了。

也有人建議讓藍蛆裝備，但因為這把弓太過精緻高檔，容易留下印象，那些藍蛆怕救援作戰失敗時可能會查到自己頭上來，都拒絕了。

因此，最後大多數意見認為不該帶去，不過希絲說她自己的武器是收藏於空中的謎樣空間，願意順便把弓也一起帶去。

要把向魔導王借用的珍貴道具帶去危險地點進行作戰，讓寧亞很不安，但不用放手又讓她安心。即使兩種感情互相交雜，寧亞仍對親切表示願意幫忙的希絲表達了深深感謝。似乎就在這個時候，希絲明確地將寧亞認定為後輩，後來有時候會擺出前輩的態度。

寧亞之所以稱呼希絲加個「姊」也是這種關係的一部分。寧亞不加這個字，她就會不高興。希絲這種美少女的生氣表情——乍看之下面無表情，但寧亞看得出來——可愛超過了可怕，不過寧亞沒告訴她。
兩人各自準備好武器，希絲帶頭走出去。
她們在門前偷聽外面狀況，不過沒感覺到有人在。
「…………那麼我們走。」
時間不多，因此寧亞點頭。
因為配合這場潛入行動及藍蛆王子救援作戰，解放軍也會接近卡林夏。再過不久，就要開始攻打卡林夏了。

一、寧亞與希絲潛入卡林夏城，接著救出藍蛆王子。
二、解放軍算準時間接近卡林夏，著手攻城。
三、成功救出藍蛆王子時，藍蛆將成為內應。
四、當右記第三項失敗時，原本由藍蛆協助進行的開門等內部接應事宜，由寧亞等人進行。這種情況下要做的事非常多，因此但求盡力而為。

這就是大致上的作戰概要。
一旦成功救出王子，就算被敵人圍困在某個地方，也能期待解放軍或藍蛆的救援，這點影響很大。這對藍蛆來說也有好處，只要進行得順利，收復卡林夏之後他們能救出王子，更能確保其人身安全。

換言之，能否以簡單而少數犧牲的方式收復卡林夏，全看救出王子的成功與否。

寧亞知道時，肩膀一口氣變得沉重，還呻吟著喊胃痛。

所以——時間不多。只要解放軍開始攻打卡林夏，或是在那之前解放軍被發現，敵軍想必會加強警備體制。

按照事前決定的，希絲從謎樣空間取出像是香水瓶的東西，噴在自己與寧亞身上。據說這是消耗道具，可發揮稱為「無臭（Odorless）」的第一位階魔法效果。她說數量不是很多，要盡量省著用。

兩人把門開出一條縫，確認過外面後，希絲像擠過去般走出房門。

從確認城堡簡圖到選擇路線、幾種狀況的因應方法，以及雙方的職責分擔等等，這些多方面的問題，兩人都已經商量好了。

寧亞也來到房間外，小心翼翼地關起門，不發出聲音，然後跟在希絲後面，開始奔跑。

（雖然我什麼忙都幫不上。）

講得明白點，目前的寧亞只能說是累贅。這點只要看看走在前面的希絲的步法，就能一目了然。就像自己的父親在森林裡行走……不，步履甚至比那更安靜無聲，其中看得出真功夫。

（明明是惡魔，卻擁有人類般的技術……深藏不露的人最可怕，是吧。）

也許整件事都讓希絲來就好，但寧亞的同行除了監視希絲，其中也有著聖王國的面子問題，想讓代表魔導國——如果真的受到支配的話——的希絲，與代表聖王國的寧亞兩人聯手救出王子。

通道很暗，時間是夜晚，月光從窗戶射進來。不對，應該說是「只有月光」。因為通道上別說魔法光，連個火把都沒有。

這是由於很多亞人類都能在黑暗中行動，只是聽說他們的夜視能力各有差距。好像有的種族能完全透視黑暗，但大多數只是夜間視力不錯。所以寧亞等人避開月光，一路從這個黑影跑到下個黑影。

寧亞是人類，必須更謹慎地提高警覺。這裡不只是伸手不見五指，巡邏的警備兵也沒有攜帶燈火，所以從遠處是看不見的。

雖然不明白糧倉為何有燈光，不過也許是為了夜間視力不佳的種族準備的。

兩人躡手躡腳，在城堡裡頭也不回地跑向目的地。

這種速度讓寧亞上氣不接下氣，然而對於體能遠超過蕾梅迪奧絲的希絲而言，寧亞能跟得上的速度恐怕連小跑步都算不上。

兩人不時會發現亞人類警備兵，屏氣凝息靜待對方走過。不可以殺死警備兵，那樣還得處理屍體或消除痕跡等等。這裡是敵營的正中央，最好的辦法是在救出人質之前，都不讓敵人發現有人潛入。

所幸希絲與寧亞都沒被發現，一路順暢。

城內警備兵之所以寥寥可數，都得感謝人員被派去城牆、監視塔，以及這座大都市內的俘虜收容設施。據藍蛆所說，由於許多亞人類被魔導王擊倒，敵方無法鋪設厚實的警戒網，所以城內的戒備不是很嚴密。

也多虧藍蛆事前為她們做過調查，做了相當完善的事前準備，所以目前都還能安全地闖關，但有件事讓寧亞很不安。

城堡裡有兩處難關。

一個是通往尖塔的途中，有一條長長的通道。

另一個是連接尖塔的橋——天空走廊。

這兩個地點都沒有任何地方可供藏身，當然一定有派兵監視。而且不是一人，而是好幾人，為了預防受到遠距離攻擊，據說總是有一人安排在無法瞄準射擊的位置。

一群人看著古斯塔沃繪製的簡圖討論過，但這兩個地點是在前往尖塔之時，無論如何都得闖過的要害。

（要是能用「透明化」蒙騙視覺，再用神官會用的「寂靜」騙過聽覺，就能完美潛入了……難怪組隊以便應付各種狀況的冒險者會那麼受到重視。）

不久，兩人到達了目標地點。

第一個難關是長條通道，若是正面前進，還沒縮短距離，肯定就會被對手發現。為了避免這點，必須在不被對手發現的狀況下，靠近能瞄準射擊的位置。

因此兩人來到長條通道的樓上，警備兵所在位置正上方的房間。

她們要從這裡用繩索沿著外牆下去，神不知鬼不覺地走捷徑。

「……這邊？」

對於希絲的詢問，寧亞將腦內地圖與一路走來的路線做比較，點頭表示不會錯。

「……………嗯，很棒。」

希絲展現出些許讚美後輩的前輩態度，將耳朵貼在門上，然後悄然無聲地迅速開門。

房間裡放了雜七雜八的物品，不過似乎有一段時間沒人使用了，地板積了一層白灰，但可以看到藍蛆事前入侵調查的痕跡。痕跡在窗戶與特大號架子之間來回。

希絲從謎樣空間中取出與城堡外牆同色的繩索。

然後她將繩索緊緊綁在大架子上。為了確定希絲與寧亞將體重加在上面也不要緊，希絲用她的臂力用力拉扯，不過架子沒有移動，也沒有壞掉的樣子。

架子本身夠大——有重量也是原因之一，但最主要的原因，是架子黏滿了蜘蛛網般的物體。事先來過這個房間的藍蛆，使用從人蜘蛛那邊弄來的高黏度蛛絲，先幫她們把架子固定好了。

窗戶很容易就能打開，希絲瞪視外面——城牆，確定視野內沒有警備兵巡邏後，揹起武器說「我先下去」。

她爬出窗戶，沿著繩索抵達樓下的窗戶。

希絲用一隻手臂支撐著自己的體重，空出的手一推窗戶就開了。這也是藍蛆事先動過的手腳。

她滑入窗裡，動作只需幾秒，精湛俐落。

希絲確認樓下房間安全無虞後，探出頭來，招手叫寧亞下去。

寧亞也抓住繩索，將半個身子探出窗外。

雖然要到一個樓層下面的窗戶，只要往下爬個四公尺就夠了，但現在的所在位置距離地表高達一百幾十公尺，寧亞一摔下去必死無疑。不，半死不活地得救反而更慘。想也知道一定會遭到拷問，逼出情報後再被殺掉。這樣的話，還不如摔死比較幸福。

繩索上打了幾個結——可作為手的支撐點，而且做過幾次訓練都沒問題。但訓練與正式上場，感覺完全不一樣。

（啊，真不想下去。）

但她還是得用這條繩索爬下去。要是有陽台的話，跳下去就行了——

寧亞握緊繩索，整個人來到窗外，並且不忘交叉雙腿，挾住繩索。

再來只要慢慢往下滑就行了。

（下面就是地面，下面就是地面。）

寧亞暗示自己，同時盡量不往下看，沿著繩索往下爬。

右手與左手交互支撐自己的體重，這跟練習時一樣。只是風吹得身體搖晃，搖晃幅度遠比受訓時大。

（加油，加油！我要加油！希絲應該比我更害怕！）

那個房間的窗戶能開，是因為有藍蛆做內應。

但如果藍蛆開窗後有別人進去，把窗戶關起來的話，希絲就得再往上爬回來。想到這點，寧亞只需要爬單程，已經算輕鬆了。

不久，寧亞抵達窗戶附近，希絲伸出手，抓住了寧亞的身體，然後以驚人力氣將她拉進室內。

「謝……謝謝。」

「…………嗯。不過，妳花太多時間了……我要回收繩索，拿著。」

「好的。」

希絲從窗戶探出身子，舉起魔槍。寧亞按照指示拿住繩索後，只聽見「啪」一下洩氣般的聲音，繩索受到了施力。希絲用她的武器射斷了繩索。

兩人將射斷的繩索收回房間裡，放在角落。回程不會使用這條路線，所以她們收回繩索而不是擱置，不過這樣做有好有壞。

好處是可以避免被城牆周圍巡邏的亞人類發現，減少危險。壞處是當發生某種意想不到的事態，無法從既定路線撤退時，這樣就不能改爬繩索逃往樓上了。

所以就結論來說，兩人是認為被發現的壞處比較大。

「弄好了，希絲姊。接下來要突破第一個難關……」

「………嗯，走……要確實殺死。辦得到嗎？」

「是，我想我可以的。」

只要走出這個房間，就到了恰好能瞄準長條通道守衛射擊的位置。

如果不能趁對手引起騷動前，從這裡用一擊確實奪走性命的話，一切就泡湯了。

寧亞取出弓，搭上箭後拉緊弓弦。希絲也舉起了魔槍。

「我右邊，希絲姊左邊。」

希絲用拇指與食指比了個圈圈。

然後兩人互看一眼——希絲推開了門。

近在眼前——距離不到五公尺的位置有個亞人類，與寧亞四目交接。對方不知道發生了什麼事，也沒弄懂寧亞是誰。對著連驚訝反應都沒有，沒能理解狀況的亞人類，寧亞毫不猶豫地放箭。

喀的一聲，箭刺進額頭，輕而易舉地貫穿了腦袋。

（成功了！）

寧亞是有本事，但有很大一部分得歸功於終極超級流星。

（謝謝您，魔導王陛下！）

寧亞的箭射穿亞人類的腦袋時，希絲的魔槍已經轟飛了另一隻亞人類的大約半顆頭。

亞人類不支倒地，發出比想像中更大的聲響。寧亞急忙側耳細聽，不過幸運的是，沒有聲音往這邊跑來，看來還沒有人注意到。

「…………快點。」

職責分擔早已決定好了，希絲將屍體藏進方才的——用繩索爬下來的房間，寧亞使用向希絲借來的除臭道具。然後她到處潑灑裝在腰際水袋帶來的烈酒，擦拭飛濺一地的肉片或腦漿、頭蓋骨與血。當烈酒的酒味瀰漫四周時，希絲出了房間，從謎樣空間取出空酒甕，把水袋裡的酒稍微倒一點進去，然後安靜地打碎，放在現場。

「……走。」

「好的。」

雖然耍了點小花招，但守衛輪班時間到來時，還是很可能引人起疑。如果屍體也能收進希絲的謎樣空間裡會輕鬆一點，然而希絲說她不會那樣做，所以屍體就擱在那個房間裡。當然，那邊也動了點手腳，但不能保證絕對不會被發現。

最好把時間估得緊湊一點。

不久，兩人到達第二個難關，也就是天空走廊。在預測的幾種狀況中，目前的狀況最理想。還有時間，而且沒被任何人發現。

「……接下來要跟時間賽跑。」

「我明白，如果我摔倒或什麼的，不用管我沒關係。」

在城堡到尖塔之間，延伸著一條約莫兩人寬的通道。

左右沒有牆壁，任由風吹日曬。聽說有幾個人摔下去過，但只要看到這個，也就只能覺得無可奈何。

也就是說這條天空走廊在固守城池之際，是迎擊敵軍的最後堡壘。

這裡大軍無法通行，數量優勢將化為烏有，還有墜樓身亡的危險性等著自己。只要在通道盡頭用持盾長槍兵排成戰鬥隊形，敵軍將難以突破，對攻方而言，這種建築結構實在令人討厭。恐怕要有能夠使用「火球」等攻擊魔法的魔法吟唱者在，才能夠憑恃武力強行攻克。

用遠程武器慢慢攻擊，吃虧的是執行祕密行動且時間受限的己方。因此她們只能在這個危險的場所，不畏敵人的遠距離攻擊展開突擊，在無法利用掩體的近距離內解決敵人。

這麼一來，在被尖塔入口哨所的警備兵發現之前，她們必須加快腳步盡量縮短距離。然而仔細一看，通道地面凹凸不平，目的是讓試圖跑過的人跑不快，有時還會絆倒墜樓。

（這太危險了……而且，要是被敵人撞飛或是抱住的話……就會摔下去死掉嗎……我得小心！）

寧亞做好覺悟時，發現希絲正盯著自己看。被容貌如人偶般端正的希絲盯著瞧，寧亞明明也是女生，卻莫名地害羞起來。

「什……什麼事？」

「…………我要用了……寧亞，在這裡等著。」

「咦？」

「…………入口的警備兵由我去收拾。不管發生什麼事，妳都不要出來。」

「——咦？」

寧亞還來不及回答，希絲已經消失了。

她消失了，看起來不像是以超高速度做了移動。簡直就像至今在場的希絲只是個幻影，融化在空氣中消失無蹤。

寧亞腦子亂成一團。但既然希絲都那麼說了，她應該相信希絲，在這裡等著。

寧亞藏身於天空走廊的入口，耳聽八方，注意尖塔與自己身後——來時路——有無發生任何異狀。

過了幾秒——哨所似乎發生了狀況。

她聽見慘叫與警備兵倒地的聲響。

寧亞探頭想窺探狀況，發現希絲從哨所中露出臉來。希絲對著寧亞招手，要她過去。

寧亞不明白發生了什麼事，正在發楞時，希絲可能是急了，招手的手勢越來越大，如今整個人都在動。

她都那樣叫自己了，不去不行。

寧亞一面壓低姿勢一面注意腳邊，跑過四面受風的可怕天空走廊。

她到達目的地時，發現哨所中飄出血腥味，原來是幾個嚥氣的亞人類倒在地上。一如平常地面無表情的希絲站在他們之中，右手握著看起來很鋒利的大型短刀，刀身染成了殷紅。左手則拿著魔槍。

「……………淨空(Clear)，繼續前進。」

「好……好的。」

「…………我今天不能再隱形了，一路上要小心。」

「我明白了。」

看得出來她不想解釋，於是寧亞也不問，尾隨其後。

不愧是女僕惡魔，寧亞大感佩服。

要不是有希絲在，她絕對無法一路來到這裡。

（這都得感謝魔導王陛下命令希絲。）

只有魔導王才能即使下落不明，仍然加深他人對他的敬意。

身為不死者只是個不足輕重的問題。

（我還是覺得應該廣為宣傳，讓大家知道陛下是多了不起的大人物！）

幾乎全以石塊堆砌成的尖塔，只有小小的採光窗，比剛才她們跑來的城內還要昏暗。

塔內通道還算寬廣，寧亞與希絲的話可以並肩前進而不嫌擁擠。這條通道呈現螺旋狀，沿著尖塔的外牆內側繞圈。

她們要找的藍蛆王子應該在最高樓層附近，因此途中看到門扉，兩人都只是窺探一下房內氣息，就繼續往樓上前進。

前進了大約兩圈後，希絲略為舉起手來打個「停步」的信號，幾乎同一時間，寧亞的銳利聽覺也聽到了生物步行的聲音。

對方似乎穿著金屬鎧，可以聽見石塊與金屬相撞的聲響。

「是一個人，希絲姊。」

「…………是嗎，不過……腳步聲很重。」

寧亞聽不出來，不過既然希絲這樣說，那就是這樣了。換言之對方的體格恐怕不是人類大小。

「要……怎麼辦？折回去找個路上的門躲起來嗎？」

「…………都走到這裡了，殺了。」

「我明白了。」

寧亞跟隨希絲，也準備弓箭。她打算對方一現身，不管三七二十一先射再說。聽說藍蛆王子的大小如同人類小孩，而且應該不會穿著金屬鎧。

一個人高馬大的龐大身軀倏然現身，寧亞與希絲都毫不猶豫地發動攻擊。

箭與槍彈射進龐大身軀，就像被吸進去一樣。

「嘎啊啊啊！」

龐大身軀踉蹌幾步，在通道上後退。

通道呈現曲線形，敵人光是後退幾步就射不到了。

吃了兩人的——特別是希絲的——攻擊居然還能活命，可見這個亞人類相當有體力。

「妳們是什麼人！」

通道遠處傳來怒吼聲。

「要怎麼做，希絲姊？」

「…………在這裡束手待斃也不是辦法……趁敵人還沒召集這座尖塔內的警備兵，我們拉近距離攻擊他。」

「了解。」

寧亞與希絲開始奔跑。

對方既然能撐過希絲與寧亞突襲的一擊，可見必定是守護者——水元素巨魔。因為巨魔族不只擁有全方面的優異戰鬥能力，還具備令人驚嘆的體力。

跑著跑著，感覺空氣中的水分似乎增加了——寧亞的鼻子嗅到了類似雨水的氣味。

「吼喔喔喔喔！人類竟然出現在這裡！」

拉近距離，漸漸可以看見一個大塊頭的亞人類。

他雖然散發出如同食人魔的暴力氛圍，但面孔比食人魔更具理性。

皮膚是標準的白裡透青，與其說不健康，倒比較給人魔性的印象。

額上長有一隻粗角，手中緊握著比寧亞還大的釘頭錘。

外貌特徵果不其然，與稱作水元素巨魔的種族十分酷似。

據說他雖不到巴塞那種程度，但仍是個難纏的敵人。的確，剛才的箭與槍彈毫無疑問打中了，他卻沒有外傷。而且也沒有血腥味，所以看樣子並非以幻術掩人耳目。

他是如何讓兩人的攻擊——特別是希絲的槍擊——失效？

「妳們是來殺我的嗎！想不到有的人類眼光也不錯嘛！」

對方看來非常高興。

既然這樣，就讓他繼續誤會——

「…………不是。」

希絲邊這樣說邊開槍。

伴隨著「啪」的洩氣聲，某種東西射了出去。接著水元素巨魔的身體一部分煙消霧散，槍彈穿透過去。

「…………唔。」

「哼哈哈哈！遠程武器對我無效！」

寧亞也朝著水元素巨魔的額頭射箭，但頭部同樣化為霧氣，箭刺進了後面的牆上。

「——沒用的！沒用啦！妳們就對我這個射手的天敵感到畏懼，然後受死吧！」

「…………對所有遠程武器的完全抗性？那種程度的實力能有這種本事？」希絲輕聲低喃。「絕對有祕密。」

寧亞偷看希絲一眼，搖了搖頭。很遺憾，藍蛆也不知道他的詳細能力。

「妳們在扯什麼廢話！」

「後退！」

水元素巨魔開始縮短雙方距離。遠超過人類的體格逼近時，會造成一種距離感出錯的不協調感。

憑寧亞的體格，一擊都承受不住。因此她接受希絲的好意，往後退。

面對留在前方的希絲，巨大釘頭錘砸了過來。希絲優雅地躲掉了簡直有如暴風的一擊。

水元素巨魔單手揮舞著幾乎跟希絲個頭一樣大的武器，力氣之大超乎常理。砸在地板上的釘頭錘打碎了石頭地板，使得放射狀的裂痕往周圍擴散。甚至讓人產生錯覺，以為整座巨塔都在搖晃。

「嘖！」

寧亞放箭。

敵人雖然正與希絲進行近身戰，但體格相差甚遠。只要瞄準上方，就可以只狙擊水元素巨魔而不會射中希絲。

劃破半空飛去的箭仍然跟剛才一樣，被敵人用霧化能力躲掉。

「沒用！沒用！說過了箭矢對我無效！愚蠢——嗚喔喔！」

水元素巨魔又用大嗓門怒吼，但希絲一刀砍去，妨礙了他。

希絲的射擊本領雖然遠勝寧亞，但似乎不很擅長近身武器，攻擊很遺憾地被釘頭錘擋了下來。

寧亞再次抽出箭。

接著寧亞狙擊的是握住釘頭錘的手。雖然敵人即使霧化，也不見得會握不住武器，但她認為只要有一點點可能性都應該嘗試。

結果——

化為霧氣的手臂，並沒有放掉釘頭錘。

「還不住手，人類！」水元素巨魔將空著的手比向寧亞。「『水花飛沫（Water Splash）』！」

水彈對準寧亞擊出。

右肩頭感覺到一陣衝擊，寧亞像被人一把推開般往後飛去，倒在地板上。

就像遭人狠揍一拳般疼痛，說不定骨頭都斷了。

寧亞戰戰兢兢地試著移動右手，可以動沒問題。只是有種從肩頭一路麻到體內的痛楚竄過。寧亞用手去碰肩頭，發現溼答答的。起初她以為是大量的鮮血而嚇得要命，但很快就發現是水。

「哼！害我得用魔法這種小玩意！」

水元素巨魔揮舞釘頭錘，快快不樂地說。

換成寧亞，只要被這種死亡強風打中一擊，身體恐怕就會四分五裂。但她聽見希絲一面輕盈地閃躲，一面輕聲低喃：

「…………為什麼要打那孩子？攻擊對自己攻擊無效的對手？無法理解。」

「哼！蠢蛋！因為她礙——！」

「——其實有效？次數限制？」

水元素巨魔的表情變了，換言之這就是答案。

「寧亞！」

「我知道！」

寧亞放箭，又被敵人霧化躲過了。然後她再射一箭——箭刺中了水元素巨魔。

看到水元素巨魔發出短促的哀叫，希絲說：

「…………我懂了，你只能防禦射擊攻擊七次。是……一天之內？還是一小時內……反正都無所謂，你會……死在這裡。」

他抓不住展現出精彩閃避能力的希絲——換言之自己將會繼續遭到單方面攻擊，然後慘遭殺害。水元素巨魔大概是預料到了自己的下場，臉孔僵住了。

「可……可惡啊！『雲霧（Fog Cloud）』！」

一陣霧氣噴起。

這片濃霧比在魔導國看到的更稠密，寧亞變得就連自己站在哪裡都無法辨認。在這片霧中，寧亞連與水元素巨魔交手的希絲的背影都看不見，卻聽到希絲的魔槍啪啪直響。

想想也是理所當然。

敵人就算在通道的正中央製造濃霧，所在位置還是一清二楚，只要直接射擊就行了。寧亞也效仿希絲，拉弓射箭。她有點擔心所以瞄準上方，絕不射中希絲。

放出的箭立刻溶入霧中，然後就聽見箭撞上前方牆壁的聲音，看來是射偏了。

「他現在繞到我們後面了。」

聽希絲這樣說，寧亞「咦？」的心想。

從通道的寬度來考量，那個人高馬大的水元素巨魔，似乎不可能在不對兩人造成任何影響的狀況下，繞到寧亞與希絲的後面。然而寧亞與希絲一起走到這裡，知道希絲是值得信任的惡魔。不，與其說是信任希絲，毋寧說是信任役使她的魔導王。

寧亞轉向後方，仍然因為濃霧而什麼都看不見，但她照樣放箭。

跟剛才一樣，她聽見箭在遠處刺進牆壁的聲音。

「在哪，他在哪裡！」

「……………嗯──在妳現在看的方向不會錯。他打算逃走……趴下！」

聽到以希絲來說較強硬的口吻，寧亞像被電到般趴下。
「……更換子彈……全火力爆發。」
伴隨著物體運轉的尖銳聲響，咚磅磅磅磅！震耳欲聾的轟烈噪音響徹整條通道。跟呆呆的「砰」一聲大有不同，是能讓人感覺到壓倒性暴力的聲響。
先是聽到「噁嘔！」的嘔吐般聲音，繼而傳來龐大身軀不支倒地的「咚轟」一聲。接著就看到霧氣逐漸散去，在描繪出弧線的通道前方，暴露出水元素巨魔倒臥地面的模樣。
他身體到處都是爆炸彈開的傷痕，周圍牆上等處也留下了同樣的痕跡。她是做了什麼才會造成這種狀況？
那個亞人類負責此處的守衛職務，應該是個相當強悍的人物。事實上，寧亞完全看不出如何才能取勝。但希絲擅長的武器一能夠發揮效用，就秒殺了這個亞人類。希絲果真是難度一百五十的惡魔。
「究竟……妳是如何……不，大概只要有魔法，什麼都有可能發生吧。」
寧亞動一動被攻擊魔法打中的肩膀。剛才因為正在戰鬥，情緒亢奮而忘了疼痛，但現在慢慢地越來越痛了。
「…………還好嗎？」
「還好，但是拉弓時會有點痛，所以不能好好瞄準。」

「…………回復藥水呢？」

「沒有，不過我有向陛下借用的回復道具。」

在那場戰鬥中，寧亞只能使用一次，但她覺得現在的話好像能再多用幾次。話雖如此，還是不能浪費魔力。因為視情況而定，也許還會需要對希絲發動回復魔法。

「不要緊，反正接下來只剩救出人質，然後逃走就沒事了。」

「…………嗯，那麼我們動作快。」

寧亞點頭，與希絲一同奔跑。原本以為難對付的水元素巨魔已經打倒了。

再來只要救出王子，然後平安回到起初的糧倉即可。

3

「…………這裡？」

「是的。」

希絲與寧亞到達了最高樓層，互看一眼。門只有一扇，錯不了，這裡就是目的地。

兩人互相點頭，將門踹開。

她們已經不打算靜靜入室了，畢竟都已經跟水元素巨魔大戰了那一場。不過兩人都藏身於房門旁邊，防備開門的瞬間可能飛來的攻擊。

不過，似乎沒有需要戒備的危險。既然如此，兩人決定同時闖進屋內，肩頭負傷忍痛的寧亞負責左邊，希絲幫忙顧右邊。

首先吸引目光的，是附有頂蓋的大床。蕾絲等物品原本可能是純白的，但隨著歲月老化，已然舊得發黃。房裡還有樸素的梳妝台，以及有人類個頭高的木製質樸衣櫃等等。每一件貴族風格的日用家具都老舊而有所損壞，與其說是骨董，毋寧說散發著古物的韻味。

乍看之下，室內沒有亞人類的身影。

希絲揚揚下巴，寧亞悄悄接近衣櫃後，拉開衣櫃門。當然她是從旁邊拉開，以備任何突發狀況，希絲則把魔槍槍口對準裡面。

「…………沒人。」

然後兩人的目光移向床鋪。

寧亞偷看床底下，確定下面沒有任何人在後，才靠近床鋪。

床上隆起了一小塊。

寧亞與希絲互看一眼，點個頭後，寧亞掀開了被子。

床上有個會讓人覺得有點漂亮的光亮紫色肉塊。不，應該說成一大隻蛆蟲比較貼切。全長約莫九十公分，沒有手，有疣足。
希絲毫不猶豫地用槍口對著牠，寧亞急忙阻止：
「等等！這就是我們要救的藍蛆王子殿下。」
「……這個？」
藍蛆使者是這樣告訴她的，但她也能明白希絲的疑問。寧亞聽藍蛆解釋王子的外觀時，也是腦子亂成一團。
藍蛆這種類型的亞人類，王族與其他人的外形不同。也許不只如此，說不定雌雄也有其差異。
「呃，您能說話嗎？藍蛆的王子殿下。」
「——唔嗯，可以。看來汝等並非吾的餐點。」
聲音如同少年。寧亞好奇聲音是從哪裡發出來的，湊上去一瞧，看到蛆蟲般的口部咀嚼似的動著。
「是的，我們是受到委託來救您的，首先容我們將您帶離此地。」
即使長成這樣，王子就是王子，必須以禮相待。況且尋找魔導王陛下時，必須請他的種族提供協助。要賣對方一個人情，而不是惹人怨恨。
「是同卵（同胞）委託汝等的？是誰如此委託？」

「是一位名叫貝貝北的藍蛆，您認識她嗎？」

「汝說貝貝北？是她？唔……但吾若是離開此處，恐會觸怒亞達巴沃——大人。如此一來，將導致眾多藍蛆子民……甚至是父王身陷險境。」

「詳細情形我不清楚，不過他委託我們的理由，似乎是因為部落王已經駕崩，希望至少能救您出去。」

「什麼！」

藍蛆王子怎麼看都只像隻大蛆蟲，身為寧亞的人類絕不可能看出他的情緒，然而她感覺到王子的聲音中充滿了悲痛。

「僅有一位的父王大人……這樣啊，亞達巴沃那傢伙……那麼……吾等有辦法平安逃出此地嗎？」

「有王子的各位屬下作為內應，請王子姑且寬心。」

「原來如此……人類英雄遠道前來解救吾，吾如此請求可謂厚顏無恥，但能否請汝等假裝成強行將吾擄走？」

大概是為了以防萬一吧。

「好的，那就照您說的做。」

「感謝二位。」

王子仰頭向上，感覺就像蛆蟲抬頭，不過這很可能是他們種族的致謝方式。

寧亞就像抱小寶寶那樣——雖然她這樣做一定會弄哭小寶寶，所以只做過兩次——用被子包起王子，揹在背上。

寧亞在身體正面把被子緊緊綁好，即使動作激烈也不容易鬆脫。

重量壓在肩頭上，帶來一陣痛楚。寧亞擦去額上滲出的汗水——發動魔法。

傷口瞬間完全復原，這樣一來揹著王子跑也不成問題。

「會不會難受？有哪裡痛的話請立刻告訴我。」

「是不會難受，不過……汝聞起來好香啊，吾都餓起來了。」

從頸項附近傳來這種話，寧亞打了個哆嗦。

「…………藍蛆都吃什麼？」

希絲問了寧亞不希望她問的問題。

「生物的體液，不問生死。」

一陣寒意跑上寧亞的背脊。

「…………你如果對後輩動手動腳，我會生氣。」

「不用擔心，吾還沒餓到會對前來救吾的英雄做那種事。自從被帶到這裡，雖然寸步不能離開房間，但餐點倒是一頓也沒少。」

要是聽到他都吃些什麼，寧亞可能會想把他從背上打落，所以她摀起耳朵。所幸希絲沒再問更多問題。

「…………那麼，我們走。」

「好的。」

「有勞了。」

三言兩語後，兩人——三人展開行動。實行潛入作戰時，自然不可能有時間閒話家常。幸運的是三人一路平安，回到了糧倉。這時希絲迅速舉起了一隻手。

「…………房間裡有一些人。」

「麻煩妳了。」

希絲準備好魔槍，用力打開門。

然後她頓時停住動作，轉頭看寧亞。

「…………雖然不知道是誰，不過都是藍蛆，人很多。」

可能是回收部隊吧。更正確來說，是幫忙將寧亞等人運到外面的成員。她們先來到這裡，可能表示寧亞等人比約定的時間晚到。

他們進入房間，看到室內有五名藍蛆，所有人都一齊轉頭看向他們。無從判斷表情的一群異形同時做出相同動作，使寧亞心中產生說不上是恐懼還是噁心的波紋。

寧亞放下揹在背上的被子，讓大家看見藍蛆王子。

「哦！王子！」

是貝貝北。她們不發出聲音的話，寧亞完全無法認出誰是誰。只不過如果像王子這樣長得完全不一樣，又會讓她認不出是藍蛆。

「同卵，吾已聽說父王的死訊，得知那傢伙——亞達巴沃無意遵守與吾等的約定。不過，吾等背叛亞達巴沃，又能逃往何處？那傢伙完全占領了吾等領地，讓自己的心腹惡魔統治……逃出此地不會走上毀滅之路嗎？」

「王子憂心得極是，然而，那傢伙只將藍蛆當成奴隸或家畜。我等勇者布貝北曾因為參加會議稍遲了點，那傢伙就以這種莫須有的罪名，扯下布貝北的肩膀肉。」

「什麼！妳說布貝北嗎！」

看王子如此驚訝，讓寧亞知道那名藍蛆想必是很有地位的人物。

「等一切結束後，我等能在亞達巴沃的麾下找到安身之處嗎？我們的結論是否定的。王子，沒有時間了，這件事之——」

「——蠢材，怎麼可能等到逃亡後再談？這裡就是分水嶺，一旦跨越這條線，就得照此種方針進行，要回頭只能趁現在。告訴吾，回到巢穴、丘陵後，妳們打算如何求生？」

「這……那裡土地廣闊，竊以為應該能尋得可供我等藏身居住之處。」

「竊以為應該？妳是用這種模稜兩可的可能性，要讓種族所有人走上毀滅之路嗎？妳得提出更具體可行的計策。」

「那……那麼，並非所有人都服從亞達巴沃，我等可以號召反抗軍……」

「傻東西，反抗勢力只會被亞達巴沃的親信擊潰。比起一隻螞蟻，成群結隊的螞蟻更顯目。」

遭到藍蛆王子一一駁倒，貝貝北沉默了。寧亞覺得這樣下去似乎不妙，她們提供了這麼多力量執行危險作戰，如果王子一句話「不走了」，辛苦就全白費了。

這時，寧亞想到一個消除王子擔憂的點子。

「那個，既然這樣，各位藍蛆不妨前往魔導國如何？」

「魔導國？那是什麼地方？」

不只藍蛆，希絲也轉向寧亞。

「是的，就是過去在王國擊退過亞達巴沃的英雄——飛飛先生所在的國家。」

寧亞覺得藍蛆似乎目不轉睛地注視著自己，但完全不知道視線中帶有何種意味。人類不可能辨認得出藍蛆的表情。

「此話當真？」

聽這一句話，寧亞就明白了藍蛆沉默的理由。她們必定是在懷疑寧亞所言，但會懷疑也很正常。越是知道那個亞達巴沃的力量，就越會認為沒人能擊敗他。

「是真的，我是從值得信賴的人士那邊如此聽說的。事實上——希絲姊？」

「…………沒錯，寧亞說的是事實。」

「所以——」寧亞心想接下來是關鍵，在心中鼓起幹勁。「各位只要直接前往魔導國，想必能以難民身分獲得接納。」

「難民啊……」

王子的聲調中含有明確的苦楚。

「但只要能提供魔導國君主魔導王陛下的消息，我想各位前往魔導國時，是不會受到輕視的。」

「且慢且慢，汝說他們樂於得到自己國家君王的消息，是怎麼回事？」

「是這樣的，目前……魔導王陛下正下落不明……」

「這樣豈不是行不通嗎？搞不好已經死了不是？」

「請等一下，陛下不可能駕崩的。我有確切證據，並已做過證實。」

寧亞說魔導王可能墜落在亞人類居住的丘陵，因此希望能借助藍蛆的力量進行搜救活動；王子一聽，沉默了。寧亞心想「結果還是不行嗎」。但球已經拋給王子，自己不用再多說什麼。接著輪到對方丟球過來了。

況且就算藍蛆不願直接支援，應該還是會按照約定提供知識。

「……原來如此，只要先賣個人情……但他們會接納吾等亞人類嗎？魔導國是人類的國家吧？」

「不，不是的，是不死者之王治理的國家。」

「不死者！」

不只王子，周圍的藍蛆都一齊發出驚愕叫聲。

「汝竟要吾等去那麼危險的地方！」

不管是哪個種族，對不死者都有著強烈排斥感，寧亞在認識魔導王之前也是如此。想到不久之前的自己如今擺在眼前，就覺得有點百感交集。

「請等一下，雖說是不死者，但該國的統治者是位了不起的人物，我看過人類或其他亞人類在那裡和平共存。」

「竟然說不死者了不起，人類與我等——」

「——夠了。我的臣子冒犯了。話說回來，汝說的魔導王真是如此了不起的君王嗎？」

「是的。」

對於王子的詢問，寧亞抬頭挺胸如此斷言。

「……吾等完全無法辨識人類的表情，不過，汝深入敵營救出了吾，吾聽得出來剛勇如汝，是帶著無可撼動的自信如此說的。姑且不論不死者的魔導王，吾願意相信汝所相信的魔導王——那就求助於這個叫魔導王的人吧。」

藍蛆都喜悅地「哦哦！」叫出聲來。

「結論出來了，那麼請王子先行盡快逃往魔導國。不妙的是，那個亞達巴沃的惡魔親信似乎已來到這裡。我等本來以為那傢伙再過幾天才會來訪……若是被發現就麻煩了，來，您快逃吧。」

藍蛆這種種族幾乎全由雌性構成，雄性非常稀少，頂多只有國王及王子。當部落的雄性絕滅時——雖然聽說有時雌性會改變性別——基本上來說，該部落會日益衰退，邁向毀滅。

因此，只有王子必須先逃到絕對安全的地方——逃往魔導國，所以她們才會如此提議。

「亞達巴沃的親信嗎？他已經來了？」

藍蛆的一番話當中，有個不能裝做沒聽見的名詞。

「唔嗯，汝沒見過嗎？那傢伙有三隻惡魔親信，來者是其中一隻。」

「…………我們要在這裡打倒那個。」

希絲輕聲說完後，被放在地板上的王子啪噠啪噠地彈跳了。

「汝在說什麼傻話？汝等能夠救出吾，想必是相當了得的強者。但即使如此，還是打不贏那傢伙的。」

其實只有希絲是強者，但寧亞不想打斷人家講話，所以什麼都沒說。

「…………我聽說那人以傳送的方式，在多座都市之間移動……他在這個時候來到這裡是大好機會。錯過這次，下次就難了。」

「汝所言的確沒錯……」

「王子！」

「冷靜想想吧，若能殺死亞達巴沃的一個親信，指揮系統將會混亂，當吾等從這裡不經過丘陵就前往魔導國時，他們想必很難發現吾等……那麼，真有可能打倒那親信嗎？」

「…………不知道，但現在是個機會。」

「……既然如此就賭一賭吧，賭在汝等僅憑兩人就殺死那個水元素巨魔的力量上！」回程看到那具亞人類屍體而大吃一驚的王子說。「聽好了，妳們幾個。吾等接著將協助這兩人，殺死可憎的亞達巴沃的親信！」

「是！」

「人類有兩人，吾等有六人。日前尚為敵對關係的八人，如今竟然要聯手挑戰棘手強敵，這正是活生生的英雄傳奇啊。」

咦？寧亞嚇了一跳，為了謹慎起見，數了數現場的藍蛆人數，確定自己沒有弄錯後，急忙插嘴道：

「等一下，請等一下。請不要連王子都參加戰鬥，因為我們來到這裡，就是為了救出王子啊。」

應該說最根本的問題是，這個王子參加戰鬥能幫上什麼忙？再怎麼恭維，都只是隻躺在地板上的大蛆蟲。老實說，如果只是想充當軍旗同行的話，寧亞很不希望他一起去。

「以汝而言，只要能讓吾逃走，就算是完成了重責大任，是吧？的確，的確。不過呢，吾認為如果有吾助一臂之力，打倒來到這裡的亞達巴沃親信會變得稍微容易一點喔。不，少了吾，要打倒他會很困難，即使是打倒了水元素巨魔的英雄也一樣。」

那個水元素巨魔是希絲一個人打倒的，寧亞沒有半點功勞。但對方卻連寧亞都算在英雄之內，重重刺激了她的羞恥心。

「請問一下，這是否表示可以借用各位藍蛆所有人的力量？」

王子發出了奇妙的叫聲。

「不是，不是喔，這位英雄。別看吾這樣，吾可是很有力量的，能夠使用第四位階的精神系魔法呢。」

「第四位階？」

寧亞驚愕不已。第四位階以人類來說，是要天才級的才子努力不懈，千辛萬苦才能抵達的境界。在聖王國，只有最高神官葵拉特．卡斯托迪奧以及聖王女卡兒可．貝薩雷斯這樣的國家領導人才能操使。

寧亞想找個人分享驚愕的心情，側眼偷看希絲，但她跟平常一樣面無表情。或許只能說不愧是難度一百五十的女僕惡魔，這點程度不值得驚訝吧。

「請……請問……藍蛆是所有人都這麼厲害嗎？」

王子發出奇怪的叫聲，再次有如被沖上岸的活跳跳魚兒般彈跳。

「只有吾這麼特別。」

「正是如此，所以才是王子。」

聽到這種自豪的語氣，寧亞恍然大悟，想起了以前上課的內容。

（我都忘了，聽說在一部分的異種族當中，王族與平民的能力差距，幾乎就像不同的種族……）

「只不過吾也有弱點。吾呢……呃，動作很慢。」

我想也是——寧亞心想。看外觀就一目了然了。

「一旦被敵人接近，吾束手無策，只能死於敵人之手。所以雖然對汝等過意不去，但能否揹著吾？然後吾只要配合暗號，使用魔法即可。」

「原來如此，我明白您要說的了。可是，不用讓我們來，請藍蛆的各位人士——各位近衛兵揹您不就行了嗎？」

「因為我們與王子不同，擅長白刃戰。就這點而論，妳們不是從遠距離戰鬥嗎？」

「說得……沒錯。讓我或希絲姊揹著比較……不……不對，話題扯遠了。我是說帶王子殿下去，若是害死殿下就糟糕了。」

「……寧亞，帶王子去有其意義在……所以他才會提議一起去。」

「呵呵呵，正是如此。借問一下，汝等知道那傢伙嗎？那是個以首級打扮自己的枯木惡魔。」

「……那種惡魔有幾個類型，從強到弱分別是：高帽惡魔（Silk Hat）、王冠惡魔（Crown）、頭冠惡魔（Circlet），以及花冠惡魔（Corolla）。」

希絲豎起四根手指說。

「……惡魔親信是這其中之一。不過……如果是高帽惡魔，最好逃跑。就算是我也打不贏。」

「妳知道對方的情報！」

寧亞吃了一驚，接著怒火漸漸沸騰起來。事前開會討論時，她明明還說不清楚惡魔親信的事。

原來她在說謊？

如果這是為了不把亞達巴沃手下的情報交給聖王國，意思就是希絲根本沒受到魔導王的支配。這不就表示換言之，關於魔導王的安危，希絲的存在也構成不了任何安慰？

「……妳害我心懷希望！原來全部都是假的！」

寧亞氣急敗壞地抓住希絲的雙肩，用上了最大的力氣，但女僕惡魔看起來一點也不覺得痛。並非因為她沒有表情，而是實際上不痛不癢。

寧亞好不甘心，眼淚差點奪眶而出。她還以為自己跟希絲稍微能夠交心，真是蠢到極點了。寧亞無法不這樣嘲笑自己。

希絲還是一樣面無表情，但在她的臉上，浮現仍然只有寧亞才能看出的一絲情感。是困惑、打算，或者是——後悔。

「…………對不起。」

經過漫長的沉默，希絲擠出了這麼句話。太過簡短的道歉反而會助長他人的怒火。然而此時的希絲看起來莫名無助，她這般模樣讓寧亞的心稍許恢復了冷靜。

希絲就像著手做一件至今從沒做過的事，怯怯地接著說：

「…………我擔心一旦知道惡魔親信的實力，寧亞你們會害怕，不願出面執行這次作戰。可是為了安茲大人的勝利……無論如何都得讓這次作戰成功，所以我說謊了。」

希絲一字一句經過斟酌，費盡心力才說出口。但語氣極其真摯，並且具有以堅定信念為基礎的強悍力道。

寧亞沒有任何技術能看穿他人的謊言，更何況對方是惡魔——不，就算不是，也不可能知道這樣面無表情的女孩講話是真是假。

但是，假設希絲是奸細，將情報洩漏給亞達巴沃，或是企圖從內部瓦解聖王國軍，她至今的行動都不合理，應該有更好的方法滲透內部才是。

況且先不論這些道理，寧亞很想相信希絲。不只因為她的存在如同通往魔導王的路標，也因為自己與希絲之間的奇妙同感，對寧亞而言已經變得無可取代。

「……知道了，我相信妳。可是，不要再小看我了。我為了魔導王陛下，不會畏懼任何險阻。」

希絲露出明顯鬆了口氣的神情。她果然不可能是間諜，因為她實在太不適任了。這樣一想，笑容也就自然回到寧亞臉上。

「好了好了，可以繼續談下去了嗎？既然汝知之甚詳，是否也知道那惡魔的能力？」

「這些惡魔全都擁有同樣力量，原本的狀態不算太強。然而一旦這些惡魔得到有智慧的生物……尤其是魔法吟唱者的頭顱，問題就麻煩了。」

據希絲所說，這種系統的惡魔，會以魔法吟唱者的頭顱妝點自己，藉此可以使用那人的力量。高帽惡魔最多可配戴四顆，王冠惡魔三顆，頭冠惡魔二顆，花冠惡魔則是一顆。而配戴的頭顱主人越是優秀的魔法吟唱者，危險性就越是加速度地提昇。

「花冠惡魔無論配戴的頭顱多優秀，都只能使用到第三位階；高帽惡魔可以使用到第十位階——」

「且慢！」

「等一下！」

王子與寧亞，兩人的聲音讓希絲住口。

寧亞與啪啪跳動的王子面面相覷。即使看不懂表情，寧亞仍能確定王子與自己抱有同樣的心情。

「……您先請。」

「唔嗯……呃，什麼是第十位階？魔法的最高階不是第五位階嗎？」

正是如此，寧亞也聽說那差不多就是魔法的極限。寧亞之所以猜想厲害如魔導王或許能用到第六位階，也是因為如此。

對於王子的疑問，希絲一副拿他沒轍的態度搖了搖頭。

「…………魔法有到第十位階。亞達巴沃使用的空降隕石魔法也是第十位階。」

「那……那種敵人是要如何戰勝——咦？咦？不會吧？能跟那個亞達巴沃平分秋色的陛下，難道……」

寧亞注意到震撼性事實的同時，王子也驚愕得渾身顫抖。

「第十位階？咦？不，汝在騙吾吧？第十位階……真的嗎……能用第四位階就沾沾自喜的吾究竟算是……」

不，第四位階已經是相當驚人的領域，完全達到可以自豪的等級了。能達到那種境界的魔法吟唱者真的是少之又少。

「希絲……我想確認一下，魔導王陛下也能使用第十位階……嗎？」

「…………這還用說。」

從她的語氣能明確感覺出她很傻眼，意思是「都什麼時候了才問這個」。也許這是寧亞第一次如此清楚地感覺出希絲的情緒。

同樣身為魔法吟唱者，王子似乎也受到強烈震撼，全身搖擺顫動。

「嗄？什麼？吾即將逃難的國家之君王——魔導王是如此厲害的不死者嗎？能用第十位階，表示他比吾強上兩倍以上？」

「…………唉。」希絲大嘆一口氣。「陛下。」

「咦？」

「…………要加陛下。」

「啊，好……好的。原來魔導王陛下是這麼強大的人物啊……」

冷靜想想，希絲對一個種族的王子做的要求還真蠻橫，但因為希絲說得沒錯，因此寧亞豈止默認，還加以肯定。

「正是如此，王子殿下。魔導王陛下是非常強大的人物！」

「是，吾懂了。」

「……王子，不妨找出這位強大的人物，賣個人情吧？」

「說……說得對！好！汝方才的提案——關於在丘陵尋找魔導王陛下，吾答應提供全面協助。」

寧亞雙手用力握拳。

「謝謝王子殿下——那麼希絲，可以請妳繼續告訴我們嗎？」

「…………妳說安茲大人很厲害的事嗎？」

「現在先說亞達巴沃親信的事。啊，魔導王的事情我也想聽，等平安歸返後，可以講給我聽嗎？」

「…………嗯……能配戴多顆頭顱的惡魔能夠同時使用這些頭顱，一次發動多種魔法。只是有幾個條件：一個是他不能讓同一顆頭同時使用兩種魔法；另一個是總計位階有固定上限，例如高帽惡魔總計可以用到十五位階份——」

「——十五位階份！莫非魔法真有到第十五位階？」

「…………沒那麼誇張，總計而已。」

聽了希絲的回答，王子像是鬆了口氣，扭動著身體。

寧亞發現自己開始能從王子的彈跳方式看出感情，覺得有點可怕。

「…………言歸正傳，所以重要的是那個惡魔配戴了幾顆頭。」

「兩顆，一顆是亞人類，一顆是像汝等這種人類。」

寧亞有種不祥的預感。那時亞達巴沃拿在手上的人類軀體，不是少了上半身嗎？

「……請問王子殿下，那顆人類的頭長什麼模樣？」

「抱歉，吾不擅長看出同族以外的差異。啊，另一顆頭吾知道，是亞人類種族蟠德斯的女王『國母(Grandmother)』。」

又是蟠德斯又是國母的，寧亞雖然很想針對這些名詞問個清楚，但現在她有個更想問的問題。

「我想問關於人類的頭，您知道頭髮是什麼顏色嗎？」

「頭髮是指人類頭上的體毛，對吧？是淡黑色。」

「黑色？不是聖王國的人嗎？」

寧亞稍微鬆了口氣。一時之間，她擔心過那會不會是聖王女的頭顱。結果並非如她所想，讓她放下了心中的大石。同時寧亞發現，這或許會成為一個謎題的提示。

寧亞聽說南方人種具有黑色系的頭髮。原來如此，寧亞心想。因為這樣就能推測亞達巴沃可能來自那邊。

在聖王國以南的地區，沒有以人類為主體的國家。人類不到人口半數，就算有，也與其他種族長期混血。寧亞曾經在某個地方聽說，由純種人類擔任王族主導國家的，只有聖王國、帝國與王國。因為城邦聯盟或教國沒有王族。

或許因為如此，以人類為主體的聖王國才會沒得到亞達巴沃的相關情報。

「…………附帶一提，配戴頭顱的惡魔，即使配戴魔法吟唱者以外的頭顱，也無法使用其能力。即使配戴戰士的頭顱，也用不了他們的力量。那種魔物屬於另一種系統。」

「這麼說，亞人類的頭是……王子殿下，可以請您告訴我們國母是怎樣的人嗎？」

「可以，這就是吾說要並肩作戰的理由。蟠德斯族是吃苔蘚的生物，長相或外觀皆與吾等相仿。」

也就是蛆蟲。

而惡魔竟然把那種生物的頭顱配戴在身上，讓寧亞噁心得一瞬間渾身發抖。

「……這位國母也是精神系魔法吟唱者？」

「正是，相對於吾身懷操縱陰之五行的能力，國母身懷操縱陽之五行的能力。陰陽各為雙極，能打消或妨礙對方的魔法。」

「…………原來如此。」希絲點頭。「讓你同行，勝算會變大。」

「唔嗯，很高興汝能理解。以吾而言，吾也極為不樂見國母遭到惡魔利用。沒錯，因為她是我初戀的雌性。」

「王子！」

「豈有此理！竟迷戀其他種族之人！」

「好了！不過是兒時的淡淡回憶罷了！現在不是了！」

也許算是一段酸酸甜甜的戀愛史，但蛆蟲的初戀故事聽了只覺得噁心。

「那……那麼假設敵人是最多能配戴兩顆頭顱的頭冠惡魔，總計能運用到幾位階呢？」

「……………最高到六位階。附帶一提，王冠惡魔到十位階。」

「那麼若吾使用第四位階的魔法，敵人就只能再使用兩位階的魔法吧？當然，這只限於那傢伙想讓吾的魔法失效之時，所以必須充分當心……」

「…………這樣的話，再來就是那顆人類的頭顱了，情報不足。寧亞？」

「對不起，很遺憾，我不認識頭髮泛黑的人。但我有點驚訝，還以為照希絲姊的個性，可能會毫不在意地直接殺過去呢。」

「…………安茲大人說過收集情報很重要。」

「啊！不愧是魔導王陛下，真了不起的想法！」

寧亞這樣說完後，希絲迅速伸出手來，因此寧亞馬上握住它，上下甩動。

「…………妳果然很明理，要是再可愛一點，我就幫妳貼貼紙了。妳應該長出毛茸茸的毛皮。」

「……貼紙？喔，上次妳幫我貼過了，所以不用再來一張了，給妳其他中意的人吧。」

「…………唔，妳是第一個拒絕我貼貼紙的人。」

「咦？」

聽到只有自己一個人，寧亞驚訝地叫出聲音。但隨即想到她是惡魔，大概跟人類不太有來往。不，可能大家心裡其實都不願意，但不敢觸怒她這個惡魔。寧亞很想針對這方面吐槽，但她不能冷漠對待向偉大至尊竭誠盡忠的同胞，所以只用苦笑帶過。

「……的確，人類與吾等藍蛆一樣，都不會長出毛皮呢，所以汝等才會住在這種房屋裡吧。像吾等一樣挖洞住在裡面也不錯喔？」

「王子，內容偏離正題了。時間有限，在人類攻進這座都市之前，必須結束整件事情才行。」

「…………嗯。結論是王子也一起去。」

沒人表示反對。不，其實原本也只有寧亞一個人反對。

「關於戰術，我等會擔任前衛，但假如有警備兵等人在，封殺了我等該怎麼辦？放任具有魔法吟唱者力量的對手自由行動，危險性會很大。」

「………由我展開近身戰與敵人對打。」

沒有人問「妳辦得到嗎？」，畢竟打倒了守護者水元素巨魔的兩人之一——雖然全靠希絲一個人的力量——都這麼說了，沒有人不相信。

「好，那就動身吧。麻煩妳們將吾等裝進木桶，運至惡魔親信的附近。只要說惡魔親信想要糧食，命令妳們送來，想必可以一路通行至惡魔身邊。」

「吾等」指的是王子、寧亞與希絲這三人。目前只要這三人不被發現，事情就能祕密進行——藍蛆的背叛尚未曝光——所以才能使用這種手段。

希絲與寧亞再次滑進讓人搬進這座城堡裡時使用的木桶。

「……希絲姊，我們運氣真好呢。」

希絲從木桶中很快地探出頭來。

「………怎麼說？」

「妳看嘛，所有事情都往好的方面發展呢。多虧藍蛆背叛，我們才能來救王子，然後亞達巴沃的親信又正好來了。假如我們打倒他的親信，那可是大功一件呢。再也沒人會跟我們抱怨，想組成魔導王陛下搜救隊也不再是難事。」

「這是巧合。」

希絲罕見的強硬口吻嚇住了寧亞。

「咦？啊，當……當然是……嘍？正因為是巧合才叫幸運……不過這一切都是因為魔導王陛下發揮力量讓希絲姊成為自己的人，這樣想來，或許不是巧合呢。」

「成為……安茲大人的人……」

「啊，說妳是誰的人是不是不太好？」

「……我不介意。寧亞。」

「咦？」

「……我很喜歡妳……雖然不可愛，但我還是覺得再給妳一張貼紙也沒關係。」

一直講不可愛不可愛的，有點受傷耶。寧亞一邊這樣想，一邊推辭道「恕我拒絕」，整個人躲進了木桶裡。

4

將寧亞、希絲以及王子裝進木桶裡搬運的途中，藍蛆有好幾次被其他亞人類叫住，但木桶從沒打開過，一路成功運送到大惡魔親信的公務室附近。

寧亞等人爬出木桶。

從待在木桶裡時，寧亞就在窺視外面的狀況，但警備看起來沒有變得更森嚴。看來她們潛入救出王子的事尚未曝光。

寧亞揹起王子，用帶子綁好，做著諸如此類的各種準備時，一名藍蛆前去請求會見大惡魔親信。這樣做是為了偵察敵情。

當所有人都做好闖入室內的準備時，藍蛆回來了。

「就他一個人，沒有衛兵。」

寧亞皺起眉頭。

亞達巴沃受了那麼重的傷，僅有三隻的親信之一竟然沒有嚴加防範，這種事有可能發生嗎？還是說他以為已經殺了魔導王，因此鬆懈了？

寧亞東想西想，但以結論來說，王子的一句話決定了一切：

「既然如此，正好有助於吾等殺了他，上吧。」

聽從王子所言，所有人一齊行動。

一名藍蛆開門後，站在正面位置的寧亞可以清楚看見房內情形。

公務室很寬敞，天花板少說有五公尺高，而且非常寬闊。室內擺放了許多高級日常用品，呈現出典型的豪華房間格調。

在漆黑厚重的桌子後方，異形怪物叫出聲來：

「人類？藍——」

惡魔話說到一半，但一行人無意陪他聊天。

寧亞立刻讓揹在背上的王子發動魔法。

「『陰．五行．豪火球』。」

小小一團不可靠的火焰擦過寧亞，像扔進房裡般飛了過去。就一路上所聽說的，這招是第四位階的攻擊魔法，以強大的攻擊力為傲。火彈一命中，就會以彈著點為中心爆炸，所以他們採取進入房間之前先來一發的戰術。然而——

「『陽．五行．豪火球』。」

飛到一半就像有陣風吹過，火焰熄滅不見了。

「果然……」

王子恨恨地低語。

王子沒再擊出下一發，剛才那一擊是做實驗。他們原本預計如果沒遭到無效化，就要繼續攻擊，很可惜沒辦法了。一方面也是為了不浪費魔力，接下來所有人必須互相配合著攻擊，同時一步步使用魔法。

「……人類背上那個是藍蛆的王子吧？看起來不像是被人類抓住帶來的……喀哈哈哈，想造反是吧，有意思。」

大惡魔慢慢站起來，那副模樣簡直就像從惡夢來到現實，恍若人類的諷刺畫。

首先，他沒穿衣服，因此長及膝蓋附近的兩條手臂、一雙腿，以及只有皮包骨的身體都暴露無遺。

枯木般的身體實在太瘦，感覺就連寧亞都能一折就斷。

這樣宛如枯木的身體，沒有類似所謂頭的部分。從肩膀一直線延伸出去，就是另一邊肩膀。不，還有過於細瘦的——比女人手腕還細的——脖子像樹枝般伸出，上面結了兩顆果實。這大概就是這個大惡魔的頭部。

「咦？——啊。」

寧亞不禁如此叫出聲。受到太大的衝擊，使她當下只能講出這兩個字。

那是希絲說過的，頭冠惡魔的特徵——兩顆頭。

其中一顆形狀異常，像隻大蛆蟲。它跟藍蛆王子長得十分相像，就跟聽到時想像的一樣，那個大概就是「國母」了。問題是另一顆。

那是一名人類女性，只剩下翻著半睜的白眼，嘴巴也恍惚地半張著的頭顱。不過肌膚雖然慘白，但並未腐敗，連腐爛的跡象也沒有，金亮的頭髮甚至還有殘餘光澤。脖子斷面露出紅通通的肉，鮮嫩得像是隨時會滴血。那副模樣就像剛剛才被擰下頭顱，只能說不可思議，但正因為如此，寧亞立刻就認出了那是誰。

「葵拉特・卡斯托迪奧大人……」

寧亞只遠遠看過她，但不可能看錯。那人就是聖王國的聖職人員中，最高階的存在。

疑惑與疑心在寧亞腦中打轉盤旋。

這是怎麼回事？難道藍蛆說謊？是因為他擔心寧亞等人知道是葵拉特，會逃之夭夭？

「原來如此，原來如此，原來如此。藍蛆啊，所以你們的意思是，你們的王以及住在那塊土地上的人有什麼下場都無所謂了？給你們最後一次機會吧，只要你們抓住這些人，我可以只稍作懲罰，就饒了你們這一次喔？」

畸形果實般的兩顆頭沒動，翻白眼的眼球也是，看來那真的只是裝飾。既然如此，那這陣聲音是從哪裡發出來的？

無視於寧亞的這個疑問，王子對大惡魔怒吼。

屬下的藍蛆蓄勢待發，隨時可以襲擊敵人。

「哼！事到如今還胡說什麼！你們殺了吾王，誰會聽信你們的鬼話！」

「王？是這樣嗎？」

寧亞從那聲音中感覺出懷疑的反應。這個惡魔似乎沒有自己的頭，所以沒有表情變化，要說麻煩是很麻煩。因為在給予對手有效打擊等等時，無法從對手的表情看出有無效果。就這層意義而言，藍蛆對人類來說也稱得上難纏的對手。

「我的職責是治理這塊土地，那邊不在我的管轄範圍內，不過……這樣啊，那東西被殺了啊。那一定是你們的王太愚蠢了。」

「你說什麼！」

「傷腦筋，傷腦筋，傷腦筋。背叛者啊，你不是來閒聊的吧？是因為認為能戰勝我才來的吧？既然這樣——你們的祕密武器是什麼？那個人類嗎？」

從瘦骨嶙峋的指尖伸出，恐怕少說有六十公分長的尖爪指著寧亞。

「你以為吾等會說嗎！」

對於王子的怒吼聲，大惡魔冷靜地回答：

「不說也行。來吧，暗影惡魔。」

大惡魔的影子拖拉著伸長了。

影子膨脹，二次元的平面化為立體。現身的東西正如同人們聽到「惡魔」時會想像的那樣，是個烏漆墨黑的存在，而且是兩隻。

這大概就是他沒安排亞人類當保鑣的理由。

「你們殺死王子以外的藍蛆，我就來活捉王子吧……人類，如果妳願意倒戈，我可以依照雙手手指的數量，救出妳在收容所裡的摯愛。」

大惡魔做出一如希絲預料的提議。

寧亞佩服希絲的料事如神，同時為了引誘對手大意，反問道：

「真的嗎？」

寧亞裝成怯怯地看人臉色的樣子問道，惡魔的聲音浮現出喜悅之色。

「汝何出此言！汝想背叛嗎！」

王子在背上怒吼後，大惡魔的注意力變得完全放在寧亞身上。

「閉嘴，閉嘴，閉嘴，我在跟她說話……我是信守約定的人，說出妳想保護，想拯救的人類人數吧。如果兩手手指不夠，還有商量的餘地——」

大惡魔毫無防備，好像忘了警戒這兩個字，全身都是破綻。

暗牌（希絲）不會錯過這個破綻。她從門扉背光處一躍而出，即刻舉起魔槍。

槍口噴出火光後，大惡魔按住肩頭一個搖晃。

這是由獨自在房間外待命的希絲做出的一記偷襲，同時也是宣告開戰的一擊。

為引誘對手大意而進行的交涉到此結束，藍蛆親衛隊開始襲擊暗影惡魔。同時希絲以駭人速度衝進房裡，繼續維持其速度，以閃電般的銳角步法穿過雙方陣營的前衛，接近大惡魔。

「什……！魔導——」

「…………不用解釋了。」

希絲用大把短刀砍向敵人，大惡魔用尖爪掃開了。

戰鬥已經開始，寧亞知道沒有多餘精神管這個，但仍對背後的王子發洩不滿。

「還跟我說頭髮是黑的，明明就是金色的！」

「金色？什麼金色？那不是淡黑色嗎？」

「咦？」

聽起來不像是在講假話，難道說——藍蛆的色彩感覺與人類不同？

寧亞曾聽說過，眼力能看穿任何黑暗的種族，有一部分無法辨識顏色，只能用黑白二色看東西。又聽說他們只能在明亮的地方辨識顏色。

糧倉的燈光大概就是給那類種族用的，很可能是用來辨認食材的顏色。

「晚點再說！『陰・木行・雷爪』。」

「啐！『陽・五行・雷爪』。」

野獸撕抓般的痕跡纏繞著雷電在空間中奔馳，但飛到一半就煙消霧散。

聽說還有降低防禦力的「五行・金柔」或提昇攻擊力的「五行・金強」等魔法，以及「五行・雷侯招來」等召喚魔法，但敵人也許不會抵銷這種魔法，而是改用更高階的魔法對付他們。

為了避免這點，王子只施展對手無法忽視的攻擊魔法。而且只限於對手應該不具抗性的雷屬性，並額外使用稱為木行強化的特殊技能。聽說用一般的五行就足以抵禦，不過王子強化過的部分不會被打消，能逐漸累積些微損傷。

本來「國母」應該與王子擁有同樣的強化技術，但她現在成了大惡魔的附屬品。由於大惡魔沒有強化魔法的技術，因此敵不過王子的法術威力。

既然已將前衛職責交給希絲，寧亞也必須充分完成身為後衛的職責。面對這個強敵，她不能只是充當王子的代步工具。寧亞使用手中的終極超級流星，瞄準敵人放箭。

雖然瞄準得奇準無比，但大惡魔的手輕輕鬆鬆就把箭打掉了。

「竟敢妨礙我。『衝擊波（Shock Wave）』。」

葵拉特的臉——嘴巴動了一動，第二位階的魔法朝著希絲射去。看不見的衝擊波使得希絲身體一抖，但她似乎沒有受到動作變遲鈍等顯而易見的損傷。不愧是難度一百五十的女僕惡魔。

「『陰·木行·雷爪』。」

「『陽·五行·雷爪』。」

同種魔法再次發動，些許電流竄過惡魔親信的身體。

「『開放性創傷（Open Wounds）』。」

惡魔作為反擊使出的是令傷口惡化的魔法。矛頭當然對準了承受惡魔尖爪攻擊的希絲。

寧亞只能看見希絲的背影，但她的敏捷身手似乎毫不失色。

一道汗水沿著寧亞背脊流下。

同伴當中，只有寧亞能做回復，所以她也負責回復工作，但自己也就算了，除非有豐富的實戰經驗，否則很難看出他人受到多大程度的傷。

特別是像希絲這種不表現出感情的對象，寧亞怕她會在不知不覺中超出極限，說倒就倒。因此寧亞必須留意希絲或王子的動作，結果讓她忙得像是左右手各自處理完全不同的事情，幾乎讓她腦袋打結。

但即使如此，還是非做不可。

王子持續施展攻擊魔法，希絲用短刀砍殺大惡魔，同時自己也被砍傷。每個人都完美盡到自己的責任，寧亞不可能窩囊地說只有自己辦不到。

「『重傷治療』。」

寧亞判斷希絲受到的傷越來越多了，於是啟動向魔導王借用的魔法道具，對希絲發出第三位階的治療魔法。

「原來如此！」

寧亞直覺感受到無臉大惡魔的視線朝向了自己。

大惡魔這樣說，想必表示他明白到誰是應該第一個擊潰的回復者。事實上，他在讓王子

魔法失效的同時，也運用餘力對寧亞射出了攻擊魔法。

「『衝擊波』。」

彷彿被戰鎚狠狠一搥的隱形衝擊來襲。

體內響起令人不舒服的吱吱聲，令人想滿地打滾的痛楚竄過身體。這比水元素巨魔對她用過的魔法痛得多了，不敢相信希絲被這種東西打個正著，竟然還能平靜自若。這強烈的一擊，讓寧亞徹底體會葵拉特·卡斯托迪奧為何能享有天才的名聲。

「嗚呃呃！」

寧亞咬緊的牙關之間，洩漏出壓抑不住的慘叫。

「汝還行嗎！」

「我……我沒事！」

寧亞回答擔心自己的王子。

「這次我連藍蛆一起——」

「——不行，寧亞由我來保護。」

希絲張開雙臂，像挺身保護般站在前面。

大惡魔個頭很高，希絲卻很嬌小。就算這樣做，大惡魔大概還是能把寧亞整個人看得一清二楚。但希絲的心意讓寧亞非常高興。

「什麼？啊啊！」

大惡魔發出沙啞的叫聲，可能是希絲的行動造成了某些影響。

（是使用了某種特殊能力嗎？還是魔法？）

雖不知道她用了什麼，但寧亞感覺大惡魔的殺意似乎變弱了點。當然，想必只是心理作用。因為才這麼短短一瞬間，惡魔沒有任何理由降低敵意。

如果是跟剛才同等程度的魔法，應該還撐得了一擊。不，是希望自己撐得住。

與水元素巨魔交戰時消耗的魔力雖然已經回復，但寧亞不知道接下來會用到幾次「重傷治療」，最好盡量省著用。話雖如此，如果在死亡邊緣硬撐著進攻，又有可能因為一點失誤而超出極限，這方面非常難判斷。

「而且她持有的武器，是安茲大人借予的弓！」

希絲說道，嗓門以她來說很大。大概是想誇耀魔導王的力量，才會這樣大叫吧。寧亞很想說「現在正在戰鬥耶」，但希絲是他們當中最強的一個，而且呈現出慣於戰鬥的氣質，她這樣做或許有其意義在。

「什麼！妳說那個魔導王！」

惡魔親信用大嗓門表現出驚訝。真不愧是魔導王，一定是亞達巴沃將魔導王視為必須警戒的對手，也告訴過這個親信。

「沒錯！是以盧恩製作的弓！」

這句話不能當作沒聽見，寧亞提出警告：

「希絲！不要讓敵人知道我方的能力！」

「妳說什麼！妳說那是以失落的技術——盧恩所製作的武器嗎！假如使用那種武器，也許能夠殺得死我！」

這傢伙講話怎麼像在說明給人聽啊？寧亞忍不住這麼想，然後為自己感到丟臉。現在正在與強大無比的對手進行生死之戰，自己這種弱者應該沒有半點餘力去在意那種小事才對。

「竟然會是盧恩！太令人驚嘆了！」

接著惡魔親信發出具有強烈戒心的聲音，也許目的是想讓寧亞分心，使她注意力渙散。

事實上——

「盧恩？」

寧亞從背後聽見王子狐疑的口氣，所以寧亞說道：

「不是！才不是那種武器！」

寧亞一喊，感覺希絲與惡魔親信的動作似乎停了短短一瞬間。一定是那個吧，就是當雙方實力不分上下時會互相瞪視，誰也不敢輕舉妄動的那種情況。

「盧恩……」

「不對！」

寧亞堅決否認地一喊，惡魔親信「呃唔」呻吟了一聲。

「是嗎……哦，那就……『盲目化（Blindness）』。」

突如其來地，寧亞的視野染成一片黑暗。大概是想用這種方式，讓負責治療的人失去作用吧。

寧亞借用的魔法道具終究只是讓她能用「重傷治療」，並不能使用回復盲目狀態的魔法。假如此時有神官等信仰系魔法吟唱者在場，想必能夠輕易治癒。但很遺憾，事情沒這麼順遂。

雖不知道這種魔法造成的黑暗會持續多久，但是想替希絲療傷時，只能接近到能摸到她的距離——

「我看不見了！」向同伴解釋自己中了何種法術很重要。「希絲！受傷時可以告訴我嗎！」

「……………嗯。」

「抱歉！吾也沒有能回復此種狀態的魔法。」

「別在意！」

寧亞一面回答來自背後的道歉，一面拉緊弓弦。對付那個龐大身軀，憑印象就能射中了。因為在與水元素巨魔的戰鬥中，她學到了少許與大型對手交戰的經驗。弓弦發出「登」一聲。

「——咕喔喔喔！」

四下響起惡魔親信痛苦不堪的聲音。

「成功了！他想閃躲，反而適得其反！不偏不倚射中了！」

聽到王子的說明，寧亞覺得簡直如有神助，向魔導王獻上祈禱。

「……繼續這樣排除敵人。」

「好！」

「唔嗯！」

雖然周圍戰鬥的藍蛆與暗影惡魔發出的聲響形成阻礙，讓寧亞很難聽清，但她集中全副精神，聽出希絲受傷的程度與惡魔親信的所在位置，反覆攻擊。

惡魔親信可能因為受傷，知道不先擊潰希絲的話輸的會是自己，所有攻擊都集中在希絲身上。而且還反覆施展讓對手一口氣失去力量的攻擊——類似對寧亞施放的「盲目化」等魔法，因此幾乎都受到抵抗，似乎沒發揮效果。

這麼一來，接著只需強行突破即可。

當王子的魔力見底時，他們理所當然地獲得了勝利。那一刻王子狂喜喊叫到都讓寧亞嫌吵了。

周圍戰鬥的藍蛆也是，雖然數量減少了點，但也戰勝了。

然而——寧亞的魔法還沒解除，視野仍然一片漆黑。話雖如此，這種魔法應該不會讓人永久失明，所以再過不久，魔法大概就會失效了。效果會持續這麼久，或許純粹只是因為葵拉特・卡斯托迪奧的魔力強大。

即使眼睛看不見，寧亞從氣息或聲響，感覺到藍蛆似乎聚集到自己身邊來。

「王子！幸好您平安無事。」

「嗯……妳們要鄭重地吃了國母陛下的遺體。」

要吃掉？寧亞在心中吐槽。

「寧亞啊，人類的頭如何處理？由汝等吃掉嗎？」

王子都說要鄭重了，只能理解成這一定是他們特有的弔祭方式。

「不……不是。我們人類不用這種方式安葬死者，會鄭重地帶回城裡。」

「這樣啊……人類的葬禮真是神奇。呃，不，汝等或許對吾等也有同樣的想法吧，這就是所謂的文化差異。言歸正傳，吾真不知該如何感謝汝等，光憑吾等絕對——」

「——等會。沒時間在這裡說話，要準備動身了。」

可以聽見遠處傳來喧鬧聲，想必是往此地進軍的解放軍終於被亞人類聯盟發現了。也有可能是士兵聽見了剛才的戰鬥聲，正趕來這裡。無論如何，都沒時間在這裡拖拖拉拉。

「妳說得對，希絲姊。那麼按照約定，請各位協助解放軍攻打卡林夏。」

「唔嗯，吾明白。妳們幾個！」

「是！我等立即開始行動。可以請王子與人類進入木桶嗎？我等將各位搬到城外。」

寧亞看不見所以不清楚，不過身旁的希絲彷彿散發出遲疑的氛圍。寧亞明白原因，她一定是討厭那個木桶。寧亞也是同樣的心情。

「……………我也來幫忙。」

「是，等我從盲目狀態恢復後，也願意幫忙。」

背上的王子像剛打撈的魚一樣亂動，這是喜悅的顫抖。寧亞發現自己適應迅速到已經能感覺出這點，覺得有點厭煩。

「既然戰友要去，吾也同行吧。當然，吾的魔力已幾乎耗盡，無法使用太大的魔法，但就讓吾使用強化汝等的魔法吧。」

「王子！」

「休得吵鬧，妳們難道要吾當個只會送走戰友的雄性嗎！」

「…………到此為止吧，走了。」

希絲催促道，好像想盡早逃離木桶似的。

「那麼就用木桶將各位運到眾多我等同卵聚集之處吧，請進入桶子裡。」

第七章 救國英雄

Chapter 7 | Hero of National salvation

1

卡林夏的解放簡單到令人驚訝。

這是藍蛆裡應外合、失去大惡魔親信，以及比起都市規模，亞人類兵力不足等原因加在一起帶來的結果。當然，雙方都有許多人戰死，但考慮到收復了這麼大的都市，聖王國解放軍受到的損害驚人地少。

其中一個主要原因，是揹著終極超級流星，起了帶頭作用的寧亞。

雖然一方面也是因為希絲不出面，但裝備起燦爛神弓的寧亞，有種鼓舞人民的威嚴。

而現在，寧亞站在講台上，對廣場裡的觀眾熱情訴說。

她說：這世上再沒有像魔導王那樣值得敬佩的君王。

解放了卡林夏，寧亞第一件做的事，是請求大家為了搜尋魔導王提供支援。

雖然得到藍蛆的協助，又從亞人類俘虜身上收集到了亞伯利恩丘陵的情報，但像是物資、情報、經驗等等，缺的東西還太多了。

若是有好幾次機會還另當別論，但要重複派遣搜救隊前往敵營很有難度。換言之，必須一次成功。既然如此，再怎麼準備也不嫌多。所以寧亞才會活用解放了卡林夏，有更多民眾獲救的狀況，以尋求多樣化的力量。

只不過，沒有人會說幫忙就幫忙。即使收復了卡林夏，其他還有很多都市落入敵人手裡，也有很多人受到囚禁，還有一些人不知道家人身在何方。為了打動這些人的心，寧亞才會解說幫助魔導王的好處。

然而，隨著協力者逐漸增加，演說的內容一點一滴產生了變化。

來到寧亞面前，表示想聽魔導王的事蹟的人，都是些受過魔導王搭救的人。這些人嘗受過痛苦，為了撫慰無法癒合的心傷，想依靠強大的存在。

就了解魔導王的偉大這點而論，大家可以說是同胞。

因此，演變成寧亞愉悅地分享魔導王優秀之處的情況，可說是理所當然。

慢慢地，那些沒有見過魔導王的人也開始參加集會了。是受過魔導王搭救的一些人邀請了親朋好友。然後一傳十，十傳百，如今大多數的聽眾甚至與魔導王沒有任何瓜葛，只是想聽寧亞怎麼說。

面對這些人，戴著護目鏡的寧亞口若懸河，滔滔不絕地描述收復都市、與亞達巴沃的一戰等魔導王的偉大事蹟。

在好幾星期以前，寧亞還無法這樣堂而皇之地演說。有好幾次，眾人的目光令她緊張，不知道該說什麼，頭腦變得一片空白。然而由於在人群面前一再演說，她發現講話不用裝模作樣，只需要描述自己一直以來所看到的魔導王的偉大形象時，寧亞就變得口齒伶俐了。

沒錯，甚至被人稱為無貌的傳道人。

因此——

「就像這樣，魔導王陛下是無人能比的偉人！還有哪位大人物能像陛下這樣愛民如子嗎！的確，我明白各位想說什麼！卡兒可．貝薩雷斯聖王女陛下也是位偉大的人物。但是——各位有聽過哪位人士為了拯救外國民眾，而做了這麼多嗎！這位先生！」

寧亞指著在前排聽演說的一名百姓。

「您有聽過嗎？有哪位君王曾經因為外國人民受苦，而單槍匹馬前去救援嗎！」

「咦，啊，不，這個，我……沒聽說過。」

寧亞指出的男人吸引了眾人目光，聲音越來越小。

「說得好！就是這樣！」

配合寧亞的讚美，站在講台上左右兩邊，與她有同樣想法的幾個人，向回答的男人送上掌聲。

寧亞看見男人顯得有點害臊。

「我們實際上調查過，還有沒有其他像這樣的君王。但是，沒有！哪裡都找不到這樣的君王！只有魔導王陛下！」

雖然有君王率領士兵解救鄰國國難，但事實上的確沒有哪個王單槍匹馬投身戰火。

「一國之君不顧危險，拯救外國平民，這種事前所未聞！魔導王陛下是唯一一位！」隔了一拍後，她重複一遍：「魔導王陛下是唯一的一位！這樣的偉人才稱得上真正的正義之王！」

「誰會相信啊！那是不死者耶！」

即使有聽眾對她這樣質疑，寧亞仍能夠露出溫柔笑容回答。因為寧亞起初也是同樣的心情，換言之，對方就是從前的自己。他只是不知道，只是所知有限罷了。

如同自己的視野變得開闊，寧亞也想讓他的——不對，與他懷有同樣心情的人也是，寧亞也想開拓他們的視野。寧亞抱持著這份心情，對聽眾訴說：

「沒錯！陛下是不死者！各位會感到不安也是當然的！不死者是可怕的怪物，這也是事實。我也絲毫無意說不死者的一切都是好的。大多數不死者都是邪惡的，是憎恨活人的存在，這點沒有錯。」

寧亞一面從現場氣氛察覺出所有人都在認真聽自己說話，一面堅定地說出結論：

「但是！凡事都有例外。如同天寒地凍的冬季裡也有溫暖的日子；理應枯死的樹枝也會萌生小小的花苞；在黑暗夜空中，會有一道流星毫無預兆地閃耀。陛下他——願意拯救活人，他就是那樣的不死者！在座當中想必有人聽過獲救者的說法，說不定在座當中就有人實際受過搭救。這些人的說法，將會證明我所說的話千真萬確。」

確定聽眾當中沒人反駁後，寧亞用沉重陰鬱的神情說：

「……這次，亞人類打垮了那條堅不可摧的要塞線，大軍蜂擁而入。悲劇只會發生這一次嗎？各位認為不會再發生同樣的事嗎？」

聽眾的沉默充分說明了答案。

他們很想相信不會，但不可能相信。

「各位的不安，我也很能體會。在我們或各位的孩子這一代或許沒事，因為大家目睹過悲劇，想必絕不會疏於戒備……但是！」

寧亞在這裡加重語氣。

「孩子的孩子，孫子的孫子——我們不能保證悲劇絕不會再度發生！誰能保證曾經發生過的事不會重新上演？所以我們也得未雨綢繆，再也不讓侵略者突破那條要塞線。」

群眾出聲說「沒錯」、「說得對極了」。

「——看來有很多贊成的聲音，但是到了大家孩子的孩子，孫子的孫子那一輩，那些只聽過別人描述這場悲劇的人，還能維持這樣強大的軍事力量嗎？各位認為他們會用多出至今兩倍、三倍的兵力鎮守要塞線嗎？」

軍費會壓迫國庫，但是用以嚇阻敵人的戰力很難表現出明確成果。

「我想在座各位當中，應該有人受過徵兵，去過要塞。請這幾位回想一下。一年到頭都要消耗多出各位記憶三倍的糧食，各位不覺得對國庫來說是一筆很大的費用嗎？到了只能從紀錄認識悲劇的世代時，王室還會繼續這麼做嗎？」

等聽眾臉上浮現理解之色後，寧亞才說出結論：

「——所以我們需要魔導王陛下的庇護！」

「為什麼啊！為什麼要找不死者！」

方才有過意見的男人高聲喊道。

從剛才到現在都是同一名男子在唱反調，對寧亞來說，有這樣的人在比較輕鬆。最難應付的狀況是沒人有反應。那樣寧亞會擔心大家有沒有在聽自己說話，有沒有聽懂。

也有協力者表示過意見，認為應該在聽眾當中事先混入幾個這樣的人，但寧亞拒絕了。

同樣地，也不安排暗樁。

「正是因為陛下是不死者。魔導王陛下擁有強大力量，最重要的是陛下能夠永生不死，想必能活到孩子的孩子——甚至是孫子的孫子輩那代。」

「可……可是，我聽說魔導王戰敗喪命了。」

「這個說法一半是真，一半是假。前者很遺憾地是事實，魔導王陛下為了幫助弱小無力的我們，使用了無數魔法，消耗了大量魔力，以結果而言不幸敗給了亞達巴沃。但後者不是事實，魔導王陛下並未駕崩，希絲的存在能夠證明這一點。」

收復卡林夏的中心人物之一——希絲在最好的時機從舞台側台登場。

從聽眾當中可以聽見感動的嘆息，或是崇拜地喊著「是希絲大人」。

「…………嗯。」

希絲抬頭挺胸。

「她是女僕惡魔，過去曾是亞達巴沃的屬下之一。然而在收復卡林夏之戰，她站在我們這邊。這是因為魔導王陛下從亞達巴沃手中奪走了她的支配權。」

許多民眾都看過希絲在卡林夏收復戰一個接一個獵殺亞人類的模樣。稱她為「大人」的人一定是直接受過希絲搭救。

希絲很受歡迎，即使大家得知她過去是服從亞達巴沃的女僕惡魔，但畢竟她容貌姣好，而且稚氣未脫，這點影響很大。換個說法，就是很難對她抱持敵意。

寧亞曾經直接問過希絲：魔導王會不會是想到這點，才選擇支配妳？希絲的答案是「有可能」。

「希絲已經受到魔導王陛下以魔法支配，只要陛下一息尚存，支配就會持續有效。換句話說，她的存在正是陛下仍然在世的證據！」

現場氣氛一陣譁然，寧亞舉起雙手要大家稍安勿躁。她的話還沒講完。

「各位一定會想，為什麼陛下不在我們面前現身。這我也不明白，只是，我不認為那位慈悲為懷的陛下會棄我們於不顧！一定是發生了什麼事，使得陛下無法即刻回到這邊！這是出於陛下本人的想法，又或是因為陛下置身於危險的狀況之中，我們都不清楚。正因為如此！」

在悄然無聲的現場，她的聲音大聲迴盪。

「正因為如此，我才要尋求各位的力量！尋求能夠前去尋找魔導王陛下的力量。就算賭命闖完亞人類統治的丘陵地帶，順利找到了陛下，也不能說聖王國回報了陛下的恩情。這是因為就如同我剛才所說，魔導王陛下只是為了與亞達巴沃交手而來，卻因為我們弱小而必須對付其他亞人類，消耗了陛下的力量，所以才會落敗！」

寧亞發出更大的音量。

「即使如此——各位！我們還是應該報答前來拯救我們的大人物！獨自一人前來拯救我們的大人物——因為是不死者，所以當他有難時就不伸出援手，我不想成為這樣的人！——任何人只要想稍微報答魔導王陛下的恩情，我想請求你們各位。」

寧亞講到一個段落，停頓一下。然後故意延遲一點時間才高聲開口：

「我在尋求願意與我一同幫助魔導王陛下的人士！不需要實際前往！技術也好，知識也好，什麼都行！請助我一臂之力！懇請大家幫幫忙！」

寧亞低頭致意後，身旁的希絲也稍微低頭。

聽眾「哦哦」地叫了起來。

寧亞抬起頭來，最後只說了這番話：

「……想必也有一些人聽我這樣說，仍然不能信任我。不過，可以請各位聽聽收復卡林夏之前就待在解放軍裡的人怎麼說嗎？這麼一來，我想各位一定能夠相信我沒有在說謊。」

●

寧亞回到自己的房間，精疲力盡地坐進椅子裡。

「您辛苦了，巴拉哈大人。」

慰勞她的人，是一名看來文靜的——有點陰鬱的女性。

年紀大約二十歲，以能夠吸引男性目光的豐滿胸脯與短髮為特徵。聽說她原本留長髮，是在俘虜收容所被剪掉的。

她隸屬於寧亞成立的支援團體。由於協力者提過要求，希望能為支援團體取個名稱，於是命名為魔導王救援部隊。

這名女子的工作內容，是幫忙突然變得忙碌的寧亞打理身邊大小事。

自從認識以來已過了半個月，經過這段期間，她對寧亞而言成了不可或缺的存在。因為她的工作能力──打掃、洗衣服、烹飪等等都達到了完美的境界。

「謝……謝謝妳。」

寧亞用女性拿給自己的溼毛巾稍微把臉擦過，冰涼的觸感讓發燙的臉感覺舒暢無比。

「呼～」寧亞發出像個大叔的聲音，把毛巾放在桌上，視線望向立刻把毛巾收走的女性。

「那個，我每次都一直說，希望妳不要再叫我大人了。我並沒有那麼了不起。」

「怎麼這麼說呢？您在本國是魔導王陛下的代言者，又為了陛下而率先行動，不稱您一聲大人就太失禮了。」

比自己年長的女性跟她這樣說，會讓她有點傷腦筋。

不習慣擔任領導地位的人，似乎很容易有這種煩惱。

真要說起來，寧亞並不是什麼代言者。應該說自己怎麼會當上了代言者？

她覺得躺在長椅上漫不經心地看著這邊的希絲，似乎還比較適任。

歸根結柢，只要用客觀的角度去看，誰都知道魔導王很偉大。寧亞只是講出理所當然的事情罷了，怎麼好意思稱為代言者。而且她也不覺得自己有談到組織的信念或見解。

第一個付諸行動的是自己，但她完全沒想到會變成這樣。

「那麼我就此告退。還有，貝爾川．莫洛先生表示想見您。」

「我明白了，可以請妳叫他進來嗎？那麼今天辛苦了。」

負責照料寧亞的女性鞠躬後離開房間，換成一名男子進來房裡。照料寧亞的女性對男性懷有排斥感或恐懼感，共處一室會讓她不舒服，因此兩人才會交替著入室。

「巴拉哈大人，抱歉在您疲憊時打擾您，可以占用您一點時間嗎？」

貝爾川．莫洛。

這名四十五歲上下的男子頭頂開始有些明顯稀疏，體格健壯。

莫洛家原本世世代代在頗有地位的貴族豪門當管家，他本身也有過從事管家的經歷。因此寧亞想讓他活用其力量，於是請他在支援團體中擔任類似祕書的職務。

一成立組織就能認識像他這樣的人物，實在是件幸運的事。如果沒有認識他，寧亞大概年紀輕輕就要長白頭髮了。

「不會，沒關係，有什麼事嗎？」

「是，容我直接進入正題，向您報告。目前隸屬於支援團體的人數，已經超過了三萬人。」

「啊，那真是太驚人了！現在竟然有這麼多人了解魔導王陛下的偉大！不，我想這也是理所當然的！因為魔導王陛下真的是一位了不起的偉人！」

希絲也在不住點頭。

這下隸屬支援團體的人數，變得比一座小都市的人口還要更多。由於聖王國北境的居民約有三百五十萬人，這就表示約莫百分之一的人隸屬於他們團體。

「這些支援者提出請求，希望能有一個顯示團體成員身分的，類似象徵的物品。」

「原來……如此……或許……也有道理呢。」

「是，配戴個能代表所屬團體的物品，總是能夠帶來安心感或連帶意識。」

寧亞不住點頭。能夠擁有某種隸屬團體的——與魔導王相關的物品，絕對是件令人高興的事。寧亞都想要一個了。

「既然這樣，呃，請用最好的形式製作。只是，請不要因為捐款金額等等而有差異。」

「……非……認……援……會。」

寧亞勉強聽見了連她敏銳的聽覺都無法完全聽懂的小小聲音。

「希絲前輩，妳有說什麼嗎？」

寧亞向希絲問道。

「……沒什麼。」

「……是嗎？不過，如果我講錯了什麼關於魔導王陛下的事，要糾正我喔。」

寧亞將視線移回貝爾川身上。最近越來越多人即使被她的眼力盯著也不會嚇到，真是件值得高興的事。

「那麼關於這件事，就請試著著手製作看看。再來是……可以告訴我接下來的預定行程嗎？」

「好的，巴拉哈大人。大約兩小時後，預定將舉行支援者的集會活動『對魔導王陛下心懷感謝』。望能請您參加集會，向大家講述陛下的豐功偉業。」

「我明白了。」

寧亞心情有點雀躍。支援者能夠理解自己發現的理念「魔導王才是正義」，寧亞從他們身上感覺到團體意識與親切感，而且她最喜歡跟抱有相同感受的一群人促膝談心了。

「另外，還有人表示希望您去看看訓練成果。您現在事情繁多，要我代您拒絕嗎？」

團體組成了支援者親衛隊，正在進行嚴格訓練。寧亞時常參加，希絲也有參與。

寧亞知道是因為大家弱小才會扯了魔導王的後腿，對她來說，努力變強是理所當然的事。如果寧亞參加訓練激勵人心，能讓大家更有幹勁的話，自己絕對應該參加。

「不，請讓我也參加。」

「大家一定會很高興！……雖然簡略，不過想向您報告的事項差不多就這些了。在支援者集會開始前——考慮到準備時間，請您好好休息個一小時。」

貝爾川低頭一鞠躬，就離開了房間。寧亞只以目光送行，從椅子上起身，走到躺在長椅上的希絲跟前。然後自己也躺下來，像用身體壓扁希絲一樣抱住她。

「…………乖喔乖喔。」

個頭比寧亞矮的希絲，像母親哄小孩般輕輕撫摸她的背。

「我們究竟要等到什麼時候才能去找魔導王陛下？從那時到現在，少說已經過了一個月耶……」

搜索聖王國東部的人員沒能找到魔導王。雖然不能肯定絕對沒有遺漏，不過魔導王的墜落地點大概不會錯，就在亞人類的居住地亞伯利恩丘陵。所以要做好準備才能動身，但實在花太多時間了。

背叛了亞達巴沃的三千隻藍蛆當中，有二千八百隻與王子一同前往魔導國，剩下大約兩百隻前往丘陵為寧亞收集情報，但結果也還沒出來。

「…………只許成功，不許失敗。」

「這我知道！可是，可是……」

寧亞更用力地抱緊希絲，緊緊貼著她。希絲身上散發出紅茶般的香氣，寧亞將它吸進鼻子裡。

只有希絲的存在能安撫寧亞的不安。

因為她人在這裡，證明了魔導王還活著。

「……不要緊，安茲大人為人寬宏大量。」

「是啊，妳說得對，希絲前輩。」

「……所以要增加更多支援者，擬定絕不會失敗的搜索計畫。」

「是啊，妳說得對，希絲前輩。」

「……這樣做安茲大人會很高興。」

「是啊，妳說得對，希絲前輩。」

「……寧亞，我滿喜歡妳的。看習慣了，就會覺得妳的長相滿有味道的。」

「……味道……對了，希絲前輩不能外出，也一定覺得很無聊吧，不如下次我們兩個一起出去玩如何？」

希絲那彷彿精雕細琢的稀世美貌，會吸引人群的目光。然而一旦人們知道她的真面目其實是女僕惡魔，目光立刻變成恐懼與警戒的視線，大多都會被一種「妳想拿我的靈魂嗎！」的誇大妄想嚇得失去理智。雖說這是因為傳說中惡魔會化身為美女，試著簽署契約奪取靈魂，但寧亞覺得就算是惡魔也會挑對象。

更何況希絲是那樣寬宏又慈悲的魔導王的屬下，而且是難度一百五十的女僕惡魔，不可能會想要隨便一個小老百姓的靈魂，還特地去誘惑他。

即使如此，寧亞還是不想惹麻煩，況且為魔導王效力的希絲若是受到危害，作為隨從侍奉魔導王的寧亞會沒臉見主人。雖然她明白希絲那樣強悍，當然不可能有人傷得了她。

事情就是這樣，所以寧亞大多請她躲在屋子裡。只不過如今組織人數越來越多，只要是在支援者聚集的地區，想必不會有問題。

「……不錯，我去，當作練習。」

「那就先做準備吧，這件女僕裝有點顯眼……可以換上普通的服裝嗎？」

「……博士……咳哼。沒問題，我想跟妳借。穿搭隨便妳。」

「……抱歉，從來沒有人陪我一起出門，我對服裝也沒興趣，所以對穿搭一點自信也沒有……」

希絲溫柔地拍拍寧亞的肩膀。乍看之下面無表情，但寧亞能從她臉上看出慈母的溫柔。於是希絲豎起拇指，指著自己。

「……包在我身上。」

「真的嗎？」

後來，寧亞發現希絲的品味其實意外地不差。

收復卡林夏後，卡斯邦登的工作頓時變多了。這是因為有獲救的一群新血加入，他必須著手設計更細微的組織結構。再加上情報量暴增，若是考慮到確認或分配的問題，會非常花時間。

如此忙碌的卡斯邦登，身邊只有一名聖騎士擔任貼身護衛。

雖然不夠用心，但是聖騎士懂得讀寫或算數，可以主持祭祀儀式，在治安維持方面又具有優秀能力，不能讓這樣的人才只做護衛工作。就這層意義而論，將蕾梅迪奧絲安排在身邊大概最有效率，不過考慮到她的精神狀態，目前讓她與多名聖騎士勤奮進行訓練。

當兩人帶回葵拉特·卡斯托迪奧的首級時，她發狂錯亂到引發了嚴重騷動，鬧到以為要出人命了。即使現在已經鎮靜下來，大家仍然是提心吊膽著跟她相處。

老實說，光憑自己一個人是絕對處理不來的，自己必須感謝提供智慧的大人才行。卡斯邦登一面懷抱著更深的敬意，一面動筆處理工作。

這可以說是為了將來做練習，不過還真是麻煩的工作。卡斯邦登將怨言藏在心裡，貼身的聖騎士不知道是不懂得察言觀色，還是實在憋不住了，向他說道：

「——卡斯邦登王兄殿下，寧亞．巴拉哈那件事，繼續放任不管真的好嗎？」

卡斯邦登明白到這個問題的含意，眼睛沒離開文件，用疲倦的神情笑了。

「沒辦法啊，就放著吧。還有，叫我殿下就好。」

「謝殿下。不過您說沒有辦法，是指？」

看聖騎士似乎無法接受，卡斯邦登從文件中抬起頭來，與他四目交接。

「當我們施加壓力阻止她的行動時，你認為會事情會如何發展？」

「我認為不會怎麼發展，殿下，她的所作所為會對國內造成分裂。」

「原來如此，那麼她的講道——我不知道能不能這樣說，總之你有聽過嗎……看樣子是沒有了，那你應該是看過她的講道內容統整成的文件了吧。那麼我先問你……裡面有謊話嗎？」

看聖騎士在試著回想，卡斯邦登說出答案：

「她沒撒謊……如果有的話還好。話說回來，只要稍微有點頭腦的人去查證她的言論，就會發現幾乎都能證明屬實。魔導王的確讓他們重獲自由，是單槍匹馬奪回都市的英雄。」

卡斯邦登拿起放在桌上的杯子喝口水潤喉，接著說下去：

「不只如此，寧亞．巴拉哈還是對解放卡林夏有所貢獻的英雄，這件事我們已經大規模發表過。為了避免介紹女僕惡魔——魔導王的屬下，讓世人對魔導王的評價繼續提昇，我們有點過度讚美她了。況且她的裝備的確就像個英雄。」

她持有向魔導王借用的弓，又穿起那個豪王巴塞的鎧甲，一身扮相只能以英雄來形容。

「現在回到剛才的問題，我們如果施加壓力阻止這樣的她，世人會用什麼眼光看我們？他們不會覺得因為不利於聖王家，所以我們想堵住英雄的嘴嗎？」

「怎麼會……」

聖騎士囁囁嚅嚅地否定，但表情比千言萬語更說明了事實——他也明白到事情會那樣發展。

「如日方昇的英雄與江河日下的聖王家，民眾會信賴的是——」

「——殿下！請您千萬別這麼說。」

「抱歉……好了，除了這點之外，假如我們妨礙她講道，誰知道魔導王的女僕惡魔會做出何種行動。」

「嗚！」

聖騎士臉孔發僵，卡斯邦登露出壞心的表情。

「呵呵，受到那個女僕惡魔保護，就表示她在這座都市裡擁有最強武力喔？想從正面以武力壓抑她太危險了。所以只能維持現狀。我明白你的不安，但是怎麼做都不是好辦法。」

咚咚敲門聲傳來，一名侍在外面的軍士進來房裡。

「王兄殿下，副團長閣下來此求見。」

「立刻讓他進來。」

大概是聽到了這個聲音，在外面待命的古斯塔沃立即進來。些許紊亂的氣息，證明了他是一路趕來的。

「屬下失禮了，卡斯邦登王兄殿下！」

古斯塔沃的工作種類比卡斯邦登更複雜，更忙碌，因此他現在很少親自過來。正因為如此，卡斯邦登知道發生了麻煩事。因為這就表示古斯塔沃帶來的，是他自己無法應付的棘手問題。

「我每次都重複一遍，你不用跟我客氣。還有如果在場只有我們幾個，你不用這樣鞠躬哈腰的。言歸正傳，看你這麼急，必定是急事吧？」

「是！偵察兵發現有多達五萬的大軍高舉南境貴族家族的紋章旗，往這座都市進軍！」

「原來如此……莫非是南境軍勢擊滅了亞達巴沃的亞人類軍？總之先命令兵士就戰鬥位置，就說是因為不能肯定南境軍隊並未遭到亞達巴沃操縱，要有所提防。」

「是！」

「除非對方動手，否則我方絕對不可攻擊。如果對方想與我面談，就帶到我這裡來。然後——」卡斯邦登轉向聖騎士。「——請你擔任迎賓負責人，做好準備。假如我猜得沒錯，應該會需要接待幾位高階貴族，他們可能會喜歡的酒食也不要忘了。」

兩人回答「是！」就離開房間。卡斯邦登一邊目送他們的背影，一邊低語：

「好了……時機成熟了吧？」

●

「話說回來，真高興你們能來，保迪普侯爵、柯恩伯爵、多明格斯伯爵、格拉內羅伯爵、蘭達魯澤伯爵，以及桑茲子爵。」

「哎呀，王兄殿下平安無事，真是萬幸！」

「可不是嗎！可不是嗎！我一直掛念著您的安危呢！殿下！」

乾杯結束後，面對用葡萄酒潤過喉的南境貴族一行人，卡斯邦登重新祝賀雙方平安無事，面帶笑容一再寒暄。

貴族說起近況，談起自己的辛勞。卡斯邦登只負責聽，因為他們只不過是在講自己有多辛苦——主張自己如何為聖王國竭誠盡忠。

柯恩伯爵喋喋不休之後，忽然像是注意到了什麼，向卡斯邦登問道：

「——哎呀，王兄殿下？您給人的感覺似乎變了一點？」

「噢，這是當然的了。您知道亞達巴沃在北境一直以來都做了什麼嗎？那些經歷使我的內在也有了大幅轉變。豈止如此，我想在各位看不到的地方，恐怕變得更多……不覺得這邊瘦了一些嗎？」

卡斯邦登指指自己的腹部，對方回以開朗的笑聲與一句「似乎確實如此」。同時，貴族的眼中蘊藏起些許銳利光彩。

卡斯邦登沒有看漏這點，瞬間察覺到他們是在拿過去與現在的卡斯邦登做比較，品頭論足。

他們雖然立刻巧妙地隱藏起來，但卡斯邦登知道他們還在比較。

卡斯邦登希望他們覺得什麼都沒改變。必須盡量避免戰後貴族對聖王家有所介入。

「……不過，各位是各大家族的當家，參加了這次的戰役，為了解救聖王國而義無反顧，我卡斯邦登真不知該如何道謝。」

「您說這什麼話！殿下，我們這些當家作為侍奉聖王家之人，出戰是天經地義的事。不，如果有人好手好腳，卻不參加關係到聖王國生死存亡之戰，那根本沒資格當貴族！」

各個貴族當家不住點頭。換言之有某個家族的當家沒有參戰，而那個家族對他們而言大概是政敵。

很遺憾，卡斯邦登了解得還不夠多，不知道哪些貴族家族之間交惡，這算是他用功不足。

現在最好別亂跟他們做口頭約定，但不表現出優待他們的態度又怕出錯。牆頭草總是惹人厭。

「諸位對聖王家的赤膽忠心，有必要大力傳揚，我甚至認為必須載入史冊。」

雖然只有一瞬間，但表情顯得最高興的，是在場貴族中年事最高，頭髮金白交雜的保迪普侯爵。

因為已經擁有地位與權勢，所以接下來想要名譽了。至於其他人比起這個，大概比較想要獎賞吧。這是當然了，他們派出了大軍，會想要相應的回報也很正常。

卡斯邦登正在對口頭上推辭的侯爵花言巧語時，面有菜色的桑茲子爵抓到對話中斷的時機，難以啟齒地問道：

「王兄殿下，有件事想請教，就是聖王女陛下究竟怎麼了？聽聞陛下已經駕崩……」

「這是事實。」

聽到卡斯邦登回得乾脆，桑茲子爵又追問道：

「那……那麼聖體放在何處？」

「……由於模樣實在太過悽慘，已經焚化了。本來應該使用『保存（Preservation）』魔法，等擊退了亞達巴沃再進行國葬，但……」卡斯邦登表情沉痛地搖搖頭，表示再也說不下去。「同時，葵拉特．卡斯托迪奧最高祭司也已經確認死亡。」

「是這樣啊……」

他們欲言又止，卡斯邦登得到時間喘口氣，以葡萄酒潤口。

如果要找代替卡兒可的聖王人選，眼前就有一個。然而要找人代替身為最高祭司，地位又在所有信仰系魔法吟唱者之上的葵拉特．卡斯托迪奧卻不容易。因此，他們想必正在沉思如何利用葵拉特的死亡。

卡斯邦登已經喝到第二口，但他們還沒有動靜，於是他提供進一步的情報。

「她的遺體也已經焚化了，因為狀態也一樣令人不忍卒睹。」

貴族蹙眉顰額，可能是聖王國的兩位領袖死得悽慘，讓他們心有所感。這場戰爭是性命的爭奪戰，敗北等於死亡。也許他們終於了解到一旦淪為俘虜，並不是只要支付贖金就能重獲自由，而因此感到恐懼吧。

「那麼聖騎士團團長卡斯托迪奧閣下怎麼了呢？」

「有事找她嗎？可否請各位稍候片刻？」

「哦，她還活著嗎？明明聖王女陛下與最高祭司都亡故了？」

留著漂亮絡腮鬍的蘭達魯澤伯爵酸溜溜地說完，其他貴族也附和著露出嘲笑的表情。卡斯邦登打開門，命令外頭待命的聖騎士叫蕾梅迪奧絲過來。

經過一段將杯中物喝乾的時間，蕾梅迪奧絲進來房間。

蘭達魯澤伯爵正要開口，看到蕾梅迪奧絲的模樣，睜大了雙眼。

「這……！妳是蕾梅迪奧絲．卡斯托迪奧團長？」

代替酸言酸語脫口而出的，是驚愕的聲音。在聖王國，想必沒有貴族沒見過蕾梅迪奧絲，蘭達魯澤伯爵也不例外。正因為如此，他才會大吃一驚，驚訝於自己記憶中的她，與如今的她竟然差這麼多。

如今的蕾梅迪奧絲．卡斯托迪奧簡直有如幽魂。

兩眼凹陷，臉頰削瘦。但眼瞳卻正好相反，炯炯有神。

「不是叫我來嗎？你以為來者會是別人嗎？」

「什……！竟……敢無禮……」

蘭達魯澤伯爵講到最後，小聲到幾乎聽不見，因為蕾梅迪奧絲瞪了他一眼。

如今的蕾梅迪奧絲講得明白點，非常嚇人。不知道她在想什麼，而且不知道會做出什麼事來，令人恐懼不安。就是因為這樣，卡斯邦登才不能把蕾梅迪奧絲安排在自己身邊。他甚至還提醒旁人，不要讓蕾梅迪奧絲聽到任何關於寧亞所作所為的消息。

「有何貴幹？」

只要是這個國家的人誰都知道，蕾梅迪奧絲．卡斯托迪奧是本國最高水準的聖騎士。就暴力的意味來說，她是無人能及的存在。

面對可能失控的暴力，權力派不上任何用場。保護貴族的最堅硬鎧甲，在她面前就跟紙一樣。如果是以前的她，身旁還有人加以管束，處於即使遭人譏諷也能忍氣吞聲的精神狀態；但現在的她不一樣了。

由於貴族了解到這點，所以誰都默不吭聲。蕾梅迪奧絲對這些人嗤之以鼻，聳了聳肩。

「……殿下，我可以退下了嗎？看來他們並沒有事情找我。」

「可以，謝謝妳。」

等到蕾梅迪奧絲離開了，貴族才終於快快不樂地歪扭著臉。

「對殿下擺出那種失禮的態度，殿下您竟然不追究？」

「縱然是聖騎士團的團長，那種態度也令人無法容忍。繼續讓那種對聖王家毫無忠義之心的人擔任團長，是否有欠妥當？」

卡斯邦登伸手制止眾人爆發的不滿情緒。

「現在正在打仗，她的劍術本領能夠派上用場。至於她的去留問題，就留待今後的聖王裁決吧。」

不知道實際上有幾個人是真正對蕾梅迪奧絲的態度心生不快。不，也許有些人的確是以憤怒掩蓋恐懼，但他們其實別有目的。卡斯邦登知道這點，在心中冷笑。

蕾梅迪奧絲是前聖王的武力，而且是強力的武器，絕對會有人不想讓下屆聖王拿到這件武器。不，搞不好他們所有人都這麼想。

「哦！殿下所言甚是！現在正在打仗！但是，我們也不能永遠與亞人類糾纏下去！」

「伯爵說得對！我想使者應該已經解釋過概略情形，總之由於亞人類退兵，我們才能來到這裡！王兄殿下！現在應該趁勢進擊！」

「正是！應該趁現在一口氣擊退亞人類，讓王兄殿下的功勛廣為民眾所知！」

「原來如此，原來如此。那麼──紫色的大老爺怎麼了？」

貴族面面相覷，由保迪普侯爵回答：

「那位大老爺似乎身體不適，並未來到這裡。」

如同最年長的侯爵都稱他一聲大老爺，他們所說的貴庚八十的老者，正是領受九色中一色的人物。他是南境大貴族，授封侯爵地位，由於對聖王家盡忠竭力而獲得了這一色。

就像這樣，九色並非全以強大武力為頒賜標準，其中也有人是因為取得輝煌成就而獲賜顏色。例如領受藍色的公爵夫人就是一個例子，以綜合藝術家的身分名聞遐邇。

從保迪普侯爵回答的短短一瞬間，卡斯邦登看出他隱藏不住的情緒，心中竊笑。雖然早就知道了，但能夠實際上親眼確認，心裡不免會想笑。

「……原來如此，諸位的意見與我的想法不謀而合。」卡斯邦登將自己的主意──殲滅亞人類，藉此讓亞達巴沃計畫受挫的想法講給大家聽。「……但是，假使亞達巴沃出面，該如何是好？」

「亞達巴沃是那樣強大的惡魔嗎？只聽說團長閣下沒能保護到陛下。」

由於沒有實際對峙過，所以格拉內羅伯爵才能問出這種天真的問題。卡斯邦登極其嚴肅地回答他：

「非常強大，我們請來了魔導王，他與亞達巴沃對峙過，那場戰鬥真是令人震愕。」

「魔導王？莫非是那個不死者之王！」

會有人驚訝地這樣說，也是無可厚非。

「哦？這方面的事情你沒聽說嗎？這樣啊……」

「您向外國請求軍隊救援嗎，王兄殿下！這太不可行了！」

「不是軍隊，是魔導王一個人。」

咦？貴族當場凍結，然後花了點時間才解凍。

「魔導王一個人？您說一個人，是說一國之君，國家領袖隻身前來嗎？」

卡斯邦登對蘭達魯澤伯爵點頭，表示「正是如此」。

「豈有此理，這是不可能的吧？不可能有這種君王！應該是把軍隊叫到附近了吧？」

眾人異口同聲地說，用常識來想根本不可能，又說這件事本身恐怕就是某種詭計。但卡斯邦登乾脆爽快地加以否定。

「你們雖然這樣說，但這就是事實，莫可奈何。況且假如魔導王有把軍隊叫來，在與亞達巴沃單挑落敗時，軍隊應該會馬上採取行動吧？」

「他輸了……我真搞不懂。聽說那人是不死者，是不是連大腦也爛光了？可是……這下豈不是相當不妙？」

「是很不妙，不過，蕾梅迪奧絲是把魔導王叫來的使者之一。我們需要做點外交手段，例如將她交出去，以求該國寬恕等等。」

「這樣就能了事嗎……話雖如此，魔導國是在王國的領地建國。既然如此，應該無法通過敵對國家，前來攻打我國……這或許表示若是王國遭到攻滅，我國就得提高警戒了吧？」

貴族一頭霧水，抱頭苦思。煩惱這種問題，就像在想如果太陽打西方升起該怎麼辦。所以他們似乎決定先將這問題擺一邊。

「先不說這個了，殿下今後有何打算？」

「我——想收復王都，而且要盡快。」

「既然殿下有此打算，我等也願意盡一己之力！」

「殿下將要成為從亞達巴沃手中拯救國家的英雄！」

「攻打我國的亞人類原本是十萬大軍，如今應已減少到三萬有餘。既然如此，只要將這座都市內的民兵與我們帶來的士兵等等加起來，必能輕易擊敗敵軍！」

「殿下！看來大家就快要尊稱您陛下了！」

貴族異口同聲地說出卡斯邦登想聽到的話，卡斯邦登故意對他們裝出深得我心的表情。

「唔嗯，這都得仰仗你們的幫助，我絕不會忘記對你們的感謝。」

「何必這樣說呢！我等只不過是想對聖王國、聖王家盡忠盡義罷了！」

卡斯邦登心中浮現不同種類的笑意。

「很好，那麼諸位，就讓我們為了收復王都，開始行動吧！」

2

與南境貴族率領來的軍隊會合，一星期後萬事俱備，開始進一步進軍。

下一個目標是位於卡林夏西方的大都市普拉托。

寧亞隨著馬匹搖晃，難掩不滿情緒。

她的理性認為不能錯過這個機會——趁著亞達巴沃傷勢尚未痊癒——同意殲滅亞人類的方針；但感情不願意接受，她很想多增加一些志同道合之人，盡力準備完美無缺的魔導王搜索活動及救援隊。

話雖如此，指揮官表現得不耐煩又神經焦慮會影響部隊士氣，這點寧亞是從蕾梅迪奧絲身上學到的，拿部下當出氣筒是最糟糕的行為。

她大吸一口氣以平撫心情，稍顯冰冷的清涼空氣流入肺部。雖說春天的腳步近了，但冬日寒意仍在空氣中殘留少許存在感。

寧亞恢復了冷靜，眼睛看向往前進的浩大軍勢。

估計多達九萬五千的兵團一路綿延，看不見盡頭。兵團由南境貴族軍約三萬，解放軍約六萬五千所構成。附帶一提，南境貴族軍剩餘的二萬人馬當中，一萬踏上歸途，一萬正在卡林夏休息。

在這當中，寧亞率領的是弓兵隊二千，所有隊員都是隸屬於支援團體的人。

相較之下，亞人類軍的殘存士兵數推測為三萬，因此雙方之間有著壓倒性的兵力差距。但以個體而言，亞人類強過人類，最重要的是他們畏懼亞達巴沃，因此即使兵力差距如此之多，也不能輕敵。

這次作戰的前提是亞達巴沃負傷而無法行動；如果他傷勢已經痊癒，這場行軍將瞬間變為死亡行進。

心臟彷彿連續猛敲鐘般開始狂跳。

寧亞心想，也許比起任何事情，還是應該以援救魔導王為優先，思緒原地打轉。

「——巴拉哈大人，您需要其他團員部署的部隊情報嗎？」

貝爾川策馬來到寧亞身邊問道，讓寧亞直眨眼。她不懂這句話代表什麼意思。

想了一會，寧亞才理解他的意思，急忙用沒握韁繩的手在臉前揮了揮。

「不……不了，不用做那種像間諜一樣的事沒關係。因為我們所有人都是往同一個目標邁進的同志啊。」

「哦！不愧是巴拉哈大人，魔導王陛下的代言者，多溫柔的一番話啊。」

「…………只是臉長得很可怕。」

接在貝爾川的話後面，在寧亞背後騎同一匹馬的希絲輕聲說道。她說她不會騎馬，所以搭寧亞的便車。

寧亞每次，每次被希絲這樣說，即使對方是她尊敬的前輩，還是有點不太高興。

（讓她用走的算了……）

當然希絲比起一般人更有體力與腿力，讓她騎馬是因為她是魔導王的屬下，寧亞覺得讓她走路或許有失禮數。

貝爾川都聽見了，但絲毫無意幫寧亞說話，既不否定也不肯定。與其說是因為這是魔導王屬下的發言，不如說因為這是明確的事實，他無法否定。

（對啦，是沒辦法否定……因為要不是這樣的話，我也不會戴護目鏡了……）

可是寧亞也是個女孩子，被人家一直說長相可怕，就算是事實而且被人家講習慣了，也還是有點受傷。

「還有一件事，巴拉哈大人。主隊派來了傳令兵，表示先行部隊已發現亞人類大軍，推測為兵力三萬全軍出動，因此似乎決定在此地搭起臨時軍營。傳令兵只告訴我這些就回主隊去了，這樣就可以了嗎？」

「可以，只要你這麼覺得，就這麼做沒有問題。」

貝爾川作為副官一樣表現活躍。

「話說回來，亞人類希望打野戰嗎……」

亞人類聯軍只有聖王國軍約三分之一程度的兵力。雖然個人勇武勝過己方，但在平原布陣打會戰似乎無望取勝；相反地，如果他們固守城池，能夠活用都市的防衛功能，想必還有機會挽回兵力差距。

不管怎樣，只要亞達巴沃養好傷，己方將會極難取勝。亞人類能採取的最佳手段，應該是徹頭徹尾爭取時間才對。

還是說他們打算在騎兵進不去的地方展開局地戰？

「假想戰場是平地對吧？」

「是，正如您所說的。這裡沒有能讓士兵在周圍埋伏的森林等地形，反過來說也沒有丘陵等地形，因此要在哪裡布陣想必會有爭議。」

「……為什麼要選在那種地方？」

對於希絲的疑問，貝爾川先聲明「我是說有可能」然後回答：

「或許是為了逃跑吧？」

「逃跑嗎？」

「是的，巴拉哈大人。如同藍蛆選擇倒戈，並不是所有亞人類都醉心於亞達巴沃。那些寧可背叛亞達巴沃也想逃命求生的人，必定不會選擇固守城池，而是打野戰，因為被圍困時很難逃跑。」

貝爾川的眼中透露出令人發冷的陰暗感情。

寧亞察言觀色，心想是否非得發動最近得到的特殊力量，但是陰影徐徐散去，恢復成平時的光彩。大概是戰事即將開打，使他暫且壓抑住了憎惡。

「……原來如此。」

希絲佩服地點頭，「不敢當。」貝爾川答道。

的確，貝爾川的講法說得通。

就算是亞達巴沃，恐怕也很難看出某某人是戰死在野戰之中，或是臨陣脫逃。這樣的話，只要等到入夜後戰個一場，或許就能讓他們獲得脫逃的機會，減少白白送命的戰死者人數。

寧亞想著這些事，但不能說出口。

亞人類對這個國家的人民帶來的悲劇太大了。

（畢竟似乎有人認為，在魔導王陛下麾下的亞人類還勉強可以容忍，但其他亞人類都得死……）

有風聲指出提倡與亞人類保持親睦關係，或是曾經站在亞人類那邊的人等等，遭人祕密執行私刑處死。

實際上，寧亞在魔導王的帶領下解放收容所之際，曾經看過疑似遭受私刑處死的人類屍體。死者似乎曾經對亞人類搖尾乞憐。

「巴拉哈大人，我不清楚高層會基於何種考量部署我們的位置，需要我提前召集各組的指揮官嗎？」

「不，等詳細部署位置確定後再召集就行了。我想無論部署到哪裡，大家都知道該如何行動。」

希絲抓著寧亞的腰。寧亞等人的部署位置，想必取決於聖王國高層人員如何運用希絲。

如果亞人類當中有強悍勇士，高層想必會將希絲部署於最前線做運用；若是要正常當成弓兵運用，會部署於中間，或是與其他弓兵相同的位置；假如他們不想讓魔導王麾下的希絲立功，就會將她安排在最尾端。

寧亞預測在兩軍衝突之前，應該會將她安排在後續部隊。

而三小時後，寧亞知道自己猜對了。

●

相較於亞人類軍採取近似魚鱗的密集陣形，人類軍大致來說一分為二。南境貴族軍三萬與解放軍一萬，總計四萬為左翼，其餘解放軍五萬五千為右翼，採取近似鶴翼陣的形態。

也因為人類軍的想法是希望在這場戰事中殲滅亞人類，因此以包圍敵軍的形態徐徐展開行動。

相較之下，亞人類軍也許是想突圍逃亡，或者是想把大量人類捲入混戰之中大開殺戒，採取的是以突破力見長的陣形。

結果寧亞等人在稍稍離開戰場的位置擔任獨立部隊，負責保護搭建陣地的工兵。

這是卡斯邦登的敕命，或者該說是委託，寧亞等人獲得許可，幾乎可以自由行動。目前位於聖王國權力頂點的人，竟然指示他們就算不保護工兵也沒關係，簡直像是放棄了指揮權一樣。

理由還是一樣，是因為希絲的存在。

很可能是因為部隊的指揮權雖然在寧亞手裡，但與他們同行的希絲——差不多就像是魔導國的居民——不能隨意運用。也就是說，如果聖王國王族命令了魔導國人臣，可能在將來留下禍根。

關於卡林夏攻略之時，希絲都已經做了那麼多，寧亞很想說現在擔心這個為時已晚，不過南境貴族的到來似乎稍微改變了高層的應對方式。大概是不能再只看現在，有必要放眼未來吧。

寧亞等人一面整隊，一面瞪視遠處戰場。

話雖如此，由於距離相當遠，無法保持自己身在戰場的緊張感。戰場的殺氣傳不到這麼遠的地方來，隊伍背後工兵用木槌敲木樁的聲音一派祥和。

「……又是僵持不下？什麼時候才開始？」

「耗費時間對我軍不利，我想應該會由我軍先下手為強……」

貝爾川回答希絲的問題。

黑夜是亞人類的幫手。雖然在這種平原，只要有月光就能看得一清二楚，但天候是陰天。亞人類如果挑在半夜來襲，肯定很難對付，因為現在正在打造的陣地並不算太堅固。

所以人類軍應該會趁入夜之前主動出擊。

況且兵力有著壓倒性的差距，只要能在這裡打一場漂亮的勝仗——打敗大半敵人，說不定就能摧毀亞達巴沃的計畫。也就是說聖王國能獲救，脫離這場水深火熱的漫長歲月。沒有理由坐失良機。

寧亞也希望這樣就能結束整個戰爭，這樣一來再也沒有事情能束縛寧亞，可以傾注全力尋找魔導王。

寧亞抬起頭來。

她銳利的聽力捕捉到高吼聲，以及成千上萬的人開始奔跑的地鳴。慢了一點，貝爾川應該也聽見了。他低語道：「開始了。」

從這裡看不太清楚兩軍合計遠超過十萬的大軍如何移動，又是否已經展開激烈衝突。

亞人類嚴陣以待的平地實在太過平坦，沒有能夠瞭望整座戰場的高處。

再來就要靠組合式瞭望臺之類的了，但這類設備目前還在陣地內部製作中。

「……怎麼辦？」

「我們的任務是在這裡保護他們，盡到我們的責任吧。」

數量遠遠少於己方的亞人類軍，絕無可能穿過人類大軍到達這裡。將希絲這個最強戰力放在這裡，以政治面而言或許是良策，軍事面而言卻可說是下策。

光是將她投入前線，就能大幅減少聖王國軍的損耗。

誰都明白這一點，卻不這麼做。他們不願讓希絲的名聲比現在更響亮。

寧亞覺得這是讓人白死，但撕裂了嘴也不敢說出口。

後來過了三十分鐘以上，從右翼傳出了歡呼聲。不只擁有銳利聽覺的寧亞，聲音大到寧亞隊伍所有人都聽得見。離這麼遠的地方都聽見了，想必一定是打下了相當出色的戰果。

過了十分鐘，傳令兵騎馬從戰場過來，大聲告訴他們發生了什麼事。

「蕾梅迪奧絲．卡斯托迪奧聖騎士團團長誅滅了敵軍指揮官兼亞達巴沃的惡魔親信——鱗甲惡魔（Scale Daemon）！」

只說了這個，傳令兵就迅速離去。

寧亞懷疑其中的真偽。

不，蕾梅迪奧絲打倒了惡魔應該是事實。但那真是亞達巴沃的大惡魔親信嗎？

寧亞知道在卡林夏對抗過的那個大惡魔親信有多強悍。

她不認為蕾梅迪奧絲能打贏那種惡魔。

（團長變強到能打贏那種惡魔了？還是說……難道是替身？得問問前輩才行。）

「希絲前輩，我有個問題想請教妳，鱗甲惡魔有多強？」

「……那個團長打得贏的程度。」

「可是頭冠惡魔更強，對吧？」

「……有強悍的惡魔，也有弱小的惡魔。鱗甲惡魔算弱小。」

「是這樣啊……」

寧亞鬆了口氣，這就表示他們已經打倒了兩隻闖入這個國家的大惡魔親信。再來還剩據說待在丘陵的大惡魔親信，不過目前想這個也沒用。

「這下這個國家就能得救了吧……敵方司令官都死了，那些亞人類的軍隊想必會就這樣一步步瓦解。照王兄殿下的預測，戰爭應該這樣就結束了。」

貝爾川顯得很遺憾，大概是因為失去了讓自己與其他同志報仇雪恨的機會。

「…………還有獵殺殘兵敗將的工作要做。」

「說得也是！不愧是希絲大人！」

貝爾川如此回答，但他欣喜的表情很快就凍住了。

因為左翼——大約在貴族軍的正中央位置，豎起了一根火柱。地獄業火升高到遠遠都能清楚看見的高度，簡直像要把天空燒盡一樣。

寧亞急忙看向希絲。

她只知道有一個人能辦到這種事，而希絲肯定了她的想像。

「…………糟了……是亞達巴沃。」

「蕾梅迪奧絲．卡斯托迪奧聖騎士團團長誅滅了敵軍指揮官兼亞達巴沃的惡魔親信——鱗甲惡魔！」

在右翼，由卡斯邦登派來的傳令兵喊出的消息，引發了眾人的歡呼。保迪普侯爵也笑逐顏開。

「呼哈哈哈，幹得好！竟然誅滅了敵軍大將！那個女人，先不論腦袋好壞，只有劍術本領倒是真材實料啊。這下敵軍的氣勢必然轉弱。傳話下去，就照這股氣勢擊破敵軍，殺光那些亞人類，一隻都不准放過！」

「是！」

士兵聽從侯爵的命令，即刻四散。

「侯爵大人，成功了呢。能在這場戰鬥——在我們參加的戰鬥中誅滅與我們僵持不下的部隊指揮官，實在是太幸運了。」

侯爵在自家派系中特別關照的男人——柯恩伯爵滿臉堆笑地說了。

「說得一點也沒錯，伯爵，這樣我們就領先了他們一步。」

他們誅滅了與南境貴族聯軍長久以來僵持不下，小型衝突不斷的軍隊的指揮官。這算是大功一件，對於南境其他貴族也必定能當成有效的一張牌。

好幾次讓侯爵吃癟卻有苦難言的與其說是蕾梅迪奧絲・卡斯托迪奧，不如說是她的妹妹葵拉特・卡斯托迪奧，不過這次蕾梅迪奧絲的表現，甚至讓侯爵認為可以盡棄前嫌。

而這件功勞對卡斯邦登而言，也具有贏得聲譽的效果。講得明白點，只要卡斯邦登能繼續活到最後，下屆聖王寶座想必是手到擒來。就算是還有剩餘力量的南境貴族想必也不敢有意見，只要自己提供全面後援就萬無一失。

令人不安的是繼承聖王家血統的其他人下落不明，如果已經死了，那就不會有任何問題。侯爵沒有弄髒自己雙手的決心，所以關於這點只能求神保佑。

侯爵心情愉快地思考今後貴族社會的勢力圖。

為了成為聖王國最具權力的貴族豪門，接下來的收尾絕不能做錯。整件事發展至今完美無缺，只要繼續保持下去即可。

「伯爵，你認為有可能將亞人類趕往南境嗎？」

「侯爵大人，這麼做是為什麼呢？」

伯爵面露吃驚的表情，用一副困惑不解的語調問道。侯爵在心中嗤笑他的這種反應。

他不可能不懂，侯爵可無意重用那種無能的東西。他只是猜出了侯爵的心思，故作驚訝而已。

大概是想裝出「偉大的侯爵閣下，在盤算自己想都想不到的事」的態度吧。算是一種無聊的拍馬屁。

侯爵也陪他演戲。如果伯爵以為侯爵是容易操弄的貨色，利用起來會更方便。

「聽好嘍？如果想讓除了我們派系以外的南境貴族失去力量，亞人類會是非常好用的工具。」

侯爵豎起一根手指，扮演想炫耀自己聰明才智的老人。

「如今北境貴族的力量已經削弱，南北勢力嚴重失去了均衡。這樣下去，今後在聖王國當中，南境貴族的發言將無可避免地更具份量。然而那對於今後的聖王家而言，會是個麻煩問題。我是說對於我們即將協助的聖王家。」

「真不愧是侯爵大人，如此深謀遠慮！」

雖然阿諛諂媚得太明顯，但侯爵裝出心情愉快的態度，稍微提高嗓門：

「沒錯，如果亞人類能把對我們無益的貴族的領土踐踏一番，那就再好不過啦。」

看到伯爵急忙環顧四周，侯爵摸摸鬍子，同時心裡想——這男的真會演戲。

「放心吧，伯爵。周圍只有我一些值得信賴的手下，這件事絕不會走漏風聲。況且誰會相信這種事？」

「是……是這樣啊。不過，只讓亞人類敗逃到南境，不確定因素太多了。既然這樣，不如就追擊到這裡為止，與那些亞人類締結祕密協定……」

「僱用那些亞人類嗎？這個點子不錯。」

伯爵的口氣與態度彷彿帶有對於使用亞人類的厭惡感，但這八成也是演技。他這種人就是能利用的東西什麼都拿來利用。

將他這種優秀的人物放在自己的派系裡，其中也具有監視的意義在。

實際上，侯爵放了幾個人潛入伯爵的家裡，而且巧妙運用其他派系等等，即使中了迷惑魔法也不會露餡。

「伯爵，假如得到了與亞人類談判的機會，你要不要一起來？」

侯爵看出伯爵眼睛深處做了各種計算。

「我……我本身並不想去，但如果侯爵大人要去，那我也陪您一道去。」

也許他認為這樣就得到了侯爵講過這種話的情報，可以當成對付侯爵的最終王牌？不，一旦同行就是一丘之貉，作為底牌來說嫌弱。

「……是嗎？那麼或許該跟殿下談談，請殿下停止攻擊亞人類比較好？就告訴殿下沒必要繼續戰鬥，徒增犧牲了。再來只要在桌上取得勝利即可。」

「侯爵大人所言極是。其他伯爵似乎正在全力進攻，是否應該盡快阻止他們，才能收到更大效果？」

「說得對。」

阻止這些想打下夠多戰果的人雖令人過意不去，不過考慮到今後問題，也許應該叫他們到此為止。

侯爵發現自己逐漸成為能考慮聖王國未來的立場，心中喜不自勝。當然，他絕不會把心情寫在臉上。

「派人聯絡伯爵他們——」

突然間一根火柱升起，打斷了侯爵講到一半的話。

關於魔法，侯爵也並非蒙昧無知。雖然自己不會使用，但信仰系魔法的知識在聖王國貴族社會是一般常識。話雖如此，他最多也只知道第二位階的魔法，而且沒有其他系統的魔法知識。

然而即使是他，也知道此時看到的火柱是相當驚人的魔法。

「那是什麼？莫非那是所謂第四位階領域的魔法嗎？就是據說葵拉特．卡斯托迪奧或聖王女陛下能夠使用的魔法？」

「我……我不知道。該……該如何是好，侯爵大人？」

「唔，唔嗯。我不太清楚，總之先稍微後退，移動到安全的地點吧。」

3

軍士羅比是二十四歲的青年，雖沒接受過正統教育，但還有點頭腦，知道這世上自己所不知道的事物多如牛毛。

正因為如此——

「人類啊，我回來了——趁我調養魔導王對我造成的傷勢時，你們似乎肆意妄為了一段時間啊。」

——響徹五臟六腑的怒吼迎面撲來，讓羅比失禁了。

他已經感覺不到溼透的褲子黏貼皮膚的觸感。

由於他理解了眼前怪物的強大，直覺到自己即將死亡，求生本能因此失控，阻斷了多餘的感覺，高速尋找逃出生天的方法。

然而不等他找到任何方法，亞達巴沃先解放了力量。

「死吧，被憤怒之火焚身，燒盡你們的性命吧。」

轟的一聲，火焰噴發而出，熱浪撞在羅比的臉上。驚人熱度使得眼球一口氣乾燥，造成一陣劇痛。從喉嚨流入肺部的熱氣彷彿從內部焚燒身軀。不，事實就是如此。

火焰燒爛了皮膚，水分從中逐漸喪失。表皮漸次燒焦後，接著就換皮下脂肪、肌肉，以及神經。手臂等皮下脂肪較薄的部位，熱度很快就傳達到肌肉或神經等處。這麼一來肌肉就會收縮，迫使身體扭曲成怪異的姿勢。然而經過高溫燒熱的鎧甲金屬部分黏住皮膚，阻止了身體的動作。

從衣服、皮膚或肌肉、脂肪燃燒精光的腹部，掉出還完好無缺的內臟。

人類體內水分很多，因此要花很長的時間才能將內部燒焦。如果是火災現場，會有時間將體內一併烤熟，但亞達巴沃的火焰靈氣產生的魔法熱度，在亞達巴沃一離開原位就會隨即消失。

因此灑落滿地的內臟器官，幾乎都沒有因為加熱而變色，保持著漂亮的粉紅色。層層重疊的焦屍，與漂浮於血海中，色彩鮮豔刺眼的內臟，足夠讓看到的人噁心反胃。這正是突如其來顯現於現世的地獄光景。

包括新鮮內臟灑滿一地的羅比與其他人，亞達巴沃在周圍留下超過五十名人類的焦黑屍體，邁步前行。

亞達巴沃——重新召喚出來的憤怒魔將——走動著。只不過是這樣，人類就受到「火焰靈氣」籠罩，一個個死得簡單。

「讓開！別擋路！」

到處都能聽到同樣的聲音，其中第一個嚷嚷的是民兵弗朗塞斯克。

他每天都在想「我怎麼會這麼倒楣」。由於聖王國採取徵兵制，因此任何人都得從軍。

沒錯，就算像他是個富商的兒子，是將來前途似錦的男人也一樣。雖說父親捐款讓他被分配到輕鬆的部隊，但軍旅生活對他來說仍然是種煎熬。

就在他以為再過不久就能熬過來時，忽然爆發了這場戰爭。

他沒有一天不是滿口怨言，但他以為再過不久這一切就會結束，自己可以回去當大商店的少老闆，繼續賺更多他最愛的錢財。

再過不久應該就能解脫了。

就只差一點點了。

然而，自己現在卻在死命逃離那個怪物。

一旦被追上必死無疑。

他拚命挪動因為恐懼而快要打結的腳。

周圍滿是同樣臨陣脫逃的人，因此他再怎麼焦急也跑不快。

特別是跑在弗朗塞斯克前面的微胖男性，甚至令他感到礙眼。

所以弗朗塞斯克把前面的男人撞飛。

為了讓自己多逃一步，盡量逃離那個怪物，為了自己的未來享受。

然而撞飛前面的人，那人的前面也一樣有人在逃跑。

被撞飛的人撞上前面的其他人，很可能引發骨牌效應，造成許多人連帶摔倒。事實上，弗朗塞斯克的面前就發生了這種現象。

如果只有一個人還能躲開，說不定還能跳過去。

但弗朗塞斯克的體能沒那麼好，能漂亮躲開摔成人肉糰子的一大堆人。

他摔在糰子堆上。

弗朗塞斯克瘋狂掙扎著想爬起來——然而怪物不給他那個時間。

以亞達巴沃為中心，火焰靈氣的範圍追上了他。

弗朗塞斯克連慘叫的閒工夫都沒有，「為什麼是我？」這種想法瞬間消失在掀起的劇痛中，只能在襲向全身的痛楚中掙扎。

弗朗塞斯克很幸運，因為他很快就死了。

亞達巴沃不停止步伐，踩爛人類的烏黑屍體，如入無人之境。

「快逃！快逃啊！」

有個男人講著這種無意義的話。他的名字是軍士戈爾卡，對劍術本領很有自信。

正因為如此，所以他即使看到亞達巴沃，還有勇氣如此喊叫。

然而他這是有勇無謀，因為亞達巴沃的步履，因此轉向了戈爾卡的所在方向。不知道是引起了他的興趣，還是純屬巧合。

對於原本差點被追上的那些人來說，戈爾卡簡直如同天神使者，但對於怪物新的前進方向上的那些人來說，他卻成了惡魔的使者。

他判斷在擁擠的人群當中，要逃離怪物是件難事，於是舉起了劍。

怪物的視線移動，定睛注視戈爾卡，僅僅過了一秒就看向戈爾卡的背後。

這就是怪物對戈爾卡的評價。

只值一瞥的價值。

戈爾卡發出咆哮，逆著人群奔跑。

變成焦炭倒下的人離自己越來越近，是一種可怕的體驗。但他抱持著希望，心想自己說不定能辦到。抱持著說不定能傷到怪物分毫的希望。

戈爾卡用自己的身體知道了答案。

一陣劇痛竄過。

想逼近怪物無異於痴人說夢。

戈爾卡跟比自己弱小的軍士在同樣距離被烤死。

戈爾卡想通了。

對那個怪物而言，戈爾卡就跟路邊的平民沒有兩樣。

早知道就逃走了。燒傷的痛苦沿著全身神經傳來，使他忘了這個後悔的念頭，發出無聲尖叫不支倒地。模樣就跟躺在路邊的屍體沒有兩樣。

亞達巴沃漫無目的地走著，只是因為人類在逃跑，所以追趕罷了。

「不要過來——！」

逃跑。

在這場戰爭中，以信仰系魔法吟唱者身分從軍的畢碧安娜在逃跑。

她甩亂一頭金色長髮，拚命逃跑。

沒有閒工夫擦眼淚或鼻水。

不可能贏得了那種怪物。

有人在說些什麼。
管他的。
她想盡可能遠離那個怪物，一心只有這個念頭奔跑著。
不能撞飛跑在前面的人，她一邊把那些人推到旁邊，一邊奔跑。
擋路。
擋路。
擋路。
為什麼眼前有這麼多人擋路？
自己之外的誰死去都無所謂，她只想自己活命。
畢碧安娜一心只有這個念頭奔跑著。
說是奔跑，但附近塞滿了同樣四處逃竄的人。即使畢碧安娜腿力比一般人優秀，也慢得像烏龜，無法跟惡魔拉開距離。
滋滋熱氣搔動著後腦杓的頭髮。
「不要啊啊啊啊！」
她想起別人慢慢死去時的可怖模樣。
「我不想死——！」

當然會這樣喊叫了。

任誰都會這麼想。

死亡迫近眼前，很難讓人坦然接受。尤其事情來得越是突然，就越是如此。

「好痛——————！」

過熱的高溫只會讓人感覺到痛，大腦感受到無法承受的疼痛，知道自己將死。不要，我不想死。畢碧安娜只想著這件事，同時被火燒死。

亞達巴沃一邊覺得無聊，一邊默默前進。

「不准逃！戰啊！」

騎在馬上的勇敢男子吼叫。

萊昂西奧是侯爵陪臣家的次男，期望能藉由劍術本領受到提拔，而參加了這場戰事。在他周圍的，盡是父親暫借與他，對武藝有自信之人。

看到惡魔將維持著痛苦姿勢斷氣的屍體留在後頭，步履沉重地慢慢走來，他的確想逃跑。但是一旦逃跑，今後他的未來將黯淡無光。為了光輝燦爛的未來，只能在這裡賭一把。

他如此判斷，於是重複叫著「不准逃」。

但馬匹不一樣，馬兒憑直覺知道靠近過來的惡魔是可怕怪物，試著逃跑。

在群眾四處逃竄的狀況下，如果馬匹拔腿狂奔，會怎麼樣？

很簡單。

會連人帶馬一起摔倒。被壓在馬匹底下的幾個人發出悲痛慘叫。不，甚至有人當場被壓死。

而騎在馬上的萊昂西奧也被遠遠彈飛，摔在地上。

他運氣好被拋在別人身上，免於被逃跑的人群踩成肉泥。

然而——萊昂西奧正要站起來，手臂卻一陣劇痛，可能是被拋出去時扭傷了。

跌倒之際，劍也不知被震飛到哪裡去了。

他想找劍——霎時間，讓人忘記一切的劇痛襲向全身。萊昂西奧有生以來，是第一次嘗受到這種痛楚。

思考全被痛楚奪走。

在遭到劇痛撕成碎塊的思考中，浮上表面的唯一一個想法是——為什麼是我？

「……唔嗯。」

在燒死的人類屍體堆積如山之處，受命扮演亞達巴沃的魔將獨自佇立，眺望那些潰逃的人類。

有點無趣。

火焰靈氣不是什麼大不了的能力，就只能對周圍造成火焰損傷，對手只要使用能夠抵抗火焰損傷的魔法，就可以阻斷大部分損傷。當然，有人提供了魔將智慧，讓他知道這個國家的一般兵卒辦不到那種事。

他雖然是惡魔，但並非喜歡單純欺負弱者。真要說的話，他屬於喜歡折磨以為自己很強的弱者那一型。所以他很希望戰場上有自以為是勇者，勇敢前來挑戰的笨蛋出現，但很可惜似乎沒有那種人。

憤怒魔將抬腳踩踏地上的焦黑屍體。

屍體承受不住壓力，內臟向外噴出，瞬間燒成焦炭。

由於裡面塞滿了東西，惡臭四處擴散。

憤怒魔將轉身就走。

同時他想，如果他認真起來飛空追趕，會造成更多死者，但人類有沒有察覺到這點倒是個疑問。

所有人都啞然無語，一臉呆愣地目送惡魔的背影堂而皇之地返回亞人類陣地。

那個怪物究竟是什麼東西？沒有人詢問這種問題，也沒必要問任何人。再愚蠢的人都能理解。

魔皇亞達巴沃。

蹂躪聖王國，讓黎民百姓淚乾腸斷的存在。

在兩國作亂的惡魔，為了讓眾人見識到自己是人類絕不可能勝過的存在，讓滿心勝利希望的人們再次陷入悲嘆與絕望，他回來了。

4

寧亞被叫到帳幕時，內部空氣死氣沉沉，讓她驚訝於蘊含沉默的空氣竟然能如此沉重，都不禁佩服起來了。

南境貴族圍著特地讓人搬來的氣派桌子，臉色鐵青。不，不只是他們，連解放軍的要人也一樣。

有這種反應很正常。

被迫見識到亞達巴沃壓倒性的力量，不可能有人不受打擊——好吧，寧亞當時受到的打擊其實不大。只不過那是因為寧亞與亞達巴沃對峙時，失去魔導王這位偉大存在的打擊占了她心中第一位置。而且至今目睹的種種光景，或許也讓她的心靈感受變得遲鈍。

然而南境貴族想必從未置身於慘烈戰事，站在他們的立場，說驚愕都還算客氣了。誰知道那個惡魔竟然光是走路就能讓人一個接一個死掉，只留下悽慘的屍體？

豈止如此，將近十萬的士兵還只因為一隻惡魔就陷入恐慌狀態，險些土崩瓦解。

「——那是什麼，那到底是什麼，那個怪物究竟是什麼東西！」

多明格斯伯爵越講越大聲。

相較之下，卡斯邦登知道亞達巴沃無人能敵的強悍力量，態度隨便地聳了聳肩。

「那就是亞達巴沃……我應該毫無虛偽地把那傢伙的力量告訴過你了吧，多明格斯伯爵。」

「我可沒聽說那惡魔光是走路就能殺人！」

這是問題的重點嗎？寧亞心中吐槽。

「的確如此。那人之前與魔導王——陛下是在都市內交戰，因此全貌不明。然而我已經告訴過你他擁有多大力量了，既然這樣，他就算有那種能力應該也不奇怪吧？」

「就……就算是這樣！」

「——伯爵，我明白你想說什麼。這正是所謂的百聞不如一見。」

侯爵開口了，只能說薑是老的辣，因為他看起來沒有其他成員那樣焦急。

「……不過，現在講這個沒有建設性。我們應該討論的是今後的對策，不是嗎？」

「正是如此，侯爵大人。該如何是好？」

桑茲子爵語氣急促地問道。知道自己待在不安全的地方，難免會有這種態度。

站在他們南境貴族的立場，這本來應該是一件簡單的工作。用壓倒性兵力以眾克寡，成為救國英雄。但事態已經改變了，如今換他們變成了獵物。

代替雙臂抱胸悶不吭聲的侯爵，卡斯邦登回答：

「雙方兵力相差懸殊，問題在於亞達巴沃一個人就能顛覆這種差距。我想以王兄的身分請教各位，你們認為該怎麼做，才能在這種狀況下獲得勝利？」

經過一小段靜默後，侯爵用一種充滿絕對自信的口吻，好像除此之外別無選擇似的回答：

「卡斯邦登王兄殿下，就殿下之前表示，只要殲滅亞人類，亞達巴沃或許也會撤退，是吧？既然這樣，也只能這麼辦了。」

「侯爵大人！您還要繼續打仗嗎！」

「正是如此，蘭達魯澤伯爵。就算想逃跑，你認為事到如今還跑得掉嗎？」

「……侯爵大人，要讓所有人逃走或許很難，但應該能讓一小部分的人逃走吧？」

對於柯恩伯爵的提案，「哼。」同處一室的蕾梅迪奧絲嗤之以鼻。

「很像是連卡兒可陛下的理念都無法理解的無能之輩會有的想法。」

「什麼！」

「逃跑，苟且偷生，然後又能怎樣？躲在倉庫草堆裡嚇得發抖？你不是貴族嗎？既然如此，拿點骨氣出來說願意為了百姓犧牲自己怎麼樣？」

「那妳又算什麼，卡斯托迪奧團長？身為持有聖劍的聖騎士，卻連區區一隻惡魔都打不贏！」

蘭達魯澤伯爵怒吼道。

幽魂般的她兩眼炯炯有光，轉向伯爵。

「沒錯，我贏不了，只有那個不死者能跟那傢伙打得起來。但是，為了爭取時間——只要能讓百姓多活一秒，我能夠跟那傢伙戰鬥到死。那你呢？」

做好死亡覺悟的戰士，與逃避死亡的貴族。兩者互瞪，誰會贏不言自明。

蘭達魯澤伯爵別開目光，蕾梅迪奧絲譏諷地笑著。

「王兄殿下，我想去命令聖騎士捐軀，還要談下去嗎？」

「讓人做好覺悟是很重要，但……好，妳去吧。可以讓蒙塔涅斯副團長留下來嗎？」

「是嗎，那麼古斯塔沃，拜託你了。」

蕾梅迪奧絲只這樣說完，就搖搖晃晃地離開帳幕。最後還瞥了在寧亞身旁發呆的希絲一眼。

「各位，我為我們團長的態度道歉。」有貴族說「應該的」，古斯塔沃瞪了那人一眼，接著說道：「不過，那是我們聖騎士團的全體意見。我們聖騎士全都有所覺悟挺身成為人民的盾牌而死，各位作為貴族立於萬人之上，希望也能有此覺悟。畢竟如果指揮官逃亡，仗就打不成了。」

「什麼！」

不知道是哪個貴族驚叫起來，寧亞還來不及找，保迪普侯爵就先說道：

「到此為止吧……我們研擬作戰不是為了死得轟轟烈烈，而是為了求勝，您說對吧？殿下？」

「正是如此，侯爵閣下。用不了多少時間，亞達巴沃就會完全掌握指揮權。在那之前，我們必須找出取勝之道——」

「——怎麼可能贏啊！你們沒看到那個惡魔的力量嗎！」格拉內羅伯爵站起來怒吼。

「如果是使用魔法或是攻擊之類的力量，還能想想怎麼樣讓他不能用！但是，那傢伙只是在走路！光是走路就能將周圍化為地獄火海！」

「格拉內羅伯爵……記得你具有魔法方面的知識，有沒有想到什麼……」

「在我所學到的當中，沒有那樣的力量……」

「這樣啊……打個比方，敵軍亞人類只剩下大約一萬，是否可以一邊逃離亞達巴沃，一邊只殲滅亞人類？」

侯爵態度嚴肅地同意卡斯邦登的提案。

「恐怕也只能如此了……雖然極其困難，但憑我們的力量打倒亞達巴沃會更困難。」

「且慢。」柯恩伯爵舉手。「我反對。亞人類死光後，亞達巴沃也許會離去，但難保他不會殺光這裡所有人當成臨別禮再離開。」

言之有理，所以卡斯邦登當然提出疑問：

「那麼你說該怎麼辦？」

「可以跟他談判。」

看到柯恩伯爵不苟言笑地說出這種話，有幾個人啞然失笑。

柯恩伯爵發現自己遭到嘲笑，滿臉通紅，但他還來不及說什麼，卡斯邦登搶先問他：

「伯爵，你要如何與那惡魔談判？」

「這……這個嘛。例如只要他不傷害我們放我們走，就送他一些什麼……」

「能送什麼？殺了我們再搶走不是比較省事？還是說要拿這裡沒有的東西給他？例如呢？」

「殿下，請等一下！我只是想說開戰不是唯一的手段！我說談判或許也是一種辦法，只不過是提個議罷了。」

「我覺得伯爵的想法……這個嘛，有點太過樂觀。更何況誰能去跟那個怪物談判……話說回來，聽說魔導王陛下將女僕惡魔納入支配，而她的力量在收復卡林夏時幫上了忙，那麼能否用女僕惡魔的力量設法解決？」

格拉內羅伯爵的視線朝向了希絲。

「……我打不贏亞達巴沃……也很難爭取時間。」

「可是，若能請您與卡斯托迪奧團長並肩奮戰，應該能爭取到一點時間吧？」

以意見來說很正確，要實行卡斯邦登的提案，也得找個人盡量攔住亞達巴沃。

但那就等於叫她去死。

「……嗯——」希絲偏著頭，仰望天花板。「…………傷腦筋。」

「您意下如何？只要您願意這麼做，魔導國與聖王國的關係將會更密切。」

「…………嗯——嗯！」

「您明白了嗎！」

寧亞正在考慮這時該介入講什麼話才正確，但希絲回答：

「……我拒絕。」

「可……可以問為什麼嗎？」

「……沒特別理由。」

「沒……沒有特別理由嗎？」

多明格斯伯爵愣愣地問，希絲點了個頭。

「妳是害怕亞達巴沃嗎！」

「……嗯……那就這個理由，我害怕所以不想打。」

多明格斯伯爵愣住了，接不下去。人家都這麼說了，別人也不好再說什麼。一旦希絲說「你不怕，那你去爭取時間啊」就完蛋了。況且如果她搬出大道理拒絕，或許還能做些提議推翻那些道理，但她從感情方面說不要，就難反駁了。

在變得鴉雀無聲的帳幕內，受召前來的解放軍重要官員，指揮數千名軍士與民兵等等的一名人士開口輕聲說：

「趁亞達巴沃完全掌握指揮權之前，早早開溜如何？我不認為我們能贏得了那種怪物。聽說之前有魔導王在，但現在不在了……你們想得到有誰可能打贏他嗎？沒有吧？只要逃往南境……」

發言者身旁的另一名指揮官小聲說：

「……不能保證亞達巴沃不會追到南境吧？」

砰！方才的發言者把桌子一拍，吼道：

「既然這樣！除了照王兄殿下的提案，只把亞人類殺光之外還能怎麼辦！既然逃不掉，那就只有這一條路，只能一戰！單純得很。」

「沒錯，這是唯一一線生機了。我才不要低頭求饒，再經驗一次那種地獄。目前應該加緊腳步建造軍營——」

帳幕霍地掀開，卡斯邦登的直屬軍士撲了進來。

「殿下！亞人類大軍有動靜了！正在慢慢整頓陣形！」

上一場戰事中，敵軍沒有像樣的陣形。這或許是亞達巴沃掌握指揮權造成的結果。

「是嗎……諸位，再過不久恐怕敵軍就要攻來，我們也火速做好迎戰準備吧！」

在卡斯邦登的一句話下，召集到場的所有人一齊站起來，寧亞與希絲也一起動身。

那些不願浪費時間的人，都爭先恐後地奔出帳幕。

最後剩寧亞她們留在帳幕裡。寧亞的部隊早已上下一心，不需要現在才來提振軍心。

寧亞看到撲進帳幕的傳令兵表情異樣地憂愁，雖然覺得不太對勁，但也不能怎麼辦，於是與希絲一同回自己的部隊去了。

「好了，壞消息似乎還沒講完？」

「是！王兄殿下，讓列位大人回去沒關係嗎？」

「聽了你的報告我再考慮吧。」

卡斯邦登事前囑咐過直屬部下，在有第三者的地方，除了已經廣為人知的情報之外，絕不可洩漏其他情報。這名部下獨自在帳幕中留到最後，可見必定是這麼回事。

「……殿下，亞人類的軍隊正從西方往這邊推進。再這樣下去，一小時後就會抵達此地。」

「這……怎麼可能。」

卡斯邦登差點大叫出聲，拚命壓抑下來。這事要是被帳幕外面的人聽見就糟了。

「西方有卡林夏，那座都市完全沒有捎來任何聯絡喔。就算繞大圈迂迴好了，他們是怎麼躲過巡邏人員的耳目……莫非敵方數量極少？」

「不，據推測至少超過一萬……該如何是好？」

亞人類的殘存兵力，就算再追加一萬，仍然是聖王國軍的兵力較多，然而敵人來自西方卻糟透了。敵軍以少數兵力挾擊時，一般來說只要先擊潰一邊，再擊潰另一邊即可；但這次的敵人有亞達巴沃撐腰。

這下逃跑路線等於已被敵人擊潰。

「……既然如此，聽好嘍？絕對不可讓任何人知道這項情報。」

卡斯邦登對神情驚愕的偵察兵冷冷地說。

「這項情報太過危險，萬一這件事傳遍全軍，我軍將會頓失戰意，原本能贏的仗也打不贏，造成更多人死傷。為了團結軍心，千萬不能讓大家知道。」

「殿下……」

「……沒事，只要在一小時內決勝負就行了，別這麼擔心。」

「……遵命。」

「還有，盡量別讓偵察兵去看西方的情形。萬一情報洩漏，光是這樣就能讓軍隊分裂，遭到敵軍各個擊破。要隱瞞到最後一刻，明白嗎？」

「是！」

傳令兵好像還不能釋懷，但似乎覺得卡斯邦登說得也有道理，離開了帳幕。

在變得空無一人的帳幕中，卡斯邦登兀自按住了臉。

做出來的是實在太過簡略的柵欄，西側與北側是完成了，但南側只做了一半，東側更是完全沒做。有人提出意見，認為與其躲在這種柵欄內側戰鬥，還是應該在地形寬廣，容易布陣的平地戰鬥。於是眾人放棄據點，在平地擺開陣勢。

他們選擇橫陣。

亞達巴沃出現在哪個部隊，哪個部隊必定遭受毀滅性打擊。既然如此，其他部隊別管他們，繼續對抗亞人類就是了。採取這種陣形，就是有所覺悟要犧牲那些人。在這當中，蕾梅迪奧絲率領的聖騎士團擔任游擊隊，並未配置於任何一個部隊。因為他們要前往亞達巴沃出現的位置。

寧亞等弓兵部隊也同樣擔任游擊隊。寧亞認為這項指令具有雙重意義。一方面是讓希絲這個魔導王的部下容易逃走，一方面是如果希絲有意與亞達巴沃交手，離開不能自由移動的部隊會在戰鬥隊伍中開出大洞。

寧亞的部隊早已講好，當亞達巴沃出現時該怎麼做。

是要前去打倒亞人類，或是前往安全地點，抑或是──與亞達巴沃戰鬥？

大家的答案只有一個。

就是──前去打倒亞人類。

的確，大家對亞達巴沃這個萬惡根源恨之入骨。然而厲害如魔導王，都贏不過那個對手了。大家知道自己的斤兩，為了盡可能接近戰略上的勝利，還不如盡力殲滅亞人類。不過不想讓大恩人魔導王的部下希絲白死，倒也是理由之一。

寧亞上馬，瞪視敵軍。

在先前的戰鬥中，亞人類聯軍的陣勢破綻百出，此時卻維持著毫無破綻的威武模樣。原本連兵種都沒分，只是各個種族集結一處的複數群體，如今卻成了訓練有素的精兵猛將，排列整齊。

過去歷史上，有過如此給人精良、勇猛印象的戰鬥隊伍嗎？一排一排的盾牌堅牢無比，林立的槍矛利劍閃亮刺眼。不只顯示亞達巴沃的指揮能力極強，也清楚證明了軍隊的高度向心力。

不——

（這是當然的，見識到那種壓倒性的力量，不可能有人不服從。）

很多亞人類都重視強悍實力，想必會心甘情願投效亞達巴沃。

戰端即刻開啟。

寧亞等人也從後方射箭。

三千人同時射出的箭有如傾盆大雨。

在這次的戰鬥中，人類軍橫向擴展陣勢，採用藉此盡量短時間贏得勝利——殲滅亞人類的作戰方式。

重裝騎兵也毫不保留地展開突擊，憑著背水一戰的壯烈決心，不顧一切地攻打敵軍；亞人類則是加強防禦。

亞人類或許明白這種一氣呵成的攻擊就如同為火堆添木柴，只不過是一時的力量。因為完全著火的木柴最終只會燒成碎片，失去原形。

人類在個人武力上不如亞人類，難以突破加強防禦的亞人類軍隊。不，如果是亞達巴沃不在時的亞人類軍，其實還有可能。但現在敵軍的編組方式，能夠讓各色各樣的種族將各自能力發揮到極限。他們互補弱點，互相提昇強處。

敵軍的防禦能力，讓人類軍懷疑短短幾小時前的優勢也許只是一場夢。人類軍一次又一次突擊，刺出槍矛，射出箭矢，敵方的堅強陣形卻屹立不倒。豈止如此，反而是進攻的聖王國軍蒙受較多損害。

時間一分一秒流逝。人類軍不能打到入夜。不，還沒入夜，氣力與體力恐怕會先燃燒殆盡，反遭敵軍擊垮。

況且——

「亞達巴沃出現於2A地區！步兵第二部隊全軍覆沒！」

「步兵第四部隊半數潰敗！」

「槍兵第六部隊半數潰敗！」
傳令兵大聲傳達戰場的狀況。
「這次換那邊了？」
這個戰場在卡斯邦登的提案下，分成幾個區域。
為了讓軍隊稍微容易調動，每個區域以號碼區分，雖然非常粗略，但能當成某種程度上的代號。
附近的軍隊可能是看到亞達巴沃就跑，從寧亞這邊都能看見隊伍亂成一團。亞人類從那裡展開攻勢，人類軍兵敗如山倒。
就是這樣。
亞達巴沃只需要出現一次，發揮他的力量，五百人組成的隊伍當場崩潰，造成總人數近千的傷亡。然後切開的傷口又遭到亞人類軍隊突擊，造成更多的人命犧牲。
如果亞人類因此而得意忘形還好，但他們進行某種程度的追擊之後立刻後退，再次像烏龜一樣縮回殼裡。如此一來，讓戰鬥發展成混戰，使亞達巴沃不易發揮力量的戰術也不能用了。這恐怕也是亞達巴沃完美的統率能力帶來的作戰。
蕾梅迪奧絲率領的聖騎士團趕往2A地區，然而當他們抵達時，亞達巴沃早已不見蹤影。他用傳送的方式移動，彷彿嘲笑人一樣於其他地點再次出現。

這種狀況從剛才到現在一再重複發生。

這已經不只是局勢不妙了。

但事實上，寧亞以及她身邊的所有人都想不到半點好辦法。寧亞等人只能朝著亞人類部隊灑下雨點般的箭矢。

希絲只是在寧亞身旁觀望戰場的狀況。她的武器不像弓箭可以曲射，所以失去了展現精湛槍法的機會。

最後，當寧亞射箭射到手指發痛時，箭筒空了。而且不只寧亞如此。

「巴拉哈大人！箭已經不多了！」

箭矢可不會無限湧出來。

「……暫時後退，進行補給！」

聽從寧亞的指示，部隊回到後方補給部隊的位置。

其實寧亞也很想給大家時間休息，但很遺憾，沒有閒工夫休息了。

「準備好了嗎？」

「是！巴拉哈大人，隨時可以上陣！」

「那就——」

寧亞正要喊「出發」時，發現幾名斥候自西方策馬疾馳而來。

跑在前頭的斥候兵與寧亞四目交接的瞬間，斥候立刻喊道：

「亞人類軍隊自西方接近中！提高戒備！」

「——嗄？」

寧亞驚訝地轉頭，瞇細眼睛，瞪著眼一看，依稀可以看到遠方塵土飛揚，其中還有類似人影的東西。雖然也要視對方的移動速度而定，但距離不遠，來到這裡似乎不用太多時間。

這真是嚴重失誤。

只顧著注意與眼前亞人類的戰鬥，竟疏忽了後方戒備。

寧亞很想當作這是騙人的，很想認為那是留在卡林夏的人員，作為援軍前來解圍了。

但那是不可能的，如果是那樣，應該會有快馬來報，事前通知才對。

寧亞嘗到腳下失去立足之地的感受。

這項情報實在太令人絕望了。

以敵方援軍進行挾擊——原來這就是亞達巴沃的目的。

自己不上前線，由亞人類戰鬥。這麼一來人類為了達成勝利條件，就會選擇戰鬥而不是逃跑。亞達巴沃的目的就是把人類留在這裡，不讓他們逃跑。

換言之亞達巴沃早已看穿人類的推測，知道他們以為殲滅亞人類，亞達巴沃就會逃走。

「哈哈！這是當然的了。」

貝爾川笑了起來，好像由衷覺得有趣。

眾人急忙看看他是怎麼了，他恢復冷靜，對寧亞說道：

「其實卡斯邦登殿下的想法犯了致命性錯誤。或者應該說，我們怎麼都沒發現呢？」

「什麼錯誤！」

「……巴拉哈大人，事情再合理不過了。只要占領了丘陵地帶，就有辦法派增援到這裡。只殲滅來到此地的亞人類，亞達巴沃不見得就會撤退。」

「啊！」

聽到這番解釋，不只寧亞恍然大悟。周圍聽到貝爾川說話的人，也都發出同樣的叫聲。

「將亞人類趕出此地，再反過來攻打丘陵地帶。然後殲滅亞人類，這樣才會知道卡斯邦登殿下的想法是否正確。」

說得沒錯，為什麼沒人想到這點？這個疑問他也有答案。

「……因為我們發現卡斯邦登殿下想法中有獲救的一線希望，就抓著不放，不知道要三思而後行。」

想反過來攻打丘陵地帶幾乎是不可能的事，換言之——

「聖王國……沒有得救的辦法？」

沉默支配眾人，戰場喧鬧聲聽起來極其遙遠。

「不……」貝爾川難以啟齒地開口了。「只有一個辦法。」

「什麼辦法！」

「……就是亞達巴沃，打倒魔皇亞達巴沃。」

聽到完美的答案，卻沒有人歡呼。那是這世上最不可能辦到的難題，就是因為辦不到，大家才會接受卡斯邦登的作戰計畫。

「……果然應該什麼都不管，先去找魔導王陛下才對。我們做錯選擇了。」

如果不是收復卡林夏，而是與希絲一同前往丘陵地帶，是否就能避免這種狀況？

坦白講，恐怕很難。寧亞自認為一直以來都盡量做了最好的選擇，不魯莽行事，注重提昇成功率。

但當時也許應該冒險。

如果——

如果——

如果——

好幾個「如果」閃過寧亞腦海。一想到其中任何一個「如果」的可能性，後悔與罪惡感就如海嘯湧上心頭。

戰意跌至谷底，而且恐怕不只寧亞的部隊如此。

勝負已定。

作為基礎的勝利前提條件已經出錯，可以說再打也是白打。

再來只需考慮能以多少損害結束戰爭，以及如何逃往安全地點。但這不是對的。

弱小是罪惡。

幫助不了任何人的弱者就是罪惡。正因為如此，她一直努力，持續訓練。

不能以罪惡作結。

這樣無顏面對代表絕對正義的魔導王安茲．烏爾．恭陛下。

寧亞做好了覺悟，忍不住說出真心話：

「結束了。」

這句話比想像中更大聲。周圍的人似乎也感受到了寧亞的心情，或者他們也有同樣的想法，都低下頭去。

到此為止了。

解放聖王國，拯救百姓的春秋大夢到此結束了。

仔細想想，是因為有魔導王的力量，他們才能作夢。一旦只剩下他們自己，大概也就這麼不堪一擊了。

寧亞明知這時候不該笑，卻忍不住笑起來。然後她恢復嚴肅的表情，將臉轉向希絲。

「……可以請妳逃出這裡嗎？」

「…………寧亞呢？」

寧亞抬頭挺胸。

「我不能逃！身為見證過魔導王的功勛之人，接受過薰陶之人，我不要結束得像個弱者——像個惡人！」

周圍其他人抬起頭來，映入寧亞的視野。

「我不會逃離那傢伙！」

他們恢復成了戰士的神情。

是有所覺悟的神情，是寧亞會想向魔導王引以為傲的神情。

「但是……前……不對，妳不一樣……所以我們的心願託付給妳。雖然把我們的感謝託付給身為魔導王屬下的妳，說起來是非常奇怪，可是……拜託。請妳去找魔導王陛下，希絲。我們留在卡林夏的組織，妳可以自由運用沒關係，所以……」

「…………沒問題。」

寧亞以為希絲的回答代表肯定，稍稍鬆了口氣。

但她的表情立刻有些狐疑地歪扭。

「…………不需要我去。」

「這……這是什麼意思？」

「……看。」

希絲指著軍隊逼近的西方——來自卡林夏方向的多種亞人類種族——其中也包含了半獸人或藍蛆——組成的援軍。寧亞凝目而視，看到接近的亞人類援軍一齊揚起旗幟。那是——

「咦？」

寧亞目瞪口呆，忍不住叫出聲。

她懷疑自己的眼睛，一次又一次重看，但看到的東西從未改變。

「……妳看，不需要。」

寧亞很熟悉那面旗幟。

那是魔導國的國旗。

寧亞聽見同伴的驚叫聲，證明那不是她一人看見的幻影。

「那是魔導國的國旗對吧？巴拉哈大人有說過吧？」

「來自魔導國的援軍？記得巴拉哈大人說過魔導國也有亞人類。」

現在正在開戰，就在這個瞬間，兩軍仍在互相廝殺，也有人正遭到亞達巴沃殺害。

即使如此，寧亞仍忘了那一切，拚命試圖掌握此時發生的狀況。然後接下來發生的事情，引發了巨大……真正巨大的一陣喧嚷。

亞人類大軍簡直像經過多次訓練般漂亮地一分為二，開出一條道路，一尊不死者沿著道路走來。

那人以漆黑長袍裹身，是個騎著骷髏般駿馬的魔法吟唱者。

那正是寧亞夢寐以求，望穿秋水的英雄姿態。

「魔……魔導王陛下……不會吧……」

寧亞沒有自信，不敢確定此時看到的是現實中的光景，抑或只是一場夢。

然而那人儼然存在，並不是夢。

寧亞感情爆炸，不太明白自己現在是何種心情。

只是，淚水模糊了視野，她忙著擦都來不及。

希絲對魔導王揮手，魔導王看見後，驅使不死馬往寧亞他們這邊跑來。

魔導王逐漸靠近。

該跟他說什麼？是否該為了沒去救他道歉？這樣就能獲得原諒嗎？她什麼都還說不出口時，魔導王靠近過來，輕盈地下了馬。

「……唔嗯，竟然在這裡碰到，真巧啊，巴拉哈小姐。妳是否以為我已經死了？」

「魔……魔導王陛下啊啊！」

淚水泉湧而出。

「我一直都相信！因為希絲前輩那樣跟我說過，我覺得不會有事，可是，您真的嗚嗚嗚嗚嗚！」

「啊——唔嗯。啊——……唔嗯。唔嗯……這樣啊，我很高興。咦……前？」

魔導王可能也很高興能重逢，似乎說不出話來。

「……別哭了。」

希絲把手帕按在寧亞臉上，然後用力擦。

「…………又沾到鼻涕了，還是很受打擊。」

「哦……妳似乎跟希絲處得不錯呢，巴拉哈小姐，我非常高興。」

「這都是託陛下的福！幸好有希絲前輩在！謝謝陛下！」

寧亞心裡亂成一團，自己也不知道從剛才到現在都在說些什麼。

「這樣啊……這我也沒料到……希絲，怎麼樣？」

「…………我很喜歡寧亞……長相很有味道。」

「請別再說我有味道了……」寧亞止住哭泣，揉揉眼睛擦掉最後一把眼淚。「陛下，小的有很多事情想詢問陛下，但最重要的是……我們救援延遲，是否讓陛下不快？如果是這樣，我願擔負全部——」

「——巴拉哈小姐。」魔導王舉起手，打斷她的話。「妳在說什麼？我認為我並沒有任何理由對你們感到不快啊……？」

淚水再次從寧亞的眼中溢出，而且不只是她，聽到魔導王滿懷慈悲的話語，周圍其他人也都流下眼淚。那些從剛才到現在兩眼含淚的人，則是開始放聲大哭。

魔導王的肩膀稍微動了一下。

「……啊，諸位，別再哭了。先別說這個，妳沒有其他問題想問我嗎？應該有很多吧？嗯？」

「啊，是。」

寧亞再次讓希絲擦擦臉後——沾到鼻涕的那一面，希絲似乎替她折到內側了——向魔導王問道：

「請……請問那支亞人類大軍，是魔導國的士兵嗎？」

好像沒看到不死者的身影，但會不會只是將亞人類放在前頭？

「不……呃，不，或許可以這麼說吧？由於我墜落在亞伯利恩丘陵，於是我將該地納入了魔導國的支配之下。所以說他們是魔導國的士兵，或許也對？」

寧亞說不出話來了。

好厲害。

除了厲害以外，還能有什麼感想？

丘陵地帶有著為數眾多的亞人類，而且占領該地的亞達巴沃應該也留了親信在那裡。然而魔導王卻一個人解決了所有問題，還將該地納入支配之下。這除了魔導王之外，還有誰能辦到？

寧亞興奮得全身發抖。

「然後呢，好吧，雖然花了點時間，總之我統合了受到亞達巴沃凌虐的亞人類，這次作為軍隊率領前來，好為我跟亞達巴沃的爭戰做個了結──看來時機正好，是不是？」

魔導王的臉是骷髏，完全不會動。但寧亞從那臉上感覺到了帶有霸氣的笑意。

「真不愧是魔導王陛下！」

貝爾川簡直像下大雨一樣地淚流滿面，逼近魔導王陛下。

「唔喔，什麼人！」

貝爾川猝然雙膝跪地。不，不只是他，寧亞周圍的──團體的成員都逼近魔導王，在他腳邊五體投地跪下。

「不愧是魔導王陛下！」

「太精彩了，魔導王陛下！」

受到許多人連聲讚揚，看來就連魔導王也不免驚訝。

「喔，啊，唔嗯……對了，我也想問個問題，巴拉哈小姐，這些男男女女……是什麼人？」

「回陛下，他們都是感謝魔導王陛下慈悲為懷，知恩圖報的人。」

「正是如此！我們的性命是陛下拯救的！」

「是的！是巴拉哈大人號召大家盡力回報偉大魔導王陛下給予我們的恩情，使我們集合起來！」

寧亞就像要支持他們的同意，驕傲地告訴魔導王：

「不只在這裡的這些人！其他還有很多人希望能回報陛下的恩情！」

「哦……我非常高興，不過……大家都是像這樣嗎？」

「是的！正是如此！大家胸中都懷抱著如此深厚的感謝！」

「是……是嗎……謝謝你們。」

聽到魔導王的感謝之言，大家知道自己報恩的方式沒有做錯，都開始流淚，現場一片嗚咽聲。

「……這是因為感謝我而哭嗎？」

「是的！正是如此！」

「是巴拉哈小姐召集來的……一陣子不見，巴拉哈小姐妳成長了真多呢。」

「謝謝您！魔導王陛下！」

得到魔導王的稱讚，寧亞露出滿面的笑容。

「那……那麼……巴拉哈小姐，讓他們站起來吧。我是為了改寫敗績而回來的……亞達巴沃怎麼樣了？」

「啊！對了！亞達巴沃——」

就像在等這句話，火焰轟的一聲噴起。只要想到那烈火之下死了多少聖王國士兵，就讓寧亞渾身打顫。

「……原來如此，不用多問了。看來與那人再次一戰的時候到了。希絲！」

「…………是，安茲大人。」

「再來就交給我，我命妳保護這些人。做好準備，等我戰勝回來後，可要用讚嘆迎接我喔？」

眾人發出「唔喔喔喔喔喔」的歡呼聲。

「聽好！上一場戰鬥我因疏忽而落敗，因為敵眾我寡，且我魔力不足。然而，這次這些問題都沒有了。縱然是亞達巴沃，也不可能在短期間內重新召喚那樣強大的惡魔。不只如此，如今我魔力已全然恢復，再也沒有理由敗北！你們就在這裡等我取勝吧！」

來自魔導王的絕對勝利宣言，讓眾人再次發出高喊。

於是王者任由長袍翻飛，步於無人之境。彷彿受到那壓倒性的霸氣所震懾，所有人全都退到路旁，開出一直線的道路。

「陛下！」

寧亞的聲音叫住了魔導王，只轉頭對她投以視線。

「請贏得勝利！」

「當然！」

魔導王再次邁步，背影漸漸變小。但寧亞絲毫感覺不到寂寞或害怕，只覺得像個讓父母抱在懷裡的嬰孩般安心。看來不只寧亞如此，與寧亞志同道合之人似乎全都懷著這種感情。

「…………贏了。」

站在身旁的希絲用確定魔導王必勝的語氣，只說了這兩個字。寧亞也同意她說的話。

不久——火焰先飛上了天空，黑暗追趕著翱翔。

兩者與那時相同，在上空爆發衝突。

戰場的吶喊已經平息。

兩軍都停止攻擊，眺望著空中的一戰。

沒錯。

誰都明白。

贏得這場戰鬥之人，勝利者有權結束一切。

戰鬥已經轉移層次，進入常人無法涉足的領域，眾神的世界。

光明、

黑暗、

火焰、

雷電、

流星。

無法理解的現象……

——激烈相撞。

最後——

「啊！」

寧亞發出了歡呼。

因為她銳利的眼力，捕捉到火焰散去，而黑暗降落下來。

想起之前的戰鬥，這場戰鬥結束之迅速讓人驚訝。彷彿證明了如果魔導王的魔力完全恢復，而且沒有女僕惡魔阻撓的話，他取得勝利是如此容易的一件事。

「希絲前輩！」

「…………我就說吧，後輩。」

希絲一副理所當然的態度，寧亞抓起她的手用力甩動。這樣還不足以平息她的興奮。

她不禁緊緊抱住希絲的嬌小身子，用繞到背後的手啪啪拍打她。

任誰都看得到這場勝利，眾人發出爆發性的歡呼。

魔導王緩緩降落下來，站在大地上。

而當魔導王迅速舉起一隻手時，歡呼變得更加大聲，有如狂風吹襲。

Epilogue

勝負分曉後就簡單了，亞人類已經戰意盡失，就像獵捕殘兵敗將。聖王國軍幾乎無人死亡，唯獨亞人類的屍體散落大地。

既然敵軍總帥亞達巴沃已經敗亡，再也沒人阻擋聖王國解放軍的前路。

不用多久，軍隊已經一路收復到大都市普拉托，以及首都賀班斯。

還有西方大都市利蒙正待解放，村莊改造成的俘虜收容所也還有民眾正在受苦，但至少進入了一個大的階段。

獲得解放的首都歡欣鼓舞，即使現在已經過了一天，情緒仍然沒有冷卻。豈止如此，氣氛甚至顯得更加狂熱。

只是包括寧亞在內，解放軍高層人員知道問題堆積如山。

首先是糧食。糧食遭到亞人類亂吃一通的結果，導致糧食問題將會成為聖王國今後發展的障礙。

接著是失去的人命，這個可以改稱為勞動力。如果失去的人命當中有特別技術人員、學者或這些領域的受訓人才，喪失的技術有可能造成致命性影響。

然後是資源。遭到亞人類搶奪、破壞的種種物資，重新製作將需要耗費大量資源。

再來是時間。為了取回被亞人類奪走的兩個季節，恐怕需要多出一倍的勞動。

其他還有可能潛伏於聖王國內的亞人類，也需要搜捕與撲滅。

疑似遭到亞人類奪走的許多寶物——財物或魔法道具——也都下落不明。亞人類有他們獨特的文化，會用貴金屬裝飾自己，會蒐集人類財寶並不奇怪。只是有點不尋常的是，關於這些財寶被帶去哪裡，他們查不到半點線索。因為他們完全追蹤不到敵方運輸部隊的腳步。

即使面對這麼多的問題，應該仍然有人希望暫時盡情歡樂。面對今後等著他們的苦難，一時的休息是有必要的。這點寧亞也承認。

然而只有今天不行，只有今天她無法盡情歡樂。

這是因為今天是別離的日子。

是悲痛欲絕的日子。

在王都東邊——正門靠都市這邊，只孤零零地停了一輛馬車。寧亞很清楚，這輛馬車外觀平凡，內部卻精緻高雅，而且機能性十足。特別是長時間坐著屁股也不會痛的柔軟坐墊，甚至會令人感動。

沒錯。

這就是寧亞來到聖王國時，有幸同乘的魔導王的馬車。

換言之，今天就是魔導王離開聖王國，回到自己國家的日子。

本來魔導王的馬車周圍或許會有亞人類，因為魔導王統一了亞伯利恩丘陵，為了與亞達巴沃交戰，而將眾多亞人類納入麾下。但這裡卻沒有半個亞人類，是因為魔導王讓他們回丘陵了。

不過這不是這一兩天的事，在魔導王結束了與亞達巴沃的最終決戰後，當天就讓他們回去了。

寧亞問過原因，魔導王給了她一個考慮到聖王國人民心情的答案：「你們一定不想跟亞人類走在一起吧？」

寧亞感動不已。

魔導王考慮到他們的精神狀態，讓自己國家的士兵回國，表示願意與聖王國這個外國的民兵待在一起。這種君王可不是到處都有。

沒錯，除了王中之王——寬宏大量的魔導王之外。

與寧亞志同道合的團體成員，也都有著相同的感動。

所以寧亞與同志擅自擔任魔導王的侍從。因為沒有任何人說什麼，所以他們就反過來當作是默認了。當然，已經幾乎不用戰鬥，他們只是走在魔導王的周圍嚴加防守，不過寧亞至今仍清楚記得同志的表情。

能就近與解救了他們的人物一同前行的喜悅，能與打倒了亞達巴沃的英雄同行的驕傲，以及能隨侍崇敬君王左右的幸福。這種種感情交相混合，顯示在那表情當中。

而他們如今也不在視野的範圍內。

眼前只有聖王國王都的牆壁與大門，以及通往普拉托——更遠處魔導國的道路。

「魔導王陛下還是決定今日回國嗎？解放王都使得許多民眾歡聲載道，陛下成功收復王都，是最大的功臣，我想幾天之內很有可能就會邀請陛下，舉行由眾多人民表明謝意的典禮等等……」

寧亞已經問過相同的問題好幾次了，她知道魔導王的回答大概也還是一樣。即使如此寧亞仍忍不住要問，或許是出於她的柔弱吧。

「對，我今天就回魔導國。因為我沒自信在典禮上表現得體。」

魔導王悄聲說完，可能是怕寧亞當真，急忙擺出誇張的態度，開玩笑似的聳聳肩。

（這位大人真的很不會開玩笑。）

「陛下，您說笑了。」

「唔嗯，哎，正是。我是在開玩笑，開玩笑的……坦白講的話，該做的事都做完了。既然如此，我也沒必要留在這裡了。我身為君主，也必須領導魔導國。長期離開王位，會挨雅兒貝德宰相的罵。」

寧亞腦中浮現那時僅有一面之緣的絕世美女，那位女性實在太美，讓她無法忘懷。

（那位大人即使生氣好像也不會太可怕，還是說正因為是美女，生起氣來才可怕……我是覺得魔導王陛下說的不是那個意思，但有點難想像那樣的美人會生氣。不過……真羨慕……）

聽到因為是自家人才會有的玩笑，這種寧亞盼也盼不到的發言，令她滿心豔羨。假如她聽到尊敬的魔導王對別人說「會挨寧亞的罵」等等，不知道會讓她有多高興。

「這樣啊……無法讓聖王國的人們為解救我國的陛下送行，實在很遺憾。」

魔導王是突然說要啟程的，這片無人送行的寂寞景況說明了這點。

「我有告訴卡斯邦登閣下，說太盛大的送行反而令我困擾。這個國家今後將會有許多艱辛的路要走，與其為了替我送行而調動無益的勞力或物資，我倒希望你們用在復興這個國家上。」

「陛下……」

您為什麼要回去？

如果抓住他的腳哭叫，是否起碼能讓他延後一天回國？

寧亞有種衝動想這麼做，但強忍住了。她不能繼續依賴魔導王的慈悲心。

「啊，我講這些話並非自以為高高在上，只是那個……這個國家真的什麼都沒有了，真的……財寶什麼的。我也不是沒想過，要是能再留下一點就好了……總之我是希望你們別顧慮我，好好加油，那個怎麼說，我是出自於這份心情說的。況且……妳看嘛，這個國家局勢安定，對於鄰近的魔導國也有好處。比如說將來兩國進行交易之類的時候，是不是？」

大概是體察到寧亞的心情，急著想安慰她吧。平常的魔導王威風凜凜，現在講話方式卻有點不可靠。

「謝謝陛下。」

「唔？嗯。不，別在意。除此之外，我來到這個國家，是為了得到亞達巴沃的女僕惡魔。而實際上──」魔導王輕輕推了一下身旁希絲的背。她至今不發一語，無聲無息地站著。「就像這樣，我到手了，可以說沒白來這趟。」

對於聖王國真的什麼也沒贈與魔導王，寧亞感到有些羞恥。

希絲──女僕惡魔是魔導王憑一己之力獲得的。不只寧亞，那些與寧亞志同道合之人也都這麼覺得。

也有人提過他們可以自己贈送點禮物，但有的意見認為他們並非國家代表，贈送禮物給一國之君恐怕反而失禮，於是這事就沒有下文了。

寧亞祈求最起碼卡斯邦登能以國家等級出讓些什麼，或是締結某種聖王國多少吃虧的條約。

「……假如妳希望，我可以用一年一度的大魔法使妳的雙親復生，如何？」

「謝陛下。不過——容我推辭。」

解放這座首都時，受囚的人當中，有人目擊到寧亞母親戰死。那人告訴過寧亞，她的母親是如何有尊嚴地奮戰。即使不讓母親復活，她應該也不會生氣。

況且寧亞聽說過，復生魔法需要高價物品作為觸媒。那種高價物品恐怕不是寧亞負擔得起的。慈悲為懷的魔導王也許願意免費施法，但她不應該再為了自己一個人依賴魔導王的好意。

只是，遺體似乎已被亞人類處理掉了，沒能做最後的告別，要說遺憾確實是很遺憾。

「講得太久只會更依依不捨，差不多該啟程了。希絲，妳有沒有什麼話要跟巴拉哈小姐說？」

「…………下次見。」

「！好的！下次見！」

希絲迅速伸出手來，於是寧亞握住了她的手。

然後兩人不約而同地鬆手。

「……妳們兩個，這樣就夠了嗎？」

「……已經……可以了。」

「是的，魔導王陛下。」

「是嗎，那麼就──希絲，走吧。」魔導王踩上馬車的踏板，轉過頭來，對寧亞說道：

「……今後，這個國家將有許多艱辛的路要走。不過……我想妳一定撐得過去，我們改日再見吧。」

「是！」

魔導王就要坐上馬車了，寧亞對著他的背影，忍不住問道：

「陛下！魔導王陛下！」

魔導王在踏板上停步，轉過頭來。寧亞吞吞口水，擠出勇氣顫聲說：

「請……請問！小的可以稱呼您安茲大人嗎！」

多麼厚顏無恥的請求啊，就算被罵「外國平民竟敢如此放肆」也不奇怪。

「……咦？喔，可以……隨妳喜歡怎麼叫吧。」

「謝謝大人！」

寧亞對寬宏大量的君王一鞠躬，抬頭一看，希絲正要上馬車。

「希絲前輩，祝妳平安！」

「嗯！」

希絲豎起大拇指，消失在馬車中。

不知道是怎麼感知到兩人上了車，馬匹嘶鳴一陣後，自己開始奔行。

「——那麼魔導王陛下！」

看著向前奔行的馬車背影，寧亞再也不隱藏淚水，大聲喊出來。

「魔導王陛下————！萬歲————！」

她這種稱得上吼叫的大嗓門，不只一個人出聲追隨。

王都城門不是只有這一座，從其他城門悄悄聚集而來，那些與她志同道合的人自大門另一頭一齊現身，然後大聲祈求魔導王的千秋萬世。

「萬歲！」

「萬歲！」

「萬歲！」

與此同時，他們灑出拚命收集來的花瓣。

馬車在這當中前進。

要為解救了聖王國的人送行，這樣做還不夠。即使如此，這是寧亞以及那些理解她心情之人能盡的最大力量了。

淚眼婆娑的世界裡，馬車的身影逐漸變小。

寧亞啜泣著。

她好寂寞。

她很希望魔導王或希絲能邀她去魔導國。如果他們那樣說，寧亞也許願意捨棄一切也要跟他們去。

但他們並沒有問。

她好不甘心。

自己終究只是魔導王逗留這個國家時的隨從罷了，他們只把自己當成這種對象。

種種負面感情就快要在心中打轉起來。

可是——不對。

那句話烙印在寧亞的耳裡，魔導王如此說過。「……今後，這個國家將有許多艱辛的路要走。不過……我想妳一定撐得過去，我們改日再見吧。」

換言之，魔導王對寧亞寄予期許。

在這今後即將陷入動亂的聖王國，魔導王相信如果是寧亞的話，一定能讓國家重新振作起來。

自己的人生有了大幅改變，雖長猶短的時間結束了。不過——接下來是新的開始，多的是事情必須去做。

首先必須循序漸進，回報魔導王的恩義。

然後無論如何都得振興這個國家。正義與罪惡。寧亞以往不知這些為何物，現在她能抬頭挺胸地說出答案。

正義就是魔導王，而弱小就是罪惡，並且她也學會努力變強的重要性。

寧亞要將自己獲得的真實，在和平的聖王國當中大加宣揚。

「巴拉哈大人，請擦去眼淚。」

是貝爾川。

一看，他的眼瞳也完全充血。也許是來到寧亞身邊之前先擦過眼淚想掩飾，但他聲音發抖，很明顯是哭過。

「好。」

寧亞用力擦掉了眼淚，就好像那時候，希絲為自己擦去了眼淚。

「巴拉哈大人，一些看到那場戰鬥的人，都說想聽魔導王陛下的事蹟。還有很多人帶家人過來。」

「我知道了，我會告訴他們魔導王陛下——安茲大人曾經是多麼了不起的人物，還有關於希絲的事。」寧亞定睛注視前方。「離別很寂寞，不過——各位！我們走吧！陛下就是正義，我們要將這件事傳達給群眾知道！」

「——好！」

超過三千人一齊大喊，跟隨寧亞邁步前行。

馬車前進。

漫長的工作結束了。安茲沒有經驗過，不過所謂的單身赴任或許就是如此吧。雖然不時會回納薩力克，但他也許還是第一次離開這麼久。

關於住在亞伯利恩丘陵的亞人類如何統治，安茲全丟給雅兒貝德處理，聖王國今後的事情則丟給迪米烏哥斯。

換言之安茲放下了肩上的重擔，與希絲面對面而坐的他，暗中鬆了口氣。雖說從中途開始，迪米烏哥斯創作的劇本也切換成了簡單模式，但在那之前的困難模式造成的疲勞還沒有完全消除。只是，他的確能感覺到一件工作——而且是遇到瓶頸，有點難搞的案子解決時特有的安心感。

話雖如此，等回到納薩力克——耶·蘭提爾後，恐怕必須將兩季之間累積的種種工作，仔仔細細地用不快也不慢的速度處理掉。因為之前有一次，安茲心想雅兒貝德都有看過應該沒問題，就輕快地一份份蓋上許可章，結果她說：「不愧是安茲大人，您的判斷速度令屬下敬佩。」讓安茲懷疑是不是在酸他。

沒錯，不是因為回去還有工作等著自己，所以才不使用能瞬間回去的「傳送門（Gate）」。

絕對不是。

安茲打算走到看不到的地方後，就用傳送等方式回去，不過現在還太快。暴露出手上的牌幾乎沒什麼好處。當然，半藏應該在馬車車頂上，他沒說什麼，展開的反情報系魔法也沒發動，大概表示沒人在監視他們，但難保沒有安茲不知道的手段。

他想既然有時間，不如走到視野更受遮蔽一點的地方，再做傳送也完全來得及。

沒錯，可不是因為能拖一秒是一秒，想逃離看也看不懂的文件。

只是，有個問題——

（自從坐上馬車，希絲就一句話都沒說……）

寧亞的時候也是，像這樣兩人共乘馬車，不發一語的時間會讓安茲坐立難安得受不了。

如果對方是男的還能隨便找話講，但對方是女生，他會擔心講話內容不得體。

安茲從剛才就一直希望希絲能主動開口，但很遺憾，看樣子這個願望是不會實現了。安茲終於再也忍受不了沉默，下定決心開口：

「希絲，我讓妳一個人離開納薩力克處理工作，做得怎麼樣？有沒有什麼問題，或是今後須檢討的課題？」

先聽聽在出差地獨自埋頭處理業務的部下如何報告，作為開端。

雖然安茲不習慣與女性交談，但只要當成跟女性員工交談就沒問題。

「……我想……我有努力了。」

「這樣啊，妳很努力了。」

話題結束了。就這樣結束了。

安茲等了一會下文，但希絲沒再說什麼。

她只說有努力過了，這樣很難再講下去。安茲心想：我問妳有沒有遇到問題或課題，妳沒回答我耶。但這是上司膚淺的想法。應該要認為對方的意思是「我努力過了，再來請靜待成果」。而且這也是好事，因為這就表示沒出什麼問題，也沒碰到什麼需要檢討的課題。

「不過……」希絲接著說。

「……自己思考、行動……很不容易。」

「是啊，妳說得沒錯。」

至今希絲都在納薩力克內賣力，只是聽從命令行動。然而，這次安茲只給她粗略的指示，是第一份讓她在指示範圍內自己判斷、自主行動的工作。以這點來說，這件案子或許有點太大了。也許應該從更簡單的工作做起，但希絲做出了很好的結果，這點安茲也是知道的。

「不過，這下就形成了昴宿星團可以外出的狀況了。因為女僕惡魔成為魔導王屬下的情報，應該會從聖王國傳到國外。今後希絲或許會接到某些命令，率領部下在納薩力克外活動，這次想必會成為很好的經驗。然而，只做粗略指示是不行的，下命令的人還是得做出紮實的——」

講到這裡，安茲發現這樣是在自掘墳墓。因為安茲身為納薩力克的領導人，最有可能下命令。

（我哪裡寫得出多紮實的計劃書啦！應該說我絕對只會擬定膚淺的計畫，讓雅兒貝德或迪米烏哥斯皺眉頭！）

「——應該以臨機應變為優先，製作在某種程度上有調整空間的計劃書。畢竟還是現場人員最了解狀況嘛！」

「……………是，比起只是聽從命令行動，我學到了很多。」

「是啊，沒錯，妳說得對。我也很能體會妳的心情。」

安茲不住點頭，但想到看了迪米烏哥斯的指令書，而讓不存在的胃作痛的自己，再跟表示學習有收穫的希絲一比較，彼此的能力差距讓他有點黯然神傷。

「說到這個，」安茲改變話題。因為繼續這個話題，恐怕會讓自己受到更大打擊。「妳似乎在我不知道的期間，與巴拉哈小姐變得很有交情。剛才妳們還離情依依，對吧？」

「……………我……很中意寧亞。」

「——這樣啊！那真是太好了啊！」

安茲坦率而高興地叫道。

鈴木悟沒有小孩，但安茲覺得這就像聽到一個朋友也沒有的小孩第一次交到朋友時，父母親會有的心情。

（哎呀，幸好有讓她復活……嗯？很中意是什麼意思……該不會其實不是朋友關係，而是更類似玩具的意味……）

安茲戰戰兢兢地問：

「……我可以認為妳跟她成為朋友了嗎？」

希絲微微偏頭，陷入沉思後說：「…………是的。」肯定了安茲的想法。

安茲背後綻放了大朵的花，然而爆發性產生的歡喜之情即刻遭到壓抑。

安茲雖感到不滿，但想到這或許是納薩力克第一次有人在外面交到朋友，心中自然慢慢產生一種喜悅之情。

幾乎所有人都不會離開納薩力克，所以其他成員說不定只是沒機會跟外人做朋友，只要正常外出，或許也能建立正常的交友關係。

安茲絕不會認為有朋友就比較優秀，說不定不需要朋友也是一種正確的想法。

然而結識朋友的機會，也許有總是比沒有好。

（我以前有安茲．烏爾．恭的同伴。看來我或許該讓其他成員也到外面走走，給他們自由的時間，為他們安排跟他人接觸的機會……特別是馬雷或亞烏菈更是如此。不對，也有可能所有人誕生的時間都一樣……嗯──）

「那麼妳有跟寧亞約好去找她之類的嗎？」

「……沒有，這裡……很遠。」

「啊！妳不用擔心這種事，我記憶了幾個傳送用的地點，妳喜歡什麼時候去玩都可以。我隨時可以讓妳用『傳送門』，不用客氣喔，嗯嗯。」

「……等有空時……我再請大人准許。」

「說得對！有空……我會幫妳安排空檔的。我早就對休假制度有興趣了，就幫昴宿星團的成員也排些休假吧。妳不妨找其他成員一起去玩，怎麼樣？我已經設定為妳們都受到我的支配，想必不會有任何問題。」

希絲沉思片刻，大搖其頭。

「……會找麻煩。」

「會找麻煩啊……」

（什麼意思？會給寧亞找麻煩，還是自己跟寧亞玩時會礙事，又或者是其他成員不會願意……？）

「好吧，會找麻煩就沒辦法了，就讓希絲妳自己去玩吧。對了，換個話題，巴拉哈小姐的雙親似乎死了，沒關係嗎？」

寧亞．巴拉哈的雙親看來是真的死了。如果她希望，安茲認為讓兩人復生也行。假如這樣可以獲得更大感謝的話──

（不，不對。）

坦白講，讓寧亞的雙親復生已經沒有太大價值。看就知道寧亞已經夠感謝他們了，既然如此，也就不用再多做什麼。況且復活短杖很寶貴，安茲想盡量省著用。讓佩絲特妮等人使用復活魔法時，必須使用金幣或寶石等昂貴物品作為費用。

坦白講，得到的好處不划算。

（不過，希絲的朋友另當別論。如果是希絲的朋友，做點特別服務也行。）

因為寧亞看起來跟希絲似乎很親密，所以坐上馬車之際，安茲才會講話觀察態度──不只寧亞的態度，希絲也是。

「……………謝謝大人……不用。不可以有特別待遇。」

「這樣啊？我覺得會是很好的禮物……既然這樣……好吧，那就先這樣吧。」

實際上要讓死者復生，而且沒有狀態完好的屍體，有可能帶來麻煩問題。就是常見的「為什麼他可以，我就不行」。況且要是人家求他讓聖王女復活，那也很傷腦筋。就算讓聖王女復活，迪米烏哥斯應該也總有辦法解決，但還是弊大於利。

「妳要去玩的話，不可以看那本書喔？沒問題吧？」

「…………沒問題，放在博士的房間。」

希絲擁有納薩力克內部所有機關的知識，在這個狀態下太危險，不能像這次這樣離開納薩力克。所以安茲用「竄改記憶（Control Amnesia）」調整了一下。

希絲關於機關的知識，是製作希絲的玩家寫的設定。安茲原本不知道魔法對這類設定能否發揮效果，不過實際一試之下，魔法發揮了他想要的效果。

這是安茲用他到手的白老鼠重複練習才能辦到的技巧，不過他感覺如果把這招練到極致，似乎可以做出某些驚人的事情。

這是因為他有種預感，覺得這種技巧似乎能接觸到NPC的根源。例如記憶的起點，或是NPC的設定究竟是什麼。只不過這終究只是安茲的個人想像，實際上完全沒那種事的機率比較高。況且如果真要弄清楚，或許必須真正精通這種魔法，理解人類記憶的所有一切。那樣恐怕需要用大量白老鼠進行長達幾十年的訓練與研究，也要做好研究結果可能只是垃圾的心理準備。

不管怎麼樣，希絲如今腦中藏著錯誤的記憶，成了某種類型的陷阱。

假如有人想利用希絲潛入納薩力克，那人肯定會吃到苦頭。

「博士……是吧。那些希絲能動嗎？」

「……只要時候到來。」

安茲心想「那個不是只是機關嗎？」，但沒說出口。這就跟聖誕老人的真面目覆著一層神祕面紗一樣。

安茲不記得聖誕老人有來過鈴木悟的家裡，但是在ＹＧＧＤＲＡＳＩＬ這款遊戲裡面有來過──

「只是真面目是營運人員就是了。」

安茲寂寞地笑了笑之後，發現希絲目不轉睛地看著自己，總之先回一句：「只是自言自語罷了。」

「……魔導王陛下。」

「嗯？」

「……魔導王陛下。」

「怎麼了，希絲？」

原本叫得好好的，突然改用職稱叫自己，讓安茲有點──應該說非常困惑。

「……我以前有很……故作親暱嗎？」

「妳……妳在說什麼？你們叫我魔導王陛下，才會讓我感到寂寞。叫我安茲大人就好，其實不稱大人也沒關係的，改叫安茲大哥怎麼樣？」

「…………那樣很失禮，會遭訓斥。」

「……喔，這樣啊。總之，不用叫我什麼陛下沒關係。」

「……我明白了。」

「對了對了，我用『訊息』麻煩妳的盧恩那件事怎麼樣了？」

「…………我努力過了。」

「這樣啊……」

看來不是很順利。好吧，就算失敗，應該也不會出任何問題才對。

只是包括弓在內，借出的道具也許不該那麼快就收回。安茲一邊漫不經心地想，一邊望著希絲。

同乘者去程是瞪著自己的少女，回程是面無表情的少女，兩者都很與眾不同。

想到這裡，安茲忍不住笑了一下。

●

卡斯邦登從位於王城最深處的——為聖王準備的房間眺望外頭。

幾天後就是加冕典禮，他以想靜下心來為由，不讓任何人進入房間——包括隔壁間的休息室。

只有蕾梅迪奧絲一個人不會察言觀色，百分之百會有怨言，但卡斯邦登現在命她蟄居。不，說蟄居有點不對，是讓她在自己家裡養精蓄銳。因為卡斯邦登預定今後讓她搜索聖王國內有無亞人類潛藏。

話雖如此，加冕典禮還沒完成就移居聖王居室，對於一些與卡斯邦登敵對的人來說，是很好的攻擊理由。卡斯邦登明知這點仍執意這麼做，是因為權力鬥爭已經開始了。

這麼做的目的，是要趁部分對卡斯邦登不以為然的貴族插嘴之前，先讓生米煮成熟飯。另一方面，也是因為如今的卡斯邦登對貴族社會並不熟悉，把敵我陣營劃分清楚，做起事來比較方便。

「……我沒跟其他貴族事先交涉就坐上王位，想必會讓部分貴族心生不快。特別是南境的——沒因為那位大人蒙受損害的貴族更是如此。這麼一來，聽過他的聲音，並肩作戰過的北境人民不知做何感想……」

「會產生明確的不滿情緒，形成決裂的一大主因——聖王國就此一分為二。」

有個聲音回答了卡斯邦登的自言自語。

柔和嗓音彷彿能鑽入人心。這個存在等同於卡斯邦登的上司。

卡斯邦登即刻轉頭，在發出聲音之人的腳邊跪下，一度垂首後抬起頭來。

「歡迎您大駕光臨，迪米烏哥斯大人。」

迪米烏哥斯沒戴面具，也沒改變外形，露出自己的本來模樣，可見這附近已經確認過安全無虞。

「我來回收運到納薩力克的物品，順便來看看。目前有什麼問題嗎？」

「完全沒有，一切都如同迪米烏哥斯大人的計畫。」

卡斯邦登對上司一笑，上司也回以微笑。

「雖然有一部分出乎預料，不過感謝安茲大人親自解決，在沒有任何問題的狀況下，第一階段的計畫就此結束。今後就期待你的表現。」

卡斯邦登雖然低頭領命，但他知道這是謊話。

迪米烏哥斯對自己並未寄予任何期待。他大概只是想，如果脫離自己鋪設的軌道，就立刻修正方向，逐步執行計畫罷了。

迪米烏哥斯應該也準備了幾套計畫，假如卡斯邦登的真面目曝光，可以加以因應。指示當中有幾點讓卡斯邦登不懂為什麼要這麼做，可能都是為了那些計畫做的準備。

計畫的第一階段，就是將亞伯利恩丘陵與亞人類完全納入魔導國的支配，可能礙事的種族在那之前要先殲滅。同時還要埋下讓聖王國南北對立的火種。

然後卡斯邦登主導的第二階段，是南北兩境的明確對立與抗爭。

最後的第三階段，就是魔導國的完全統治。

「……這項計畫所需的工具，我的屍體需要由我這邊保管嗎？」

「不需要，已經搬到納薩力克了。等計畫發展到需要的階段，我再運過來。」

看來卡斯邦登本人的屍體已經用道具「安息裹屍布（Shroud of Sleep）」包好，運送到納薩力克了。

這種魔法道具能防止屍體腐化。他們一抓到卡斯邦登，就用立即死亡魔法讓他死得毫髮無傷，趁著死後都還沒開始僵硬，就將屍體保存起來。摸起來甚至還留有一點體溫。只要使用這具屍體，別人一定會以為是猝死。

「我姑且確認一下，你明白作為下屆聖王，該做些什麼事吧？」

「是，為了讓這個國家成為配得上安茲大人的貢品，我會讓它繁榮富強。」

「沒錯，這就對了。不過，絕不可減少不滿聲浪。因為不滿的聲浪，是迎接新王時最棒的調味料。」

「是。」卡斯邦登．二重幻影回答，對迪米烏哥斯指示的計畫中未提到的一個問題提出疑問：

「順便請問大人，那個女孩該如何處置？」

光聽這樣，迪米烏哥斯就懂了，初次露出發自內心的笑容。

「過去我曾以深不可測這句話形容過安茲大人……而事實的確如此。安茲大人為我準備了極其優秀的棋子，她的存在想必能讓我的計畫提早數年達成。」

二重卡斯邦登看到迪米烏哥斯那不知在看哪裡的瞇瞇眼忽然飄遠。眼光朝向牆壁——卡斯邦登想了一下牆外有什麼，回想起首都正門就在那個方向。

「我的確想要一個醉心於大人的人類……但沒想到竟能在宗教色彩濃厚的國家造就出那種女孩……大人將武器借予那女孩，卻又指示可以殺了她，我正感到疑問，沒想到是為了將她逼入那種精神狀態啊。」

迪米烏哥斯開心地說，並不是說給特定什麼人聽。卡斯邦登只是默默等待迪米烏哥斯的注意力轉回自己身上。

「我沒有妄加猜測並指示別人救那個少女，是做對了。不，不管我做了什麼，安茲大人想必都能漂亮修正就是了。大人說是想知道我的應對能力，所以想在不經思考的狀態下讓計畫出錯……卻又做好了絕妙的布局……不愧是整合諸位無上至尊的大人物。每次總讓我明白我是如何的比不上大人……呵呵，大人真是壞心啊。」

迪米烏哥斯好像難掩內心感動般搖搖頭，只有沉默支配著室內。不久，像要趕走興奮的餘韻，迪米烏哥斯拉拉衣領，重新繫緊了領帶。

「以立場來說，你要全面支援寧亞．巴拉哈的所作所為。要以心懷感激回報安茲大人為藉口，明目張膽地做，這樣也能有效促進南北兩境的對立……至於有人妨礙她時如何應對等等，這幾天我會將詳細計劃書交給你，在那之前就照我說的態度做應對。」

「是！……那麼那個女孩以後怎麼處置？莫非要讓她成為下屆聖王？」

若是如此，那也得先做配套措施。話雖如此，要做的話迪米烏哥斯應該會下指示，自己只要聽命行動就是了。

「這也是個不錯的點子，不過有更好的位子讓她坐。我無法看出安茲大人是否希望受人崇敬為神，但假如大人有這個意思，我最好預先鋪路。況且也能用來做奉安茲大人為神的信徒實驗。」

「是！」

「好了，有沒有什麼事想趁現在確認一下？」

「是的，關於已經用不到的女人蕾梅迪奧絲．卡斯托迪奧，我按照計畫隨便讓她忙其他事情，但是殺掉是不是比較安全？」

「不，那個就那樣讓她活著，暫時當成貴族發洩不滿的對象比較好。我就是為了這個目的，一開始遇到時才只留她一個活口。你將她調到其他部門，聖騎士團那邊由副團長昇任團長，讓你利用。他會很有用處。」

「遵命！」

「大概等到南北明確對立，就可以處理掉了吧。」

二重卡斯邦登表示明白後，迪米烏哥斯就此結束談話，用「高階傳送」消除了蹤影。

潛藏於影子裡的惡魔，以及二重卡斯邦登絕對無法戰勝的部下半藏，都還借用著。

二重卡斯邦登站起來，再次從窗戶眺望外頭。

雖然只能看見中庭，但他想像著滿城民眾普天同慶的都市內部，然後嗤笑。

「——你們就再細細品嚐一陣子幸福的滋味吧，我國的子民啊。」

OVERLORD

Characters

角色介紹

Character 53

寧亞・巴拉哈

人類種族

neia baraja

凶眼狂信者

職位——聖王國解放軍隨從。

住處——賀班斯黃金地段。（老家）

職業等級—聖騎士——2lv

神聖弓兵——3lv

福音傳道者——2lv

創立者——4lv

生日——上風月1日

興趣——與人談論魔導王的偉大之處。

personal character

由於角色變得實在太多，因此再次介紹。死亡使得等級下降，同時由於在戰爭中存活而使得等級上昇。這種職業結構是與從者替換等等所導致的結果，不過不必要的部分相當多。話雖如此，這就是她的經驗帶來的結果，也是無可奈何的。寧亞本身並沒有察覺自己在運用特殊技能誘導他人思維（以及洗腦）。她的力量目前只對心靈受創之人有效，而這些傷心人都受到寧亞的話語所撫慰。

Character 54

葵拉特・卡斯托迪奧

人類種族

kelart custodio

面如菩薩心如夜叉

職位——聖王國最高階神官暨神官團團長。

住處——賀班斯黃金地段。（老家）

職業等級—神官——?lv

高級祭司——?lv

教宗——?lv

其他

生日——上水月11日

興趣——觀察人類。（好壞兩面都是）

personal character

純粹以神官而論，屬於鄰近諸國最高水準，實力凌駕赫赫有名的蒼薔薇。然而這是機密，因此沒幾個人知道這件事。她珍惜摯友（卡兒可）與家人，當有任何人與他們爲敵時，她會比姊姊更好戰，有時甚至會做出冷血無情的慘烈報復。基本上看起來像是面帶微笑寬恕對方，但那不過只是演技。葵拉特是聖王國最可怕的女人，永遠在虎視眈眈尋找機會，要讓與卡兒可爲敵的貴族垮台。

Character 55

卡斯邦登·貝薩雷斯

人類種族

caspond bessarez

溫厚的王兄

職位——聖王國王族。

住處——賀班斯的王城。

職業等級—祭司——?lv

賢者——?lv

高級貴族（一般）——?lv

其他

生日——下火月27日

興趣——讀書。（似乎特別喜歡歷史類）

{ personal character }

雖是一名優秀的人物，但明白到贏不過更優秀的妹妹，於是追求在貴族社會求生存的知識。對於手足相爭採消極態度，也成了落後妹妹一步的原因。他對這件事並不感到後悔，但也的確擔心過妹妹。事實上，如果由他成爲聖王，他即使要暗地裡耍手段等等也在所不辭，所以可能比妹妹更適合爲王。以王族而言，是少數沒受到葵拉特怨恨的罕見人物。

Character 56

古斯塔沃．蒙塔涅斯

人類種族

gustav montagnés

已對胃痛習以爲常

職位——聖王國解放軍副團長。

住處——賀班斯黃金地段。

職業等級—聖騎士——?lv

神聖騎士——?lv

領袖（一般）——?lv

其他

生日——下風月27日

興趣——寵愛小動物。

{ personal character }

兩名聖騎士副團長當中，他屬於劍術較差的一名，因此對一般民衆而言，比另一人更有親切感（話雖如此，還是有著一般民衆絕不可能贏過的實力）。經常胃痛，知道用魔法輕鬆治癒時的感動，因此很想學會信仰系魔法。爲了在家裡放養又像松鼠，又像兔子的可愛寵物巴尼亞而買了房子。寵物的名字叫密爾蒔與安萌納，是能夠舒緩他疲倦心靈的寶貴存在。

畢畢傑

異形類種族

beebeezee

燦爛紫水晶(Amethyst)身體

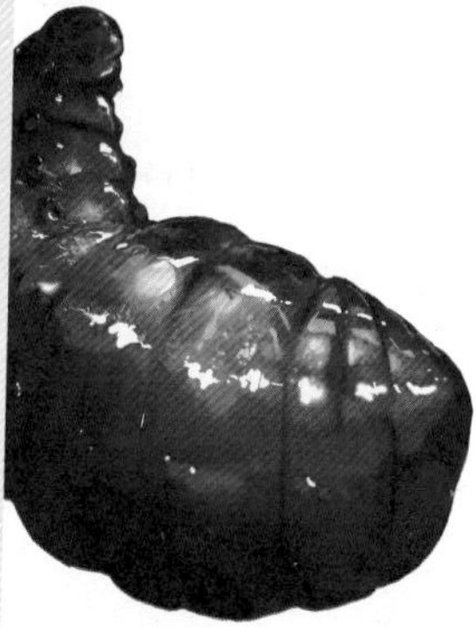

職位——藍蛆王子。

住處——亞伯利恩丘陵北部，成千沉洞之一。

職業等級—藍蛆王(種族)——?lv

五行師——?lv

陰師——?lv

其他

生日——冬之98

興趣——聽故事。

{ personal character }

這個種族的雄性非常少，雄性一出生即刻成爲王族。雄性會受到百般呵護，一般都不會踏出巢穴一步，是在幾近監禁的狀態下度過一生。由於常常受人吹捧，王子其實對自己的身體頗有自信，有點自戀。附帶一提，種族記載並沒有寫錯。藍蛆有著種族上的弱點，會怕只對特定種族生效的魔法，有人會因此誤以爲他們是亞人類種族，但其實是異形類種族。

角色介紹

OVERLORD
Characters

四十一位無上至尊篇

10/41

貝魯利巴

異形類種族

bellriver

大胃王

personal character

職業是魔法戰士，屬於能夠分別運用武器與魔法的切換型。
只是終究無法避免樣樣通，樣樣鬆的問題，
因此所有成員到齊時只能算二線。話雖如此，
他是個擅長走位技巧的玩家，以遊戲玩家而論能力很強。
在現實世界中，他得到了某操控世界的巨大綜合企業的
危險情報，因此被以意外死亡的形式封口，
但他獲得的情報交到了某人手裡。

後記

讀到這裡的讀者，辛苦了。拿書的手想必很痠吧？

我想如果是習慣仰躺著看書的讀者，一定邊看邊對抗怕把書砸在臉上的恐懼。

第十三集成為了《OVERLORD》史上第一本遠超出五百頁的作品，不知各位覺得內容如何？只要能有幾位讀者覺得好看，我就很高興了。

只是，老實說，也許應該分成中篇與後篇的。修正時，我看了一遍，看得頭腦還滿累的。看完第四章、第五章與過場就睡個覺，或許是最恰到好處的閱讀步調，不知道各位閱讀時是怎麼樣？對了，分成兩冊還有一大好處，那就是可以看到更多so-bin老師的美麗插畫！

說歸說，我想不會再發生同樣的狀況了，所以想這些也沒用。

雖然我每次都說要減少頁數，不過這次這麼長的篇幅是真的很吃力。頁數一增加，一切的製程都很費時，行程表不斷地往後拖延。不只如此，錯字的出現率也會增加，沒什麼好事。
今後我的目標，是希望能製作無論對作者還是讀者都體貼的書籍。
話說我希望下一集能在二〇一九年內推出，但在那之前我得寫一篇較長的文章，所以事情會怎麼樣我完全說不準，懇請各位耐心等候。在這之間會播出動畫第三季，希望讀者也能收看。
不過最近這陣子，後記真的越來越沒內容可寫了。以前自己還是讀者時，每當看到作者寫說「後記不知道該寫什麼」我還會心想「隨便寫什麼都好啊」，等到自己當了作者，才明白那幾位作者的苦惱。換成各位讀者的話會寫什麼呢？坦白講……作者心中開始有了意見，認為也許連這個後記都可以不要了！
好了，那麼這次也受到了諸多人士幫助，感謝大家。今後也請各位多多指教。

二〇一八年四月　**丸山くがね**

Postscript by So-bin
動畫播出時要是能多畫些
OVERLORD的塗鴉就好了，
但因為實在太忙碌，
一回神發現已經四月了。
還有好多事要做啊……
so-bin

丸山：「贏惹。」

Kadokawa Light Novels

殺戮的天使 1~2 待續

Kadokawa Fantastic Novels

原作：真田まこと　作者：木爾チレン　插畫：negiyan

為了實現與札克的「約定」而獨自前行——
但瑞依卻被神父身上的香甜氣味所迷惑……？

瑞依拖著動也不動的札克走進B2，發現自己身處一座大教堂之中。周遭響盪著管風琴的樂聲，走廊飄蕩著不可思議的香甜氣味，牆上則浮現出逼迫她「懺悔」的文字。即使如此，瑞依仍然獨自踏出腳步。而在大教堂的最深處，瑞依遇見了神祕的「神父」……

台灣角川

各 **NT$240~270/HK$75~80**

國家圖書館出版品預行編目資料

OVERLORD. 13, 聖王國的聖騎士. 下 / 丸山くがね作 ; 可倫譯. -- 初版. -- 臺北市 : 臺灣角川, 2018.08

面 ; 公分

譯自 : オーバーロード. 13, 聖王国の聖騎士. 下

ISBN 978-957-564-351-5(平裝)

861.57 107009573

Kadokawa
Fantastic
Novels

OVERLORD 13
聖王國的聖騎士 下

（原著名：オーバーロード13 聖王国の聖騎士 下）

2018年8月16日 初版第1刷發行
2022年10月25日 初版第7刷發行

作者：丸山くがね
插畫：so-bin
譯者：可倫

發行人：岩崎剛人
總編輯：蔡佩芬
主編：朱哲成
美術設計：黃永漢
印務：李明修（主任）、張加恩（主任）、張凱棋

發行所：台灣角川股份有限公司
地址：104台北市中山區松江路223號3樓
電話：（02）2515-3000
傳真：（02）2515-0033
網址：www.kadokawa.com.tw
劃撥帳戶：台灣角川股份有限公司
劃撥帳號：19487412
法律顧問：有澤法律事務所
製版：巨茂科技印刷有限公司
ISBN：978-957-564-351-5